Royal – Passion

Die Royal-Saga

Band 1: Passion
Band 2: Desire
Band 3: Love

Geneva Lee lebt gemeinsam mit ihrer Familie im Mittleren Westen der USA. Sie war schon immer eine hoffnungslose Romantikerin, die Fantasien der Realität vorzieht – vor allem Fantasien, in denen starke, gefährliche, sexy Helden vorkommen. Mit ihrer Royals-Saga, der Liebesgeschichte zwischen dem englischen Kronprinzen Alexander und der bürgerlichen Clara, begeisterte Geneva Lee die amerikanischen Leserinnen und eroberte die Bestsellerlisten von *New York Times* und *USA Today*.

Geneva Lee

Royal – Passion

Roman

Aus dem Amerikanischen von
Andrea Brandl

Weltbild

Die amerikanische Originalausgabe erschien 2014 unter dem Titel
Command me bei Westminster Press, Louisville.

Besuchen Sie uns im Internet:
www.weltbild.de

Genehmigte Lizenzausgabe für Weltbild GmbH & Co. KG,
Werner-von-Siemens-Straße 1, 86159 Augsburg
Copyright der Originalausgabe © 2014 by Geneva Lee
Copyright der deutschsprachigen Ausgabe © 2016 by Blanvalet Verlag in der
Verlagsgruppe Random House GmbH, Neumarkter Str. 28, 81673 München
Übersetzung: Andrea Brandl
Umschlaggestaltung: *zeichenpool, München
Umschlagmotiv: www.shutterstock.com (© Vit-Mar)
Satz: Datagroup int. SRL, Timisoara
Druck und Bindung: CPI Moravia Books s.r.o., Pohorelice
Printed in the EU
ISBN 978-3-96377-150-7

2021 2020 2019 2018
Die letzte Jahreszahl gibt die aktuelle Lizenzausgabe an.

Für alle Mädchen, die ein neues Märchen brauchen

1

Das Champagnerglas in der Hand, ließ ich den Blick durch den opulent ausgestatteten Rauchersalon schweifen. Über mir hing das Porträt eines Dukes oder irgendeines anderen wichtigen Typen mit Spitzenkrawatte, dessen Blick mich förmlich zu durchbohren und als Betrügerin zu entlarven schien. Frischgebackene Oxford-Absolventin zu sein, hieß noch lange nicht, dass ich hierhergehörte, in den exklusiven Oxford and Cambridge Club. Die meisten meiner Kommilitonen entstammten altem Geldadel; meine eigene Familie mochte zwar landläufig als vermögend gelten, konnte aber im Gegensatz zu ihnen weder einen berühmten Namen noch einen Titel vorweisen. Ich trank mein Glas aus und verfluchte insgeheim meine beste Freundin Annabelle, die mich zu der offiziellen Abschlussfeier überredet hatte.

»Clara, da bist du ja!« Annabelle stürzte sich auf mich, grub ihre langen, perfekt manikürten Fingernägel in meinen Arm und zerrte mich in Richtung eines Grüppchens junger Männer. Ihr aggressiver Auftritt stand in krassem Gegensatz zu ihrem Äußeren – ihr blondes Haar war zu einem eleganten Knoten im Nacken frisiert, nur wenige Zentimeter über dem symmetrisch sitzenden Verschluss ihrer Halskette. Alles an ihr strahlte Perfektion aus, von ihren hochhackigen Schuhen bis hin zu dem Dreikaräter an ihrem linken Ringfinger. »Du musst endlich meinen Bruder John kennenlernen.«

»Ich bin nicht auf der Suche nach einem Freund, Belle, das weißt du. Ich bin jetzt Karrierefrau, schon vergessen?« Auch wenn ich meinen Job bei Peters & Clarkwell noch nicht angetreten hatte, war in meinem Leben momentan kein Platz für einen Mann, der mich ablenkte. Belle wusste das ganz genau, trotzdem bestand sie darauf, ihn mir vorzustellen. Gute Ausbildung hin oder her, sie war in dem Glauben erzogen worden, dass eine Heirat immer noch die besten Zukunftsaussichten bot. Auch mir war diese Idee nicht fremd – meine eigene Mutter vertrat ganz ähnliche Ansichten.

Belle zwinkerte mir zu. »Aber ein bisschen Spaß schadet dir trotzdem nicht. John arbeitet ohnehin pausenlos, und er ist steinreich. Du könntest sogar Baronin werden.«

»Nicht für jeden sind Geld und Macht Kriterien für Attraktivität«, gab ich halblaut zurück, um all die Reichen und Mächtigen ringsum nicht vor den Kopf zu stoßen.

Belle blieb so abrupt stehen, dass ich sie fast über den Haufen rannte. »Hast du schon mal mit einem reichen, mächtigen Mann geknutscht? Oder warst mit einem im Bett?«, flüsterte sie mir ins Ohr.

Unsicher biss ich mir auf die Unterlippe und sah mich um. Belle wusste genau, dass es bislang nur einen einzigen Mann in meinem Leben gegeben hatte – Daniel, meinen Exfreund, der weder reich noch mächtig war und aus seiner Aversion gegen beides kein Geheimnis machte. Während ich mich inmitten all der Oxford-Aristokratie oft minderwertig fühlte, empfand er nur eines: Wut. Zumindest stammte ich aus einer wohlhabenden Familie. Allein bei der Erinnerung an das hässliche Ende unserer Beziehung lief es mir kalt den Rücken hinunter. Ich hatte im letzten Jahr mit ihm Schluss gemacht, aber selbst jetzt noch ließ mich der Gedanke an ihn erschaudern. Belle, der meine Reaktion nicht entgangen war, seufzte.

»Daniel zählt nicht.« Die makellose Porzellanhaut zwischen ihren sorgsam gezupften Brauen legte sich in Falten, und Belle schüttelte unwillig den Kopf, doch dann grinste sie verschmitzt. »Wärst du mit einem der Männer im Bett gewesen, von denen ich rede, könntest du dich mit Sicherheit daran erinnern.«

»Dass du deinen Bruder für geeignet hältst, gibt mir zu denken«, sagte ich und zog vielsagend eine Braue hoch. »Wie nahe steht ihr euch noch mal?«

»Ach, Quatsch.« Sie verpasste mir einen spielerischen Klaps, grinste aber immer noch. »Ich halte nur die Augen für dich offen, Clara. Es wird Zeit, dass du wieder in den Sattel steigst, wenn du weißt, was ich meine.«

Ich hatte schon vermutet, dass sie so dachte, auch wenn sie es bisher nie laut ausgesprochen hatte. Belle und ich waren Zimmergenossinnen, und sie hatte die schlimme Zeit mit Daniel hautnah mitbekommen. Unsere Trennung hatte sie mehr als gutgeheißen, und seither wachte sie wie eine Glucke über mich, schleppte mich zum Shoppen und stellte mich andauernd neuen Leuten vor. Und nach einer Weile hatte sie – logisch! – auch erste Versuche unternommen, mich zu verkuppeln. Schätzungsweise musste ich noch dankbar sein, dass sie bis nach dem Examen gewartet hatte, bevor sie richtig loslegte.

»Belle, ich brauche gerade keinen Mann an meiner Seite, ehrlich«, sagte ich so entschlossen, wie ich nur konnte, in der leisen Hoffnung, dass sie mich verschonen würde, obwohl mir im Grunde klar war, dass es sinnlos war.

Sie fegte meinen Einwand mit einer lässigen Handbewegung beiseite. »Brauchen und wollen sind zwei Paar Stiefel, Schätzchen. Man sollte sie nie verwechseln.«

Bevor ich noch etwas sagen konnte, winkte sie einen großen, etwas ungelenk wirkenden Mann herüber. John war eindeutig ihr Bruder – ihr älterer, wie der zurückweichende Haaransatz ahnen ließ –, und man sah ihm an, dass er aus einer reichen Familie stammte. Es war ihm gelungen, die edelsten und zugleich langweiligsten Markenklamotten zu einem zwar teuer aussehenden, aber trotzdem zusammengewürfelten Outfit zu vereinen: Harris-Tweed-Sakko im Stil der Achtziger, dazu eine Rolex am Handgelenk und Berluti-Loafers. Es sah aus, als hätte er sich nicht zwischen Jagdausflug und Geschäftstermin entscheiden können.

Und so tanzt er bei einer Party an.

»Du musst die berühmte Clara sein.« Er ergriff meine Hand und schien einen Moment zu überlegen, ob er sie küssen oder lieber schütteln sollte – das Resultat war ein schlaffer, schwitziger Händedruck. John mochte schwerreich sein und einen Titel haben, besonders tatkräftig wirkte er jedoch nicht auf mich. »Belle hat mir alles über dich erzählt. Du hast deinen Abschluss in Soziologie gemacht, ja?«

»Genau.« Am liebsten hätte ich ihm meine Hand entzogen, wusste aber nicht recht, wie ich es am elegantesten bewerkstelligen sollte.

»Du willst wohl die nächste Mutter Teresa werden, was?« Er legte seine andere Hand noch obendrauf, was das Ganze nicht angenehmer machte.

»Was wäre, wenn ich jetzt Ja sagen würde?«

Belle blinzelte überrascht bei dieser frechen Antwort. Normalerweise war ich nicht so selbstsicher, vor allem nicht Fremden gegenüber. Aber das sollte jetzt anders werden. Ich hatte jetzt den Abschluss einer der renommiertesten Universitäten in der Tasche und mir einen begehrten Job geangelt – ich war nicht mehr das schüchterne Mädchen von früher. Und würde es auch nie wieder sein. Punkt.

»Du bist viel zu hübsch, um Nonne zu werden«, bemerkte John und warf sich ein wenig in die Brust. »Ich habe kürzlich die Anwaltsprüfung abgelegt.«

»Faszinierend«, erwiderte ich geistesabwesend und spähte an ihm vorbei quer durch den Raum. »Wenn ihr mich bitte entschuldigen würdet, aber ich sehe gerade ...«

Ich verschwand in der Menge, bevor Belle einen Pfarrer aus dem Hut zaubern konnte, der das Aufgebot entgegennahm. Ich musste ihr später dringend beibringen, dass ihre Verkuppelungsversuche nicht erwünscht waren. Belles Familie hatte dafür gesorgt, dass sie ungeachtet ihrer hervorragenden Ausbildung, mit der ihr im Berufsleben jede Tür offen gestanden hätte, schon bald unter die Haube kommen würde – offenbar war dieses archaische Vorgehen bei Aristokraten nach wie vor üblich. Und Belle schien nichts dagegen einzuwenden zu haben, vor allem da ihr Verlobter mit dem Palast auf Du und Du stand. Ich dagegen konnte mir beim besten Willen nicht vorstellen, Ehefrau zu sein, schon gar nicht nach dem Fiasko mit Daniel. Eine Karriere war eindeutig die bessere Wahl für mich – sicherer, erfüllender und weniger chaotisch.

Ich tauchte in der Menge unter und kämpfte mich auf die andere Seite des Saals, wo ich mich gegen die Wand sinken ließ und am Saum des schlichten schwarzen Etuikleids herumzupfte – eine Leihgabe von Belle, trotz ihrer Einwände, es sei viel zu trist für den Anlass. Meine eigene Garderobe bestand weitgehend aus Jeans, Pullis und einer Handvoll netter, gut geschnittener Hosenanzüge, wohingegen Belle meistens wie ein Filmstar aussah und ebenso viel Haut wie Reichtum zeigte. Der Rest ihres Kleiderschranks enthielt erzkonservative Kostüme, die aussahen, als stammten sie von Queen Mum höchstpersönlich. Ich konnte von Glück sagen, dass ich dieses Exemplar gefunden hatte, auch wenn ich den Verdacht hegte, dass sie es für eine Beerdigung gekauft hatte.

Ein exotischer, würziger Duft stieg mir in die Nase – völlig deplatziert in diesem stickigen alten Gemäuer, in dem das Rauchen verboten war, auch wenn dadurch der Name »Rauchersalon« ad absurdum geführt wurde. Ich hatte die Verbotsschilder an jeder Ecke gesehen, jemand anders offenbar nicht. Es dauerte eine Sekunde bis ich begriff, was der Rauch bedeutete, nämlich dass ich nicht allein war. Ich sah mich um, und als mein Blick auf ihn fiel, flog meine Hand wie von selbst an meine Brust – *wo Rauch ist, ist auch Feuer*, heißt es. Und, gütiger Himmel, hier passte der Spruch wie die Faust aufs Auge.

Der Mann stand in der Terrassentür, eine dünne Zigarette hing zwischen seinen Lippen, die zu einem lässigen Grinsen verzogen waren. Sein Gesicht war halb im Schatten verborgen, trotzdem konnte ich ein markantes Kinn und blaue Augen ausmachen. Ich wusste auf Anhieb, dass er einer jener reichen und mächtigen Männer war, von denen Belle vorhin gesprochen hatte. Eine Aura von Autorität und Männlichkeit umgab ihn, auf die mein Körper instinktiv zu reagieren schien. Unwillkürlich trat ich auf ihn zu, als hätten meine Füße plötzlich ein Eigenleben entwickelt. Nun, da ich ihn besser erkennen konnte, fiel mir auf, dass er noch ein weiteres Merkmal aufwies – er war attraktiv, auch wenn es unfair sein mochte.

Er hatte ein Gesicht, das Engel zum Weinen bringen und unter Göttern Kriege entfachen könnte – Gesichtszüge wie gemeißelt und eine goldene Bräune, wie man sie nur an exotischen Stränden bekam. Sein Haar war schwarz und leicht zerzaust. Für den Bruchteil einer Sekunde stellte ich mir vor, wie es wäre, meine Hände in dem schwarzen Schopf zu vergraben.

Reiß dich zusammen, befahl ich mir streng. Es mochte eine ganze Weile her sein, seit ich das letzte Mal Sex hatte, aber dass ich so heftig auf einen Wildfremden reagierte, war ziemlich peinlich, auch wenn er natürlich keine Ahnung hatte, was in meinem Kopf vorging – doch sein arrogantes, verführerisches Lächeln verriet mir, dass er meine Gedanken gelesen hatte. In seinen Augen hingegen sah ich kein Lächeln, sondern ein loderndes Feuer, das mich in Brand zu stecken schien, und ich spürte, wie sich mein Inneres zusammenzog. Von diesem Mann sollte ich mich fernhalten. Um jeden Preis.

Dass er hier ungeniert rauchte, verriet seinen mangelnden Respekt vor Vorschriften. Oder vor Menschen.

»Ich glaube, hier ist Rauchen verboten«, bemerkte ich. Mir war sehr wohl bewusst, dass ich wie die letzte Spießerin klang, aber ich war es leid, dass die Reichen und Schönen ständig ihre eigenen Regeln schufen, und etwas an seinem Blick ließ mich ahnen, dass ich für ihn nicht mehr war als ein Spielzeug, das ihm gerade recht kam, um sich ein bisschen zu amüsieren.

»Ich bitte vielmals um Entschuldigung«, sagte er und grinste dabei. Der kultivierte Tonfall der britischen Upperclass war unverkennbar. »Willst du mich wegen ungebührlichen Benehmens melden?« Er trat einen Schritt zurück, sodass er praktisch auf der Terrasse und damit außerhalb der Verbotszone stand. Aber ich hatte das dumpfe Gefühl, dass er es nicht tat, um mich milde zu stimmen; dieser Typ Mann schien er nicht zu sein.

Obwohl ich seine Augen nicht mehr erkennen konnte, spürte ich, dass mich sein Blick durchbohrte. Verärgerung keimte in mir auf, unter die sich ein Anflug mädchenhafter Erregung mischte. »Ich will bloß nicht, dass du Ärger kriegst.«

Er wandte sich mir zu, wobei sein atemberaubendes Gesicht ein weiteres Mal sichtbar wurde, und verzog den Mund zu einem hinterhältigen Grinsen, das zwei Reihen perfekter Zähne entblößte. »Nein, das wollen wir definitiv nicht.«

Eine verlegene Röte schoss mir in die Wangen. Am liebsten hätte ich dieses überhebliche Grinsen weggeküsst, zwang mich jedoch, den Gedanken ganz schnell zu verdrängen. Nun, da er im Licht stand, kam er mir vage bekannt vor. Vielleicht einer von Belles Bekannten von irgendwoher? Auf der Uni war er jedenfalls nicht gewesen, dort wäre er mir aufgefallen, so viel stand fest. Diese kristallblauen Augen und das dunkle Haar, das irgendwo zwischen adretter Gepflegtheit und Popstar-Wildheit rangierte, hätte ich nie im Leben übersehen können, von seinen breiten Schultern ganz abgesehen. Wie konnte ich ihn kennen und auch wieder nicht? Mein Blick heftete sich auf den offenen Hemdkragen unter seinem maßgeschneiderten Sakko und der halb gelösten Krawatte, während ich mir den Oberkörper ausmalte, der sich unter der Kleidung verbarg. Allein bei der Vorstellung musste ich mir auf die Lippe beißen.

Stand ich allen Ernstes hier herum und erging mich in Fantasien über einem Wildfremden – noch dazu vor seinen

Augen? Vielleicht hatte Belle ja doch recht, und ich brauchte einen Mann.

Er zog eine Braue hoch, und ich wandte beschämt den Blick ab. Natürlich war ein Mann wie er daran gewöhnt, von Frauen angestarrt zu werden. Er brauchte nicht zu wissen, dass er mich komplett aus dem Konzept brachte – andererseits wusste er bestimmt ohnehin längst, dass sein cooles Lächeln waffenscheinpflichtig war.

»Rauchen ist übrigens gesundheitsschädlich.«

»Du bist nicht die Erste, die mir das sagt, Süße«, erwiderte er. Trotzdem drückte er die Zigarette an der Hauswand aus, trat zurück ins Zimmer und schnippte den Stummel mit einer selbstsicheren, flüssigen Handbewegung in den Abfalleimer, als gebe es nicht den geringsten Zweifel, dass er treffen würde – es war, als würde sich die Welt nur so drehen, dass sie ihm stets zu Diensten war.

Mittlerweile war ich fast sicher, dass ich ihn irgendwoher kannte; und wer auch immer er sein mochte, er machte sich einen Spaß auf meine Kosten. »Sind wir uns schon mal irgendwo begegnet?«

»Das hätte ich sicher nicht vergessen«, erwiderte er, während sein Blick über mich hinwegglitt, und ich spürte, wie mich ein Schauder überlief. »Ich gehe eher davon aus, dass mein Ruf mir vorausgeeilt ist.«

»Aha, ein Frauenheld also?«, fragte ich. Wundern würde es mich nicht.

»So etwas in der Art«, antwortete er, und sein Tonfall war bedeutungsschwanger. »Wie kommt eine Amerikanerin in diesen versnobten, verstaubten Schuppen?«

Ich spürte, wie der gewohnte Trotz in mir aufstieg, doch seine

Bemerkung schien nicht herablassend gemeint zu sein, sondern verriet lediglich Neugier, also zwang ich mich zu einem Lächeln. »Ich bin zwar in den Staaten aufgewachsen, aber trotzdem britische Staatsbürgerin. Meine Mom ist Amerikanerin und hat meinen Dad beim Studium in Berkeley kennengelernt.«

Hör sofort auf, ihm deine Lebensgeschichte aufs Auge zu drücken, befahl mir die fiese kleine Stimme, die alles kritisierte, was ich von mir gab.

»Und noch dazu ein California Girl«, fügte der Fremde hinzu. »Wie jemand den Strand gegen das verregnete London eintauschen kann, ist mir ein echtes Rätsel.«

»Ich mag Nebel.« Das war die Wahrheit, trotzdem genierte ich mich für mein Eingeständnis. Zu meinem Erstaunen musterte er mich mit schief gelegtem Kopf, als wäre seine Neugier erwacht.

Ich trat einen Schritt näher und streckte ihm die Hand hin. Vielleicht dachte er ja, dass er nichts über sich preisgeben konnte, bevor er meinen Namen nicht kannte. »Ich bin übrigens Clara.«

»Freut mich, deine Bekanntschaft zu machen, Clara.« Er umschloss meine Hand und führte sie, ohne zu zögern, an seine Lippen. Die Luft vibrierte förmlich vor Spannung, und ich spürte, wie mir leicht schwindlig wurde und sich mein Magen zusammenzog.

Ich wollte mich losreißen. Nein, ich *musste* mich losreißen.

Belles Worte hallten in meinem Kopf wider. Aber in Wahrheit wollte ich nicht, dass er mich losließ, stattdessen hätte ich mich am liebsten an ihn geschmiegt – gerade als ich drauf und dran war, meinem Impuls zu folgen, erschien eine bildschöne Blondine auf dem Korridor und blieb abrupt stehen.

Ich musste ihm meine Hand entziehen, um den Zauber zu durchbrechen, doch als ich mich lösen wollte, packte er meinen Arm und zog mich mit einem Ruck an seine Brust. Seine Lippen pressten sich mit einer Eindringlichkeit auf meinen Mund, wie ich es nur aus Filmen kannte. Kräftige Arme umschlangen meine Taille, und eine Hand legte sich besitzergreifend um meinen Hinterkopf. Er schmeckte nach Nelken und Bourbon, nach wilden Nächten und verwegener Hingabe. Unwillkürlich öffneten sich meine Lippen, als er mit seiner Zunge darüberstrich. Sein Kuss war kraftvoll – dominant –, und ich spürte, wie ich mich seiner Kontrolle ergab, mein Körper in der Hitze unserer Umarmung dahinschmolz.

Langsam strich er mit der Zunge an meinen Zähnen entlang, lud mich ein, den Mund ein wenig weiter zu öffnen, um ihm Zugang zu gewähren. Tief ließ er seine Zunge in meine Mundhöhle gleiten, sog meine Lippen mit genüsslicher Langsamkeit zwischen die seinen und umschloss sie. Meine Knie wurden weich, sodass ich fürchtete, zu Boden zu sinken, doch er zog mich noch enger an sich, während seine Hand auf meinem Rücken abwärtswanderte und erst knapp über meinem Hinterteil zum Halten kam. Die Intimität der Berührung spornte mich an. Meine Finger vergruben sich in seinem seidigen Haar, während ich seinen Kuss erwiderte in der Gewissheit, hilflos zusammenzusinken, wenn er mich nicht festhalten würde.

Viel zu schnell ließ er mich los, nur seine Hand ruhte noch auf meinem Rücken. Taumelnd wich ich einen Schritt zurück, doch er fing mich auf, als hätte er bereits geahnt, dass ich ins Straucheln geraten würde. Natürlich – ein Mann, der so küssen konnte, wusste, was passieren würde. Eigentlich müsste man ihm ein Etikett ankleben:

Vorsicht! Inhalt kann zu extremer Erregung führen!
Ich suchte sein Gesicht nach einem Hinweis ab, weshalb er mich geküsst hatte, während sich mein Körper immer noch nach ihm sehnte, aber ich erkannte nur eins: eine wilde Leidenschaft in seinen Augen, die mir den Atem raubte. Es dauerte einen Moment, bis ich ein Wort herausbekam.

»Wieso?«, fragte ich mit vorwurfsvollem Unterton.

»Meine Motive sind nicht gerade edelmütig.« Er nahm seine Hand von meinem Rücken und trat einen Schritt zurück. Augenblicklich vermisste ich die Wärme seiner Berührung. »Diese Frau war ein schrecklicher Fehler von mir.«

»Du hast mich geküsst, um nicht mit deiner Exfreundin reden zu müssen?«

»Als Exfreundin würde ich sie nicht bezeichnen, trotzdem bitte ich vielmals um Entschuldigung«, erklärte er, obwohl kein Funke Reue in seinem Tonfall mitschwang. Stattdessen trat ein kalter Ausdruck in seine Augen. Es war, als verhärte sich das feurige Blau zu kristallharten Saphiren. Er kam einen Schritt auf mich zu, zögerte jedoch, wechselte die Richtung und ging zur Terrasse.

Ich spürte, wie ich in mir zusammensank. Erst jetzt wurde mir bewusst, wie sehr ich mir gewünscht hatte, er möge mich noch einmal küssen – ein Wunsch, der mir ins Gesicht geschrieben stand, daran bestand kein Zweifel. Wieder herrschte Schweigen zwischen uns, und obwohl er keine Anstalten machte, mich zu berühren, schlug mir das Herz immer noch bis zum Hals.

»Glückwunsch zum Abschluss«, sagte er.

Verwirrt über den plötzlichen Themenwechsel blickte ich ihn an, während ich allmählich ins Hier und Jetzt zurückkehrte.

Unter seiner Berührung war die Welt ringsum bedeutungslos geworden, und erst jetzt wurde mir bewusst, dass ich rein gar nichts über diesen Typen wusste, der mich vor wenigen Minuten noch hier, an dieser Wand, hätte nehmen können.
»Hast du auch gerade deinen Abschluss gemacht?«

Seine Hand schnellte zu seinem Mund, dennoch hatte ich das winzige Lächeln aufblitzen sehen. »Ich habe einen anderen Berufsweg eingeschlagen. Was wird das hier? *Wer bin ich?* Willst du mir zwanzig Fragen stellen?«

»Verrätst du mir, wer du bist?«, fragte ich.

Er zwinkerte mir zu. »Tja, Süße, das solltest du selbst herausfinden.«

Ich kniff die Augen zusammen. Meine Lippen brannten noch immer von seinem Kuss. Wenn er unbedingt Spielchen spielen wollte, bitte schön. »Du hast also einen anderen beruflichen Weg eingeschlagen, ja? Aber du bist hier«, ich deutete um mich, »in einem feudalen Club. Also bist du entweder ein gut angezogener Kellner oder jemand, der Geld hat.«

Ich wartete, doch er schüttelte nur den Kopf und drohte mit dem Finger. »Das war keine Frage, die sich mit Ja oder Nein beantworten lässt.«

»Wenn du nicht spielen willst ...« Ich zuckte die Achseln und wandte mich zum Gehen.

»Ich will nur nach den Regeln spielen. Es sei denn, es ist dir lieber, wenn ich die Fragen stelle.«

Ich schluckte. »Na gut. Hat deine Familie Geld?«

»Könnte man so sagen, ja.« Er zuckte die Achseln.

»Ja oder nein.«

»Ja.« Er beugte sich vor, bekam eine Haarsträhne von mir

zu fassen und zwirbelte sie zwischen den Fingern. »Bin ich jetzt wieder dran?«

»Ich habe noch nicht alle zwanzig Fragen durch«, flüsterte ich. Die Nähe seines Mundes war mir überdeutlich bewusst.

»Dann verpulvere sie nicht alle auf einmal«, raunte er und schob mir die Strähne hinters Ohr. »Man sollte immer ein Ass in der Hinterhand behalten.«

»Du weißt bereits, wer ich bin«, wandte ich ein.

»Aber es gibt noch eine Menge Dinge, die ich gern über dich erfahren würde.« Sein heißer Atem glitt an meinem Hals entlang. »Und ich kann es kaum erwarten, dein Ja zu hören.«

»Und wenn die Antwort Nein lautet?«

»Das wird sie nicht, glaub mir.« Seine Lippen strichen an meinem Kiefer entlang. Ich schloss die Augen, als sein dunkler Bartschatten meine zarte Haut berührte.

Er trat einen Schritt zurück. Ich unterdrückte ein sehnsüchtiges Stöhnen und strich so lässig mein Kleid glatt, wie ich nur konnte.

»Letzte Frage«, sagte er. »Dann werden wir sehen, wie gut du beim Raten bist.«

Dies war meine letzte Chance herauszubekommen, wer er war, und ich war keinen Schritt weiter als vorhin. Und nun vernebelte meine Erregung auch noch meinen Verstand. Mir blieb nur eine einzige Frage, die ich stellen konnte. Ich ließ es darauf ankommen.

»Wer bist du?«, fragte ich wohl wissend, wie die Reaktion ausfallen würde.

Er schüttelte den Kopf und formte lautlos »Ja oder Nein« mit den Lippen. Offensichtlich hatte er nicht vor, das Geheimnis um seine Identität zu lüften, obwohl ich ihm geholfen hatte, einer Konfrontation mit seiner Ex zu entgehen. Ich war nur ein praktisches Mittel zum Zweck gewesen – bei dem Gedanken schämte ich mich in Grund und Boden. Aber solange ich in seiner Nähe war, konnte ich keinen klaren Gedanken fassen.

Hatte ich mir bloß eingebildet, dass unser Kuss geradezu magisch gewesen war? Ich war ganz sicher, dass es keine Einbildung war. Und auch daran, dass er mich gewollt hatte, bestand kein Zweifel. Allein bei der Vorstellung wurde mein Mund ganz trocken. Ich musste wieder an Belles Worte denken – darüber, mit einem reichen, mächtigen Mann zu knutschen – und zwang mich, das Prickeln zu unterdrücken, das durch meinen Körper lief. Ich wollte mich nicht von einem Mann wie ihm zum Spielzeug degradieren lassen. Das würde ich auf keinen Fall zulassen.

»Ich sollte zurückgehen«, sagte ich. Mir war klar, dass ich schleunigst etwas unternehmen musste, um zu verhindern, dass ich mich ihm an den Hals warf.

Seine Augen schienen mich regelrecht zu durchbohren, doch diesmal waren es nicht bloß meine Wangen, die sich anfühlten, als stünden sie in Flammen. »Ich hoffe, ich sehe dich irgendwann wieder, Clara.«

Ohne zu warten, bis ich ging, machte er kehrt, trat auf die Terrasse hinaus und verschwand in der Dunkelheit. Erst als er fort war und mich damit von seiner berauschenden Anwesenheit befreit hatte, dämmerte mir, dass ich einen Mann geküsst hatte, dessen Namen ich noch nicht einmal kannte. Und dass ich es jederzeit wieder tun würde.

2

Ich war so in Gedanken an den Fremden und unseren Kuss versunken, dass ich Belle erst bemerkte, als sie sich ein weiteres Mal auf mich stürzte. Strahlend packte sie mich am Handgelenk und zerrte mich in Richtung Bar. Die meisten umstehenden Gäste bemerkten vermutlich gar nicht, dass sie die Augen ein klein wenig zusammenkniff, aber ich wusste sehr wohl, was es zu bedeuten hatte: Ich steckte in Schwierigkeiten. Der Kuss – dieser unfassbare Kuss – hatte mich derart aus der Bahn geworfen, dass ich keinerlei Lust auf eine Auseinandersetzung verspürte.

»Was zum Teufel sollte das denn gerade?«, fragte sie und knallte mir ein Schälchen mit Nüssen hin.

»Ich habe keinen Hunger.« Essen war so ziemlich das Letzte, wonach mir der Sinn stand.

»Bist du jetzt schon blau? Zwing mich nicht, sie dir reinzuschieben.«

»Ich bin nicht betrunken«, wandte ich ein, obwohl ich mich ganz so fühlte. Seine Lippen. Sein Geschmack. Der Druck seines Körpers. Hitze stieg in mir auf; am liebsten hätte ich mir Luft zugefächelt.

»Clara.« Belle schnippte mit den Fingern vor meiner Nase. Ich schüttelte den Kopf und starrte sie stumm an. »Ich habe gerade gesagt, du hättest mit meinem Bruder zumindest etwas trinken können.«

»Tut mir leid.« Es tat mir wirklich leid, dass ich sie vor ihrem Bruder so in Verlegenheit gebracht hatte, aber anders würde sie nie begreifen, dass ihre Verkuppelungsversuche unerwünscht waren. Seit einer höchst unrühmlichen Episode in ihrer Familie vor einigen Jahren wusste Belle, was es hieß, in der Öffentlichkeit gedemütigt zu werden. Diese Karte spielte ich nur sehr ungern aus, aber eine andere Sprache verstand sie nicht. Trotzdem – wir waren hier bei unserer Abschlussfeier.

»Ich dachte, ich hätte meine Mutter gesehen«, schwindelte ich.

Belles Züge wurden weich. Sie nahm eine Handvoll Nüsse aus dem Schälchen und hielt sie mir hin. »Hier, Proteine. Die wirst du brauchen.«

Damit mochte sie recht haben, auch wenn meine Ausrede eine glatte Lüge gewesen war. Meine Mutter sollte heute hier sein, und sie würde zweifellos noch auftauchen. Ohne Einladung würde sie niemals einen Fuß in den Oxford and Cambridge Club setzen können, und es wurden einige der einflussreichsten Familien Englands erwartet – eine Gelegenheit, die sich Madeline Bishop keinesfalls entgehen lassen würde. Da es sich um eine private Feier handelte, war die Presse nicht erwünscht, aber mit ein bisschen Glück drückte sich der eine oder andere Paparazzo vor dem Eingang herum. Eigentlich interessierte sich kaum jemand für unsere Familie, aber seit meine Eltern vor vierzehn Jahren zu Reichtum gekommen waren, suchte meine Mutter die Öffentlichkeit, was mir immer ein wenig peinlich war. Ich war alles andere als scharf darauf, sie zu sehen, was Belle nur zu gut verstand.

»Danke.« Erst als ich die Nüsse kaute, merkte ich, dass ich völlig ausgehungert war. Ich sah auf die Uhr auf einem der Kaminsimse und stöhnte. Seit über sechs Stunden hatte ich keinen Bissen zu mir genommen.

»Ich will nicht dafür verantwortlich gemacht werden, dass du bei deiner Abschlussfeier auch noch ohnmächtig wirst«, sagte Belle zwinkernd. Sie kannte mich gut genug, um zu wissen, dass ich zwischen der stressigen Zeremonie und der Party vergessen haben würde, etwas zu essen. »Nicht hinsehen, aber die Bishops sind gerade eingetroffen«, sagte sie.

»Gott schütze die Königin«, murmelte ich, holte tief Luft und schob mir noch ein paar Nüsse in den Mund – auf die später ein anständiger Bourbon würde folgen müssen, das stand jetzt schon fest. Ich drehte mich um und sah meine Mutter in einem atemberaubenden, wenn auch viel zu kurzen pfauenblauen Kleid, das sich wie eine zweite Haut um ihren eindrucksvoll athletischen Körper schmiegte, aber trotzdem viel zu mädchenhaft für ihr Alter war. Es war absolut unfair, dass sie besser in Form war als ich, andererseits betrachtete sie es als ihre Hauptaufgabe im Leben, sich um ihr Äußeres zu kümmern.

Ich sah, wie sie, eine Hand kunstvoll auf die Perlenkette um ihren Hals gelegt, den Blick umherschweifen ließ. Sie mochte keine gebürtige Britin sein, hielt jedoch locker mit all den Aristokraten im Raum mit – sie stand hocherhobenen Hauptes da, die Nase gereckt, ein wohlwollendes Lächeln auf den Lippen, als beehre sie einen Raum voller Lakaien mit ihrer Anwesenheit.

Ich holte tief Luft und winkte ihr zu.

»Die letzte Gelegenheit, noch zu verschwinden«, raunte ich Belle zu.

»Und dich allein lassen? Vergiss es! Aber dafür schuldest du mir was. Mindestens eine gute Flasche Wein.« Sie drückte mir einen Whiskey in die Hand – sie wusste nur zu gut, was ich brauchte, um diese Begegnung unbeschadet zu überstehen.

»Deal.« Allerdings würde eine Flasche Wein vermutlich nicht reichen.

»Clara, liebstes Kind!« Mom kam angerauscht und hauchte mir rechts und links zarte Küsschen auf die Wangen. Zuneigungsbekundungen von ihr waren so zerbrechlich wie der Flügel eines Schmetterlings. Gefühle werden so leicht enttäuscht, hatte sie einmal zu mir gesagt, deshalb solle man besser sparsam mit ihnen umgehen. Schon von Kindesbeinen an hatte ich mitbekommen, dass sie dieses Prinzip auch in ihrer Ehe anwendete.

Dad streckte mir die Hand hin und zog mich an sich, als ich sie ergriff. »Clare-Bear, du hast es geschafft!«

Der Klang meines Spitznamens trieb mir die Röte ins Gesicht. Mein Dad behandelte meine Mutter zwar wie ein rohes Ei, teilte aber ihre Meinung nicht, die Liebe sei ein zerbrechliches Gut.

»Sie ist jetzt eine Uniabsolventin!« Voller Stolz warf Mom sich in die Brust, was ihr nicht gerade dezente Bewunderungsblicke der umstehenden Männer einbrachte. »Und dann auch noch Oxford.«

»Auf mein Mädchen!« Mit einem Anflug von Rührung sah ich zu, wie Dad sein Glas hob.

Es war von Anfang an ziemlich klar gewesen, dass ich studieren würde, auch wenn mein Vater seinen Abschluss damals nur mit Ach und Krach geschafft hatte. Meine Mom hatte weniger Glück gehabt – es war ein komisches Gefühl zu wissen, dass sie hergekommen war, um ausgerechnet den

Menschen zu feiern, der ihre eigenen Karrierepläne vermasselt hatte.

»Eine künftige Nobelpreisträgerin. Die Hoffnung Englands«, fuhr Dad fort.

Ich verdrehte die Augen. »Wohl eher der Laufbursche des künftigen Nobelpreisträgers.«

»Jeder fängt mal klein an«, meinte er. »Gandhi hat auch nicht vom ersten Tag an Heldentaten vollbracht.«

Das bezweifelte ich nicht, aber allein beim Gedanken an den Job, den ich an Land gezogen hatte, wurde mir leicht übel. Zum Glück blieben mir noch gut zwei Wochen, bis ich ihn antreten musste, und bis dahin hatte ich noch jede Menge zu erledigen, um mich abzulenken. »In den Hungerstreik werde ich jedenfalls nicht treten«, versprach ich.

Meine Mutter erstarrte. »Das war geschmacklos.«

»Entschuldigung. War nur ein Scherz.«

»Hier drinnen ist es so stickig.« Sie fächelte sich Luft zu.

Dad lächelte zärtlich. »Dann lass uns ein anderes Plätzchen für dich suchen.«

Das war die passiv-aggressive Standardtaktik meiner Mutter – ständig in Bewegung zu sein. Die Aussicht mochte noch so schön, ihr Tischherr beim Dinner noch so faszinierend, die Party noch so exklusiv und hochkarätig sein, sie hatte pausenlos Angst, irgendetwas zu verpassen. Sie war überzeugt davon, dass hinter der nächsten Ecke eine noch bessere Gelegenheit oder jemand noch Wichtigeres darauf wartete, von ihr entdeckt zu werden. Aus diesem Grund war meine Familie in den ersten Jahren, nachdem meine Eltern ihre Internetfirma verkauft hatten, ununterbrochen umgezogen. Erst vor sechs Jahren, nach dem Umzug von Los Angeles nach Kensington, hatte mein Vater endlich ein Machtwort gesprochen und erklärt, dass jetzt endgültig Schluss damit sei. Das Haus, in dem sie wohnten, war das feudalste von allen, mit einer feudalen Adresse – direkt gegenüber dieser berühmten Expopsängerin, die mit diesem berühmten Fußballspieler verheiratet war. In den ersten Jahren hatte meine Mutter Ruhe gegeben, aber neuerdings machte sie immer wieder Andeutungen, dass sie bereit für einen weiteren Ortswechsel wäre. Genauer gesagt zog es sie ins Grüne. Ich musste meinem Dad zugutehalten, dass er bisher nicht recht mitzog, was sie jedoch nicht davon abhielt, einen Immobilienmakler zu engagieren. Alle paar Monate schleppte sie mich zu irgendwelchen Besichtigungsterminen – sie hatte angedeutet, ein Haus für mich kaufen zu wollen, aber das würde ich auf keinen Fall zulassen. Meine Eltern hatten mir das Studium finanziert, und ich hatte im Gegenzug die Ansprüche meiner Mutter und ihre neugierigen Fragen über mein Privatleben ertragen müssen, aber nun, da ich erwachsen war und einen bezahlten Job hatte, verspürte ich keinerlei Lust, noch weiter unter ihrer Fuchtel zu bleiben.

»Hast du dir schon Gedanken gemacht, wo du wohnen willst, jetzt, wo du wieder in die Stadt kommst, Clara?«, fragte sie und hakte sich bei mir unter – wieder mal stellte sie damit ihr untrügliches Gespür für das unter Beweis, was mir gerade im Kopf herumging.

Bei euch jedenfalls nicht, dachte ich. Meine Mutter wusste nur zu gut, dass mir London immer noch fremd und ein bisschen unheimlich war; schließlich waren mir nach unserem Umzug nach England nur ein paar Wochen geblieben, ehe ich an die Uni gegangen war. Trotzdem wollte ich auf keinen

Fall wieder bei ihnen einziehen. »Ich habe dir doch gesagt, dass ich bei Belle unterkomme.«

»Aber Belle heiratet bald«, meinte sie, drehte sich um und strahlte Belle an. »Sie müssen mir unbedingt alles über die Hochzeit erzählen.«

Belle erwiderte das Lächeln und verdrehte die Augen, als meine Mutter ihr den Rücken zukehrte – damit war klar, dass meine Mutter sich soeben zu ihrer Hochzeit eingeladen hatte. Wenn sie es könnte, würde sie mir wahrscheinlich noch meinen Platz als Brautjungfer streitig machen.

»Aber erst nächstes Jahr«, erwiderte ich ruhig; zumindest klang meine Stimme so, denn in Wahrheit bereitete mir dieser Umstand gewaltige Sorgen. Allein zu wohnen war überhaupt nicht mein Ding, was sowohl Belle als auch meine Mutter sehr genau wussten. Noch war ich nicht sicher, was ich tun würde, wenn Belle nach der Hochzeit zu Philip ziehen würde ... Darüber würde ich mir später Gedanken machen.

»Keine Angst, Mrs. Bishop«, sagte Belle mit leuchtenden Augen. »Ich habe eine lange Liste mit Männern, die alles für ein Date mit Clara tun würden. Allesamt sehr aussichtsreiche Kandidaten.«

Am liebsten wäre ich vor Scham im Erdboden versunken. Verkuppelt zu werden, war die reinste Pest für mich; als bräuchte ich jemanden, der mein Liebesleben in die Hand nahm. Es gab mir das Gefühl, nicht begehrenswert zu sein, dabei hatte die Episode vorhin bewiesen, dass dies nicht der Fall war. »Reden wir hier von Männern oder Investments?«

»Das ist doch dasselbe«, warf Mom ein und wandte sich wieder Belle zu. »Es ist so nett von Ihnen, sich um sie zu kümmern. Bitte nennen Sie mich doch Madeline, schließlich sehen wir uns ja jetzt häufiger.«

Visionen von gemeinsamen Mittagessen und Teeverabredungen flammten vor meinem geistigen Auge auf. Offenbar hatte meine Mutter immer noch nicht begriffen, dass ich schon bald einen stressigen Job haben würde. Sie selbst hatte seit einer Ewigkeit nicht mehr gearbeitet und offenbar keine Ahnung, was es heutzutage hieß, Karriere zu machen – nämlich zu arbeiten.

»Das hoffe ich«, gab Belle zurück. Sie fand meine Mutter köstlich, aber selbst mir war klar, dass Belles Antwort eine Lüge war. Madeline war ein Mensch, den man lediglich in homöopathischen Dosen ertragen konnte.

Wir suchten uns einen Platz in der Nähe der Terrassentür, von wo ich vorhin erst geflohen war. Meine Gedanken schweiften zu dem Kuss zurück. Am liebsten hätte ich mich davongestohlen und nach ihm gesucht, aber wäre ich dann nicht genauso erbärmlich wie das Mädchen, dem er zu entgehen versucht hatte? Vermutlich. Und was würde ich tun, wenn ich ihn mit der Nächsten knutschend in einer Ecke erwischen würde? Nein, die neue Clara Bishop, die in wenigen Tagen ihren ersten Job antreten würde, hat keine Zeit für Playboys, unnötigen Ballast oder Liebesdramen.

Trotzdem wollte mir der Kuss nicht aus dem Sinn gehen – wieder und wieder ließ ich ihn Revue passieren, jeden einzelnen Moment in Zeitlupe, bis ich die Berührung seiner Lippen beinahe spüren konnte. Ich ballte die Fäuste und kämpfte die Erregung nieder, die dabei in mir aufstieg.

Das hohe Kichern meiner Mutter riss mich aus meinen Tagträumen. Es war höchst unwahrscheinlich, dass jemand einen Wahnsinnswitz gerissen hatte, trotzdem lächelte ich, als würde ich mich großartig amüsieren.

»Dein Vater und ich haben uns Gedanken gemacht.« Mom sah Dad an, ignorierte jedoch den frustrierten Blick, den er ihr zuwarf. »Wieso ziehst du nicht wieder zu uns? Belle will doch bestimmt allein mit Philip sein, und wir haben mehr als genug Platz.«

Das stimmte zwar, trotzdem würde ich das Angebot unter keinen Umständen annehmen. »Aber wir haben schon einen Mietvertrag für eine tolle Wohnung unterschrieben«, log ich.

»Was? Ohne mich zu fragen?« Meine Mutter trug ihr Schmollen zur Schau wie andere Frauen ihre neuen Hüte – oft und demonstrativ. So auch jetzt. Sie sah mich an, als hätte ich sie aufs Übelste verraten.

»Tut mir leid. Wir mussten sofort zuschlagen«, kam Belle mir zu Hilfe.

»Aber ich bin doch Expertin für Immobilien.« Das Schmollen wurde intensiver, wobei ein paar Falten um Moms Mundwinkel zutage traten, für deren Verschwinden sie eigentlich eine hübsche Stange Geld ausgegeben hatte. Das war kein gutes Zeichen.

»Aber es ist nur ein Mietvertrag«, sagte ich.

»Trotzdem. Kürzlich habe ich in der *Sun* gelesen, dass immer mehr Vermieter ihre Mieter bespitzeln.«

Die zweite Standardtaktik meiner Mutter bestand darin, scheinbar Alltägliches wie ein Horrorszenario dastehen zu lassen. Die ersten achtzehn Jahre meines Lebens war es ihr gelungen, mir damit mächtig Angst zu machen, heute, mit dreiundzwanzig, fand ich diese Versuche nur noch ermüdend.

»Bestimmt wird das bei uns nicht passieren«, sagte ich.

»Unsere Vermieterin ist eine reizende alte Dame«, erklärte Belle.

Ich warf ihr einen warnenden Blick zu – wenn wir so weitermachten, flog uns die Lüge am Ende noch gnadenlos um die Ohren. Ich belog meine Mutter – wenn auch zu ihrem eigenen Besten – lange genug, um zu wissen, dass man ihr besser kleine überschaubare Lügen auftischen sollte, statt eine große so aufzuplustern, dass sie sie einem nicht abkaufte oder, was noch schlimmer war, sich merkte.

»Ist das Doris da drüben?« Mom packte Dads Arm. Bei einer Veranstaltung wie dieser jemandem über den Weg zu laufen, den sie kannte, war wie Weihnachten für sie, deshalb würde sie sich die Gelegenheit, zur Kenntnis genommen zu werden, nicht entgehen lassen. »Los, lass uns rübergehen und sie begrüßen.«

Dad nickte wenig begeistert und nahm behutsam ihren Ellbogen.

Kaum waren sie außer Sichtweite, verpasste ich Belle einen Klaps. »Wir haben keine Wohnung und auch keine nette alte Vermieterin.«

»Ehrlich gesagt«, erwiderte sie mit theatralischer Langsamkeit, »haben wir genau das.«

Ich hob die Brauen. »Was?«

»Meiner Großtante Jane gehört ein Haus in East London.«

Ich hätte nicht gedacht, dass sie mich noch überraschen könnte, aber offenbar hatte ich mich geirrt. »Deine Großtante? In East London?«

»Wart's nur ab.« Belle trank einen Schluck von ihrem Cocktail und zuckte die Achseln, als wäre es das Normalste der Welt, eine ältere Verwandte zu haben, die in einem der angesagtesten Viertel von ganz London residierte. »Du wirst sie lieben.«

»Ich weiß nicht«, sagte ich zweifelnd. »Und die Wohnung habe ich ja noch nicht einmal gesehen.«

»Vertrau mir. Wir sind morgen mit Tante Jane verabredet. Außerdem, kannst du dir vorstellen, wieder bei deinen Eltern einzuziehen?« Belle machte eine Geste, als würde sie stranguliert werden.

»Ja und nein.«

»Ja?«, wiederholte sie ungläubig.

»Du weißt, dass ich nicht gern allein lebe.« Trotzdem war die Vorstellung, mich wieder bei meinen Eltern einzuquartieren, höchst unerfreulich. An der Uni war ich meine eigene Herrin gewesen, und abgesehen von ein paar ganz schlechten Entscheidungen – zumeist in Zusammenhang mit Daniel – hatte ich mich seit dem zweiten Studienjahr eigentlich ganz wacker geschlagen.

Bald würden die meisten meiner Freunde nach London ziehen. Dennoch, Belle war meine beste Freundin – und die Einzige, mit der ich mir vorstellen konnte, eine Wohnung zu teilen. Im ersten Studienjahr hatte ich mich frei und unabhängig gefühlt; ein Gefühl, das Daniel gnadenlos zunichtegemacht hatte. Vielleicht hatte ich mich in einem Jahr ja so weit erholt, dass ich mir vorstellen konnte, auch allein zu wohnen.

»Ich weiß, und das ist auch okay.« Belle legte ihren Kopf auf meine Schulter. »Aber das bedeutet, dass ich etwas einfädeln muss. Es wäre schrecklich, wenn ich dich zu deinen Eltern zurückschicken müsste.«

»Wer weiß, wie es in einem Jahr aussieht«, sagte ich.

Belle drückte meine Schulter. »Das ist die richtige Einstellung.«

»Du glaubst, das würde bedeuten, dass du mich verkuppeln darfst, richtig?«

»Nur *ein* Date«, bettelte sie. »Mit meinem Bruder.«

»Ich glaube nicht, dass er mein Typ ist.« Ich wollte ihre Gefühle nicht verletzen, schließlich konnte sie nichts dafür, dass er ein Waschlappen war.

»Ich weiß ja, dass er dich zu Tode langweilen würde«, meinte sie, »aber ich will nun mal, dass jemand für dich sorgt.«

»Ich kann für mich selbst sorgen.«

Das schien sie ernsthaft zu bezweifeln, und ich hatte ihr im vergangenen Jahr keinen Anlass gegeben, mir zu glauben. Aber trotz ihrer Sorge um mich würde ich mich nicht zu einem Date mit ihrem Bruder überreden lassen, bestandene Anwaltszulassung hin oder her. Zum Glück tauchte ihr Verlobter auf, bevor sie mich weiter bearbeiten konnte.

»Da ist ja Philip.« Sie sprang auf und strich ihr Kleid glatt, ehe sie sich mir fragend zuwandte.

»Du siehst super aus, wie immer.« Und das stimmte auch. Egal, wie viel sie am Vorabend getrunken hatte oder wie lange sie auf den Beinen gewesen war, Belle sah stets aus wie aus dem Ei gepellt. »Richte Pip schöne Grüße von mir aus.«

Belle streckte mir die Zunge heraus und tänzelte auf ihren Verlobten zu. Ich fand Philip ein bisschen zu ernst, und das wollte etwas heißen. Er hasste den Spitznamen Pip, weshalb ich ihn umso lieber mochte. Nicht weil ich Philip nicht leiden konnte; er war okay – groß, blond, höflich. Und dass er einen Titel und tonnenweise Geld hatte, war ebenfalls kein

Nachteil. Er hatte genau das, was Belle sich von einem Mann erhoffte: finanzielle und genetische Sicherheit. Ich konnte es ihr nicht verdenken. Wir hatten uns beide in der Vergangenheit ziemlich verloren gefühlt, deshalb war ihr Wunsch nach einem sicheren Hafen nachvollziehbar. Ich wünschte nur, sie würde respektieren, dass ich meinen sicheren Hafen niemals bei einem Mann wie ihrem Bruder oder einem ihrer anderen alten Freunde finden würde, denen ich in den nächsten Wochen zweifellos »zufällig« begegnen würde.

Ich sah zu, wie Philips Züge sich erhellten, als er ihre Hand nahm und sie an sich zog, und ich seufzte. Sie sahen so perfekt aus, wie aus dem Märchen. Vielleicht täuschte ich mich ja in ihnen – vielleicht war er ja mehr als nur eine bequeme, angenehme Lösung.

***

Es gibt Orte, an denen man sich auf Anhieb zu Hause fühlt, als hätten diese Orte bereits das ganze Leben nur darauf gewartet, dass man sie betritt. Bei mir waren es meist Bibliotheken, hübsche Cafés, stille Ecken an einem abgelegenen Strand oder unter einem schattigen Baum. In den Häusern meiner Eltern hatte ich mich jedenfalls nie wirklich zu Hause gefühlt, dafür waren sie viel zu kalt und groß. Es hatte sich angefühlt, als würde man in einem Museum leben, und ich konnte es nicht ausstehen, auf dem Präsentierteller zu sitzen. Aber in der Sekunde, als ich das Haus von Belles Großtante betrat, wusste ich, dass ich mich hier wohlfühlen würde.

Mehr als das: Es würde mir ein Gefühl von Sicherheit schenken.

»Und, was sagst du?«, fragte Belle und drehte ihren Verlobungsring hin und her.

Ein winziger Teil von mir gab nur sehr ungern zu, dass ich mich zu Unrecht dagegen gesträubt hatte, in das Haus ihrer Tante einzuziehen. Ich wandte mich um und spürte, wie sich ein dümmliches Grinsen auf meinem Gesicht ausbreitete. »Wann können wir einziehen?«

Eingehüllt in eine fließende Tunika und flatternde Schals, schwebte Tante Jane zum Fenster und riss es auf. »Ah, schon besser. Ich ertrage keine stickigen Räume!« Seufzend stand sie in der sanften Brise. »Die Wohnung steht leer, und das ist nicht gut für die Seele eines Hauses. Ich habe die Schlüssel gleich hier ... Wenn ihr wollt, könnt ihr sie sofort haben.«

Ohne zu zögern, nahm ich den Schlüsselbund entgegen. Während der Prüfungswochen hatte ich mir jeden Tag eine Liste mit den Dingen geschrieben, die ich danach dringend erledigen musste. Die Suche nach einer neuen Wohnung war einer der Punkte gewesen, die mir schlaflose Nächte bereitet hatten. Und nun schien sich auf einmal alles wie von selbst zu fügen. Die Miete war überschaubar, selbst wenn Belle nach der Hochzeit auszog; allem Anschein nach gab Tante Jane uns einen satten Familienrabatt, sodass ich noch nicht mal an meinen Treuhandfonds würde gehen müssen.

»Es wird toll, ein bisschen frischen Wind im Haus zu haben«, fuhr sie fort. »Der letzte Mieter war Musiker, der offenbar halb taub war, fürchte ich.«

»Tante Jane hat ein Herz für Musiker«, erklärte Belle.

»Die meisten sind hervorragende Liebhaber«, bestätigte Tante Jane mit ernster Miene, als würden wir besprechen, was zu tun wäre, wenn die Toilette verstopft war. »Bitte sagt mir, dass ihr schon mal mit einem Musiker im Bett wart.«

Ich unterdrückte ein Kichern und schüttelte den Kopf. Tante Janes Miene verriet, dass sie das für ein großes Versäumnis hielt. Hoffnungsvoll wandte sie sich Belle zu, die ebenfalls verneinte. Betrübt schüttelte Tante Jane den Kopf.

»Und jetzt heiratest du auch noch. Nun ja, dir bleibt ja immer noch eine Affäre. Auch dafür eignen sich Musiker ganz hervorragend.«

Es hatte den Anschein, als wäre eher Tante Jane selbst die frische Brise, dachte ich, als ich ihr durch die Räume folgte und sie mir die Besonderheiten meines künftigen Zuhauses erläuterte. Nichts an ihr deutete darauf hin, dass sie aus einer Familie mit altem Geld stammte, was jedoch der Fall sein musste, wenn ihr dieses Haus gehörte. Ihr graues Haar war zu einer Art Punk-Pixie frisiert, der ihre zierliche Gestalt und ihre eleganten Gesichtszüge perfekt unterstrich. Sie hatte etwas Aristokratisches an sich, so viel stand fest, trotzdem wirkte sie zugleich bodenständig und exotisch, ganz anders als die eingebildeten Typen, denen ich zu Unizeiten begegnet war. Ich mochte sie auf Anhieb.

Die Wohnung war perfekt. Erst vor Kurzem war sie mit einer neuen Küche und einer riesigen Whirlpoolwanne ausgestattet worden, das Eichenholzparkett hatte man abgeschliffen und frisch versiegelt. Die Wände bestanden aus freigelegten Ziegeln und noch erhaltenem Putz und aufwendig gearbeiteten Fenster- und Türrahmen. Lediglich ein Kamin fehlte, den würde ich in den kommenden Sommermonaten allerdings nicht vermissen. Sobald wir Möbel hatten, konnte ich die meisten Punkte auf meiner To-do-Liste abhaken, und mit ein bisschen Glück blieben mir vor meinem ersten Arbeitstag noch ein paar freie Tage, um die Stadt zu erkunden.

»Welches Zimmer wäre dir lieber?«, fragte Belle, als wir eine letzte Runde durch die Räume drehten.

»Mir egal.«

»Lügnerin.« Sie hakte sich unter und zog mich in das kleinere, aber gemütlichere der beiden Zimmer. »Ich weiß genau, dass du das hier willst.«

Ich zögerte und kaute auf meiner Unterlippe. Mit dem hübschen Panoramafenster war es genau das, was ich mir immer gewünscht hatte, aber vielleicht wollte Belle das Zimmer für sich.

»Es ist echt schön«, sagte ich langsam.

»Also nimmst du es. Das andere hat Zugang zur Toilette, deshalb bin ich morgens immer vor dir dran.«

»Wie hinterhältig von dir.« Ich lachte; nicht nur über ihre Gerissenheit, sondern weil es höchst unwahrscheinlich war, dass Belle morgens vor mir aus den Federn kam. Belles Hauptaufgabe während der nächsten zwölf Monate bestand darin, ihre Hochzeit bis ins letzte Detail zu planen. Wenn es einen Job gab, der freie Zeiteinteilung gewährleistete, dann dieser.

»Ich muss mich bei Tante Jane bedanken«, sagte sie und ließ mich allein zurück.

Ich wusste bereits, wo ich das Bett und mein Bücherregal hinstellen würde; vielleicht konnte ich auch einen Lesesessel oder zumindest eine kleine Bank unter das Riesenfenster stellen, das auf die geschäftige Straße drei Stockwerke tiefer hinausging. Dank eines glücklichen Zufalls und der harten Arbeit während des letzten Studienjahrs fügte sich alles zum Guten.

Doch tief im Innern fragte ich mich bereits, wann sich das alles wieder ändern würde. Als ich aus dem Fenster meines neuen Zimmers sah, blickte ich in einen grauen, wolkenverhangenen Himmel – ein Sturm zog auf.

3

Gedämpfter Straßenlärm drang in meine Träume, doch ich weigerte mich, aus dem Schlaf aufzutauchen. Ich träumte von einem attraktiven Mann mit leichtem Bartschatten, dessen Gesicht halb im Dunkeln verborgen lag. Nelkengeruch hing in der Luft. Seine Finger strichen über mein Schlüsselbein bis zum obersten Blusenknopf, während er sich vorbeugte und seine Lippen an meiner Kinnlinie entlanggleiten ließ. Ein lautes Hupen ließ ihn zurückweichen, obwohl ich mich noch eindringlicher bemühte, nicht aufzuwachen. Mittlerweile trennten uns mehrere Meter. Er zuckte die Achseln, während das Morgenlicht durch meine geschlossenen Lider drang und die letzten Fragmente meines Traums verjagte, an den ich mich noch immer mit aller Macht klammerte.

Würziger Kaffeeduft riss mich vollends aus meiner Traumwelt. Als Belle hereinkam, zwang ich mich, die Augen aufzuschlagen. »Los, hoch mit dir, dann kriegst du ihn«, sagte sie.

»Wie spät ist es?«, fragte ich, während ich allmählich ins Hier und Jetzt eintauchte.

»Höchste Zeit, die Sachen auszupacken«, antwortete sie und drückte mir den Becher in die Hand. »Oder musst du heute schon die Erwachsene spielen?«

»Mein erster Arbeitstag ist erst am Freitag, du hättest mich ruhig weiterschlafen lassen können.« Ich nippte an meinem Kaffee und ergab mich in mein Schicksal – Ausschlafen fiel für heute also aus.

»Hast du überhaupt schon etwas ausgepackt?« Belle warf einen Blick auf die Beschriftung einer der Umzugskisten.

Ich klopfte auf meine Matratze. Ich hatte meine Daunendecke und etwa ein halbes Dutzend Kissen mit cremefarbener Bettwäsche bezogen und auf mein Himmelbett gelegt. Nach einer Woche auf diversen Sofas und mehreren Fahrten zwischen Oxford und London hatte eine Nacht ungestörter Schlaf ganz oben auf meiner Prioritätenliste gestanden. Deshalb waren auch die Kartons noch alle zugeklebt und die Wände bis auf den frischen stahlblauen Anstrich kahl. Belle dagegen hatte ihren Kleiderschrank offenbar bereits eingeräumt, denn trotz der frühen Morgenstunde trug sie enge schwarze Jeans und ein lässiges Shirt, das sich um ihren schmalen Oberkörper bauschte. Mit ihrem blonden Haar und ihrem von der Sonne geküssten Teint sah sie wie ein Model aus.

Ein regelrechtes Hupkonzert ertönte vor dem Fenster. Belle sprang auf, spähte hinaus und runzelte die Stirn.

»Was zum Teufel ist denn da unten los?«, fragte ich.

»Eine Handvoll Gaffer. Sehen wie Reporter aus«, antwortete sie mit einer wegwerfenden Geste. »Vielleicht gab es ja einen Unfall.«

Stöhnend kletterte ich aus dem Bett und stellte meinen Kaffeebecher auf einem Umzugskarton ab. Ekelhaft, wie sich die Reporter auf jede Tragödie stürzten, als wären die Leute allen Ernstes scharf auf zerquetschte Autowracks in den Abendnachrichten. Selbst die nach dem Tod von Prinzessin Sarah eingeleiteten Schutzmaßnahmen hielten sie nicht davon ab, sich ihre blutigen Schlagzeilen zu verschaffen, ganz egal, wie. Allein bei der Vorstellung wurde mir schlecht. Ich hatte keine Ahnung, wen oder was sie jetzt wieder im Visier hatten, aber wir würden es in den nächsten Tagen ganz bestimmt und in scheußlicher Ausführlichkeit an jedem Zeitungskiosk zu sehen kriegen.

»Ich kann nichts erkennen da unten.« Verdrossen rümpfte Belle die Nase, weil sie keine Erklärung für den Aufruhr fand.

»Ausschlafen kann ich jetzt sowieso vergessen.« Ich suchte die Kartons ab, bis ich einen mit Klamotten gefunden hatte. »Ich gehe jetzt unter die Dusche, und dann können wir loslegen.«

Belle nickte und ging zur Tür. »Ich werde so lange mal runtergehen und nachsehen.«

Ich schüttelte den Kopf und bemühte mich um eine vorwurfsvolle Miene.

»Was, wenn es einen Notfall gibt? Oder ein Mörder frei herumläuft?«, meinte Belle. »Wir sind ganz neu hier in der Gegend, Clara, deshalb sollten wir vorsichtig sein.«

»Findest du nicht, wir sollten uns erst mal über den neusten Klatsch informieren?«

Belle presste die Lippen aufeinander, um ihr Grinsen zu verbergen. »Du wirst nicht mal merken, dass ich weg bin.«

Es dauerte fast fünf Minuten, bis das Wasser heiß genug war, doch dann stand ich unter der Dusche und spürte, wie sich meine Schultern unter dem Strahl entspannten. Ich schloss die Augen und dachte an meinen Traum und die Begegnung mit dem geheimnisvollen Fremden letzte Woche. Wieder spürte ich, wie sich mein Magen zusammenzog. Ich wünschte, ich hätte meinen Traum zu Ende träumen können. *Oder ihn wiedersehen. Das wäre noch viel besser*, dachte ich und seifte mich ein. Eigentlich ein ganz unschuldiger

Wunsch, versuchte ich mir einzureden; schließlich wollte ich nur wissen, wie er hieß und weshalb er mich *geküsst* hatte, um nicht mit seiner Ex reden zu müssen, aber wenn ich ganz ehrlich war, sehnte ich mich nach einer Wiederholung. Meine Hand war über meinen nassen Bauch nach unten geglitten in Richtung des Pochens zwischen meinen Beinen.

»Hör auf damit, Clara«, sagte ich laut und stellte mich unter den Strahl, um die Seifenreste abzuspülen. Ich konnte doch nicht so verzweifelt sein, dass ich mich unter der Dusche selbst befriedigte, während ich an den Fremden dachte. Ich drehte das Wasser ab und stieg aus der Dusche. Als ich mein dickes kastanienbraunes Haar trocken gerubbelt hatte und in eine bequeme alte Jeans geschlüpft war, hörte ich Belle in der Küche rumoren.

»Und, weißt du jetzt Bescheid und kennst alle schmutzigen Details?«, fragte ich, als ich hereinkam, und setzte mich an den Tisch, wo bereits der nächste Kaffee auf mich wartete.

Belle war kreidebleich und stieß mit dem Finger auf einen Stapel Zeitungen auf der Arbeitsplatte.

»Hast du zufällig vergessen, mir etwas zu erzählen, Clara?«

Ich sah sie fragend an. Belle und ich waren nicht nur perfekte Zimmergenossinnen gewesen, weil wir uns mochten, sondern weil keine von uns die andere bespitzelte. Das war auch nicht nötig. Belle spielte grundsätzlich mit offenen Karten, und da mein Leben in viel langweiligeren Bahnen verlief als ihres, wusste sie ebenso gut über mich Bescheid wie ich über sie.

»Was ist los, Belle?«, fragte ich leise und spürte, wie sich mein Magen verkrampfte. »Du siehst aus, als würde dir gleich schlecht werden.«

Sie stieß ein nervöses Lachen aus, das in einen Kicheranfall umschlug. »Es ist ... bloß ... so ... absurd.«

Ich wollte eine der Zeitungen schnappen, aber Belle riss sie weg.

»Vielleicht willst du dich lieber erst hinsetzen«, sagte sie lächelnd.

Eisige Furcht packte mich. Ich hatte mir nichts zuschulden kommen lassen, es gab keinerlei Grund, weshalb Belles Aufregung irgendetwas mit mir zu tun haben sollte. Aber es war so. Ich wusste es. Sie sah aus, als würde sie vor Spannung gleich platzen.

»Los, raus mit der Sprache.« Meine Ungeduld wuchs mit jeder Sekunde.

Sie schob mir eines der Klatschblätter zu, auf dessen Titelseite ein Foto von zwei küssenden Gestalten zu sehen war. Deswegen führte sie sich so auf? Ich hob eine Braue, woraufhin sie mir eine zweite Zeitung zuschob. Dieses Foto war klarer, trotzdem dauerte es einen Moment, bis der Groschen fiel. Ich erkannte die Vertäfelung und die Terrasse dahinter. Und dann die beiden Gestalten – mich selbst und den geheimnisvollen Unbekannten von der Abschlussfeier im Oxford and Cambridge Club. Augenblicklich kehrte die Erinnerung zurück.

Sein seidiges Haar.

Der Geschmack nach Nelken und Bourbon auf seinen Lippen.

Meine Haut prickelte bei der Erinnerung, sehnte sich nach seiner Berührung.

Es mochte ein märchenhafter Kuss gewesen sein, aber das erklärte noch lange nicht, weshalb wir damit auf den Titelseiten der Klatschpresse gelandet waren.

»Ich verstehe das nicht«, sagte ich, doch dann fiel mein Blick auf die Schlagzeile, und ich begriff. »Die Reporter da draußen?«

Belle nickte.

Wie hatte ich ihn nicht erkennen können? Allem Anschein nach hatte ich die letzten Monate in einem völlig anderen Universum gelebt. *Dämlich, naiv, unschuldig* – die winzige Stimme in meinem Hinterkopf schnalzte missbilligend. Dann fiel mir wieder ein, was mich aus dem Schlaf gerissen hatte. Erschrocken packte ich Belle am Arm.

»*Ich?*« Mein Mund fühlte sich staubtrocken an.

»Du bist diejenige, die mit dem verdammten Prinzen geknutscht hat«, stieß Belle mit einer Mischung aus Neid und Bewunderung hervor.

»Aber ich wusste nicht, dass er es ist«, sagte ich kleinlaut. Mein Puls begann zu rasen, als mir aufging, dass damit das Geheimnis gelüftet war. Jetzt wusste ich endlich, wer er war, aber gleichzeitig dämmerte mir, welchen Preis meine Erkenntnis hatte. Es war nicht länger ein Geheimnis, und ich konnte mich nicht länger hinter meiner Unwissenheit verstecken. Nicht wissen, wer er war? Das war eine reichlich lahme Ausrede, die die Reporter ganz bestimmt nicht davon abhalten würde, mir auf die Pelle zu rücken. Und da ich nun wusste, wen ich geküsst hatte, stand fest, dass es kein zweites Mal dazu kommen würde. Ich schluckte hart, als mir aufging, was all das zu bedeuten hatte.

»Wie um alles in der Welt konntest du nicht merken, dass er es ist?«, fragte Belle.

Ich dachte einen Moment über die Frage nach und versuchte, meine rationale, überkritische innere Stimme zu ignorieren, die mir eine gehörige Standpauke hielt. Wie die meisten Mädchen meines Alters war auch ich mit der Dauerberichterstattung über die britische Königsfamilie, vor allem aber über die beiden Prinzen aufgewachsen, die in einem ähnlichen Alter waren wie ich. Sogar in den Staaten hatten sie die Titelseiten großer Teenie-Zeitschriften geziert, aber seit einigen Jahren waren sie fast vollständig aus der Öffentlichkeit verschwunden; zumindest Alexander, von dem ich seit meinem Umzug nach England so gut wie nichts mehr mitbekommen hatte. Dann war ich an die Uni gegangen, wo alberne Schwärmereien für den Kronprinzen nicht gerade ganz oben auf meiner Prioritätenliste gestanden hatten.

»Er kam mir irgendwie bekannt vor«, gestand ich, »aber ich dachte, ich kenne ihn aus Oxford. Es ist Jahre her, seit ich das letzte Mal ein Foto von ihm gesehen habe. Bist du ganz sicher, dass er es ist?«

»Hast du etwa hinterm Mond gelebt?«

»Ich habe mich um mein Studium gekümmert und mir einen Job gesucht«, erwiderte ich und wanderte ruhelos in der Küche auf und ab. Zurückgezogen zu leben, war Belle völlig fremd – sie genoss es in vollen Zügen, überall und ständig im Mittelpunkt zu stehen und Leute um sich zu haben. Ich hingegen hatte seit Monaten keinen Kinosaal mehr von innen gesehen.

»Er ist zurück aus dem Irak«, erklärte sie und fuhr sehnsuchtsvoll mit dem Finger seine Gesichtszüge nach. »Er hat irgendeinen Orden verliehen bekommen und feiert seitdem, indem er im Großraum London jede flachlegt.«

Ihre Worte waren verblüffend schmerzhaft – nicht nur weil der Typ, von dem ich seit Tagen träumte, absolut unerreichbar für mich war, sondern auch weil sie mich zu einer weiteren Vertreterin in einer endlosen Reihe von Mädchen degradierten. »Soll ich jetzt geschmeichelt oder entsetzt sein, dass ich mich in die Schlange seiner Eroberungen einreihen darf?« Ich warf die Zeitung in den Mülleimer, zog sie jedoch gleich wieder heraus. »Wieso steht so was überhaupt in der Zeitung?«

»Weil die Presse glaubt, du wärst anders als die anderen.«

Ich schnaubte und schüttelte angewidert den Kopf. »Ich war nicht mit ihm im Bett. Macht mich das zu etwas Besonderem?«

Dass ich nicht Nein gesagt hätte und er mir seit Tagen nicht mehr aus dem Kopf ging, verschwieg ich geflissentlich. Es war doch völlig idiotisch, dass ich immer noch an ihn dachte. Schon vom ersten Moment an hatte ich gewusst, dass es mit ihm Ärger geben würde, wie kam ich also darauf, ihn wiedersehen zu wollen?

»Darum geht es nicht.« Belle rümpfte frustriert die Nase, aber ich konnte nicht nachvollziehen, weshalb *sie* sauer war, schließlich prangte *mein* Gesicht auf der Titelseite dieser Klatschblätter. »Sondern um die Umstände. Er wurde mit reihenweise Mädchen in Clubs fotografiert.«

Ich zog eine Braue hoch. »Das sagtest du bereits.«

»Aber man hat ihn immer nur an öffentlichen Plätzen gesehen. Beim Küssen oder sonst was hat ihn bisher niemand erwischt«, fuhr sie fort, ohne auf meine Bemerkung einzugehen.

Ich stöhnte frustriert. »Aber du hast doch gerade gesagt, er hätte halb London flachgelegt ...«

»Zumindest habe ich das gehört.«

»Gelesen«, korrigierte ich.

»Sieh ihn dir bloß mal an!« Sie drückte mir eine Zeitung in die Hand. »Und dann sag mir, dass du für ihn nicht auch auf die Knie gehen würdest.«

Obwohl das Handyfoto leicht verschwommen war, sah er absolut umwerfend aus. Meine Erinnerung lieferte mir die Details, die auf der Aufnahme nicht zu erkennen waren – die markante Linie seines Kinns, sein Mund, das tiefschwarze Haar. Für diesen Kerl würde ich mich auf ein Nagelbrett knien.

»Der Typ hält sich für den lieben Gott«, sagte ich und versuchte, die Reaktion meines Körpers zu ignorieren, der Belle uneingeschränkt zustimmte. »Auf dem Foto sieht man nicht, dass er mich einfach gepackt und geküsst hat.«

Belle ließ sich vornüber auf die Arbeitsplatte sinken und vergrub das Gesicht in den Armen. »Wie ... unfassbar ... heiß!«

»Nur du kannst so was heiß finden«, sagte ich, heilfroh, dass sie meine Gedanken nicht lesen konnte.

»Und nur du kannst Prinz Alexander küssen und es nicht wissen«, gab sie lachend zurück. Inzwischen hatte sie ihre Eifersucht offensichtlich überwunden. Der Vorfall war nur ein kleiner Ausrutscher meinerseits gewesen, den Belle jedoch zum Anlass nahm, mich mit Fragen zu bombardieren, die wie ein Kugelhagel auf mich einprasselten, sodass ich ihr nur mit Mühe folgen konnte, noch dazu, wo mir der Kopf nach dieser Enthüllung sowieso schon schwirrte.

Nur eine Frage drang in mein Bewusstsein. »Und kann er gut küssen?«

»Ja«, antwortete ich wie aus der Pistole geschossen und

dachte an seine starken Arme, die mich umschlossen hatten. »Er hat vollständig die Kontrolle übernommen, was mir jetzt natürlich einleuchtet.«

»Mehr!«, schrie Belle mit orgiastischer Verzückung.

»Du bist echt ekelhaft«, erwiderte ich, obwohl mir klar war, dass ich Farbe bekennen musste. Inzwischen war der Kuss nicht länger mein kleines Geheimnis, sondern viel, viel mehr ... verwirrend, einzigartig und beängstigend und verdammt heiß, aber ich brauchte Belles Hilfe, um mich aus dem Wirrwarr meiner Gefühle zu befreien.

»Während er mich geküsst hat, hatte ich nur einen einzigen Gedanken: mehr davon. Ich wollte ihn auf mir spüren«, gestand ich.

»Oh mein Gott«, stöhnte Belle. »Und siehst du ihn wieder?«

Bei der Vorstellung jagte ein heißer Schauder durch meinen Körper. »Das bezweifle ich. Schließlich hat er mich nur geküsst, um nicht mit seiner Ex reden zu müssen.«

Grinsend zeigte Belle auf die Titelseite. »Also für mich sieht es so aus, als hätte er es genossen. Und dass du es hast, weiß ich ja.«

Ich streckte ihr die Zunge heraus und sprang auf. Solange sie nur an das Eine denken konnte, war sie mir definitiv keine Hilfe.

Zum Glück bedrängte sie mich nicht weiter, sondern stand ebenfalls auf und begann, Geschirr aus einem der Umzugskartons in den Schrank zu räumen.

»Dein Handy klingelt«, rief sie aus dem Korridor, als sie einen falsch beschrifteten Karton in ihr Zimmer trug.

Beim Anblick des Namens auf dem Display erstarrte ich,

und meine Erregung wich schlagartig der Erkenntnis, dass die Reporter nicht die Einzigen waren, die Wind von dem Vorfall bekommen hatten. Spätestens morgen würde so ziemlich jeder Bescheid wissen, den ich kannte. Die Schmetterlinge in meinem Bauch verwandelten sich in einen Schwarm zorniger Hornissen. Ich hasste es, im Mittelpunkt der Aufmerksamkeit zu stehen. Es tat mir nicht gut. Es war ... ungesund. Würden mich jetzt alle mit Anrufen und SMS bombardieren? Entschlossen stellte ich mein Handy auf Vibrationsalarm.

Belle streckte den Kopf herein. »Wer war's?«

»Meine Mom«, stöhnte ich.

»Du lieber Gott, sie plant wahrscheinlich schon die Hochzeit.«

»Stimmt. Ich sollte sie zurückrufen und ihr alles erklären.« Aber ich konnte mich nicht dazu durchringen. Frustriert schlug ich mit dem Kopf gegen die Wand.

»Was auch immer das hier werden soll, aber den Schädel solltest du dir deswegen nicht zertrümmern. Die meisten Mädchen würden einen Mord begehen, um einmal mit Alexander zu knutschen, und nicht *weil* sie es getan haben.«

Ich hielt inne. Das stimmte, aber war ich wie die anderen? Alexander musste es zumindest gedacht haben. Nur ein weiteres Mädchen, das man benutzen und dann einfach wegwerfen konnte. Für einen Mann wie ihn war es natürlich das Naheliegendste, mit einer anderen zu knutschen, um der Ex zu zeigen, dass sie abgemeldet war. Und ich durfte mich jetzt mit den Folgen herumschlagen. Die ganze letzte Woche hatte er meine Welt gehörig auf den Kopf gestellt, hatte meine Gedanken beschäftigt, meine Sehnsüchte geweckt, und jetzt ...?

Und wie zum Teufel hatten die Reporter mich überhaupt aufgestöbert? Und warum stellten sie ausgerechnet mir nach? Anscheinend hatte Alexander doch ständig irgendwelche Frauen im Schlepptau.

»Weißt du, was ich immer noch nicht kapiere? Wie diese Typen herausgefunden haben, wer ich bin«, sagte ich.

»Da hat garantiert der Geheimdienst seine Finger im Spiel«, antwortete Belle. »Jemand muss dich erkannt haben. Wahrscheinlich derjenige, der auch das Foto geschossen hat.«

»Falls es jemand ist, den ich persönlich kenne, sollte der- oder diejenige hoffen, dass ich nie herausfinde, wer es war.« Ich legte mein Handy weg und schnappte mir einen Umzugskarton. Meine Mutter und alle anderen konnten genauso gut warten, bis ich mich etwas gesammelt hatte.

»An die Arbeit?«, fragte Belle.

Ich nickte. Vielleicht half es ja, meine widerstreitenden Gefühle in den Griff zu bekommen, wenn ich erst mal versuchte, mein neues Leben auf die Reihe zu bekommen.

Belle drückte mich kurz an sich. »Das vergeht auch wieder.«

Ich lächelte dankbar. Das war genau der richtige Satz.

Unsere Sachen auszupacken entpuppte sich tatsächlich als perfekte Ablenkung. Als wir Stunden später darüber diskutierten, womit wir die Bücherregale bestücken sollten – ich beharrte stur darauf, dass es nur Bücher sein sollten –, hatten wir beinahe vergessen, dass wir unter Belagerung standen. Aber leider stellte sich heraus, dass der Kühlschrank bis auf eine angefangene Flasche Wein leer war.

»Ich hole etwas vom Take-away an der Ecke«, sagte Belle und nahm ihre Handtasche.

»Das musst du dir nicht antun«, meinte ich. »Wir könnten einfach etwas bestellen.«

»Bis dahin bin ich verhungert.« Belle presste sich eine Hand auf den Magen, aber ich konnte den wahren Grund, warum sie nicht länger warten wollte, an ihrem Blick erkennen. »Ich lasse mir etwas einfallen, wie du dich irgendwann mal revanchieren kannst. Und es wird etwas echt Fieses und Peinliches sein, das kann ich dir versichern.«

»Peinlicher, als mein Gesicht auf der Titelseite des *Daily Star* zu sehen, kann es gar nicht werden«, konterte ich.

»Trotzdem.« Sie zwinkerte mir zu und ging los.

Kaum war sie verschwunden, gewann meine Neugier die Oberhand. Belles Laptop lag auf dem Küchentisch, ich zog ihn zu mir heran und gab Alexanders Namen ein. Augenblicklich hatte ich Dutzende Promiseiten und Online-Klatschmagazine vor mir. Ja, es gab keinen Zweifel: Der unfassbar sexy Typ von meiner Abschlussfeier war definitiv Prinz Alexander, und Belle hatte völlig recht – er war mit zahllosen bildschönen Frauen abgelichtet worden. Auf jedem einzelnen Foto standen eine langbeinige Blondine, eine vollbusige Rothaarige oder gar Zwillinge neben ihm. Ich bezweifelte, dass er nur Sightseeing mit ihnen gemacht hatte.

Verärgert, dass ich mich überhaupt dazu hatte hinreißen lassen, knallte ich den Laptop zu, wandte mich ab, und mein Blick fiel direkt auf den Haufen Klatschzeitschriften, die sich immer noch auf der Arbeitsplatte stapelten. Gerade als ich sie zerknüllen und in den Müll befördern wollte, läutete es.

»Bestimmt hat sie schon wieder die Schlüssel vergessen«, murmelte ich und drückte auf die Gegensprechanlage.

»Miss Bishop?«

Eine förmliche Männerstimme drang durch den Lautsprecher.

»Kein Kommentar«, sagte ich eilig. Wie lange würde es wohl dauern, bevor sie das Interesse verloren? Eine Woche? Zwei? Konnte ich mich allen Ernstes so lange in meiner Wohnung verbarrikadieren?

»Ich bin nicht von der Presse«, sagte er. »Ich bin hier, um Sie abzuholen.«

»Mich abholen?« Automatisch musste ich an meine Mutter denken, die inzwischen vermutlich vor Wut schäumte, weil ich mich nicht gemeldet hatte. Ich sah auf mein Handy. Zehn versäumte Anrufe von ihr.

»Prinz Alexander von Cambridge wünscht Sie zu sprechen.«

Mir fiel die Kinnlade herunter, und ich war heilfroh, dass ich allein in der Wohnung war. »Ich weiß nicht, ob das so eine gute Idee ist. Nur falls Sie es noch nicht gemerkt haben sollten, aber da steht eine Horde Reporter vor der Tür, die nur darauf warten, mich bei lebendigem Leib in Stücke zu reißen.«

»Ich bin Prinz Alexanders Leibwächter. Seine Königliche Hoheit möchte, dass ich Sie sicher und unbeschadet zu ihm bringe«, erklärte er. »Niemand wird merken, dass Sie das Gebäude verlassen haben, das kann ich Ihnen versichern.«

»Geben Sie mir bitte einen Moment«, sagte ich. Fieberhaft ging ich auf und ab und versuchte, mir einen plausiblen Grund zu überlegen, weshalb ich nicht mit ihm gehen sollte, was nicht allzu schwierig war: Ich wurde von einem Dutzend Reporter belagert, hatte Hunger, und der Prinz hatte sich nicht mal die Mühe gemacht, mir seinen Namen zu verraten, als er mit seinem Kuss meine Zukunft zerstört hatte.

Doch bei dem Gedanken an seine Lippen auf meinen, an seine Hände um meine Taille, wurden meine Knie schlagartig weich. Fast wie von selbst griff meine Hand nach einem Stift und kritzelte hastig eine kurze Nachricht für Belle auf ein Stück Papier. Es sprach ja eigentlich nichts dagegen, dass ich mitging, sagte ich mir. Schließlich verdiente ich nach diesem ganzen Drama eine anständige Entschuldigung. Auch als ich Minuten später Alexanders Leibwächter unten am Aufzug traf, kamen mir immer noch massenhaft Argumente in den Sinn, die dafür sprachen. Nur die Frage, ob ich vielleicht gerade einen Fehler machte, stellte ich mir nicht. Stattdessen sagte ich mir selbst, dass es keiner war.

4

Norris schien ein wortkarger, unaufgeregter Typ zu sein, den so schnell nichts aus der Ruhe brachte. Es gelang ihm wie versprochen, mich aus dem Gebäude und an der Reporterhorde vorbeizuschleusen, die immer noch auf den jüngsten Skandal des Königshauses lauerte – mich.

Norris war mittelgroß, stämmig gebaut und trug einen anständigen, aber nicht allzu teuer aussehenden Anzug. Er hatte grau meliertes Haar, das er sich aus dem Gesicht gekämmt hatte, sodass seine leichten Segelohren zum Vorschein kamen. Als Angst einflößend hätte ich ihn jedenfalls nicht bezeichnet. Vielleicht gehörte es zu seinem Job, dass er so unscheinbar wirkte; dennoch hätte ich mir unter dem persönlichen Leibwächter eines Prinzen einen tougheren Kerl vorgestellt. Andererseits, vielleicht war sein unauffälliges Aussehen gerade vorteilhaft, immerhin hatte er sich – und mich – völlig problemlos an den Paparazzi vorbeigemogelt.

Was ich jedoch definitiv *nicht* erwartet hätte, war, Alexander an einem öffentlichen Ort zu sehen. Norris hatte von einem privaten Treffen gesprochen, doch zu meiner Verblüffung bog er am Brimstone, dem angesagtesten Club von ganz London, in eine Seitengasse ein und hielt dort vor der Hintertür.

»Genau an einem Ort wie diesem wollte ich nicht mit Alexander gesehen werden ... Prinz Alexander, meine ich«, stammelte ich und verfluchte mich im Geiste, weil ich vor Nervosität wieder mal den Mund nicht halten konnte. »Oder muss ich ihn mit Königliche Hoheit ansprechen?«

Norris' Blick schweifte wachsam umher, als er mich zur Hintertür geleitete. »Sie brauchen nicht nervös zu sein. Seine Königliche Hoheit ist auch nur ein Mensch«, erklärte er mit einem mitleidigen Blick.

Das hätte ich ihm vielleicht noch abgekauft, hätte er ihn nicht *Seine Königliche Hoheit* genannt.

An der Tür fiel mir auf, dass ich noch nicht einmal meine Handtasche mitgenommen hatte, sondern lediglich die Schlüssel und mein Handy, sprich, ich konnte mich weder ausweisen noch war ich mit Jeans und T-Shirt auch nur ansatzweise für ein Treffen mit dem englischen Kronprinzen im heißesten Nachtclub Londons gekleidet. Schöner Schlamassel, würde Belle jetzt sagen.

Der Amerikanerin in mir fielen noch ein paar weniger zimperliche Formulierungen ein.

Der Muskelprotz an der Hintertür würdigte mich kaum eines Blickes, sondern nickte Norris lediglich knapp zu und hielt uns die Tür auf, trotzdem entging mir das flüchtige Zucken seines Mundwinkels nicht, als ich an ihm vorbeitrat – noch ein Beweis, dass ich absolut lächerlich aussah. Trotzig zupfte ich an meinem Shirt, straffte die Schultern und bemühte mich um einen selbstsicheren Ausdruck. Ich konnte nur hoffen, dass es nach außen wirkte, denn innerlich war es mit meiner Selbstsicherheit nicht weit her. Wenigstens hatte ich geduscht, und mein Pferdeschwanz sah ebenfalls halbwegs akzeptabel aus.

Das gedämpfte Wummern der Bässe ließ die Wände erbeben. Selbst hier, im hinteren Teil des Clubs, hatte man bei der Einrichtung großen Wert auf Details gelegt. In die schwarzsilberfarben tapezierten Wände waren Spots eingelassen, die alles in dunkelrotes Licht tauchten, das sich in den silbernen Fasern spiegelte. Das alles erweckte den Anschein, als würden die Wände im Rhythmus der Musik pulsieren. Die Dekoration machte dem Namen des Clubs alle Ehre – Fire and Brimstone, das Fegefeuer. Ich spürte, wie ich eine Gänsehaut bekam und meine Nervosität einer Anspannung wich, die ich mir selbst nicht recht erklären konnte. Norris ging vor mir her an einer Schlange vorbei, die sich vor der Toilette gebildet hatte.

»Hey, Kumpel«, rief ein Mann herüber. »Gibt's da hinten auch noch Toiletten?«

Norris ignorierte ihn. Ich lächelte dem Typ entschuldigend zu, kassierte jedoch lediglich verdrossene und verwirrte Blicke. *Wer ist das Mädchen, und wieso ist sie so wichtig?* Die Fragen standen ihnen ins Gesicht geschrieben – dieselben, die auch ich mir stellte.

Am Ende des Korridors standen zwei weitere Rausschmeißer und blockierten den Zutritt zu einer Treppe, sie traten jedoch ohne ein Wort beiseite, als wir näher kamen. Die Treppe führte zu einer Galerie, auf der normalerweise leicht bekleidete Go-go-Girls tanzten, aber heute Abend war niemand hier. Schwitzendes Partyvolk wogte unter uns im Takt der Musik, einer wilden Mischung aus Dance und Elektro, die der DJ in der Ecke auflegte. Auch hier war alles in rotes Licht getaucht, und die Wände zierten wilde Flammenmotive. Ich ging nicht oft in Clubs – dafür war ich nicht locker genug, aber jetzt wünschte ich, Teil des chaotischen Gewusels dort unten zu sein. Das erschien mir deutlich einfacher, als Alexander gegenüberzutreten.

»Miss Bishop.« Vor einer verspiegelten Fensterscheibe blieb

Norris stehen und machte eine Verbeugung, dann trat er beiseite, und eine Tür öffnete sich.

Ich trat ein und fühlte mich augenblicklich deplatziert. Es gab eine Bar, hinter der jedoch niemand zu sehen war, ein Ledersofa und einen Sessel, dazwischen ein niedriger Couchtisch mit goldfarbenen Intarsien in Form eines Blattes. Die Wände waren mit rotem Samt bespannt, instinktiv hob ich die Hand und strich über das weiche Gewebe. Doch dann fiel mein Blick auf die Gestalt, die mit dem Rücken zu mir an einem der raumhohen Fenster stand und sich umdrehte, als sich die Tür hinter mir schloss. Ein Lächeln breitete sich langsam auf seinem Gesicht aus, als sein Blick über mein Outfit schweifte, und ich musste schlucken. Ich reckte das Kinn und trat auf ihn zu, in der Hoffnung, möglichst cool und souverän zu wirken, doch je näher ich ihm kam, umso wackliger fühlten sich meine Beine an.

Er trug eine perfekt sitzende schwarze Hose und ein schiefergraues Hemd dazu. Selbst im düsteren Schein der Beleuchtung konnte ich das mutwillige Funkeln in seinen blauen Augen erkennen. Ein dunkler Bartschatten bedeckte sein Kinn – und unwillkürlich fragte ich mich, wie sich die Härchen auf meiner Haut anfühlen mochten. Allein bei dem Gedanken begann mein Körper zu pulsieren, und ich geriet beinahe ins Stolpern. Alexander streckte die Arme nach mir aus, doch ich fing mich gerade noch rechtzeitig.

Hör auf, dich hier zum Affen zu machen!, dachte ich – reichlich spät, wenn man berücksichtigte, in welchem Outfit ich hier antanzte.

Ich hatte am Nachmittag genug über seine Eskapaden gelesen, um zu wissen, dass ich ernsthaft in Gefahr war, mit ihm auf diesem Sofa zu landen. Und wenn ich ganz ehrlich war, hoffte ich es sogar irgendwie. Doch mein Verstand – der zum Glück immer noch die Oberhand hatte – sagte mir, dass das eine ganz schlechte Idee wäre.

»Alles in Ordnung«, sagte ich und wich zurück, als er mir ein zweites Mal zu Hilfe kommen wollte. »Soll ich jetzt einen Hofknicks machen oder so was?«

»Bitte nicht«, antwortete er mit unverhohlener Belustigung.

»Ich möchte Sie keinesfalls beleidigen, Eure Königliche Hoheit.«

»Darf ich dir etwas zu trinken anbieten?«, fragte er, ohne auf meine Stichelei einzugehen. Seine dunkle, samtige Stimme ließ diese einfache Frage wie ein Versprechen klingen, wie eine unwiderstehliche Versuchung, und mein Verstand suchte fieberhaft nach einer möglichst höflichen Art, Nein zu sagen.

»Gern«, sagte ich stattdessen. *Ach, zum Teufel!*

»Welche ist deine Droge, Clara?«

Du, dachte ich. Okay, vielleicht war es doch schwieriger als gedacht, das Ganze mit Würde hinter sich zu bringen. »Ich komme gerade von der Uni und bin nicht allzu wählerisch.«

»An Billigwein gewöhnt?«, fragte er und lächelte. »Leider ist man im Brimstone eher ...«

»... auf edlen Stoff spezialisiert?«

»Genau.«

»Dann nehme ich, was Sie mir geben.«

Etwas Düsteres flackerte in seinen blauen Augen auf, und er atmete scharf ein – mir lief ein Prickeln über den Rücken. Die Luft schien förmlich zu knistern, als er mich ansah. Nach ein paar Augenblicken wandte er sich ab und ging zur Bar.

Ich nutzte die Gelegenheit, trat ans Fenster und blickte auf die wogenden Massen hinab, um mich dem gefährlichen Sog zu entziehen, der von Alexander ausging. Es war still im Raum, aber wenn ich die Augen schloss, konnte ich das leise Bummbumm-bumm der Bässe hören. Die Vorstellung, hier oben zu sitzen und etwas zu trinken, während das Partyvolk unter uns wie die Sardinen in der Dose zusammengequetscht wurde, gefiel mir.

»Können sie uns sehen?«, fragte ich, als er mir ein niedriges Kristallglas reichte.

Er schüttelte den Kopf. »Es ist eine dieser Scheiben wie in den Verhörräumen der Polizei. Von außen sieht sie wie ein Spiegel aus.«

Ich trank einen großen Schluck. Ich war hier, in einem Raum mit einem der heißesten Männer der Welt – eine Auszeichnung, die ihm kürzlich das *People Magazine* verliehen hatte, so hatte ich es heute im Internet gelesen. Und ich konnte dem nur zustimmen.

»Sie sind öfter hier«, fuhr ich fort – das musste er ja wohl, wenn er hier Privaträume hatte.

»Mir wurde schon häufiger geraten, zur Hölle zu gehen«, gab er zurück. »Und ich habe den Rat angenommen.«

»Ahh.« Unwillkürlich musste ich lachen. »Brimstone, wie passend.«

»Mein natürlicher Lebensraum.«

»Das bezweifle ich«, erwiderte ich und konnte nur staunen, wie lässig die Worte über meine Lippen gekommen waren. Wie schaffte er es, dass ich in seiner Gegenwart so entspannt und gleichzeitig so nervös war?

»Ich muss mich bei dir entschuldigen«, sagte er und trat so

dicht neben mich, dass er meine Schulter streifte. Unsere Körper berührten sich gar nicht, zwei Lagen Kleidung waren zwischen uns, und dennoch durchzuckte es mich wie ein Blitz.

»Das müssen Sie nicht«, sagte ich. »Eure Hoheit«, fügte ich verlegen hinzu.

Er lachte. »Alexander und du, bitte. Norris hat mir erzählt, dass zwei Dutzend Reporter vor deiner Tür kampieren.«

»Alexander.« Ich ließ den Namen über meine Zunge gleiten. Es war ein seltsames Gefühl, den Mann, der eines Tages König von England sein würde, mit dem Vornamen anzusprechen. »Ach, wenn sie erst mal gemerkt haben, wie langweilig ich in Wahrheit bin, werden sie sich schon verziehen.«

»Aber bis dahin machen sie dir das Leben zur Hölle.« Seine Stimme war leise, aber voller Hass. Es war kein Geheimnis, dass er allen Grund dazu hatte – die Medien hatten ihn regelrecht zerfleischt, als er in den Unfall verwickelt gewesen war, bei dem seine jüngere Schwester ums Leben gekommen war.

»Bist du deshalb in den Irak gegangen?«, fragte ich, wünschte mir jedoch augenblicklich, ich hätte es nicht getan.

»Aha, wir sind also zurück bei unserem Spielchen? Ich fürchte, ich selbst habe dir geraten, dir ein paar Fragen aufzuheben«, antwortete er ernst.

Seine Anspielung auf das Frage-Antwort-Spiel freute mich, doch sein Tonfall, in dem nicht einmal ein Anflug von Belustigung mitschwang, verriet, dass er mir nicht antworten wollte.

»Ja«, sagte er schließlich kühl. »Ja, genau.«

»Es tut mir leid, das geht mich natürlich nichts an. Es ist nur ...« Ich hielt inne, als mir aufging, dass im Grunde nicht wichtig war, was ich dachte. Wieso konnte ich bloß meinen Mund nicht halten? Ganz einfach: weil er mich nervös machte. Mehr noch. Sämtliche Nerven in meinem Körper schienen zu vibrieren und mich zu warnen, dass ich in ernsthafter Gefahr schwebte, als würde ich das Züngeln der Hitze bereits spüren, kurz bevor ich versehentlich in die Flamme fasste. Das Problem war nur, dass ich mich mit jeder Faser meines Seins danach sehnte, mich mitten hineinzustürzen.

»Nur?«, wiederholte er und musterte mich mit einer Mischung aus Argwohn und Neugier.

»Ich wünschte, du wärst nicht dorthin gegangen«, flüsterte ich. Ich hatte keine Ahnung, warum. Vor dem heutigen Tag hatte ich noch nicht einmal einen Gedanken an seine Flucht und seine jahrelange Abwesenheit vergeudet. Ich wusste nur, dass ich jedes Wort davon auch meinte.

Statt einer Antwort richtete er seine Aufmerksamkeit wieder auf das Partyvolk und leerte sein Glas.

»Ich komme schon klar, aber es ist nett, dass du dir darüber Gedanken machst«, fuhr ich fort, holte tief Luft und stellte mein Glas ab. Okay. Er hatte sich entschuldigt, und ich hatte ihm versichert, dass es nicht so schlimm war. Damit war alles gesagt, was es zu sagen gab.

»Clara.«

Ich hielt inne und wartete darauf, dass er fortfuhr. Gleichzeitig wurde mir bewusst, dass ich mir wünschte, er würde meinen Namen noch einmal sagen. Ihn hauchen. Befehlen. Laut hinausschreien.

»Ja.« Ich schluckte.

»So ungern ich es auch zugebe – und ich tue es wirklich gar nicht gern –, aber diese Aasgeier haben mir diesmal einen echten Gefallen getan. Ich habe versucht, bei der Party deinen Namen in Erfahrung zu bringen, aber keiner konnte mir weiterhelfen.«

Keine große Überraschung. Ich hatte zwar einen der besten Abschlüsse in meinem Fachgebiet gemacht, aber nur weil ich mich in mein Studium hineingekniet hatte. Mein Freundeskreis war überschaubar und beschränkte sich im Gegensatz zu dem von Belle auf Leute, die weder einen Titel noch viel Geld hatten. Aber offenbar hatte mich irgendjemand gekannt und meinen Namen an die Presse weitergegeben. Wer auch immer es war, hatte mir definitiv keinen Gefallen tun wollen. Das war vermutlich auch der Grund, weshalb er oder sie Alexander meinen Namen vorenthalten hatte.

»Ich habe oft an dich gedacht«, fuhr er fort.

Ich starrte ihn völlig perplex an.

»Seit dem letzten Wochenende?«, platzte ich heraus. Aus seinem Mund hatte es geklungen, als wäre seither eine halbe Ewigkeit vergangen und nicht bloß ein paar Tage. Andererseits ... hatte ich nicht auch erst am Morgen unter der Dusche an ihn gedacht? Und den ganzen Nachmittag damit verbracht, es nicht zu tun?

»Ist das so schwer zu glauben?« Er trat näher, während ich wie angewurzelt dastand, obwohl ich am liebsten in seine Arme gesunken wäre.

Alexander ging um mich herum. Unter seinem eindringlichen Blick kam ich mir wie ein Beutetier vor. Er konnte mich beschützen oder mich in Stücke reißen. Das leise Lächeln um seine Mundwinkel ließ mich ahnen, dass er sich bisher für keine der beiden Möglichkeiten entschieden hatte. Schließlich blieb er hinter mir stehen und beugte sich vor, sodass sein

Mund direkt über meinem Ohr schwebte. »Wenn du wüsstest, was gut für dich ist, würdest du davonlaufen.«

Mein Mund wurde staubtrocken, mein Höschen war feucht. »Bin ich in Gefahr?«

»Menschen in meinem Umfeld werden häufig verletzt.« Sein Atem strich heiß über meinen Hals.

Ich dachte an die Fotos von ihm, die ich im Internet gesehen hatte. Die zahllosen Frauen, mit denen er seit seiner Rückkehr fotografiert worden war. Ich konnte mich nicht erinnern, eine von ihnen zweimal an seiner Seite gesehen zu haben. Hatte er sie lediglich ins Bett gelockt, um sie am nächsten Tag eiskalt abzuservieren? Etwas an seinen Worten ließ mich aufhorchen.

»Wirst du mich verletzen?« Meine Worte hörten sich eher wie eine Provokation und nicht wie eine Frage an.

»Du hast die Klatschblätter gelesen«, sagte er. »Glaub nicht alles, was in der Zeitung steht, Clara. Ich habe nie etwas mit einer Frau getan, was sie nicht wollte ... worum sie nicht *gebettelt* hätte.«

Ich wirbelte herum, unsicher, ob ich mich über seine Arroganz ärgerte oder über mich selbst, weil es mich anmachte. Doch die Fragen erstarben auf meinen Lippen. Zu sehr war ich damit beschäftigt, gegen das Schwindelgefühl anzukämpfen, das seine Gegenwart in mir auslöste. Es war einfach unfair, dass er nicht nur Macht hatte, sondern auch noch dieses engelsgleiche Gesicht.

Ich holte tief Luft, ohne den Blick von ihm zu wenden. »Gefällt dir das? Wenn Frauen dich anbetteln?«

Er stieß ein raues, kehliges Lachen aus, bei dessen Klang sich mein Magen zusammenkrampfte. »Es gefällt mir, Frauen dazu zu bringen, um mehr zu betteln. Es gefällt mir, sie zum Stöhnen und zum Schreien zu bringen. Es gefällt mir, wenn sie meinen Namen rufen. Es würde mir sehr gefallen, dich zum Betteln zu bringen.«

»Ich bin nicht unbedingt der Typ, der bettelt«, sagte ich, wohl wissend, dass meine lahmen Worte meine schwindende Entschlossenheit widerspiegelten.

»Es steckt aber in dir«, sagte er. »Ich sehe es in deinen Augen. Das Verlangen danach, dominiert und genommen zu werden. Du wirst es genießen, wenn ich dich ficke.«

Ja, bitte.

Mein ganzer Körper spannte sich an, als Alexander mit dem Finger zuerst über mein Schlüsselbein und dann an meinem Hals entlang strich, zart und bestimmt zugleich. Er hatte die Fäden in der Hand, und als er mich an sich zog, schmiegte ich mich instinktiv an ihn. Ich spürte seine Erektion an meinem Bauch. Augenblicklich reagierte mein Körper auf ihn. Jeder rationale Gedanke war aus meinem Kopf verschwunden. Während ich darauf wartete, dass er den nächsten Schritt tat, spielten sich Hunderte Szenarien vor meinem geistigen Auge ab – auf dem Tisch. Auf dem Sofa. Gegen die Glasscheibe gepresst. Er könnte mich überall nehmen. Wo er wollte.

Stattdessen löste er sich von mir. »Du solltest jetzt gehen.«

Einen Moment lang stand ich schwankend da, wie vor den Kopf gestoßen von seinem abrupten Stimmungsumschwung. »Ja, das sollte ich.«

Ein Mann wie er – der mich verwirrte und faszinierte, der mich erregte und mir Angst einjagte – war nicht gut für mich. Alexander würde mir nicht guttun, das musste ich mir vor

Augen führen, auch wenn ich ihn noch so heiß fand. All das wusste ich längst, weshalb also war ich immer noch hier?

Er wandte sich ab, verwehrte mir den Blick in seine blauen Augen, hinter denen sich so viele Geheimnisse verbargen. »Du wolltest wissen, ob ich dir wehtun werde, Clara. Es wäre eine Lüge, wenn ich behaupten würde, dass ich es nicht täte. Ich will dir die Kleider vom Leib reißen und dich gegen diese Wand drücken, bis du um meinen Schwanz bettelst. Und wenn ich ihn dir endlich gebe, wirst du darum betteln, dass ich nie wieder aufhöre.«

Wieder trat er näher, und ich spürte die Hitze seines Körpers, die mein Blut zum Kochen brachte. Ein Feuer pulsierte durch meine Adern, erfasste all meine Sinne, bis es nur noch ein Wort in meinem Kopf gab: Alexander.

Er fuhr sich mit der Hand durchs Haar und schüttelte den Kopf. »Aber wenn ich das tue, wird es dich zerstören.«

»Wir sind hier nicht im Märchen«, fauchte ich ihn an, in der Hoffnung, dass er das leichte Beben in meiner Stimme nicht bemerkte. »Und ich bin keine hilflose Jungfrau.«

Seine Hand schnellte vor und schloss sich um meinen Arm. Grob zog er mich an sich. »Den ganzen Tag habe ich nur an deine Lippen gedacht. Ich habe mir vorgestellt, wie du vor mir kniest, wie sich dein hübscher kleiner Mund um meinen Schwanz schließt, wie du es mir besorgst. Aber wenn ich dich jetzt nähme, würde ich mehr wollen. Einmal wäre nicht genug. Und mehr kann ein Mann wie ich niemals haben.«

»Weil ich nicht zur Aristokratie gehöre?«, fragte ich und kam mir völlig bescheuert vor, so etwas Antiquiertes auch nur zu denken. Mir war klar, dass das hier kein Spielchen war. Alexander wollte mich fast ebenso sehr, wie ich ihn wollte.

Ein Mann wie Alexander konnte alles haben, was er begehrte, weshalb also schob er mich weg?

»Ich schätze, dass du Amerikanerin bist, würde sie viel mehr aufregen, aber wen kümmert das schon?« Ein düsteres Lächeln spielte um seine Züge, verblasste jedoch, und nur der dunkle Ausdruck in seinen Augen blieb zurück. »In meiner Nähe kann nichts Schönes existieren. Verstehst du, was ich sage? Sie werden dich zerstören, und wenn sie es nicht tun, werde ich es irgendwann.«

Dass er automatisch davon ausging, ich würde nicht mit ihm fertigwerden, machte mich unbeschreiblich wütend. Offensichtlich war er nicht nur in Bezug auf seine Eroberungen arrogant, sondern behandelte alle Frauen von oben herab.

»Vielleicht kann ich ja auch gut auf mich selbst aufpassen.« Ich versuchte, mich aus seinem Griff zu befreien, aber er machte keine Anstalten loszulassen.

»Vielleicht. Aber das Risiko will ich nicht eingehen. Die Verantwortung dafür kann ich nicht übernehmen.«

Erst jetzt löste er seinen Griff. Ich sah ihm in die Augen und erkannte die Aufforderung darin. Er wollte, dass ich die Flucht ergriff; er ging davon aus, dass ich genau das tun würde. Stattdessen packte ich ihn am Hemd und zog ihn zu mir herab. Ein leises Grollen vibrierte durch seinen Körper, als sich unsere Lippen berührten. Der Laut und die animalische Eindringlichkeit seiner Berührung ließen mich erschaudern. Seine Hände wanderten an meinem Körper entlang, legten sich um meinen Po. Er hob mich hoch, während sich unser Kuss vertiefte und er meinen Mund eroberte. Langsam schloss er die Lippen um meine Zunge und begann daran zu saugen, während ich die Beine um seine Hüften schlang.

Mein Körper sehnte sich verzweifelt nach Erlösung von der wachsenden Erregung, die mich erfasst hatte. Ich presste mich gegen seine Erektion, suchte den richtigen Punkt und begann, mich rhythmisch zu bewegen. Irgendwo in meinem Innern meldete sich meine Vernunft, mahnte mich schockiert und entsetzt, sofort damit aufzuhören.

Halt den Mund, befahl ich ihr.

Alexander packte meinen Pferdeschwanz und zog meinen Kopf nach hinten, sodass ich gezwungen war, mich aus unserem Kuss zu lösen.

»Das ist deine letzte Chance«, raunte er. Wieder schienen mich seine Augen zu durchbohren. Ich war wie erstarrt, seiner Kontrolle restlos ausgeliefert.

In diesem Augenblick begriff ich, dass Kontrolle das Einzige war, das ich ihm auf keinen Fall geben würde. Niemals.

»Nein«, flüsterte ich.

Enttäuschung flackerte in seinem Blick auf, doch er ließ mich behutsam auf den Boden sinken. Mit zittrigen Knien trat ich einen Schritt zurück.

»Du bist ein kluges Mädchen«, sagte er und ließ den Blick suchend über mein Gesicht schweifen, ehe er mir einen Kuss auf die Stirn hauchte. »Norris bringt dich nach Hause, und ich sorge dafür, dass die Reporter vor deiner Tür verschwinden.«

Das Feuer, das gerade noch zwischen uns gelodert hatte, war verglommen, und sein Tonfall war kühl und geschäftsmäßig. Ich wünschte, unser Kuss würde noch immer andauern.

»Danke.« Das Wort kam nur mühsam über meine Lippen, weil ich wusste, was gleich folgen würde – Worte, die ich trotz all meiner Entschlossenheit nicht hören wollte.

»Leb wohl, Clara Bishop.« Alexanders Blick ruhte auf mir, und ich spürte, dass ihm noch etwas auf der Zunge lag.

Ich holte tief Luft und ging zur Tür, die mich in die Sicherheit des Clubs bringen würde. »Leb wohl.«

Doch als ich den Raum verließ, verspürte ich statt der erhofften Erleichterung etwas anderes – eine Empfindung, die ich nicht recht einordnen konnte. Sie schmerzte mich, war vertraut und fremd zugleich. Am Fuß der Treppe trat Norris zu mir, während ich noch immer versuchte, dieses Gefühl der Leere und Betäubung zu benennen.

Erst nach ein paar Minuten gelang es mir – es war Bedauern.

5

Tränen schwammen in meinen Augen, als Norris mich am Ellbogen in Richtung Ausgang führte. Ich schämte mich dafür, andererseits hatte ich einen anstrengenden Tag hinter mir: Ich hatte mich in meiner Wohnung verbarrikadieren müssen; ich war von Anrufen meiner Mutter und SMS all meiner Freunde bombardiert worden; ich hatte mich hinausschleichen müssen, um mich mit Alexander zu treffen. Und am Ende hatte Alexander mich auch noch abgewiesen. Oder ich ihn. So genau konnte ich es nicht einmal sagen. Was für ein Chaos. Nur eines wusste ich mit Gewissheit – das war's. Ich hatte die Nase gestrichen voll.

Ich löste mich aus Norris' behutsamem Griff, rannte los und verlangsamte meine Schritte erst, als ich an der Schlange vor der Toilette vorbeikam. Ich würde mich auf keinen Fall die ganze Woche in meiner Wohnung verstecken, nicht einmal einen Abend lang. Alexander hatte versprochen, die Sache in Ordnung zu bringen, aber so lange würde ich nicht warten. Ich spürte Blicke auf mir. Ein paar Mädchen zückten ihre Handys und schossen ein Foto von mir. Nein, ich war nicht paranoid – sie hatten mich erkannt.

Aber genau darum ging es ja.

Ich musste dem Ganzen ein Ende setzen. Selbst wenn Alexander die Reporter zurückpfiff, würde der Verdacht bleiben, dass etwas zwischen ihm und mir lief. Und diesen Verdacht musste ich ausräumen. Immerhin trat ich in wenigen Tagen einen neuen Job an und konnte es mir nicht erlauben, auf Schritt und Tritt von Reportern verfolgt zu werden.

Das Brimstone war so voll, dass ich Mühe hatte, mich durch die schwitzenden Massen zu kämpfen, aber immerhin gelang es mir, Norris abzuschütteln. Dafür rückten mir irgendwelche betrunkenen Typen auf die Pelle und betatschten mich. Inzwischen stand ich mitten auf der Tanzfläche – es war, als befände ich mich in der Hölle, gefangen zwischen Horden von Verdammten ... heiß genug war es jedenfalls hier unten. Mein Blick schweifte über die züngelnden Flammen an den Wänden und über die Köpfe der Tanzenden, die sich wie eine wogende Masse rings um mich herum bewegten, hinauf zu der verspiegelten Scheibe der Galerie. Stand Alexander dort oben und sah mir zu? Kümmerte es ihn überhaupt?

Der Gedanke an ihn trieb mich weiter. Als mir einer der Türsteher die Tür aufhielt, wurde mir bewusst, dass es keine Rolle spielte, ob Alexander mich sah. Der Typ musterte mich von oben bis unten – offensichtlich fragte er sich, wer mich in diesem Outfit überhaupt hereingelassen hatte.

»Waschtag«, rief ich ihm über den Lärm hinweg zu. Ein Lächeln erschien auf seinem Gesicht, das jedoch schlagartig erlosch, als das erste Blitzlicht aufflammte, gefolgt von einem Dutzend weiterer.

Ich hatte keine Ahnung, wie ich mich verhalten sollte. Bis heute Morgen hatte sich meine Erfahrung mit Paparazzi auf ihre Fotos von irgendwelchen Promis in Klatschblättern beschränkt. Ein richtiger Promi würde jetzt mit der Hand das Gesicht abschirmen und schleunigst das Weite suchen, aber ich wollte genau das Gegenteil. Ich wollte ihre Aufmerksamkeit. Ich musste beweisen, dass ich ihre Zeit nicht wert war, allerdings wusste ich nicht, wie ich das anstellen sollte.

»Miss Bishop, lächeln Sie doch mal, Schätzchen!«

»Wie lange sind Sie schon mit dem Prinzen zusammen, Miss Bishop?«

»Miss Bishop, stimmt es, dass der König Ihre Beziehung aufs Schärfste verurteilt?«

»Haben Sie in Oxford heimlich geheiratet?«

Es war unglaublich – aus einem einzigen lächerlichen Foto hatten sie eine komplette Lovestory gebastelt und die Wahrheit zugunsten einer reißerischen Schlagzeile gnadenlos verzerrt. Die Vorstellung, dass Alexander tagtäglich mit so etwas konfrontiert war, war entsetzlich. Kein Wunder, dass er die Medien aus tiefster Seele hasste – es war seine Bewältigungsstrategie, die ihm half, am Leben zu bleiben. Und nun hatten die Geier ihre Krallen in mich geschlagen und warteten nur auf den nächsten saftigen Ausrutscher, um ihn als *Nachricht* zu verkaufen.

Ich blieb stehen und straffte die Schultern in dem Versuch, einen möglichst seriösen Eindruck zu machen, was angesichts meines Äußeren nicht ganz einfach war.

»Es tut mir leid, Sie darüber informieren zu müssen, dass ich keine Beziehung mit Prinz Alexander habe. Jemand hat einen schrecklichen Fehler gemacht. Ich kenne den Prinzen so gut wie gar nicht. Ich bin nicht in ihn verliebt. Und ich bezweifle, dass der König sich einen Pfifferling um mich schert«, platzte ich heraus, während ich versuchte, möglichst ruhig und souverän zu wirken, obwohl das Adrenalin nur so durch meinen Körper rauschte.

Ich war nicht davon ausgegangen, dass sie nach meinem Statement sofort ihre Kameras einpacken und verschwinden oder sich sogar noch bei mir entschuldigen würden, aber dass sie mich noch heftiger bedrängen würden, damit hatte ich wirklich nicht gerechnet. Sie schienen mir kein Wort zu glauben, sondern schrien mir nur weiter ihre Fragen entgegen, so schnell, dass ich sie kaum auseinanderhalten konnte, während ein neuerliches Blitzlichtgewitter über mir niederging. Plötzlich wünschte ich mir, ich hätte mich von Norris nach Hause bringen lassen. Die Journalisten drängten sich immer dichter um mich, und nun gesellten sich auch noch Clubbesucher dazu. Ein paar Männer wollten mir zu Hilfe eilen und die Reporter verjagen, andere hingegen zückten ihre Handys und schossen Fotos von mir. Vermutlich wussten sie noch nicht einmal, wer ich war. Für sie zählte nur, dass sie jemand vermeintlich Wichtiges fotografiert hatten. Morgen früh würde das Ganze längst auf Facebook die Runde gemacht haben, daran bestand kein Zweifel.

Ich schob mich vorwärts durch die Menge, an einer Gruppe vorbei, nur um sofort von der nächsten überrollt zu werden. Von allen Seiten drängten sie sich mir entgegen, bis ich kaum noch atmen konnte. Verzweifelt schnappte ich nach Luft, doch die Masse der Leiber schloss sich immer enger um mich. Panik überkam mich, während ich mich hektisch nach einem Fluchtweg umsah. Ich musste hier raus. Ich musste atmen. Musste mich vor ihnen schützen. Aber mit jeder Sekunde wuchsen meine Angst und meine Verzweiflung, bis ich ins Straucheln geriet.

Für einen kurzen Moment teilte sich die Menge, als ich auf Hände und Knie fiel, dann schloss sie sich erneut über mir. Dutzende Blitzlichter flammten rings um mich herum auf. Instinktiv schlang ich die Arme über den Kopf, um mich vor ihren Blicken und ihren Schreien zu schützen.

»Es reicht!«, ertönte eine laute Stimme über die Menge hinweg. Ich hob den Kopf, ich kannte diese Stimme.

Alexander stand mit wutverzerrter Miene nur wenige Meter von mir entfernt. Er hatte die Hemdsärmel hochgeschoben, was ihn noch bedrohlicher wirken ließ. Blanker Zorn flackerte in seinen Augen, als sein Blick über die Schaulustigen schweifte, als würde er nur darauf warten, dass sich jemand seiner Anweisung widersetzte. Er trat einen Schritt vor. Er schien vor Wut zu glühen, und die Menschen um mich herum wichen vor ihm zurück, unfähig, den Blick von ihm abzuwenden – vielleicht weil er der Kronprinz von England war, vielleicht aber auch wegen der archaischen Autorität, die er ausstrahlte. Mein Herzschlag beschleunigte sich, statt ruhiger zu werden. Schließlich stand er vor mir, beugte sich vor und griff nach meinen Händen.

»Alles in Ordnung, Clara?«, fragte er leise.

Ich nickte. Hinter mir zückten ein paar Mädchen wieder ihre Handys und begannen zu filmen.

Alexander half mir hoch, doch kaum war ich wieder auf den Beinen, prasselten die Fragen auf ihn nieder.

»Ist das Ihre Freundin, Alexander?«

»Stimmt es, dass Ihr Vater eine Beziehung mit einem gewöhnlichen Mädchen nicht gutheißt?«

Ich zuckte zusammen. Natürlich war ich kein Adelsspross, aber mich als »gewöhnlich« zu bezeichnen, war doch wohl ein bisschen übertrieben. Es war als Beleidigung gemeint, das spürte ich ganz deutlich, ebenso wie die feindseligen Blicke der umstehenden Frauen. Ich musste hier weg. Obwohl mich niemand mehr bedrängte, bekam ich auch jetzt nur mühsam Luft. Ich zwang mich, ruhig zu atmen, spürte jedoch, wie mich die nächste Panikattacke überkam. Besorgnis spiegelte sich in Alexanders Blick, als er eine Hand auf meinen Rücken legte. Ihre Wärme, die durch den dünnen Stoff meines T-Shirts drang, hatte eine beruhigende Wirkung auf mich. Wortlos dirigierte er mich an den Reportern und Schaulustigen vorbei.

Allein seine Gegenwart hatte genügt, um mir ein Gefühl der Sicherheit zu geben.

Norris eilte vor uns her und riss die Tür des wartenden Wagens auf; Alexander nahm seine Hand weg, als ich auf den Rücksitz kletterte, und glitt zu meiner Verblüffung neben mir auf den Sitz. Die Tür wurde zugeschlagen; Sekunden später ging die Fahrertür auf, und Norris setzte sich hinters Steuer.

Eine gefühlte Ewigkeit war seit dem Moment vergangen, als Alexander mich im Brimstone in die Arme genommen und hochgehoben hatte. Es war, als hätte sich die Zeit für einen kurzen Augenblick verlangsamt, doch nun, in der Stille des Wagens, schien sie wieder zu ihrem gewohnten Tempo zurückzufinden. Vor den Fenstern flammten die Kamerablitze auf. Ich senkte den Blick, starrte konzentriert auf einen losen Faden in der Fußmatte, bis ich spürte, wie sich ein Arm um meine Schultern legte und mich näher heranzog, sodass ich mein Gesicht an Alexanders Schulter bergen konnte. Tief sog ich seinen unbeschreiblichen Duft ein, jene Mischung aus Nelken, Seife und Bourbon, der mich umhüllte, während die Welt rings um uns herum zu verblassen schien und ich mich in seiner Umarmung entspannte.

Ohne ein Wort hatte er seinen Anspruch auf mich geltend gemacht.

***

Schweigend fuhren wir durch die Stadt, und ich versuchte angestrengt, mich zusammenzureißen. Auf keinen Fall würde ich vor ihm weinen und ihm nun, da ich Zeugin seiner brutalen Entschlossenheit geworden war, meine eigene Schwäche zeigen. Er sollte nicht mitbekommen, wie verletzlich ich war. Als ich ihn ansah, spürte ich, wie sich seine Kraft auf mich zu übertragen schien. Er war stark und souverän – ganz anders als alle Männer, mit denen ich je zu tun gehabt hatte, und er sollte nicht sehen, wie beängstigend – und erregend – ich diese Eigenschaften fand.

»Clara.« Mein Name kam mühelos über seine Lippen, und ich genoss die Art und Weise, wie er ihn aussprach. »Geht es dir gut?«

Ich nickte und schluckte gegen den Kloß in meinem Hals an. Hatte er gespürt, wie sich die Atmosphäre zwischen uns verändert hatte? Bei unserer ersten Begegnung hatte mich ein unsichtbares Band zu ihm hingezogen; dasselbe Band, das ich auch vorhin gespürt hatte. Doch mittlerweile war jene zarte, kaum spürbare Verbindung einem tieferen, echten Vertrauen gewichen. Er hatte zu mir gestanden, das musste ich ihm zugutehalten, auch wenn er derjenige war, der mich überhaupt erst in diese Misere gebracht hatte. Dachte er genauso wie ich? Spürte er es auch?

»Es tut mir leid, dass du das durchmachen musstest. Ich hätte dich nicht küssen dürfen.« Der Arm, der gerade noch um meine Schultern gelegen hatte, verschwand, und Alexander fuhr sich mit der Hand durch sein wirres Haar.

Ich war enttäuscht, gleichzeitig wünschte ich mir, es wäre meine Hand, die sein weiches Haar berühren durfte. Ich hatte mich geirrt, hatte mir die Verbindung zwischen uns nur eingebildet. Und welchen Kuss meinte er? Unseren ersten oder den im Brimstone? Trotz allem, was vorgefallen war, bereute ich weder den einen noch den anderen, sondern sehnte mich nach mehr. Ich wollte seine Lippen auf meinen spüren, seinen Körper an meinem, seine wachsende Erektion zwischen meinen Beinen.

Aber dazu würde es niemals wieder kommen. Ich durfte es nicht zulassen. Was auch immer zwischen uns war, es durfte nicht weitergehen. Ich setzte mich auf und holte tief Luft, dann sah ich ihn an. »Mir geht's gut«, log ich. »Die Dinge sind ein bisschen aus dem Ruder gelaufen. Ich fürchte, du hast deutlich mehr Erfahrung mit solchen Situationen als ich.«

»Leider kann ich dir nur zustimmen.« Er sah mich so eindringlich an, dass ich unbehaglich auf dem Sitz herumrutschte. »Ich weiß, dass es mir leidtun sollte, dich geküsst zu haben, aber das tut es nicht. Ehrlich gesagt würde ich es gerne wieder tun.«

Ich spürte, wie all meine Zweifel schwanden und mich neuerlich dieses Gefühl der Machtlosigkeit überkam.

»Ich halte dich nicht davon ab«, hörte ich mich zu meiner Verblüffung leise erwidern.

Alexander atmete tief ein und löste den Blick von mir, um aus dem Fenster zu sehen. »Du hast Nein gesagt.«

Das stimmte, nur wusste ich nicht mehr, weshalb. »Ich habe es aber nicht gemeint.«

»So unterschiedliche Signale, Miss Bishop. Das ist bei einem Mann wie mir nicht ohne Risiko.«

»Bei einem Mann wie dir? Was soll das heißen?«, fragte ich, obwohl ich die Antwort längst kannte – er war gefährlich.

Gefährlich, aber attraktiv. Und nicht nur wegen seiner Position oder des Lebens, das er führte. Ich hatte einen Blick hinter seine kontrollierte Fassade erhascht und das Wilde, Ungezähmte entdeckt, das sich dahinter verbarg.

»Ich bin ein Mann, der sich nimmt, was er haben will«, sagte er unheilvoll und hielt inne, als wollte er sich vergewissern, dass seine Antwort mir Angst eingejagte.

Aber was ich empfand, war weit von Angst entfernt. Ich presste die Schenkel zusammen, als die Hitze zwischen meinen Beinen weiter wuchs und sich ein leises Pulsieren bemerkbar machte. Selbst seine Worte waren sexy, und ich wollte mehr. »Mich hast du aber nicht genommen.«

»Die Umstände, unter denen wir uns begegnet sind, waren ungewöhnlich«, erklärte er und legte seine Hand auf mein Knie. Bei der Berührung lief ein Schauder durch meinen Körper, der das Pulsieren zwischen meinen Beinen noch verstärkte.

»Du warst also nicht dort, um jemanden aufzureißen?«, fragte ich und versuchte vergeblich, die Berührung zu ignorieren. »Ist der Club etwa nicht dein gewohntes Jagdrevier?«

Ein amüsiertes Lächeln spielte um seine Mundwinkel. »Im Oxford and Cambridge Club finde ich nur selten anregende Gesellschaft.«

»Warum warst du dann dort?«, fragte ich. Meine rationale Seite gewann langsam wieder die Oberhand.

»Mein Freund Jonathan hat mich breitgeschlagen, zu seiner Abschlussfeier zu kommen.«

»Es fällt mir schwer, mir vorzustellen, dass du dich zu irgendetwas breitschlagen lässt.«

»Dann kennst du Jonathan nicht.«

»Moment mal.« Jetzt dämmerte es mir. »Meinst du etwa Jonathan Thompson?«

»Genau der. Kennst du ihn ... gut?« Seine Stimme klang leicht gepresst, als fürchte er sich vor meiner Antwort.

»Nur sehr flüchtig«, antwortete ich. Jonathan hatte ebenfalls Soziologie studiert, aber abgesehen von ein paar gemeinsamen Kursen hatten wir nie miteinander zu tun gehabt. Sein Name war mir eigentlich nur deshalb ein Begriff, weil Belle während des zweiten Studienjahres mit ihm im Bett gelandet war. Eigentlich war sie ja die Diskretion in Person, aber Jonathan hatte sich als Arschloch der Extraklasse entpuppt, deshalb hatte ich mich nach ihrer Warnung von ihm ferngehalten. Nicht dass ich ein sonderlich aufregendes Privatleben gehabt hätte. Ich hatte mich auf mein Studium konzentriert, weil es die einzige Möglichkeit gewesen war, etwas zu erreichen – reiche Eltern hin oder her. Menschen wie Jonathan hingegen hatten diese Sorgen nicht.

»Jonathan behauptet, er hätte jedes Mädchen in seinem Jahrgang flachgelegt«, fuhr Alexander fort. »Es freut mich zu hören, dass du höhere Ansprüche hattest.«

»Und dieses Lob aus dem Mund seines *Freundes*«, bemerkte ich trocken.

»Manche Menschen sollte man im Auge behalten«, meinte er. Wieder flackerte diese Dunkelheit in seinem Blick auf, die mich daran erinnerte, wie sehr ich mir wünschte, sein Geheimnis zu lüften.

Ich wandte den Blick ab und sah aus dem Fenster, in der Hoffnung, dass sich mein Herzschlag ein wenig beruhigte. Alles an ihm – von seinen Worten bis hin zu den Menschen, mit denen er sich umgab – riet mir, mich von ihm fernzuhalten, aber seit meiner Teenagerzeit hatte ich mich nur versteckt und war allem und jedem aus dem Weg gegangen. Ich wollte das nicht mehr. Darum konnte ich mich nicht dazu durchringen, Alexander fortzuschicken. Er besaß eine Anziehungskraft, die ebenso magisch war wie sein Lächeln.

Du schuldest ihm Dank und sonst gar nichts, belehrte mich meine innere Stimme. Sie hatte völlig recht, und ich wusste, dass ich auf sie hören sollte, aber ich wollte nicht.

»Wohin fahren wir?«, fragte ich, als Norris am Eingang meines Hauses vorbeifuhr.

»Die Reporter sind uns auf den Fersen. Norris hängt sie ab, dann bringe ich dich nach Hause.« Seine Hand wanderte ein Stück höher und schloss sich besitzergreifend um meinen Oberschenkel.

Ich schloss die Augen, verjagte all die Überlegungen und Zweifel und genoss stattdessen die Wärme seiner Berührung und seiner Worte. Ich wollte, dass er mich nahm. Hier. Jetzt.

Fehler. Du machst einen Fehler. Du bist nicht stark genug dafür. Einen Mann wie ihn kannst du nicht an dich binden, warnte meine innere Stimme.

Ich brachte sie zum Schweigen und konzentrierte mich wieder auf das Prickeln, das meinen Körper durchlief, während ich registrierte, dass er näher gerückt war und sich unsere Körper berührten.

»Clara«, raunte er.

»Hm?«, fragte ich selbstvergessen.

»Ich werde dafür sorgen, dass du in Sicherheit bist, ganz egal, was als Nächstes geschieht. Es ist wichtig, dass du das weißt«, sagte er.

Ich schloss die Augen und holte tief Luft. »Wieso?«

»Weil du der einzige Mensch bist, der sich gewünscht hat, ich wäre nicht fortgegangen«, sagte er tonlos.

Wieder gelang es mir, einen Blick auf die wilde, ungezähmte Seite hinter seiner beherrschten Fassade zu erhaschen, auf jenen Jungen, dessen Seele gebrochen und nie wieder geheilt war. In diesem Moment wusste ich, dass noch nie jemand die Worte ausgesprochen hatte, die ich gleich zu ihm sagen würde. »Ich bin froh, dass du zurückgekommen bist.«

»Ich will dich.« In seinen Worten schwang eine fast erschreckende Endgültigkeit mit. Er wollte mich, und er würde mich bekommen. Ich konnte mich nicht dagegen zur Wehr setzen, weil ich ihn ebenso wollte, mehr als alles, was ich je in meinem Leben gewollt hatte. Bei dem Gedanken wurde mir schwindlig. Seine Hand wanderte höher, legte sich in meinen Schritt. Ein leises Stöhnen drang aus meiner Kehle. »Aber nicht heute Abend.«

Flatternd hoben sich meine Lider, und ich sah ihn vorwurfsvoll an. »Ist das deine Masche? Ein Mädchen erst heißmachen, bis sie vor dir auf die Knie fällt?«

Er könnte mich jetzt und hier nehmen, und ich würde keine Einwände erheben. Das wusste er, ich las es in seinen Augen. Weshalb also diese Spielchen?

»Willst du, dass ich darum bettle? Brauchst du das?«, fragte ich.

Seine Finger rieben über den Stoff meiner Jeans, neckten das Bündel von Nerven, das unter seiner Berührung vibrierte. »Brauchen? Nein. Wollen?« Er zögerte. »Ja. Ich will dich betteln hören. Um meinen Schwanz. Darum, dass ich dich ficke. Und genau das wirst du tun, Süße. Aber. Nicht. Heute. Abend.«

»Warum nicht?« Die Verzweiflung in meiner Stimme beschämte mich, aber ein Mädchen ist nun mal nicht Herrin der Lage, wenn ihre Klitoris hämmert wie eine Buschtrommel.

»Weil das gesamte Gebäude bis morgen früh unter Beobachtung steht, und schneller Sex interessiert mich nicht, Clara. Ich will dich erkunden. Ich will dir die Kleider vom Leib reißen und dich zum Bett tragen. Ich werde dich ficken, bis es wehtut. Und du wirst darum betteln, dass ich es tue.« Er hielt inne, um seine Worte wirken zu lassen, mir Zeit zu geben, ihre wahre Bedeutung zu begreifen. »Und dafür brauche ich mehr als ein paar Stunden.«

Mit angehaltenem Atem hatte ich seinen Worten gelauscht, bis ich dachte, ich würde zerfließen, gleich hier auf diesem Rücksitz. Ich bezweifelte, dass ich so lange warten konnte, und ein Teil von mir sehnte sich danach, er möge mich gleich hier und jetzt nehmen, obwohl Norris keinen halben Meter vor uns saß. Doch noch viel mehr wünschte ich mir eine Nacht, wie er sie mir gerade beschrieb.

»Ich bekomme immer, was ich will«, erklärte er, und ich wusste, die Entscheidung war damit gefallen.

»Wann?« Mehr brachte ich unter seinem forschenden Blick nicht heraus.

»Morgen.«

»Und die Reporter?«, presste ich mühsam hervor.

»Darum kümmere ich mich.« Mit einem zufriedenen Lächeln ließ er sich in seinem Sitz zurücksinken. Er wusste, dass er mich in der Tasche hatte. Wieder einmal hatte er gesiegt, auch wenn in Wahrheit nie ein Zweifel daran bestanden hatte. Wie hätte ich ihm auch widerstehen sollen – seinem engelsgleichen Gesicht, seinem muskulösen Körper, seiner unglaublichen Anziehungskraft? »Norris holt dich um elf Uhr ab.«

»Dann bis morgen Abend«, sagte ich, als der Wagen anhielt. Ich konnte nur hoffen, dass meine Erregung nicht so offensichtlich war.

»Oh nein, morgen früh.« Alexander beugte sich vor und umfasste mein Kinn. »Ich habe doch gesagt, ich brauche Zeit, Süße.«

Seine Lippen strichen über meine, und ich öffnete bereitwillig den Mund, doch er zog sich zurück und blickte mich aus seinen tiefblauen Augen an. »Bis dann.«

6

Kaum drehte ich den Schlüssel im Schloss um, ging im Wohnzimmer das Licht an. Ich fuhr herum und sah Belle mit finsterer Miene im Schneidersitz auf dem Sofa hocken. An jedem anderen Abend hätte ich sie ausgelacht, weil sie sich wieder mal wie eine Glucke benahm, aber heute fühlte es sich eher so an, als hätte mich die Gefängniswärterin beim Ausbruchsversuch erwischt.

»Wie lange sitzt du hier schon im Dunkeln?«, fragte ich.

»Seit ich nach Hause gekommen bin und beschlossen habe, auf dich zu warten.« Sie zeigte auf eine Tüte voller Pappbehälter vom Chinesen. Schuldgefühle überkamen mich. Ich war ziemlich lange weg gewesen.

»Es tut mir leid«, begann ich, doch ich hatte keine Ahnung, was ich sonst noch sagen sollte. So viel war passiert, seit sie losgegangen war, um etwas zum Abendessen zu besorgen, und nun, da ich wieder zu Hause war, weit weg von Alexanders betörender Gegenwart, kam ich mir ein wenig blöd vor. Doch dann dachte ich an seine Lippen auf meinen und spürte, wie die mittlerweile vertraute und doch unkontrollierbare Sehnsucht nach ihm wieder in mir aufkeimte.

»Hallo? Erde an Clara.«

Ich schüttelte den Kopf und zwang mich, Belle anzusehen.

»Ich habe dich gefragt, wo du warst. Im ersten Moment dachte ich, du bist im Bad, aber dann bist du nicht aufgetaucht.«

»Ich habe dir doch einen Zettel geschrieben«, sagte ich, aber offensichtlich hatte sie ihn nicht gesehen.

»Aber«, fuhr sie fort, ohne meinen Einwand zu beachten, »ich wusste ja, dass du nicht so blöd sein würdest, das Haus zu verlassen, solange all diese Paparazzi vor der Haustür lauern.« Sie hielt inne, wartete auf meine Erklärung, doch ich überlegte immer noch, wie ich anfangen sollte. »Und jetzt geht plötzlich die Tür auf, und du schwingst deinen jämmerlichen Arsch herein, ohne ein Wort darüber zu verlieren, wo du gesteckt hast.«

Ich hob resigniert die Hand. »Gib mir eine Minute, bitte.«

Ich ließ mich neben ihr aufs Sofa fallen und versuchte, mich zu sammeln. Mit einem ungeduldigen Seufzer nahm Belle einen der Pappbehälter aus der Tüte, riss ihn auf und wickelte einen Bissen voll Nudeln um die Stäbchen, obwohl sie längst kalt sein mussten. »Hier«, sagte sie und hielt sie mir hin.

Ich wusste, dass jeder Widerstand zwecklos war. Also machte ich den Mund auf. Die Nudeln waren viel zu weich, die würzige Soße eiskalt, doch ich genoss den Bissen und merkte erst jetzt, wie hungrig ich war. Belle drückte mir den Behälter in die Hand, und ich begann zu essen, dankbar für die Gelegenheit, einen Moment lang meine Gedanken sortieren zu können. Schweigend aßen wir. Ich musste zugeben, dass das Essen half, einen klareren Kopf zu bekommen.

Schließlich stellte ich den halb leeren Behälter auf den Couchtisch und wandte mich Belle zu, die mich neugierig ansah.

»Als du weg warst, hat jemand an der Tür geklingelt.« Wortlos lauschte sie, während ich ihr die absurden Ereignisse schilderte – bis zu dem Moment, in dem Alexander mich in seinen Wagen verfrachtet hatte, unsere gemeinsame Fahrt unterschlug ich. Schließlich stieß sie einen tiefen Seufzer aus.

»Wenn du dir das entgehen lässt, werde ich dir das nie verzeihen.«

Ich konnte mir ein nervöses Lachen nicht verkneifen, mied jedoch den Blickkontakt, aus Angst, sie könnte mir ansehen, dass ich mich längst mit ihm verabredet hatte. Ich konnte nicht einmal sagen, warum ich es ihr nicht erzählte. Vielleicht weil meine Bekanntschaft mit Alexander so brutal ins Licht der Öffentlichkeit gezerrt worden war, dass ich einen winzigen Teil davon ganz für mich allein haben wollte. Belles Augen verengten sich zu Schlitzen.

»Was verschweigst du mir?«, fragte sie.

»Gar nichts. Ich ...« Ich spielte an den Fransen eines Sofakissens herum und presste es mir vor die Brust, als Belle mit der flachen Hand ungeduldig auf das Kissen schlug.

»Los, raus mit der Sprache, Bishop.«

»Ich ... ich treffe mich morgen mit ihm.« Es war eine Erleichterung, es laut auszusprechen.

»Morgen? Heilige Scheiße!« Belle sprang auf und begann, hektisch im Wohnzimmer auf und ab zu gehen. »Uns bleibt nicht viel Zeit.«

»Wofür denn?«, fragte ich, auch wenn ich nicht sicher war, ob ich die Antwort tatsächlich hören wollte.

»Was willst du anziehen?«

»In dem hier konnte er schon kaum die Finger von mir lassen«, sagte ich und zupfte am Saum meines T-Shirts. »Ich nehme an, alles ist besser als das.«

Sie hob zweifelnd eine Braue. »Von mir aus kannst du einen Kartoffelsack anziehen, auch wenn ich das natürlich nicht zulassen werde ... Die entscheidende Frage ist doch, was du *darunter* trägst. Du lieber Gott, wann warst du das letzte Mal beim Waxing? Jetzt ist es zu spät dafür.«

»Da unten ist alles in bester Ordnung«, beruhigte ich sie, ersparte mir jedoch die Mühe, ihr zu erklären, dass ich noch nie beim Waxing war. Aber das bedeutete noch lange nicht, dass in den südlichen Gefilden nicht trotzdem alles sauber und ordentlich sein konnte.

»BH? Höschen?«

Ihre Wanderungen machten mich ganz nervös. »Ja, beides vorhanden.«

»Ich kenne deine Wäsche«, stieß sie hervor. »Du kannst unmöglich in Baumwollunterhosen bei Alexander auftauchen.«

»Schätzungsweise werde ich sie sowieso nicht lange tragen.« Unwillkürlich musste ich an Alexanders Hände denken. In wenigen Stunden würde ich wissen, wie es sich anfühlte, sie überall auf meinem Körper zu haben. Bei dem Gedanken bekam ich eine Gänsehaut.

»Konzentrier dich, Clara!« Belle schnippte mit den Fingern, um meine Aufmerksamkeit wieder auf den wäschemäßigen Notstand zu richten, den sie gerade ausgerufen hatte.

»Er holt mich um elf morgen früh ab«, sagte ich. »Das heißt, ich kann im Augenblick sowieso nichts machen.«

»Wir leben jetzt in London. Hier kann man rund um die Uhr fast alles kaufen. Welche Größe hast du? 80 B?« Sie schnappte ihre Handtasche.

»C«, korrigierte ich. »Aber ich kann jetzt nicht vor die Tür gehen.« Norris war zwar vorhin vor dem Haus vorbeigefahren, aber ich war viel zu beschäftigt gewesen mit Alexander, um darauf zu achten, ob die Paparazzi noch vor der Tür kampierten, allerdings musste ich davon ausgehen.

»Ich gehe.«

»Aber du hast schon das Essen besorgt.« Belle hatte nur die besten Absichten, aber mittlerweile hatte sie mich so nervös gemacht, dass ich nicht mehr wusste, wo mir der Kopf stand. Es war alles zu viel. »Ich sollte nicht gehen.«

»Genau deswegen gehe ich jetzt ...«

»Nein«, unterbrach ich sie. »Ich sollte mich nicht mit Alexander treffen. Das ist keine gute Idee. Ich will nicht noch mehr von diesen Klatschreportern am Hals haben.«

Wenn ich mich ein weiteres Mal mit ihm erwischen ließ, würde die Gerüchteküche nur noch mehr brodeln. Ich sah die Schlagzeilen förmlich vor mir: *Flottes Flittchen! Neues Spielzeug für den Prinzen!*

Mich mit einem Mann wie Alexander einzulassen, und sei es nur für eine flüchtige Affäre, könnte meine Karriere zerstören, noch bevor sie überhaupt angefangen hatte. Ich machte mir keine Illusionen über meine Position bei der gemeinnützigen Einrichtung, bei der ich ab nächster Woche arbeiten würde, aber beruflichen Selbstmord noch vor dem ersten Arbeitstag würde ich ganz bestimmt nicht begehen.

»Nein, nein, nein«, sagte Belle. »Ich kenne diesen Tonfall. Du wirst dir das jetzt nicht selbst ausreden. Hör auf damit.«

»Und was habe ich davon, wenn ich es durchziehe?«

»Ich habe dich wirklich sehr lieb«, sagte sie sanft. »Aber du musst dringend mal anständig flachgelegt werden. Das letzte Jahr hast du praktisch unter einem Stapel Bücher verbracht ...«

»Einige von uns waren auf gute Noten angewiesen.«

»Und davor«, fuhr sie ungerührt fort, »warst du mit Daniel zusammen. Und lass uns den Tatsachen ins Auge blicken, er war ...« Sie wackelte vielsagend mit dem kleinen Finger.

Ich kicherte. »Woher weißt du das?«

»Weil ich dich morgens gesehen habe, wenn er bei dir übernachtet hat«, antwortete sie. »Du hast zwar immer müde ausgesehen, nur leider nicht auf die Art, wie du es hättest tun sollen.«

Ich bezweifelte, dass man von meinem Äußeren am Morgen danach Rückschlüsse auf die Qualität meines Liebeslebens ziehen konnte. »Daniel hat seine Sache durchaus anständig gemacht.«

»Genau. Von Bohnen und Toast wird man auch satt, aber man kann nicht so tun, als wäre es ein Steak.«

Ich schüttelte den Kopf. »Aber das heißt trotzdem nicht, dass ich neue Unterwäsche brauche.«

Am Ende setzte Belle sich durch, und um sicherzugehen, dass ich zu beschäftigt war, um über mein Date – oder was immer es auch sein mochte – nachzugrübeln und es zu verwerfen, ließ sie mir eine Liste da, die ich abarbeiten sollte. Anfangs war ich alles andere als begeistert, aber einige der Punkte waren durchaus sinnvoll. Meine Füße waren zwar gepflegt, trotzdem sprach nichts gegen eine frische Schicht Nagellack. Außerdem stellte ich fest, dass die Pinselei eine beruhigende und zugleich anregende Wirkung auf mich hatte. Als Teenager hätte ich vermutlich Stunden mit den Vorbereitungen für ein Date zugebracht, aber auf dem College hatten solche Dinge an Bedeutung verloren. Eigentlich wollte ich ja nicht zu den Mädchen gehören, die sich vor einer Verabredung das Hirn über ihr Äußeres zermarterten, aber es war lange her, dass ich mir selbst etwas Gutes getan hatte.

Mit ihrer Auswahl an Kosmetikartikeln könnte Belle ohne Weiteres einen Schönheitssalon betreiben, also setzte ich mich hin und verwöhnte meine Füße, ehe ich – vorsichtig, damit der trocknende Lack nicht verschmierte – in ihr Zimmer tappte, um ihren Kleiderschrank nach etwas Passendem zu durchforsten. Belle war zwar weniger kurvig als ich, dennoch trugen wir dieselbe Kleidergröße, auch wenn ihre Klamotten bei mir obenrum immer etwas enger saßen. Und sie hatte mir freie Hand gelassen, weil *du nur über meine Leiche in Jeans und T-Shirt dort hingehen wirst*, so ihre Worte.

Ich konnte nur staunen, wie perfekt ihr Kleiderschrank bereits eingeräumt war. Auch ich hatte meine Sachen gern aufgeräumt und ordentlich, aber nie im Leben hätte ich es geschafft, alles so schnell und effizient einzuräumen, obwohl ich gerade einmal ein Viertel ihrer Klamotten besaß.

Ich strich über die nach Länge sortierten Kleider und arbeitete mich zu den knielangen Sachen vor. Die meisten waren eher für Familienfeiern geeignet – mit anderen Worten, erzkonservativ und brav wie für ein Mitglied des Königshauses.

Alexanders Großmutter, dachte ich.

Nein, das würde nicht funktionieren. Ich wusste, dass Belle mir etwas Knapperes ans Herz legen würde, wollte aber keinesfalls riskieren, dass ich mir blöd vorkam, nur weil mein Rocksaum zu kurz war. Dies war mein erstes Sex-Date, und so aufregend Alexanders Versprechen, mich den ganzen Tag durchvögeln zu wollen, auch sein mochte, fiel es mir nun, da er nicht in der Nähe war und meine Gedanken blockierte, zunehmend schwer, meine rationale Seite zum Schweigen zu bringen.

Ein einziges Mal, sagte ich mir. *Und das war's.*

Es war Frühling in London, das Wetter war noch ein bisschen unbeständig, aber in den letzten Tagen war es schon recht warm gewesen. Ich arbeitete mich weiter durch die Kleider und stellte fest, dass Belle ein ernsthaftes Ballrobenproblem hatte. Kein Mensch brauchte so viel festliche Garderobe. Zwischen einer Abendrobe von Jenny Packham und einem Traum aus champagnerfarbener Seide von Vera Wang fand ich genau das Richtige für mich.

Ich zog das fließende Maxikleid vom Bügel und schlüpfte hinein. Es war ärmellos, aber mit einem herzförmigen Ausschnitt, der meinen Brüsten perfekten Halt geben würde – ein Problem, um das Belle sich normalerweise keine Gedanken zu machen brauchte. Es war hellblau und in einem romantisch-verspielten Stil, der genau meine Stimmung widerspiegelte. Mit meinen frisch lackierten Fußnägeln würde ich zum ersten Mal in diesem Jahr Sandalen tragen können. Es mochte vielleicht nicht Belles erste Wahl sein, aber mit dem tiefen Ausschnitt und dem fließenden Stoff, der sich um meinen Körper schmiegte, war es definitiv sexy genug.

Eine halbe Stunde später kehrte Belle zurück und schwenkte triumphierend eine Agent-Provocateur-Tüte. Zu meiner Verblüffung war Belle voll und ganz mit meiner Entscheidung einverstanden.

»Das Kleid passt perfekt zu dem hier.« Vorsichtig schlug sie das Seidenpapier beiseite, unter dem ein silberfarbenes Set aus Spitzen-BH und Höschen zum Vorschein kam. Es war hauchzart, sehr feminin, sexy und edel zugleich.

Ein Blick auf das Preisschild verriet mir, weshalb.

»Ich zahle es dir zurück.«

Belle winkte nur ab und grinste. Ihr war vollkommen klar, dass ich so etwas nie im Leben für mich gekauft hätte – nicht wegen des Geldes, sondern weil ich bislang keinen Anlass dafür gehabt hatte. Sie nahm mir den BH aus der Hand und riss das Preisschild ab.

»Jetzt gibt's kein Zurück mehr«, schnurrte sie.

Ich nahm ihn wieder an mich und hielt ihn mir vor die Brust, während ich mir ausmalte, wie es sich wohl anfühlen mochte, ihn zu tragen. Bei der Vorstellung, wie ich darin vor Alexander stand, stieg mir augenblicklich die Hitze ins Gesicht. Ich hatte zwar schon früher Dessous getragen, aber nie etwas so Exquisites wie das hier. Es war wunderschön, sexy und delikat – so delikat wie die Verbindung zwischen Alexander und mir.

***

Sobald ich am nächsten Morgen die Augen aufschlug, ließen mich meine Nerven im Stich. Allein beim Gedanken daran, dass ich in wenigen Stunden wahrscheinlich den Fehler meines Lebens begehen würde, rebellierte mein Magen. Ich ging unter die Dusche, sorgsam darauf bedacht, jeden Blick in den Spiegel zu vermeiden, zumindest bis ich mich an mein Makeup machte. Eine leise Röte lag auf meinen Wangen, ich sah aufgeregt und ein klein wenig wirr aus, aber alles in allem gar nicht so übel.

Belle war bereits voll in Aktion, als ich mich, noch immer im Bademantel, zu ihr in die Küche gesellte. Sie trug ein knappes Pyjamahöschen und ein fast durchsichtiges Top. Einen Moment lang wünschte ich mir, ich hätte einen Körper wie ihren – durchtrainiert und athletisch, mit kleinen, kecken Brüsten und einem Sixpack. Obwohl ich mehrmals die Woche zum Joggen ging, war ich kurvig und eine Spur zu groß für meinen Geschmack. Mehr als einmal hatte ich mir anhören dürfen, dass mein kurviger Körper die Männer abschrecken würde.

Belle kochte für eine ganze Armee – ein Teller voll Würstchen und gegrillter Tomaten stand bereits auf der Arbeitsplatte, auf dem Herd brutzelten Eier in der Pfanne, und daneben blubberte ein Topf voller Bohnen.

»Kochst du für Philip?«, fragte ich verblüfft.

»Ich wollte sichergehen, dass du vor deinem Date etwas in den Magen bekommst«, antwortete sie und zwinkerte mir zu. »Hört sich so an, als würdest du es brauchen.«

»Erinnere mich nicht daran.« Ich schnitt eine Grimasse und spähte in den Topf mit den Bohnen.

Belle fuhr herum und drohte mir mit dem Holzspatel. »Moment, Bishop. Du wirst nicht kneifen, egal wie aufgeregt du bist.«

Achselzuckend schnappte ich mir ein Stück Speck und ließ mich auf einen Barhocker fallen. »Du hast völlig recht, ich bin aufgeregt. Kannst du mir noch mal sagen, was ich mir dabei gedacht habe?«

»Du dachtest, dass es deine Chance ist, mit einem der attraktivsten und mächtigsten Männer der Welt zu schlafen«, sagte sie.

So ausgedrückt, klang es halbwegs nachvollziehbar.

»Clara, das ist die Gelegenheit deines Lebens«, fügte Belle hinzu.

Ich zog eine Braue hoch. »Mit jemandem Sex zu haben, ist die Gelegenheit des Lebens? So was kann nur jemand mit dem Gemüt einer Prostituierten sagen.«

Sie streckte mir die Zunge heraus und wandte sich wieder den Eiern zu. »Wenn es sich um einen Prinzen handelt, ist es das sehr wohl«, beharrte sie. »Erinnerst du dich noch, wie es war, als du klein warst? Wolltest du nie Prinzessin sein?«

»Das ist wohl kaum dasselbe«, sagte ich, trotzdem musste ich grinsen. »In meiner Fantasie ging es jedenfalls nie darum, das Kamasutra durchzuprobieren.«

»Dann hast du was verpasst«, gab sie trocken zurück. »Aber im Ernst – näher als heute kommst du diesem Traum vermutlich nie mehr. Der Punkt ist doch der: Keiner will zugeben, dass wir uns in Wahrheit nicht von unseren kindlichen Fantasien verabschieden, sondern bloß akzeptieren, dass wir sie nicht mehr in die Tat umsetzen können. Du magst erwachsen sein, aber das bedeutet noch lange nicht, dass du dir nicht doch einen Prinzen angeln willst. Oder zumindest mit einem in die Kiste steigen.«

»Du bist hoffnungslos«, sagte ich. »Und damit meine ich nicht hoffnungslos romantisch.«

»Ich bin Realistin, Schatz. Und hier bietet sich dir eine echte Gelegenheit, also hör auf, den Schwanz einzuziehen.«

Offensichtlich hatte meine beste Freundin gespürt, dass ich ernsthaft darüber nachgedacht hatte, einen Rückzieher zu machen – was nicht weiter erstaunlich war; Belle wusste immer, was in meinem Kopf vorging. »Ich frage mich bloß, ob es so eine gute Idee ist. Eigentlich gehöre ich nicht zu den Mädchen, die nur so zum Spaß durch die Betten hüpfen.«

Und das stimmte auch. Im Grunde war ich schon immer eher der Beziehungstyp gewesen, ich hatte noch nie einen One-Night-Stand gehabt, weit davon entfernt. Der einzige Mann, von dem ich mich hatte aufreißen lassen, war Daniel gewesen – ich war mit ihm nach Hause gegangen, fest entschlossen, es ausnahmsweise mal so richtig krachen zu lassen, mit dem Ergebnis, dass ich in einer Beziehung gelandet war, die mir nicht gutgetan hatte.

»Und was hat es dir eingebracht?«, fragte sie. »Daniel hat dich wie ein Stück Dreck behandelt. Beziehungen werden eindeutig überbewertet.«

»Erinnere mich daran, dass ich das als Toast bei deiner Hochzeit ausbringe.«

»Ich liebe Philip«, sagte sie. »Du hast Daniel nicht geliebt, und sieh dir bloß mal an, wie grauenhaft eure Beziehung war. Du bist tausendmal besser dran, wenn du das Ganze locker angehst.«

Ich hob resigniert die Hände. »Ja, ja, schon gut. Ich hatte sowieso nicht ernsthaft vor abzusagen.«

Dass die Absage eines Dates mit Alexander definitiv nicht infrage kam, verschwieg ich geflissentlich. Sollte ich das tun, würde er mich finden, und etwas sagte mir, dass er ein Mann war, der ein Nein als Antwort nicht akzeptierte. Beim ersten Mal mochte es noch funktioniert haben, aber ein zweites Mal würde ich damit nicht durchkommen.

Außerdem wollte ich es auch gar nicht. Ehrlich gesagt war ich mittlerweile entschlossen, das Wort Nein den ganzen Tag nicht in den Mund zu nehmen.

»Erde an Clara«, rief Belle.

Blinzelnd kehrte ich ins Hier und Jetzt zurück, während

sie einen proppenvollen Teller vor mir abstellte. »Wenn ich das alles esse, bin ich viel zu voll, um Sex zu haben.«

»Blödsinn.« Sie nahm ihren eigenen Teller und setzte sich neben mich. »Betrachte es als Treibstoff, den du brauchen wirst, wenn du es mit ihm aufnehmen willst. Und genau das erwarte ich von dir.«

»Ach ja?«

»Und danach will ich alles erfahren, die ganzen schmutzigen Details.«

Ich verdrehte die Augen und schnitt mein Spiegelei auf, sodass das Eigelb auf den Teller lief. »Bist du ihm schon mal begegnet?«

»Leider nein. Meine Familie hat nie zum engen Kreis seiner Eltern gezählt, vor allem nicht, nachdem Daddy ...« Sie hielt inne. Ich verkniff mir jede weitere Bemerkung dazu. »Wir wurden jedenfalls nie aufs Land eingeladen oder sonst etwas in dieser Art. Und nach dem Unfall war er ja lange weg.«

Beim Gedanken an den schrecklichen Unfall, der Prinzessin Sarah das Leben gekostet hatte und bei dem Alexander ebenfalls um ein Haar getötet worden wäre, verschlug es mir den Appetit. »Er hat es erwähnt. Dass er danach weggegangen ist, meine ich.«

»Warst du damals noch in den Staaten?«

Ich nickte und stocherte lustlos in meinem Essen herum. »Es war überall in den Nachrichten, allerdings hatte ich damals andere Dinge im Kopf.«

»Es war unsagbar traurig«, sagte Belle. »Die Menschen sind auf der Straße zusammengebrochen, sogar meine Mutter. Ich war bei der Beerdigung. Wie die meisten anderen auch. Es müssen Hunderttausende gewesen sein, die am Straßenrand standen, und als die Kutsche mit ihrem Sarg vorbeifuhr, herrschte völlige Stille.«

»Sie war in unserem Alter. Schwer vorstellbar, nicht?«, sagte ich. »Hatten Paparazzi etwas damit zu tun?«

»Das weiß keiner so genau«, antwortete Belle. »Gerüchte sagen, sie haben Alkohol getrunken. Alexander war damals zwanzig, Sarah war noch minderjährig. Es war noch jemand im Wagen, aber die Presse hat nie herausgefunden, wer es war.«

»Ich verstehe immer noch nicht, weshalb Alexander danach das Land verlassen hat«, sagte ich. Er war doch ebenso Opfer gewesen wie seine Schwester.

»Sarah war überall beliebt. Ich glaube, das lag teilweise daran, dass sie ihrer Mutter wie aus dem Gesicht geschnitten war. Sie ist ja bei der Geburt von Prinz Edward gestorben, was ein unglaublicher Schock für alle war. Dass auch Sarah auf so tragische Weise ums Leben gekommen ist, war für viele schlichtweg zu viel.« Belle zuckte die Achseln. »Schon komisch, dass man immer so tut, als würde man berühmte Leute persönlich kennen.«

Ich fragte mich, weshalb Alexander geflohen war – um den Schuldzuweisungen zu entgehen? Oder weil er den Verlust seiner Mutter und seiner Schwester nicht verwunden hatte? Was auch immer der Grund war, niemand sollte so viel Leid ertragen müssen.

»Du musst etwas essen«, ermahnte mich Belle.

Trotz Belles Protest schaffte ich lediglich die Hälfte meiner Portion. Es war bereits zehn, mir blieb bloß noch eine Stunde, um mich fertig zu machen – oder um endgültig zu kneifen.

Obwohl ich Belle hoch und heilig versprach, meine Chance zu nutzen, zweifelte ich immer noch, ob ich mein Date mit Alexander durchziehen würde. Sofern ich das Ganze überhaupt als Date bezeichnen konnte.

Ich zog meinen Bademantel aus und nahm die Tüte mit den Dessous. Erst jetzt fiel mir auf, dass Belle nicht nur ein Ensemble gekauft hatte. Unter dem Seidenpapier kamen mindestens fünf weitere Sets und mehrere Paare Strümpfe zum Vorschein – ihre Erwartungen an diesen Tag gingen unübersehbar weit über die meinen hinaus.

Trotzdem blieb ich bei meiner ersten Wahl, vor allem als ich sah, dass einige der Ensembles mit Strapsen getragen werden sollten, ganz zu schweigen von dem String mit dem Schlitz im praktisch nicht vorhandenen Schritt. Nein, das silberfarbene war das schönste und außerdem das konservativste. Der heutige Tag war so außergewöhnlich, dass ich froh war, wenigstens Dessous zu tragen, in denen ich mich halbwegs wohlfühlte.

Ich machte den Verschluss des BHs zu, drehte mich um und betrachtete mich im Spiegel. Die zarte Spitze verlieh meiner hellen Haut etwas beinahe Ätherisches. Der BH formte meine Brüste, obwohl er nicht gepolstert war, was ich ohnehin nicht benötigte. Die edle Spitzenwäsche umhüllte meine Brüste und meinen Po auf verführerische Weise und brachte meine Vorzüge perfekt zur Geltung. Nach der Rückkehr von ihrem nächtlichen Einkaufstrip hatte Belle sich an ihren Laptop gesetzt und weitere Fotos der Mädchen an Alexanders Seite seit seiner Rückkehr vom Militärdienst recherchiert. Die meisten waren blond, schmal und elegant, so wie Belle ... Womöglich wäre sie die passendere Kandidatin für ihn. Alexanders Beuteschema war unübersehbar: bildschöne Modeltypen, allerdings gab es nur eine, mit der er mehr als einmal abgelichtet worden war, die Hübscheste von allen. Die Zeitungen bezeichneten sie als seine Freundin, allerdings verströmten die Fotos eine auffallende Kühle, und nichts an ihrer Körpersprache deutete darauf hin, dass ihre Beziehung mehr als ein Fantasieprodukt der Klatschreporter war. Aber vermutlich verkaufte man mit Spekulationen über die künftige Königin Englands Millionen von Zeitungen.

Kurz fragte ich mich, wie es wohl sein mochte, wenn Alexander eines Tages tatsächlich seine Aufgabe als König übernehmen würde. Die Fotos würden um die Welt gehen; ebenso wenn er heiratete. Würde ich es ertragen, sie mir anzusehen? War ich überhaupt fähig, mich in eine flüchtige Affäre mit ihm zu stürzen? Mein Körper wollte ihn, daran bestand kein Zweifel, aber mein Herz war schon jetzt ernstlich in Gefahr. Er hatte mich vor den Reportern beschützt und mir die Sicherheit vermittelt, nach der ich mich als Kind und als Teenager so oft gesehnt hatte. Falls es heutzutage noch so etwas wie Ritterlichkeit geben sollte, stünde sie natürlich dem Kronprinzen von England am besten zu Gesicht.

Wie Belle gesagt hatte, brauchten alle Mädchen ihre Märchen, an die sie glauben konnten.

Gerade als ich mir das Kleid über den Kopf zog und meine Sandalen aus dem Schrank nahm, läutete mein Handy. Ich erstarrte. Bestimmt war er es. Er war zur Vernunft gekommen. Und jetzt würde er mich mit einer Ausrede abspeisen: Er habe vergessen, dass er bereits verabredet sei, oder ihm sei etwas Wichtiges dazwischengekommen. Immerhin war er höflich und sagte das Date ab. Wenn auch mit einer Lüge.

Doch beim Anblick des Namens auf dem Display spürte ich eine Mischung aus Erleichterung und Ärger: meine Mutter. Mir war klar, dass ich mit ihr reden musste, wenn ich verhindern wollte, dass sie demnächst vor der Tür stand, also ging ich ran. »Hi, Mom.«

»Gott sei Dank, dass ich dich endlich erreiche. Ich war schon ganz krank vor Sorge.«

Übersetzung: Sie wollte unbedingt alles erfahren, bis ins letzte Detail.

»Mir geht's gut, Mom«, beruhigte ich sie. »Ich habe meine Sachen ausgepackt und hatte das Telefon auf stumm geschaltet.«

Stille. »Hast du die Nachrichten gesehen?«

»Als Nachrichten würde ich das nicht gerade bezeichnen.« Ich presste mir das Handy ans Ohr, während ich in meine Prada-Sandalen schlüpfte.

»Ich schon. Wieso hast du mir nicht erzählt, dass du einen Freund hast?« Es war weniger eine Frage, sondern eher ein Vorwurf.

»Er ist nicht mein Freund.«

»Wie schade.«

Für sie, dachte ich. »Es war ein Missverständnis.«

»Missverständnisse enden üblicherweise nicht damit, dass man sich küsst.«

»Das hier schon«, sagte ich nur. Ich war zu keiner weiteren Erklärung bereit.

»Offen gestanden bin ich sogar froh darüber«, sagte sie. Ich erstarrte. »All die Aufmerksamkeit tut dir womöglich nicht gut. Mit jemandem zusammen zu sein, der derart in der Öffentlichkeit steht, schafft eine Menge Druck.«

Der Internetboom hatte meinen Eltern damals enorme mediale Aufmerksamkeit beschert, die meine Mutter seitdem verzweifelt suchte, deshalb wunderte mich ihre Warnung umso mehr. Je mehr Aufmerksamkeit ich bekam, umso mehr wurde automatisch auch ihr zuteil. Aber ich musste ihr zugutehalten, dass sie trotz ihrer vielen Schwächen und Untugenden stets meine Interessen und die meiner Schwester im Blick gehabt hatte.

»Es gibt keinen Anlass zur Sorge.« Ich verstaute eine Handvoll Kondome in meiner Handtasche. Nur für alle Fälle. Ich hatte keinerlei Gewissensbisse, meine Mutter anzulügen – Lügen war in unserer Beziehung sozusagen an der Tagesordnung. Schon vor Jahren hatte ich gelernt, alles von ihr fernzuhalten, was ihr zerbrechliches Glück gefährden könnte.

»Das ist aber nicht der Grund meines Anrufs«, fuhr sie fort.

Mit angehaltenem Atem wartete ich, in der Hoffnung, dass sie lediglich noch etwas Klatsch loswerden wollte.

»Dein Vater ist für ein paar Tage unterwegs«, sagte sie. »Deshalb dachte ich, wir könnten einen Mädelstag veranstalten. Du hattest in letzter Zeit immer nur die Nase in den Büchern, deshalb finde ich, du hast dir ein bisschen Wellness und Shoppen verdient.«

»Das klingt ja sehr reizvoll ...«

»Bevor du jetzt mit irgendeiner Ausrede ankommst ... du trittst demnächst deinen ersten Job an und brauchst die passende Garderobe dafür.«

Offenbar hielt sie mich für unfähig, das selbst auf die Reihe zu kriegen. »Ich habe jede Menge Klamotten, die ich zur Arbeit anziehen kann. Du brauchst mir nichts zu kaufen.«

»Ich weiß, dass das Kleid auf dem Foto Belle gehört, und ich weiß auch, dass du anspruchslos bist, Clara, aber das brauchst du nicht. Johns sagt, du hättest deinen Fonds kaum angerührt.«

»Johns hält euch über meinen Kontostand auf dem Laufenden?«, fragte ich gepresst.

»Natürlich. Bis zu deinem fünfundzwanzigsten Geburtstag sind wir immer noch auskunftsberechtigt.«

»Das wusste ich nicht.« Ein vorwurfsvoller Unterton schwang in meiner Stimme mit. Kein Mensch hatte mir davon erzählt. Ich war stets davon ausgegangen, dass der Treuhandfonds, auf den ich seit meinem einundzwanzigsten Geburtstag Zugriff hatte, mein privates Sicherheitspolster sein sollte, allerdings war mir nicht bewusst gewesen, dass meine Eltern immer noch die Finger drin hatten.

»Sprich gefälligst nicht in diesem Ton mit mir. Johns berichtet nur einmal pro Jahr und im Falle von irgendwelchen größeren Unstimmigkeiten an uns.« Sie hielt kurz inne. »Aber wenn dir das so wichtig ist, kann ich gern deinen Vater bitten, die Bedingungen zu ändern.«

»Das tue ich schon selbst.« Wenn einer meiner Elternteile ein offenes Ohr für mich hatte, dann war es mein Vater. Vermutlich war es ohnehin meine Mutter gewesen, die auf diesem Auskunftsrecht bestanden hatte, um sicherzugehen, dass ich das Geld auch sinnvoll einsetzte – wobei »sinnvoll« für sie ein glamouröser Lebensstil bedeutete; ich hingegen wollte das Geld anlegen, um mich in Ruhe einem Beruf widmen zu können, der mich ausfüllte und befriedigte.

»Wie wäre es mit Dienstag?«, fragte Mom.

»Dienstag?«, wiederholte ich und umfasste das Telefon fester.

»Für unseren Mädelstag.«

Inzwischen hatte ich den Grund für ihren Anruf schon wieder fast vergessen. »Klar.«

Einen Moment lang herrschte Stille in der Leitung. »Mom?«

»Gut, dann sehen wir uns am Dienstag«, sagte sie schließlich, und ich war ziemlich sicher, dass ihre Stimme leicht brüchig klang.

Verwirrt über ihr seltsames Verhalten legte ich auf. Augenblicke später stand Belle atemlos im Türrahmen.

»Unten ist ein Norris, der dich abholen will.«

»Der Leibwächter«, sagte ich und spürte, wie sich mein Magen zusammenzog.

»Wahnsinn«, quiekte sie und folgte mir zur Tür.

»Wünsch mir Glück.«

»Du brauchst kein Glück.« Sie gab mir einen Kuss auf die Wange, und ich fuhr mit dem Aufzug nach unten. Bei Norris' Anblick wurde mir schlagartig bewusst, dass dies einer jener Tage war, die eine Trennlinie markierten. Wenn ich später auf mein Leben zurückblicken würde, wäre alles, was bisher passiert war, *vor Alexander*. Wie lange würde es wohl dauern, bis jeder Moment in der Zukunft zu *nach Alexander* werden würde?

Keine Reue, sagte ich mir. Mein Leben war bereits in zwei Hälften geteilt, und nach dem heutigen Tag würde ich zumindest sagen können, dass ich etwas riskiert und mit jemandem geschlafen hatte, der in einer völlig anderen Liga spielte als ich. War es nicht genau das, was ich Belles Meinung nach dringend brauchte? Schlimmer wäre es, sich stets zu fragen, wie es gewesen wäre – wie er gewesen wäre.

Entschlossen schob ich meine Zweifel beiseite, als Norris eine Verbeugung andeutete, mich am Ellbogen nahm und in eine ungewisse Zukunft führte.

7

Gestern Abend hatte ich Alexanders Limousine nicht genauer in Augenschein nehmen können, was vermutlich mit seiner Gegenwart zu tun gehabt hatte, aber dafür hatte ich nun alle Zeit der Welt. Ich fand Rolls-Royce schon immer supersexy und herrlich britisch, und dieser Wagen war mit besonders dunkel getönten Scheiben, vermutlich aus Panzerglas, ausgestattet. Ich malte mir aus, wie Alexander mich hier, auf diesem Rücksitz, nahm. Zärtlich strich ich über das butterweiche Leder, als könnte es mir die Erlösung schenken, nach der ich mich sehnte, seit ich Alexander das erste Mal begegnet war.

Ich kam mir wie ein Snob vor, ganz allein mit hochgefahrener Trennscheibe auf dem Rücksitz zu sitzen, also fuhr ich sie herunter.

»Ist es okay, wenn ich sie runterlasse?«, fragte ich Norris.

»Wie Sie wünschen, Miss Bishop«, antwortete er.

Natürlich. Diese Briten waren immer so verdammt höflich, sodass man nie genau sagen konnte, was sie in Wahrheit dachten oder wollten. Den amerikanischen Teil von mir trieb das zuweilen an den Rand des Wahnsinns.

»Seltsam«, sagte ich. »Ich wusste nicht, dass die königliche Familie immer mit Chauffeur unterwegs ist.« Kaum hatten die Worte meinen Mund verlassen, hätte ich sie am liebsten zurückgenommen. Alexander hatte mir ja bereits erklärt, dass Norris mehr als nur sein Chauffeur war – er war sein persönlicher Leibwächter, der auch seinen Wagen fuhr. Ich war nicht sicher, weshalb Alexander ständigen Personenschutz benötigte, ahnte aber, dass Norris es mir höchstwahrscheinlich nicht verraten würde. Genau das war ja der Grund, warum Alexander ihm vertraute.

»Seine Königliche Hoheit fährt nicht gern Auto.«

Ich nickte, als wäre das völlig normal, auch wenn es das keineswegs war. In den Staaten hatte ich die Erfahrung gemacht, dass das Auto für Jungs nichts anderes als ein Phallussymbol war und deshalb eine enorme Rolle spielte. Vielleicht war es in England anders, allerdings konnte ich mir das nicht recht vorstellen.

»Aber diesen Wagen fährt man doch bestimmt gern«, meinte ich, weil ich mich verpflichtet fühlte, den Gesprächsfluss aufrechtzuerhalten. Inzwischen wünschte ich fast, ich hätte die Scheibe gar nicht erst heruntergelassen, aber wenn ich sie jetzt wieder hochfuhr, würde ich mir endgültig wie eine hochnäsige Ziege vorkommen.

»Er schätzt den Wagen und vertraut auf meine Fähigkeiten als Fahrer«, gab Norris zurück – eine klare Antwort, in der nur der Anflug einer Doppeldeutigkeit mitschwang. Plötzlich war ich froh, mir meine Bemerkung doch nicht verkniffen zu haben. Womöglich hätte ich eines Tages Alexander gefragt, und Norris' Antwort sagte mir, dass ich genau das lieber nicht tun sollte.

»Danke«, sagte ich nachdrücklich, wohl wissend, dass Norris klar war, was er mir soeben anvertraut hatte.

»Natürlich, Miss Bishop. Es ist mir ein Vergnügen, für Alexander zu fahren.«

Der Mann war hoch professionell, so viel stand fest. Kein Wunder genoss er Alexanders volles Vertrauen.

Nicht einmal zehn Minuten später – wir befanden uns mitten in Westminster – bog er von der Straße ab und fuhr durch ein sich langsam öffnendes Tor auf ein Privatgrundstück. Angespannt sah ich zu, wie er in eine exklusiv aussehende Parkgarage fuhr. Keines dieser Riesendinger, wie ich sie aus den Staaten kannte, sondern eine kleine Garage mit maximal zehn Plätzen, von denen die Hälfte leer war. Wo um alles in der Welt waren wir?

Norris stellte den Wagen ab, hielt mir die Tür auf und führte mich zu einem Aufzug, der ein leises *Ping* von sich gab, als wir näher kamen. Die Türen glitten auf, und Alexander stand vor mir. Mir stockte der Atem. Er trug einen dunkelgrauen, wie angegossen sitzenden Dreiteiler und sah absolut umwerfend aus.

»Clara.« Ohne zu zögern, streckte er die Hand aus, und mir war klar, was das bedeutete: Es war ein Angebot. Und indem ich sie ergriff, akzeptierte ich, was als Nächstes zwischen uns passieren würde. Noch konnte ich die Beine in die Hand nehmen und verschwinden – theoretisch, denn mir war klar, dass der Zeitpunkt längst verstrichen war, und das überlegene Lächeln um seine Mundwinkel verriet mir, dass auch er es wusste.

Ich ergriff seine Hand. Als sich die Aufzugtüren hinter uns schlossen, erwachte ich aus meiner Trance, fuhr herum und löste mich von ihm.

»Stimmt etwas nicht?«, fragte er besorgt.

»Ich hätte mich bei Norris bedanken müssen. Das war sehr unhöflich von mir.«

Das Lächeln breitete sich endgültig auf seinem Gesicht aus. »Ich bin sicher, sein Gehalt entschädigt ihn für jede Unhöflichkeit deinerseits.«

»Trotzdem war es nicht nett«, beharrte ich stirnrunzelnd. »Bitte sag ihm, dass es mir leidtut und ich mich gefreut habe, von ihm chauffiert zu werden.«

Alexander legte den Kopf schief, und ein eigentümlicher Ausdruck erschien in seinen Augen, der jedoch sofort wieder verschwand. »Ich dachte, du wärst vielleicht doch noch zur Vernunft gekommen und hättest einen Rückzieher gemacht.«

Der raue Ton in seiner Stimme ging mir durch Mark und Bein. »Warum? Bist *du* etwa zur Vernunft gekommen?«, fragte ich.

»Du bist nicht die Gefährliche von uns beiden.« Er trat näher, und mein Herz setzte einen Schlag aus.

»Vielleicht bin ich ja ein Wolf im Schafspelz«, erwiderte ich wie aus der Pistole geschossen.

»Tja, in diesem Fall muss ich dich wohl ausziehen und nachsehen«, knurrte er.

Ich hingegen hatte keine Zweifel, was ich unter Alexanders Kleidern vorfinden würde – ein Schaf schlummerte ganz bestimmt nicht unter seiner wilden Sinnlichkeit.

»Wo sind wir hier überhaupt?«, wechselte ich eilig das Thema. Die Luft knisterte förmlich zwischen uns. Unwillkürlich fragte ich mich, wie sich Alexanders Lippen auf meinem Körper anfühlen mochten. Wir wussten beide, weshalb ich hier war, trotzdem wollte ich meine lässige Fassade so lange wie möglich aufrechterhalten, auch wenn Alexander vermutlich längst wusste, dass er mich in der Tasche hatte.

»Im Westminster Royal«, antwortete er.

»Schickes Hotel«, murmelte ich. Hier stiegen die großen Hollywoodstars während ihrer Dreharbeiten in London ab, und wie die Parkgarage vermuten ließ, wurde Sicherheit groß geschrieben.

»Die Privatsphäre der Gäste wird hier respektiert. Etwas, was ich sehr schätze.«

»Checkst du unter einem falschen Namen hier ein und verschwindest dann bei Nacht und Nebel wieder?«, fragte ich.

Er lachte. »Ganz so verstohlen läuft es nicht ab. Der Großteil der Angestellten kennt mich als Mr. X.«

»Und ich bin für heute Mrs. X?«, platzte ich heraus und schlug mir gleich darauf erschrocken die Hand auf den Mund.

»Das klingt gut«, schnurrte er und musterte mich mit schief gelegtem Kopf. »Mrs. X, das klingt herrlich unartig.«

Ich leckte mir die Lippen und ertappte mich dabei, wie ich nickte.

»Ist das in Ordnung für dich? Dieses Arrangement, meine ich.«

»Ich hatte nicht erwartet ...«, begann ich.

»Dass wir uns in einem Hotel treffen würden?«

»Ja.« Ich konnte mich nicht überwinden, ihm in die Augen zu sehen; ich war viel zu überwältigt von seiner Gegenwart und der Tatsache, dass ich allein mit diesem unglaublich heißen Typen, der mich wollte, in einem privaten Aufzug stand. Und wenn ich ganz ehrlich war, machte mich die Vorstellung, gleich mit einem Mann, den ich praktisch nicht kannte, in einem Hotelzimmer zu landen, schrecklich nervös.

Alexander legte seine Hand um mein Kinn und zwang mich, ihn anzusehen. »Ich wollte sichergehen, dass niemand hiervon erfährt.«

Seine Worte trafen mich wie ein Schlag in die Magengrube. Ich riss mich los und überlegte, was wohl passieren würde, wenn ich den roten Notfallknopf drücken würde. Da ich mit dem Thronfolger hier war, könnte es durchaus sein, dass der Geheimdienst anrücken würde, zumindest aber Scotland Yard.

»Was ist?« Alexander trat noch näher, unsere Körper berührten sich.

»Selbst ich habe so etwas wie Selbstachtung«, blaffte ich und sah ihm ins Gesicht. Ich versuchte zu verbergen, wie sehr mich seine Nähe erregte, doch meine Brüste verrieten mich. Steif und unübersehbar zeichneten sich meine Brustwarzen durch die Spitze des BHs und den dünnen Stoff des Kleids ab. »Wenn es dir peinlich ist, mit mir gesehen zu werden, solltest du mich jetzt besser gleich aussteigen lassen.«

»Das kann ich nicht«, sagte er.

Ich wich zurück und kreuzte die Arme vor der Brust, in der Hoffnung, dass er nicht mitbekommen hatte, wie heftig mein Körper auf ihn reagierte. »Versuch, mich aufzuhalten.«

»Der Aufzug fährt ausschließlich in die Präsidentensuite. Vorher kann ich dich nicht aussteigen lassen, aber ...« Er beugte sich herüber und drückte auf den roten Knopf, worauf der Aufzug abrupt zum Stehen kam und ich gegen ihn prallte. »Ich glaube, du hast mich missverstanden, und ich habe kein Interesse daran, mit einer Frau zu schlafen, die mich für einen Lügner hält.«

Ich schluckte. »Dann erklär es mir.«

»Mit Vergnügen.« Er fuhr sich mit der Zunge über die Lippen und löste seine Krawatte. »Ich hatte den Eindruck, du willst, dass dich die Paparazzi nicht länger belästigen.«

Er ließ die Worte wie eine Frage im Raum stehen, und ich zuckte bloß die Achseln.

»Ich wollte deinen Wunsch nach Privatsphäre respektieren«, fuhr er fort. »Schließlich hast du inzwischen längst über mich recherchiert.«

Noch eine Frage, die keine war. Ich nickte.

»Die Reporter würden alles tun für ein Foto von mir in Begleitung einer Frau, und wenn sie eins haben, gibt es sofort wilde Spekulationen über die Art unserer Beziehung. Alte Freundinnen werden plötzlich zu neuen Flammen und Kellnerinnen zu wilden Affären.«

»Also hast du nicht mit all den Frauen geschlafen?«, hakte ich nach.

Er zuckte die Achseln. »Nicht mit allen.«

»Wie schön.«

»Wenn ich mich recht entsinne, hast du doch gesagt, du wärst keine hilflose Jungfrau.« Wieder trat er näher und zwang mich, in die Ecke auszuweichen, dann legte er beide Hände gegen die Aufzugwand und betrachtete mich wie ein Panther, der zum tödlichen Sprung auf seine Beute ansetzt. »Ich nehme an, wir können ganz offen über unser Sexleben sprechen.«

»Können wir«, presste ich hervor.

»Gut, ich will nämlich, dass du offen zu mir bist, Clara. Ich will dich so oder so, aber es wird für dich schöner, wenn du mich nicht für einen Dreckskerl hältst.«

Unwillkürlich musste ich grinsen.

»Ein Lächeln«, sagte er. »Wie schön. Ich bin gespannt, ob ich es wiedersehe, nachdem du gekommen bist und mich noch in dir hast.«

Ein unheilvoller Unterton schwang in seiner Stimme mit, der mich vor Anspannung erschaudern ließ. Vielleicht würde ich ja lächeln und gleichzeitig weinen. Alexander schien ein Mann zu sein, der beide Gefühlsregungen gleichermaßen heraufbeschwören konnte.

»Also sind wir uns einig?«, fragte er.

»Darüber, aus unserem Sexleben kein Geheimnis zu machen?«

»Ich muss sicher sein können, dass die Frauen, mit denen ich schlafe, diskret sind. Dass sie ihren gesunden Menschenverstand gebrauchen.«

Ich verdrehte die Augen. War nicht er derjenige, der jeden Abend mit einer anderen gesichtet wurde? »Ich war nur mit einem einzigen Mann zusammen. Meinem Freund von der Uni. Und ich nehme die Pille.«

Ich sah keine Notwendigkeit, näher auf meine Beziehung mit Daniel einzugehen; es würde keinem nützen, wenn ich die hässlichen Details ans Licht zerrte. Ich hatte den Fehler begangen, Daniel viel zu viel über mich zu verraten, und am Ende hatte er es gegen mich verwendet. Und was sollte ein Mann wie Alexander schon damit anfangen? Ein Mann, der eines Tages eine führende Rolle im Land einnehmen würde ... ein Mann, der eine Frau, die er kaum kannte, mit in ein Hotelzimmer nahm, um sie flachzulegen. Seine Moralvorstellungen schienen reichlich flexibel zu sein. Und ich wollte nicht ausprobieren, wie flexibel.

»Was ist mit dir?«, fragte ich.

»Es war mehr als eine«, antwortete er. »Ich war immer vorsichtig und kann dir versichern, dass ich absolut clean bin.«

Ich runzelte die Stirn – nicht nur wegen der Bedeutung seiner Worte, sondern auch weil es im Grunde keine Antwort auf meine Frage war. »Und weshalb ist das wichtig?«

»Ich hatte das Gefühl, ich sollte es zur Sprache bringen, bevor ich dich ficke, und weil ich fürchte, dass ich nicht mehr warten kann, bis wir in der Suite sind.« Er trat noch näher, presste mich gegen die verspiegelte Aufzugwand und drängte mir seine Erektion entgegen. Meine anfängliche Vorsicht verflüchtigte sich, sobald er die Träger meines Kleides über meine Schultern streifte. Beim Anblick des BHs stieß er einen tiefen, grollenden Laut aus. »Deine Brüste sind noch perfekter, als ich sie mir ausgemalt habe.«

Ich schmolz förmlich dahin, während sich die Hitze in meinem Unterleib ausbreitete und sich zwischen meinen Beinen sammelte. Doch die Vernunft in mir siegte. »Sollen wir es ernsthaft hier im Aufzug tun?«

Ein verwegenes Lächeln erschien auf seinem Gesicht, und er strich mit dem Finger über meine Lippen. »Ach, Süße, ich weiß, was du befürchtest. Du hast Angst, dass ich nach einem Quickie im Aufzug mit dir fertig bin.«

»Ich will nur nicht, dass du dich mit mir langweilst, bevor wir es ins Bett geschafft haben«, sagte ich achselzuckend.

»Das wird nicht passieren.« Sein Finger wanderte über mein Schlüsselbein. Es fühlte sich an, als ziehe er eine Brandspur hinter sich her. »Dein Körper ist dafür geschaffen, gefickt zu werden, Clara. Hat dir das schon mal jemand gesagt?«

Ich schüttelte nur den Kopf, mein Mund war mit einem Mal staubtrocken.

»So ist es aber«, fuhr er fort. »Ich finde ihn unglaublich inspirierend. Im Moment bin ich nicht mal sicher, ob es genügend Plätze in der Suite gibt, an denen ich dich flachlegen kann. Aber wenn du dich dann besser fühlst«, seine Hand schob sich unter mein Kleid und den Bund meines Höschens, immer tiefer, bis er sein Ziel gefunden hatte, »können wir auch warten, bis wir oben sind.«

Ich kniff die Augen zusammen, als er mit routinierten Bewegungen meine Klitoris zu massieren begann. »Wir sollten ...«, stammelte ich, doch solange er mich so berührte, konnte ich keinen klaren Gedanken fassen.

»Vielleicht kann ich noch eine bessere Lösung anbieten«, raunte er an meinem Hals, während er mich weiter liebkoste. »Ich will deine Muschi kosten, Clara. Seit Tagen kann ich an nichts anderes denken. Wirst du mich das tun lassen?«

Mein Stöhnen schien Alexander als Ermunterung zu genügen. Er packte den Bund meines Höschens mit beiden Händen und riss es entzwei. Für den Bruchteil einer Sekunde sah ich das Preisschild vor meinem geistigen Auge aufflackern. Aber unter diesen Umständen würde ich mit dem größten Vergnügen noch Hunderte von den Dingern kaufen.

Alexander ließ sich auf die Knie sinken und drückte meine Beine auseinander. »Weiter«, befahl er, und ich gehorchte. »Wunderschön.«

Er ließ die Hände an meinen Schenkeln entlang nach oben bis zu meiner Scham gleiten, zog die Schamlippen auseinander und betrachtete sie einen Moment lang mit ehrfurchtsvollem Blick, ehe er zwei Finger in mich schob.

»Bist du immer so feucht?«, fragte er, während ich die Augen zukniff.

Wieder schüttelte ich den Kopf. Nicht mal in einer Badewanne.

»Liegt es an mir?« Langsam begann er, die Finger zu bewegen.

Ich nickte.

»Sag es, Clara.«

»Ja.«

»Ja, was? Was tue ich mit dir?«

»Du machst mich feucht«, stöhnte ich.

»Braves Mädchen«, murmelte er und neckte mich weiter mit den Fingern, ehe er die Zunge auf meine Scham legte. Heiße Schauder überliefen mich, als er gemächlich über den empfindsamsten Teil meines Körpers strich. Vor und zurück. Vor und zurück. Vor und zurück, während er wieder und wieder die Finger in mir versenkte. Bebend steuerte ich dem Höhepunkt entgegen.

Er ließ von mir ab. »Erst wenn ich es sage, Süße.«

Ich wimmerte, doch ich konnte ihm einfach nicht widerstehen.

Dann spürte ich, wie sein Mund mich wieder umschloss und mich mit kreisenden und saugenden Bewegungen abwechselnd neckte. Ich tastete nach der Haltestange hinter mir, während ich verzweifelt versuchte, meinen herannahenden Orgasmus aufzuhalten. Halb lustvoll, halb flehend schrie ich auf, als seine Finger sich immer schneller und schneller in mir bewegten.

»Komm«, befahl er. Sekunden später spülte der Höhepunkt über mich hinweg, ließ mich in tausend Teile zerbersten und wieder verschmelzen, mit jeder Woge erneut. Als die Wellen zu einem leisen Plätschern verebbten, zog Alexander seine Finger aus mir, saugte jedoch weiter behutsam an meiner Klitoris, bis ich sicher war, dass ich es keine Sekunde länger aushielt. Ich presste die Schenkel zusammen, doch Alexander setzte seine süße, erbarmungslose Qual weiter fort. Auch wenn es unmöglich schien, spürte ich, wie mein Körper einem weiteren Orgasmus entgegensteuerte. Bevor ich den Höhepunkt erreichte, löste Alexander sich von mir, erhob sich und drückte auf den roten Notfallknopf.

»Jetzt bist du bereit, von mir gefickt zu werden«, sagte er.

»Ja«, antwortete ich mit einem Wimmern, obwohl es keine Frage gewesen war.

Er grinste nur.

8

Die Aufzugtüren glitten auf. Alexander betrat die Suite, schlüpfte aus seinem Jackett und ließ es in einer flüssigen Bewegung auf ein mit Seidenstoff bezogenes Sofa fallen. Meine Knie waren immer noch butterweich, und ich bekam keinen Ton heraus. Die Suite war genauso eindrucksvoll, wie ich es mir vorgestellt hatte – durch die raumhohen Panoramafenster bot sich ein unglaublicher Ausblick auf die Themse und die lebendige, quirlige Stadt. In direkter Nachbarschaft vom Hotel sah man Big Ben und auf der gegenüberliegenden Flussseite das sich langsam drehenden London Eye. Die moderne Konstruktion des Riesenrads schien im Kontrast zu den alten historischen Gebäuden zu stehen – doch genau das war es, was ich an London liebte. Dass Alt und Neu so verschiedene Welten repräsentierten und sich doch zu einem organischen Ganzen vereinten. Nur wenigen Städten gelang es, ihre Geschichte zu bewahren und gleichzeitig die Zukunft und Innovation willkommen zu heißen, und aus dieser Perspektive zeigte sich die Metropole in einem völlig neuen Licht. Mir war regelrecht schwindlig. Ich war in eine ganz neue Welt eingetaucht – in mehr als einer Hinsicht.

Alexander trat hinter mich; mit einem Mal war nicht nur die Stadt unter uns voller Energie und Lebenskraft. »Genießt du den Ausblick?«

»Ja. Und du?«

»Sehr. Aber die Stadt ist auch nicht übel.« Ich spürte einen leisen, aber durchaus angenehmen Schmerz, als er an meinem

Hals knabberte. Augenblicklich reagierte mein Körper auf ihn. Ich zerfloss förmlich in seinen Armen und ließ mich gegen ihn sinken. Erst jetzt fiel mir wieder ein, dass ich unter meinem Kleid ja quasi nackt und damit ebenso auf dem Präsentierteller war wie die Stadt, allerdings waren wir so weit oben, dass uns niemand sehen konnte. Trotzdem fühlte ich mich seltsam entblößt, als Alexander die Hand zwischen meine Beine schob und sie auseinanderdrückte. Behutsam öffnete er meine Scham, die vor Verlangen erneut feucht wurde.

»Ich werde dich vor diesem Fenster ficken«, sagte er mit rauer Stimme. »Ich werde der ganzen Stadt zeigen, dass ich mir nehme, was ich haben will.«

Die Drohung in seiner Stimme hallte in meinem Innern wider, obwohl ich auch jetzt nur staunen konnte, wie sehr er mich wollte; dabei war ich sicher, dass er mich niemals so sehr wollen konnte wie ich ihn. Schon morgen würde ich für ihn nur irgendein Mädchen sein, das er flachgelegt hatte, aber für mich würde er trotzdem Alexander bleiben. Ich war fest entschlossen, jede Sekunde, jede Berührung, jedes Wort in vollen Zügen zu genießen, auch wenn ich nicht sicher war, ob ich noch länger warten konnte.

»Du wirst über einer der geschäftigsten Straßen Londons kommen«, verkündete er, während er mit dem Daumen über meine Klitoris strich und mich damit an den Rand des Höhepunkts trieb. Doch er weigerte sich, mir die ersehnte Erlösung zu schenken.

»Bitte«, flehte ich und bot mich ihm dar, während die Stadt unter mir zur Bedeutungslosigkeit verblasste. Es gab nur noch ihn. Nur die forschen Bewegungen seiner Finger. Nur seine schweren Atemzüge dicht neben meinem Ohr.

»Bald«, raunte er, »aber jetzt noch nicht. Ich muss sehen, wie weit ich dich bringen kann. Wie viel deine wunderschöne Muschi ertragen kann.«

Seine Erektion an meinem Hinterteil zu spüren erregte mich noch mehr. »Ich kann alles ertragen, was du mir gibst.«

Ein Grollen drang aus Alexanders Kehle. Mit einem Schwung packte er mich, hob mich hoch und trug mich durch den Wohnbereich bis in ein angrenzendes Zimmer. Vage registrierte ich die Umrisse eines Bettes, auf das er mich legte.

»Zieh das aus«, befahl er.

Ich gehorchte. Schnell – zu schnell, um eine Show daraus zu machen – streifte ich mir das Kleid über den Kopf und lag lediglich in meinem silberfarbenen Spitzen-BH vor ihm. Bis vor Kurzem wäre ich viel zu verschämt gewesen, mich halb nackt einem Mann zu präsentieren, doch in seinen Augen lag eine Intensität, die jeden Anflug von Verlegenheit verjagte. Es war, als würde er mich mit seinen Blicken vögeln.

»Ich wünschte fast, ich hätte das Höschen nicht zerrissen.« Er stand am Fußende des Bettes und strich mit einer Hand über seine Erektion, die sich in seiner Hose wölbte. »Ich muss dir wohl ein neues besorgen, damit ich dich in dieser niedlichen Spitze ficken kann. Zieh dich ganz aus.«

Ein Schauder überlief mich, als ich meinen BH aufhakte. Offenbar ging er davon aus, dass dies nicht unsere einzige Begegnung blieb. Dabei hatte ich gedacht, dass er mich nicht würde wiedersehen wollen, nachdem er mich einmal gehabt hatte. Aber ich ahnte bereits, dass ich kommen würde, wann immer er mich rief – und zwar nicht nur einmal.

»Mach die Beine breit.«

Wieder gehorchte ich und beobachtete ihn dann dabei, wie er langsam Weste und Hemd aufknöpfte, beides auszog und nachlässig beiseitewarf. Beim Anblick des dünnen T-Shirts, unter dem sich seine muskulösen Arme und eine wohlgeformte Brust abzeichneten, stockte mir der Atem, doch zu meiner großen Enttäuschung machte er keine Anstalten, es ebenfalls auszuziehen. Meine Enttäuschung währte nur kurz, denn er öffnete seinen Gürtel, zog ihn aus den Schlaufen und betrachtete ihn einen Moment lang düster. Unwillkürlich fragte ich mich, was er wohl dachte. Ging meine Fantasie etwa mit mir durch? Doch er ließ ihn zu Boden gleiten, stieg aus seiner Hose und stand lediglich in Shirt und Boxershorts vor mir. Fasziniert verfolgte ich, wie er sie abstreifte, dann fiel mein Blick auf seinen Penis, an dessen Spitze kleine Tropfen der Erregung glänzten, und mir wurde klar, warum ich ihn durch die Kleidung so überdeutlich hatte spüren können. Es war unfair, wie jemand so mächtig, so attraktiv und zugleich so gut ausgestattet sein konnte. Nie im Leben hätte ich gedacht, dass mich ein Teil der männlichen Anatomie so faszinieren könnte, doch in diesem Moment kamen mir allerlei Dinge in den Sinn, die ich mit diesem ganz besonderen Teil von Alexanders Anatomie anstellen könnte. Ich wollte meinen Mund darum schließen, ihm dieselbe Wonne bereiten wie er mir, wollte ihn zwischen meinen Brüsten spüren, doch am allermeisten wollte ich ihn *in* mir haben.

Die Vorstellung, dass er mich fickte, war beängstigend und erregend zugleich. Ich war nicht sicher, ob ich mit meinen wenigen Erfahrungen beim Sex auf so etwas vorbereitet war.

Alexander schloss die Hand um seinen Penis und strich über den dicken Schaft, während er mich unter halb geschlossenen Lidern ansah, als überlege er, was er mit mir anstellen wollte. »Ich bin nicht sicher, ob deine enge kleine Muschi es überhaupt mit mir aufnehmen kann. Am besten probieren wir etwas ... Traditionelles.«

Unwillkürlich musste ich kichern, ein alberner, mädchenhafter Laut, der nur bewies, wie erregt und zugleich überfordert ich war.

»Lachst du mich etwa aus?« Seine Lippen verzogen sich zu einem hinterhältigen Lächeln. »Reiß dich zusammen, sonst muss ich dich übers Knie legen.« Trotz des neckenden Tonfalls spiegelte sich seine Belustigung nicht in seinen Augen wider.

Ich biss mir auf die Lippe – mein Körper verlangte nach ihm, doch gleichzeitig hatten mich seine Worte völlig schockiert. Es käme für mich niemals infrage, mich von einem Mann schlagen zu lassen, doch meine Klitoris pochte bei der Vorstellung so heftig, dass ich fürchtete, allein beim Gedanken daran zu kommen. Ich war ihm ausgeliefert, und er wusste das nur zu gut.

Ich sah zu, wie er ein Tütchen aufriss und sich ein Kondom überstreifte, dann ging er auf die Knie und näherte sich mir. Einen Moment lang war er über mir, und ich schob die Hände unter sein Shirt. Unvermittelt schnellte seine Hand vor und umfasste meine Finger. Er verlor das Gleichgewicht, fiel mit seinem gesamten Körpergewicht auf mich und presste mich auf die Matratze.

»Nein«, stieß er barsch hervor.

Ich zuckte zusammen und spürte, wie sich ein Kloß in meiner Kehle bildete. Aber ich würde unter keinen Umständen in Tränen ausbrechen – oder mir von ihm den Hintern versohlen lassen. Inzwischen war meine rationale Seite wieder erwacht und alles andere als erfreut. Ich versuchte, ihn von mir zu schieben, aber er rührte sich nicht, sondern hielt mich mit seinem Körpergewicht auf der Matratze fest.

»Hör auf, Clara.«

Es lag auf der Hand, dass meine Befreiungsversuche sinnlos waren, also blieb ich ruhig liegen und starrte ihn trotzig an.

»Das hier kann genauso gut aufhören. Wir können aufhören«, sagte er. Ich entspannte mich ein wenig. »Aber ich will es nicht, und ich glaube auch nicht, dass du es willst.«

»Ich glaube, ich will es!«

Er nickte. »Vorher will ich noch etwas sagen, und dann kannst du entscheiden. Wenn du aufhören willst, war's das.«

»War's das?«, wiederholte ich.

»Beim Sex gibt es bei mir nur eine einzige Regel.«

»Nur eine?«

Er bedachte mich mit einem scharfen Blick. Ich presste die Lippen aufeinander.

»Ich ziehe mein T-Shirt nicht aus, und bevor du fragst – ich erkläre auch nicht, warum.«

»Das ist die einzige Regel?« Meine eigene Liste umfasste mindestens ein halbes Dutzend, darunter klare Angaben, was wo sein durfte und was nicht sein durfte, und diverse Stellungen, die für mich definitiv nicht infrage kamen. Aber ich hatte keine Zweifel, dass ich diese strikten Regeln ganz schnell über Bord werfen würde, wenn Alexander sich nicht daran halten wollte.

Allem Anschein nach war es umgekehrt nicht der Fall.

»Ich will nicht, dass Frauen mich hier berühren, das ist meine einzige Regel«, sagte er.

»Du willst vor den Augen von ganz London Sex mit mir haben, aber ich darf deinen Bauch nicht anfassen?«, fragte ich. »Das scheint mir kein fairer Deal zu sein.«

»Ich verspreche dir, dass du heute Nachmittag anders darüber denken wirst«, sagte er. »Und ich bin sicher, dass du auch keine Zweifel mehr an meiner Großzügigkeit haben wirst. Aber es steht dir frei, Nein zu sagen und zu gehen. Ich würde es verstehen.«

»Ich vermute, andere haben Nein gesagt?«

»Du weißt ja, wie das mit Vermutungen so ist, Clara.«

Ich wertete es als ein Nein. Natürlich – keine Frau konnte so blöd sein, Alexander abzuweisen. Diese Stärke besaß vermutlich keine. Ich wusste nicht, ob ich sie hatte.

Alexander schob die Hand zwischen meine Beine, tastete ein weiteres Mal nach meiner Klitoris und begann, sie ganz langsam mit dem Daumen zu massieren. Augenblicklich wuchs meine Erregung. »Vielleicht könnte ich dich ja überzeugen?«

Ich schloss die Augen, während er mich weiter liebkoste, und merkte, wie meine Entschlossenheit dahinschmolz. Ich wollte ihn, auch wenn ich seine Regel nicht verstand. Aber wie könnte ausgerechnet ich jemanden verurteilen, der ein Problem mit seinem Körper hatte? Allerdings konnte ich mir beim besten Willen nicht vorstellen, woraus dieses Problem bestehen könnte. Alles, was ich bislang von ihm gesehen hatte, war perfekt – sogar mehr als das. Er war der Inbegriff der Männlichkeit. Kraftstrotzend. Gebieterisch. Sein Anblick fesselte mich, wann immer ich ihn ansah.

»Du brauchst mir den Grund nicht zu verraten«, stieß ich atemlos hervor. »Sag mir nur eins – ziehst du es nur beim Wegwerf-Sex nicht aus?«

Alexander hielt abrupt inne und lag so still neben mir, dass ich die Augen öffnen musste, um mich zu vergewissern, dass er überhaupt noch atmete. »Wegwerf-Sex?«

»Sex mit Mädchen wie mir«, fuhr ich fort, ohne auf die winzige Stimme in meinem Kopf zu achten, die mich warnte, lieber den Mund zu halten. »Mädchen, die du nur einmal nimmst und dann wieder vergisst.«

»Das Wort gefällt mir nicht«, sagte er in einem Tonfall, bei dem mir das Blut in den Adern gefror. »Ich hatte schon unverbindlichen Sex, Clara, aber dabei war beiden Seiten immer klar, was es war.«

»Wir haben das nicht geklärt.« Inzwischen war die Stimme in meinem Kopf angeschwollen. »Ich hatte noch nie eine Affäre und weiß im Grunde nicht, wie so was geht. Normalerweise bin ich eher jemand für eine feste Beziehung, deshalb musst du es mir erklären. Behältst du das T-Shirt an, weil es dir so etwas wie Distanz vermittelt?«

Sein Kiefer spannte sich an, und eine Ader an seinem Hals pulsierte. »Ich dachte, ich hätte meine Absichten klargemacht. Für mich hatte es nicht den Anschein, dass das hier nur eine Affäre ist.«

Ich riss die Augen auf. Wie konnte er das, was wir hier taten, als etwas anderes betrachten? Wir hatten noch keine zwei Stunden miteinander verbracht, und schon lag ich mit ihm im Bett. Das war doch eine Affäre, wie sie im Buche stand.

»Willst du denn eine Affäre?«, fragte er.

Etwas an seinem Tonfall ging mir durch Mark und Bein, doch ich ignorierte das Gefühl. »Ich habe vermutet ...«

»Da ist es wieder, dieses Wort. Ich bin nicht an Wegwerf-Sex mit dir interessiert. Wie kommst du darauf?«

Ich starrte ihn fassungslos an. »Was hätte ich denn sonst denken sollen?«

Er stemmte sich hoch, schwang sich auf mich und blickte mir direkt in die Augen. »Ich weiß nicht, was ich mit dir anstellen soll, Clara Bishop. Seit ich dich in diesem schwarzen Kleidchen bei der Party gesehen habe, wollte ich dich ficken. Als du im Brimstone Nein gesagt hast, dachte ich, das wäre es gewesen, aber dann überlegst du es dir plötzlich anders und lässt dich auf ein Date mit mir ein.«

Mein Herz machte einen Satz, während ich seine Worte auf mich wirken ließ. »Das hier ist ein Date?«

»Ist es das etwa nicht?«

»Ihr Royals seid so was von kaputt«, murmelte ich, konnte mir jedoch ein Grinsen nicht verkneifen.

»Wem sagst du das?« Er lächelte wehmütig. »Was hast du erwartet? Blumen? Kino?«

»Normalerweise erwarte ich ein bisschen mehr Konversation«, räumte ich errötend ein. Ich hatte das Ganze völlig missverstanden. Aber nicht die Verlegenheit trieb mir die Röte in die Wangen, sondern Hoffnung – Hoffnung, dass ich ihn wiedersehen würde. Ich wollte ihm so gern glauben, dass es mehr als nur ein harmloser Flirt war, gleichzeitig spürte ich die Gefahr, die damit einherging.

»Vielleicht sollten wir einfach noch mal von vorn anfangen«, schlug er vor.

Aber dafür war es zu spät. Ich hing längst am Haken, war viel zu bereit für ihn und das, was er mir versprochen hatte. Wenn wir jetzt wieder von vorn anfingen, würde ich wahrscheinlich durchdrehen. War ich nicht gerade noch hin und weg von der Aussicht gewesen, ihn wiederzusehen? Wieso hatte ich überhaupt damit angefangen?

»Ich mache Frauen nicht den Hof«, fuhr er fort. »Das ist sinnlos.«

»Aber das hier ist doch ein Date«, betonte ich.

»Dates haben und den Hof machen sind zwei Paar Stiefel. Wir könnten essen gehen oder aufs Land fahren, oder wir können hierbleiben und ficken. Das ist ein Date für mich. Jemandem den Hof zu machen, hat etwas mit Erwartungen zu tun. Romantik und Langfristigkeit sind mit mir nicht möglich. Wenn du danach suchst, wirst du mit mir nicht glücklich. Ich kann dir Lust schenken. Größere Lust, als du je in deinem Leben empfunden hast. Wann immer wir zusammen sind, werde ich dich an deine Grenzen bringen und dich halten, während du sie übertrittst.« Er machte eine bedeutungsvolle Pause. »Erwartet das nicht jeder, wenn er sich mit jemandem verabredet? Weshalb sollten wir so tun, als wäre es bei uns nicht so? Du fühlst dich zu mir hingezogen und ich mich zu dir. Ich möchte dich den ganzen Tag ficken, und dann möchte ich dich wiedersehen und dich wieder ficken. Wie klingt das für dich?«

Ich biss mir auf die Unterlippe und verkniff mir all die Fragen, die mir auf der Zunge lagen. Was passierte, wenn er mich satthatte? Was, wenn ich nicht mehr wollte? In diesem Moment ließ Alexander sich tiefer sinken, sodass sein Penis meine Vagina berührte, als wollte er damit all meine Zweifel zerstreuen.

Es gab eine Million Gründe, das Ganze jetzt und hier zu beenden, aber keiner davon war so reizvoll wie das Verlangen, das mich durchströmte.

Alexander bereitete unserem Gespräch ein Ende, indem er mich küsste und sich, ohne die Lippen von meinem Mund zu lösen, sanft zwischen meine Beine drängte. Ich öffnete sie. Behutsam streifte er mit seinem Penis an meinem geschwollenen Fleisch entlang, ohne jedoch weiterzugehen. Ein Laut drang aus meiner Kehle, als er mich mit dem Versprechen auf Erfüllung lockte. Seine Zunge glitt tiefer in meinen Mund, was mir ein weiteres Stöhnen entlockte. Nur eine einzige kurze Bewegung, und er wäre in mir und würde jener süßen Qual ein Ende bereiten, doch Alexander ließ sich Zeit. Wieder und wieder kreiste er die Hüften, rieb mit seinen Schwanz über meine pulsierende Klitoris, ehe er endlich die Spitze in mich schob.

»Ich will dich spüren«, hauchte ich. Alexander hob den Kopf und sah mir in die Augen. Ganz langsam schob er sich weiter in mich hinein, ohne den Blick von mir zu lösen, während ich mich ihm gierig entgegenwölbte. Meine Brustwarzen streiften über den dünnen Baumwollstoff seines Shirts und richteten sich auf. Er schob eine Hand unter meinen Rücken und zog mich mit jedem Stoß, der mich der ersehnten Erfüllung näher brachte, an sich.

Die ganze Zeit über sah er mir fast provozierend in die Augen, und ich konnte den Blick nicht abwenden, selbst als meine Erregung immer weiter wuchs und mein Körper gespannt war wie eine Feder.

»Sag meinen Namen«, befahl er.

»Alexander«, stieß ich hervor, als die Anspannung meine Muskeln erfasste.

»Noch mal«, verlangte er, legte beide Hände um meine Hüften und versenkte sich mit harten, rhythmischen Stößen in mir.

»Alexander«, schrie ich, während mich der Orgasmus erfasste und mit sich riss, doch auch jetzt sah ich ihm immer noch tief in die Augen. Er bewegte sich weiter in mir, hart und schnell, steuerte seinem eigenen Höhepunkt entgegen. Seine Hände lagen um meine Hüften, und sein Blick war fest auf mich gerichtet, als er kam. Er behielt die Kontrolle, während ich spürte, wie meine eigene mit jedem seiner Stöße weiter schwand.

Alexander schlang die Arme um mich und ließ sich auf die Matratze sinken. Wie betäubt lag ich in seinen Armen und versuchte, meinen rasenden Herzschlag zu beruhigen. Was unmöglich schien, solange er mir so nahe war. Als er sich aufrichtete und mir einen Kuss auf die Stirn drückte, machte sich ein Ziehen in meiner Brust bemerkbar, das nichts mit meinen Ängsten und meiner Verärgerung von vorhin zu tun hatte. Mit dieser winzigen Geste hatte er all meine Zweifel, ob ich mich weiter mit ihm einlassen sollte, fortgewischt. Ich hatte nur einen einzigen Wunsch – ihn zu berühren und mit anzusehen, wie er die Kontrolle verlor.

9

Eine Stunde später rollte ich mich aus dem Bett und stellte mich auf die Zehenspitzen, um meine köstlich schmerzenden Muskeln zu strecken. Alexander lag zwischen den zerwühlten Laken und sah mir zu. Die Vorstellung, dass er mich betrachtete, ließ meine Haut prickeln. Aus einem Impuls heraus beschloss ich, eine kleine Show für ihn hinzulegen. Ich legte die Hände an die Wand, beugte mich nach vorn, als wollte ich mich strecken, und reckte meine Hüften. Ein tiefes Grollen drang aus Alexanders Kehle, bei dessen Klang ich grinsen musste – befriedigt, ihm eine derart animalische Reaktion zu entlocken. Ich tänzelte ins Badezimmer, blieb jedoch im Türrahmen stehen und posierte.

»Ich werde jetzt duschen gehen. Vielleicht willst du ja mitkommen«, sagte ich.

Alexander hob die Brauen, schüttelte jedoch den Kopf. »Sehr verführerisch, aber ich bestelle etwas beim Zimmerservice. Irgendwelche speziellen Wünsche?«

»Ich bin nicht wählerisch«, sagte ich, besann mich jedoch eines Besseren. Sex, wie ich ihn gerade erlebt hatte, sollte eigentlich feierlich begangen werden. »Andererseits ... bestell doch Champagner.«

»Dein Wunsch ist mir Befehl.« Er sprang auf und tappte, noch immer lediglich mit seinem T-Shirt bekleidet, zum Telefon. Mein Blick schweifte über seine muskulösen Beine. Er sah aus wie einer griechischen Sage entstiegen, ein perfekter Körper, dazu geschaffen, Frauen Lust zu bereiten. Ich war unfähig, den Blick von ihm abzuwenden, so wie er nur Minuten zuvor bei mir.

Ein provokantes Lächeln lag auf seinen Zügen, als er zu mir herüberschlenderte. Sein schwarzes Haar war zerzaust von unserem Liebesspiel und weckte den Wunsch in mir, die Finger darin zu vergraben. Er streckte eine Hand aus, die ich zögernd ergriff. Zu meiner Verblüffung zog er mich an sich und schlang den Arm um meine Taille, dann beugte er sich vor, um mich zu küssen. Obwohl wir beide nahezu nackt waren, lag eine unschuldige Zärtlichkeit in seinem Kuss, vermischt mit einem Hauch von Sehnsucht. Wieder spürte ich dieses Ziehen in meiner Brust, als verbinde uns ein unsichtbares Band. Schließlich löste er sich aus dem Kuss, und als ich ihm in die Augen sah, erkannte ich darin dieselbe Lust und Verwirrung, die auch ich empfand.

Doch dann verpasste er mir einen Klaps auf den Hintern und ließ mich los. »Wie wär's, wenn du in meiner Gegenwart immer so angezogen wärst?«

»Aber ich bin nackt«, erklärte ich und ließ mich bereitwillig auf sein Spielchen ein. Auch ich verspürte den Drang, die Anspannung zwischen uns zu lösen; ich durfte nichts für ihn empfinden, nur die unfassbaren Orgasmen genießen, die er mir schenkte. Es ging alles viel zu schnell.

»Genau.«

»In dir schlummert ein richtiger Teufel, was?«

»Ich werde dir gleich zeigen, was für einer.« Er versuchte, mich zu fassen zu bekommen, doch ich wich ihm aus. Mein Herz hämmerte, angestachelt von einer Mischung aus Lust und innerem Aufruhr. »Du hast mir Champagner und etwas zu essen versprochen.«

Wenn er mich zu fassen kriegen sollte, würde ich niemals zu meiner Dusche und einem Snack kommen oder über den Tumult aus Gefühlen nachdenken können, der gerade in mir tobte. Es wäre einfacher, in seine Arme zu sinken und einfach alles zu vergessen, was mir im Kopf herumspukte. Ein Teil von mir wünschte sich, er würde mich einfach packen und so lange vögeln, bis ich vergaß, wie unvernünftig und leichtsinnig ich war. Aber leider konnte ich mich nicht ewig vor den Tatsachen verschließen.

»Champagner und etwas zu essen.« Alexander hob die Hände, dann kreuzte er die Arme vor der Brust und musterte mich von oben bis unten. »Aber dann werde ich dich nehmen.«

Ein Schauder lief mir über den Rücken. »Versprochen?«

»Ich verspreche dir, dass du den Rest des Nachmittags meinen Namen schreien wirst.«

Meine Knie wurden weich. Ich sah ihn an, sein markantes, wunderschönes Gesicht, seine geschwungenen Lippen ... Unwillkürlich musste ich daran denken, wozu sie fähig waren.

»Du stellst meine Entschlossenheit wirklich auf die Probe, Süße«, sagte er.

Ich sah ihn fragend an. Was meinte er damit? Er musste doch wissen, welche Wirkung er auf mich hatte. Es stand mir ins Gesicht – oder sollte ich sagen, auf den Leib? – geschrieben.

»Wenn du so vor mir stehst, mit offenem Haar und dir auf die Unterlippe beißt ... Ich gebe dir zehn Sekunden zu verschwinden, sonst zerre ich dich ins Bett zurück.«

Quiekend wirbelte ich herum, floh ins Badezimmer und schlug die Tür hinter mir zu. Ich trat vor den Spiegel und sah mich an. Meine Brüste waren schwer und voll, und beim Gedanken an Alexanders Drohung richteten sich meine Brustwarzen erwartungsvoll auf. Ich betrachtete mein Gesicht. Mein Eyeliner war leicht verschmiert, was mir etwas Verruchtes verlieh – ziemlich sexy, vor allem in Verbindung mit meinem offenen Haar und meinen vom Küssen rosigen Lippen. Zwischen meinen Beinen spürte ich den Beweis, dass ich nicht geträumt hatte. Das Mädchen im Spiegel sah aus wie eine Sexbombe, eine Seite, die ich an mir nicht kannte, aber mochte, das musste ich zugeben.

Das Badezimmer war nicht nur mit den üblichen Fläschchen mit Shampoo und Haarspülung bestückt, es war die reinste Drogerie. Im Medizinschränkchen fand ich ein Haargummi, mit dem ich mein Haar zu einem Knoten zusammennahm, damit es den »Frisch aus dem Bett«-Look behielt.

Doch als ich unter der Dusche stand, überkam mich ein Gefühl der Einsamkeit. Was auch immer Alexander bewogen hatte, im Bett sein T-Shirt anzulassen, hatte ihn auch davon abgehalten, mit mir zu duschen. Ich seifte mich ein. Natürlich! Das war der Grund! Es ging nicht um Intimität oder Distanz, unter der Dusche hätte er sein T-Shirt ausziehen müssen. Er verbarg etwas vor mir. Aber was könnte es sein? Alles, was ich bislang von ihm gesehen hatte, war unfassbar schön. Seine barsche Zurückweisung hatte mich im ersten Moment zu sehr gekränkt, um sie als das zu erkennen, was sie in Wirklichkeit war: Angst. Ich verstand besser als jeder andere, was es bedeutete, mit seinem Körper nicht im Einklang zu stehen, und wusste, dass es nichts brachte, den anderen zu bedrängen. Vielleicht würde sein Bedürfnis, sich vor mir zu verstecken, im Lauf der Zeit nachlassen.

Ich hoffte es. Entschlossen schob ich den Gedanken beiseite und drehte das Wasser ab. Eigentlich sollte ich keine Bindung zu Alexander aufbauen. Das Ganze war als unverbindliches Arrangement gedacht. Ich hatte ganz andere Sorgen – ein neuer Job, eine neue Stadt, in der ich mich einleben musste. Es war nicht der richtige Zeitpunkt, sich mit einem Mann einzulassen, schon gar nicht mit einem so komplizierten wie Alexander. Wir wollten uns beide amüsieren, und wenn das funktionieren sollte, musste ich meine Neugier in den Griff bekommen.

Ich schlüpfte in einen weichen Bademantel und kehrte ins Wohnzimmer zurück, wo Alexander in T-Shirt und Boxershorts auf dem Sofa saß und die Beine auf dem Couchtisch abgelegt hatte. Ein Wägelchen, vollgeladen mit Geschirr, Gläsern und einer Flasche Champagner, stand neben ihm.

»Hast du alles bestellt, was auf der Karte stand?«, fragte ich.

»Ich für meinen Teil habe mächtig Appetit bekommen«, antwortete er achselzuckend. »Aber falls du vor dem Essen noch etwas Appetitanregung brauchst ... Ich habe immer noch vor, dich vor dem Fenster zu ficken.«

Ich hob die Hand. »Halt. Ich habe Bärenhunger, aber vielleicht später?«

Alexanders Augen glitzerten. »Du erstaunst mich immer wieder, Clara Bishop. In der einen Minute läufst du vor mir weg, und in der nächsten ...«

»Hast du im Lift mein Höschen in der Hand?«, beendete ich den Satz für ihn. »Mal ganz ehrlich, das ist doch nicht das erste Mal, dass ein Mädchen für dich ihr Höschen fallen gelassen hat.«

»Nein«, gestand er. »Aber von fallen lassen kann bei dir ja keine Rede sein. Was mich daran erinnert, dass ich dir ein neues kaufen wollte.«

Ich winkte lässig ab, während mich neuerlich Hitze durchströmte. Wo hatte er mein Höschen hingesteckt? Das boshafte Glitzern in seinen Augen verriet mir, dass er genau dasselbe dachte. Ich trat zum Servierwagen – den ganzen Tag zu vögeln, ohne zwischendurch etwas zu essen, konnte nicht gesund sein. Ich hob die silbernen Hauben an und entdeckte zu meiner Verblüffung zwei Hamburger, Pommes und zwei Fläschchen Ketchup.

»Ich hoffe, das ist okay«, sagte Alexander und trat hinter mich. Mit festem Griff umfasste er meine Hüften und spähte über meine Schulter. »Du bist doch nicht Veganerin oder so was, und ich habe dich mit der Bestellung tödlich beleidigt?«

»Nein«, wiegelte ich ab. »Ich liebe Fleisch.«

Es dauerte einen Moment, bis ich begriff, was ich gerade gesagt hatte, doch das Zucken seines Penis verriet mir, dass die Botschaft angekommen war.

»Erzähl mir mehr«, raunte er.

»Nach dem Essen«, sagte ich, tauchte unter seinem Arm hindurch und schnappte mir einen Teller. »Ich wusste gar nicht, dass Royals so was wie Burger essen.«

»Ach ja, normalerweise gibt es bei uns nur Lammkrone mit Minzsoße.« Sein Tonfall troff vor bitterer Belustigung. »Die Abendessen im Kreis der Familie sind schrecklich. Stocksteif. Viel zu viele Gänge. Viel zu viele Gabeln. Und ständig fängt jemand Streit an, meistens ich. Vielleicht schwänze ich deshalb so oft.«

Ich verschluckte mich beinahe an meinem Burger. Alexander öffnete sich mir. Wie gern würde ich mehr über ihn erfahren, und nicht nur darüber, wovon er sich üblicherweise ernährte.

»Das kann ich verstehen.«

»Ach ja, deine Eltern haben eine Internetfirma gegründet. Viel zu tun, vermute ich, und wenig Zeit für gemeinsame Abendessen, stimmt's?«

Ich zog eine Braue hoch. »Hast du mich überprüft?«

»Es hat mich interessiert, und wenn ich schon mein ganzes Leben im Mittelpunkt des öffentlichen Interesses stehen muss, kann ich wenigstens den einen oder anderen Vorteil nutzen, den das mit sich bringt.«

»Im Klartext, es ist völlig okay, mich auszuspionieren.«

Alexander lachte. »So ein großes Geheimnis war es nicht. Du hast wahrscheinlich mehr über mich im Internet gefunden als ich über dich in den MI5-Akten.«

»Ich habe eine Akte?«

»Nein. Deshalb habe ich ja nicht viel über dich herausgefunden. Ich wollte nur wissen, wie das hübsche amerikanische Mädchen zu dieser stocklangweiligen Abschlussparty kommt.«

»Ich bin keine Amerikanerin. Zumindest keine richtige.«

»Genau das ist mir ins Auge gesprungen«, gestand er, biss dann von seinem Hamburger ab und kaute schnell. »Du hast dich für die britische Staatsbürgerschaft entschieden, dabei hättest du eine doppelte bekommen können. Wieso?«

Ich zögerte. »Amerika gibt mir nichts.«

Zumindest nichts Gutes, fügte ich im Geiste hinzu.

»Das klingt, als wäre eine Geschichte dahinter.«

»Wie ist es mit dir?«, versuchte ich vom Thema abzulenken.

Es war besser, wenn meine Vergangenheit nicht ans Licht kam. Keiner von uns hätte etwas davon.

»Ich bin ein offenes Buch. Du brauchst nur das neueste Klatschblatt aufzuschlagen, dann weißt du alles über mich, was du wissen musst.«

Das kaufte ich ihm nicht ab. Die Klatschpresse mochte allerlei Vermutungen über Alexander und sein Privatleben anstellen, aber nachdem ich nun ein wenig Zeit mit ihm verbracht hatte, war mir klar, dass sie nicht einmal ansatzweise wussten, wer er wirklich war. Genauso wenig wie ich, trotz allem, was wir gerade miteinander erlebten. Der Gedanke war beängstigend und erregend zugleich. »Das bezweifle ich. Die Presse verwechselt Gerüchte mit Fakten.«

»Das ist wahr.« Alexander stellte seinen Teller beiseite, stand auf und trat ans Fenster. »Was willst du wissen, Clara?«

»Was willst du mir erzählen?«

Er lächelte mich freudlos an, dann wandte er sich wieder zum Fenster um. »Gar nichts. Ich werde dir nichts sagen, was du wissen willst. Stattdessen reiße ich Witze oder bringe dich mit einem Kuss zum Schweigen.«

Seine Aufrichtigkeit traf mich wie ein Schlag. Der Schmerz in seiner Stimme war greifbar. Er war so lebendig und stark wie der wunderschöne Mann mit der gebrochenen Seele, der vor mir stand. Doch seine Direktheit verriet nichts darüber, was ich am dringendsten erfahren wollte: Was hatte ihn brechen lassen?

Konnte ich ihm helfen, wieder heil zu werden?

»Du wirst mich mehr mögen, wenn du den Schlagzeilen der Klatschblätter glaubst«, fügte er nach einer Weile hinzu.

Die Anspannung war so gewaltig, dass ich Angst hatte, sie würde eine tiefe Kluft zwischen uns reißen. Das durfte ich keinesfalls zulassen. »Auch der, dass du letzten Monat im Brimstone eine Orgie gefeiert hast?«

»Würdest du das nicht mit Freuden glauben?«, meinte er und lächelte zu meiner Erleichterung. »Es würde bedeuten, dass ich über ein übermenschliches Stehvermögen verfüge.«

Davon hatte ich mich bereits überzeugt. »Ich gebe zu, dass mir die Vorstellung, wie du es mit einer ganzen Horde anderer Frauen treibst, nicht gefällt.«

»Ah, der eifersüchtige Typ, ja?«

Eigentlich hatte ich nie zu Eifersucht geneigt und war seit meiner verkorksten Beziehung mit Daniel der Ansicht, dass sie ein absoluter Beziehungskiller war. Aber das konnte ich Alexander natürlich nicht sagen – es klang viel zu durchgeknallt, wenn man bedachte, wie kurz wir uns erst kannten. Und mit durchgeknallten Mädchen hatte er in den vergangenen Jahren garantiert häufiger zu tun gehabt, als ihm lieb war. »Wie ginge es dir, wenn ich mit einem ganzen Stall voll anderer Männer schlafen würde?«

Abrupt schlug er mit der Hand gegen die Fensterscheibe, sodass ich zusammenfuhr. »Touché, Süße. Teilen ist nicht mein Ding, davor sollte ich dich warnen.«

»Das liegt wohl daran, dass du es als Kind nicht oft tun musstest.«

»Mehr, als mir lieb war«, gab er düster zurück und trat auf mich zu. Sein Gesicht lag halb im Schatten verborgen, sodass ich seinen Ausdruck nicht genau erkennen konnte. »Solange ich dich ficke, wird es kein anderer tun, verstanden?«

Mir fiel die Kinnlade herunter, doch schnell schloss ich

den Mund wieder. Dann stellte ich meinen Teller ab und erhob mich. »Ist das ein Befehl?«

»Vorhin hattest du mit meinen Befehlen offensichtlich keine Probleme.« Seine Finger schoben sich in meinen Bademantel und strichen über meinen Bauch. »Es gefällt dir, wenn man dir sagt, was du zu tun hast.«

»Im Bett vielleicht.« Ich löste mich von ihm. Streit lag in der Luft, und solange er mich anfasste, konnte ich nicht klar denken. »Ansonsten lasse ich mich nicht herumkommandieren.«

»Ich würde nicht im Traum daran denken, dich außerhalb des Schlafzimmers herumzukommandieren, Clara.« Er legte den Kopf schief und musterte mich. »Aber dich zu bitten, nicht mit anderen Männern zu schlafen, ist doch legitim, oder nicht?«

»Darf ich dann mit anderen Frauen schlafen?«, fragte ich.

»Nein, aber die Vorstellung ist recht reizvoll.«

»Okay, Freundchen.« Ich verdrehte die Augen. »Ich versuche nur, dir zu zeigen, wie irrational du bist.«

»Keineswegs.« Er zog am Gürtel meines Bademantels, sodass er auseinanderfiel. Sein Blick brannte sich förmlich in mich. Ich spürte, wie meine Nerven zu flattern begannen und die Lust in mir aufstieg. Als fairen Kampf konnte man das nicht gerade bezeichnen. »Ich habe eine Menge Dinge mit diesem Körper vor und will mir viel Zeit für ihn nehmen. Wenn du mit mir zusammen sein willst, erwarte ich Loyalität von dir.«

Er schob eine Hand zwischen meine Beine. Ich unterdrückte ein lustvolles Keuchen und zwang mich, ihm in die Augen zu sehen.

»Mit Exklusivität habe ich kein Problem, aber du hast doch gesagt, dass du an einer Beziehung nicht interessiert bist.«

»Ich werbe nicht um eine Frau und habe kein Interesse an Romantik oder einer Ehe. Ich will dich ficken, Clara. Ich will, dass du kommst und dass deine kleine perfekte Muschi mir ganz allein gehört.« Seine langen, starken Finger liebkosten meine Schamlippen. Ich spürte, wie mir leicht schwindlig wurde, und rang um meine Selbstbeherrschung. Schließlich streckte ich die Hand aus und umschloss seinen Schwanz – er war dick und hart. Am liebsten wäre ich auf die Knie gesunken. »Aber dann gehört er mir.«

Alexanders Lippen zuckten, und ich spürte, wie sein Penis zwischen meinen Fingern pulsierte. Er presste sich gegen mich. »Er gehört ganz allein dir, Clara.«

Seine Lippen fanden meinen Mund. Er küsste mich, bis die Frage, die durch meinen Kopf schoss, zur Bedeutungslosigkeit verblasst war: Wie lange? Wie lange würde er mir gehören?

Aber das spielte keine Rolle mehr. Eine Woche mit ihm war mehr, als ich verlangen konnte, und als er seine Finger in mich schob und mich einem neuen, alles erschütternden Höhepunkt entgegentrieb, verdrängte ich die Frage vollends aus meinem Bewusstsein.

10

Ich lag auf dem Bauch, splitternackt, und gab mich meinen Fantasien hin, wie Alexander die intimsten Teile meines Körpers bearbeitete, als mein Handy auf dem Stuhl in der Ecke vibrierte. Tyrone, mein Masseur, schnalzte missbilligend mit der Zunge.

»Du bist komplett verspannt, Mädchen«, tadelte er. »Entspann dich.«

Das versuchte ich, aber seit dem letzten Wochenende gab es nur noch einen Mann, dessen Befehl sich mein Körper beugte. Ich konzentrierte mich auf die Entspannungsmusik und driftete wieder in meine Fantasiewelt. Als Tyrone fertig war, hob ich meinen angenehm schweren Körper von der Liege, schnappte mein Handy und stellte verblüfft fest, dass die Nachricht von Alexander war.

> Das Fenster in diesem Zimmer schreit danach, dass sich dein nackter Körper dagegen presst.

Noch immer wie in Trance tippte ich eilig eine Antwort; dass mir dabei Alexanders raue Stimme durch den Kopf spukte, war nicht gerade hilfreich.

Ich zog mich an und trat in den Korridor, wo mich meine Mutter bereits erwartete. Seufzend hakte sie sich unter. »War das nicht herrlich? Mir war gar nicht bewusst, wie verspannt ich war.«

»Mir auch nicht.«

»Und? Bereit für einen Einkaufsbummel?«, fragte sie.

Ich nickte und unterdrückte ein Stöhnen. Nach einem Tag unter dem kritischen Blick meiner Mutter würde ich gleich noch eine Massage brauchen. Ich steckte mein Handy ein und lächelte. »Dann mal los.«

Ein paar Stunden und ein kleines Vermögen später betraten wir das Hillgrove's, wo wir mit meiner Schwester verabredet waren. Die Gäste setzten sich hauptsächlich aus Damen wie meiner Mutter und Touristen zusammen, die beim Tee saßen und eifrig ihre Sandwich- und Kuchenauswahl fotografierten. Meine Mutter bedachte sie mit einem abfälligen Blick und rückte die Krempe ihres Designerhuts zurecht, während wir auf Charlotte, die jeder nur Lola nannte, warteten. Unsere Einkaufstüten stapelten sich auf einem leeren Platz zwischen uns, und Mom hatte sich die Freiheit genommen, schon einmal zu bestellen – ebenso wie sie sich die Freiheit genommen hatte, ein Dutzend neuer Kleider für mich auszuwählen. Wenigstens hatte ich sie überreden können, mich selbst bezahlen zu lassen. Sogar ein Paar High Heels hatte ich gekauft; zwar würde ich sie im Büro kaum tragen können, aber nach der unvorhergesehenen Wendung, die mein Privatleben am letzten Freitag genommen hatte, würde ich wohl genug Gelegenheiten finden, sie anzuziehen.

Ich hatte mich von meiner Mutter sogar zu einem kurzen, sexy Kleid von Yves St. Laurent überreden lassen.

»Ich bin ja so froh, dass du dir ein paar neue Sachen gegönnt hast«, sagte sie und nippte an ihrem Martini. Die meisten Damen saßen beim Tee, nur meine Mutter war bereits zum ersten Cocktail übergegangen – diese kleinen Alltäglichkeiten verrieten, dass sie immer noch Amerikanerin war, ob es ihr nun gefiel oder nicht.

»Ich will doch in meinem neuen Job einen guten Eindruck machen«, erwiderte ich achselzuckend. Dass ich die Hälfte der Sachen bloß gekauft hatte, um sie später für Alexander auszuziehen, verschwieg ich wohlweislich – nicht nur weil ich ihr nicht auf die Nase binden wollte, dass ich mit ihm zusammen war, sondern auch weil ich unsicher war, wie lange unsere Affäre dauern würde. Alexander und ich hatten ein höchst eigenwilliges Arrangement getroffen, das keineswegs in allen Punkten meinen Wünschen entsprach, und ich konnte mir nicht vorstellen, dass meine Mutter sonderlich begeistert wäre, wenn sie wüsste, dass ich ohne jede Verpflichtung seinerseits mit ihm schlief. Exklusivität kam für sie lediglich infrage, wenn sie mit einem Brillanten am Finger einherging.

»Und bei deinen Dates wirst du absolut fantastisch aussehen«, fügte sie hinzu.

»Entschuldigt die Verspätung.« Lola kam gerade rechtzeitig, um mich vor neugierigen Fragen über mein Liebesleben zu bewahren. Strahlend ließ sie ihre Handtasche auf den Boden fallen und setzte sich.

Sie trug eine ärmellose cremefarbene Tunika über schwarzen Leggins und sah aus wie frisch einer Modezeitschrift entstiegen. An jemandem ohne Stilgefühl hätten die Klamotten langweilig gewirkt, aber Lola hatte das Ganze mit einem todschicken gelben Schal, goldenen Ohrsteckern und einer riesigen Sonnenbrille kombiniert, die sie in ihr langes braunes Haar geschoben hatte.

»Wie war dein Termin, Lola?«, fragte meine Mutter.

»Gut. Nächste Frage.« Sie zwinkerte mir verschwörerisch zu, und ich unterdrückte ein Stöhnen. Lola kam garantiert nicht zu spät, weil das Vorstellungsgespräch für ihr Alibi-Sommerpraktikum in einer Marketingagentur in Chelsea so lange gedauert hatte, sondern weil sie nach einer langen Partynacht nicht aus dem Bett gekommen war.

»Nun ja, wenigstens bist du jetzt hier«, sagte Mom und tätschelte ihr den Arm.

»Was habe ich verpasst?«, fragte Lola.

»Ich habe Mom gerade von meinem neuen Job erzählt.«

»Oh«, meinte sie nur mit einem dünnen Lächeln. Meine Mutter schien ihren offenkundigen Mangel an Interesse nicht zu bemerken, sondern strahlte, als der Kellner eine Auswahl an Sandwiches auf einem kleinen Tablett servierte. Sie nahm eines und biss vorsichtig hinein. »Aber in Wahrheit interessiert mich viel mehr, ob Clara ... einen Freund hat«, meinte sie.

Die winzige Pause verriet, was sie wirklich empfand. Ich musste ihr zugutehalten, dass sie den jüngsten Skandal, in den ich verwickelt war, den ganzen Vormittag über nicht erwähnt hatte, was erstaunlich für sie war. Aber nun, da Lola sich zu uns gesellt hatte, war es nur noch eine Frage der Zeit, wann sie mit dem Thema anfangen würde. Ich biss in mein Gurkensandwich. Wenn ich mich auch weiterhin mit Alexander traf, würde ich über kurz oder lang womöglich erneut auf dem Titelblatt einer Klatschzeitschrift landen. Ich konnte nur hoffen, dass es nicht so weit kam. Alexander ging sehr diskret vor, was uns betraf, und es gab keinen Grund zu der Annahme, dass uns jemand auf die Schliche kam, wenn wir weiter vorsichtig waren. Außerdem hatten wir Norris auf unserer Seite. Alexander hatte klipp und klar erklärt, dass unsere Beziehung rein sexueller Natur war. Wenn es also keine Zukunft für uns gab, warum sollte ich Mom dann von uns erzählen? Ich ignorierte das mulmige Gefühl, das die Vorstellung in mir heraufbeschwor.

»Nein«, log ich. »Allerdings checkt Belle jeden männlichen Single ab, der ihr in die Quere kommt.«

»Annabelle ist eine ganz wunderbare Freundin«, bemerkte meine Mutter. »Du kannst froh sein, dass du sie hast.«

Das war ich auch, wenngleich aus völlig anderen Gründen, von denen meine Mutter nichts ahnte. Belle war so eine gute Freundin, weil ich vor ihr nichts zu verbergen brauchte. Sie wusste von meinem Verhältnis zu Alexander und würde mich nie im Leben verraten.

»In der Zeitung stand, man hätte dich noch einmal mit Alexander gesehen«, sagte Lola mit einem unschuldigen Augenaufschlag und legte ihr Sandwich beiseite, um sich ihrem Martini zu widmen, den der Kellner mittlerweile serviert hatte.

Ich griff nach meinem Wasserglas und trank einen großen Schluck. Natürlich hatte sie die Fotos gesehen, wie ich am Freitagabend das Brimstone verlassen hatte. »Ich habe mich mit ihm getroffen, mehr nicht.«

»Mehr nicht?« Meine Mutter lachte und schüttelte den Kopf. »Meine Tochter trifft sich mit dem englischen Kronprinzen, aber klar, ist ja keine große Sache.«

»Er ist bloß irgendein Mann«, sagte ich, in der Hoffnung, dass sie meine Lüge nicht durchschaute.

»Er ist weit davon entfernt«, warf Lola ein. »Er ist der begehrteste Junggeselle der Welt.«

Mein Handy vibrierte. Automatisch fiel Moms Blick darauf. Sie schien sehr wohl registriert zu haben, dass ich eine SMS nach der anderen bekam. Ich griff nach dem Handy und ließ es in meine Handtasche fallen.

»Der Mann wird eines Tages dieses Land regieren«, erklärte Mom leise.

»Mom, Großbritannien ist ein demokratisches Land«, erklärte ich. »Vielleicht sollte ich meinen Job sausen lassen und mich stattdessen durch die Parlamentarierbetten schlafen.«

Lola verschluckte sich beinahe an ihrem Martini, wohingegen sich Moms Augen zu Schlitzen verengten. »Sei nicht vulgär, Clara. Ist es so abwegig, dass ich mehr erfahren möchte? Du erzählst mir nie etwas über dein Leben, sondern ich erfahre aus der Zeitung, was du tust.«

»Es gibt nichts zu erzählen. Er wollte sich mit mir treffen, um sich zu entschuldigen.« Zumindest *das* war keine Lüge. Sie brauchten nicht zu erfahren, dass ich den ganzen Samstag mit ihm im Bett verbracht hatte. Einen Moment lang gab ich mich meinen Erinnerungen hin, als mein Handy erneut vibrierte. Ich zog es aus der Handtasche und las die SMS.

Meine Lippen wollen dich berühren. Ich will dich kommen lassen.

Ich presste die Schenkel zusammen und schüttelte den Kopf. *Jetzt ist nicht der richtige Zeitpunkt*, dachte ich. Mom hatte bereits Verdacht geschöpft. Ich sah auf und stellte fest, dass sie mich mit hochgezogenen Brauen musterte.

»Wer schickt dir denn die ganze Zeit SMS?«, fragte sie.

Ich sah Lola an, doch die war mit ihrem eigenen Handy

beschäftigt und machte keine Anstalten, mir zu Hilfe zu kommen.

»Belle. Sie hat Streit mit Philip.« Eigentlich hasste ich Lügen, aber bei meiner Mutter galten andere Gesetze. Jetzt hatte ich sogar die Beziehung meiner besten Freundin verunglimpft, aber wenn jemand über so etwas stand, dann war es Belle.

»Ich hoffe, es ist nichts Ernstes.« Mom nippte an ihrem Martini, ohne den Blick von mir zu wenden. Ich war ziemlich sicher, dass ich mir den Unterton in ihrer Stimme nicht nur eingebildet hatte. Sie glaubte mir kein Wort, sondern wusste genau, dass etwas mit Alexander lief, aber wie sehr würde sie mich deswegen bedrängen? Ich musste unsere Beziehung vorläufig geheim halten, auch vor ihr. Zumindest bis ich wusste, was für eine Beziehung wir überhaupt hatten.

»Nein«, wiegelte ich ab.

»Gut.« Sie bedeutete dem Kellner, ihr noch einen Drink zu bringen. »Ich fände es schrecklich, wenn dir jemand wehtun würde.«

»Mir geht's gut.« Ich stieß einen Seufzer aus. Es war fast eine Wohltat, dass wir nicht länger um den heißen Brei herumredeten.

»Ich wünsche mir, dass jemand kommt, der sich um dich kümmert, Clara, aber ein Mann wie Alexander ... du bist viel zu sensibel für ihn.«

Ich umfasste meine Gabel etwas fester. Natürlich meinte sie es nur gut, wie immer, trotzdem war ich es leid, mir ständig anhören zu müssen, wie zerbrechlich ich war. »Ich bin kein Kind mehr.«

»Das habe ich auch gar nicht behauptet. Aber du hast einen sehr ausgeprägten Unabhängigkeitsdrang. Manchmal so ausgeprägt, dass du nicht sehen kannst, was wir anderen sehen.«

»Du spielst auf Daniel an?«

»Unter anderem.«

Ich konnte mir einen Seufzer nicht verkneifen. »Mir geht's gut, Mom. Das ist lange her.«

»Clara, Schatz.« Sie nahm meine Hand. »Ich will, dass das so bleibt. Du bist erwachsen, das weiß ich. Sieh nur zu, dass du deine Entscheidungen mit dem Kopf triffst ... und nicht mit dem Herzen.«

Der Gedanke, dass sie recht haben könnte, gefiel mir ganz und gar nicht. Sagte ich mir nicht ständig, dass es klüger wäre, die Finger von Alexander zu lassen? Ich ließ mich vom Verlangen meines Körpers leiten, und dagegen war ja wohl nichts einzuwenden, solange mein Herz aus dem Spiel blieb. Wenn es das nur täte ... Doch meine Mutter war so ziemlich der letzte Mensch, mit dem ich darüber reden konnte. Alexander gab mir das Gefühl, lebendig zu sein. An der Uni hatte ich mich nur auf mein Studium oder Daniel konzentriert. Ich hatte gelernt, meine Gefühle zu unterdrücken, sie unter Verschluss zu halten, nur um irgendwie den Tag zu überstehen. Und es war schrecklich gewesen. Bei meinem Abschluss war es um weit mehr gegangen als nur um eine gute Note auf einem Blatt Papier. Für mich war er ein Befreiungsschlag gewesen, und Alexanders Auftauchen hatte mich ins Leben zurückgeholt, wenn auch in erster Linie in körperlicher Hinsicht.

Aber meine Mutter konnte so etwas nicht nachvollziehen – zu viele Jahre hatte mein Vater sie davor bewahrt, zu tief zu empfinden.

»Entschuldigt mich, ich muss auf die Toilette.« Ich stand auf und steckte mein Handy wieder ein.

»Ich komme mit«, sagte Lola.

»Tja, dann werde ich wohl hier bei den Sandwiches bleiben müssen«, blaffte meine Mutter, die meine Taktik sehr wohl durchschaute.

»Ich bin sicher, der Gin leistet dir gute Gesellschaft«, gab ich zuckersüß zurück.

Auf dem Weg zur Toilette plapperte Lola übers Wochenende, über ihren schlimmen Kater und irgendeinen Typen, den sie abgeschleppt hatte, aber ich hörte nur mit einem Ohr hin.

Kaum hatte ich die Kabinentür hinter mir geschlossen, zog ich mein Handy heraus und las die Nachricht.

Ich will hören, wie du meinen Namen schreist, wenn ich dich ficke.

Ja, bitte. Ich hörte seine Stimme, den rauen Tonfall, der sein Verlangen verriet. Nicht einmal achtundvierzig Stunden waren vergangen, doch die Sehnsucht nach ihm brannte lichterloh in mir, als ich die Nachricht las.

Ich tippte eine Antwort.

Aber wie soll ich deinen Namen schreien, wenn ich dich im Mund habe?

Die nächsten drei Nachrichten kamen mit Lichtgeschwindigkeit.

Das wirst du erst wissen, wenn du es ausprobiert hast.

Ich bin so verdammt hart!

Schaff sofort deinen hübschen Hintern hierher!

Als ich aus der Kabine trat, lehnte Lola am Waschbecken. »Los, raus damit. Von wem kommen all die SMS?«

»Von Belle.« Lola war die Königin des Klatsches, deshalb war es das Klügste, weiterhin bei meiner Lüge zu bleiben. Unter ihrem argwöhnischen Blick wusch ich mir die Hände und überprüfte mein Make-up.

»Du strahlst so. Von innen heraus«, sagte sie vorwurfsvoll.

Ich zuckte die Achseln und verkniff mir ein Grinsen.

»Sag schon, wer hat dir dieses Grinsen ins Gesicht gevögelt?«, drängte sie. »Raus mit der Sprache, ich bin deine Schwester.«

»Ich sage gar nichts.« Ich ging zur Tür, aber sie versperrte mir den Weg.

»War es Alexander?«

Wortlos ging ich um sie herum. Weder bestätigen noch abstreiten, das war das Klügste, weil ich nicht sicher war, ob ich beim Thema Alexander und Sex überzeugend lügen konnte. Daran musste ich dringend arbeiten.

Wir kehrten zu unseren Plätzen zurück. Lola schmollte und schlug sich am Ende sogar auf Moms Seite.

»Dein Vater hat erzählt, sein neuer Partner sei auch Single«, verkündete meine Mutter. »Er entwickelt gerade eine App, mit der man Leuten auf der ganzen Welt folgen und mit ihnen Nachrichten austauschen kann.«

»Klingt wie Twitter«, erklärte ich abfällig. Unter keinen Umständen würde ich mich auf ein Blind Date mit einem Webentwickler meines Vaters einlassen.

»Clara hat einen Freund«, warf Lola mit einem süffisanten Grinsen ein und biss in einen Keks.

»Aber du sagtest doch, es gibt niemanden.« Mom sah mich vorwurfsvoll an.

»Das ist auch so.«

»Und was ist mit dir, Lola?« Zwischen den beiden entspann sich eine Diskussion über die zahllosen Männer, die um die Zuneigung meiner Schwester buhlten.

»Ich hoffe, deine Schwester lernt auch bald jemand Nettes kennen«, sagte Mom schließlich zu ihr.

»Es war ein reizender Nachmittag«, erklärte ich, wohl wissend, wie leicht sie sich mit Schmeicheleien ablenken ließ.

Mit gespielter Bescheidenheit presste sie die Hand auf ihre Halskette. »Ja, es war wirklich nett, nicht? Wir müssen uns unbedingt häufiger sehen, jetzt, wo du mit dem Studium fertig bist. Dein Vater arbeitet die ganze Zeit nur, deshalb bin ich schrecklich einsam.«

»Am Freitag ist mein erster Arbeitstag«, erinnerte ich sie zum zehnten Mal an diesem Tag.

Sie zögerte kurz und holte tief Luft. »Du weißt, dass du eigentlich nicht zu arbeiten bräuchtest. Zumindest solltest du keine Sozialarbeit machen.«

Ihre Unverfrorenheit und Unkenntnis über meinen Job verschlug mir den Atem. Ich wusste, dass sie mit meiner Wahl nicht einverstanden war, aber bislang hatte sie nie rundheraus gesagt, dass ich mir meine Arbeitskraft lieber sparen sollte.

»Du bist zwanzig Millionen Pfund schwer«, fuhr sie leise fort, damit die anderen Gäste uns nicht hören konnten. »Du brauchst nicht zu arbeiten.«

Wie sollte ich meiner Mutter erklären, dass *sie* der Grund war, weshalb ich sogar dringend arbeiten musste? Jahrelang hatte ich meine Mutter von Wohltätigkeitsveranstaltung zu Wohltätigkeitsveranstaltung flattern sehen. Als ich noch klein war, hatte sie meinem Vater geholfen, die Firma auf die Beine zu stellen, doch nach dem Verkauf hatte sie keinerlei Anstalten gemacht, sich einen anderen Job zu suchen. Als meine Eltern in den Neunzigern partner.com, ihre Online-Datingseite, für zweihundert Millionen Dollar verkauft hatten, war ich noch zu klein gewesen, um etwas zu verstehen, aber inzwischen wusste ich, dass meine Mutter früher durchaus ehrgeizig gewesen war. Und all das hatte sie zugunsten eines Lebens aufgegeben, das lediglich aus Shoppen und Verabredungen zum Mittagessen bestand. Ich mochte meine Mutter damals nicht gekannt haben, aber ich kannte sie heute und sah ihr an, dass sie nicht glücklich war. »Ich will meinen Abschluss aber lieber sinnvoll einsetzen.«

Mein Abschluss war meine einzige Trumpfkarte. Zumindest in diesem Punkt waren wir uns einig. Vielleicht weil es das Einzige war, was Madeline Bishop nicht hatte und was sie sich auch nicht kaufen konnte.

»Natürlich.« Ihre Augen wurden glasig. Sie wandte den Kopf ab und zog ihre Hand weg. Unvermittelt verspürte ich einen Anflug von Mitleid mit ihr. Wie wäre es wohl, wenn sie ebenfalls ein Studium vorweisen könnte? »Und wenn du endlich den richtigen Mann kennenlernst, brauchst du dir wegen des Geldes sowieso keine Sorgen mehr zu machen.«

Ich fand diese Aussage seltsam. Ich wusste, dass sie und

Dad in den ersten Jahren ihrer Ehe zu kämpfen gehabt hatten, aber zumindest waren sie glücklich miteinander gewesen. Merkwürdigerweise schien sie nicht zu erkennen, dass sie heute trotz all des Geldes unglücklich war. Natürlich stimmte, was sie sagte. Um Geld würde ich mir nie Sorgen machen müssen. Diese Gewissheit erleichterte so manches, trotzdem war ich nicht immer froh darüber. Ich hatte sogar mit dem Gedanken gespielt, alles zu verschenken, was aufgrund gewisser Klauseln im Treuhandfonds jedoch ausgeschlossen war. Außerdem hatte ich erst mit Vollendung meines fünfundzwanzigsten Lebensjahrs uneingeschränkten Zugriff auf das Geld.

Schließlich brachen wir auf; Mom schlang demonstrativ ihre Arme um mich und drückte mich so fest an sich, als wäre es ein Abschied für immer. Mir war das vor den anderen Gästen unangenehm, doch ich ließ es notgedrungen über mich ergehen.

»Ruf an, wenn du deinen ersten Arbeitstag hinter dir hast«, sagte sie und nahm ihre Tüten von La Mer und Louis Vuitton.

»Versprochen.«

»Lola.« Mom wandte sich meiner kleinen Schwester zu. »Ich hab dir deine Augencreme mitgebracht.«

Gemeinsam verließen wir das Restaurant. Instinktiv verkrampfte ich mich, als wir durch die Tür traten, aber zu meiner Erleichterung waren nirgendwo Reporter zu sehen. Mom drückte meinen Arm, dann küsste sie mich auf die Wange und stieg in ein wartendes Taxi.

Lola setzte ihre Sonnenbrille auf. »Amüsier dich gut heute Nachmittag.«

»Ich gehe nach Hause in meine leere Wohnung«, sagte ich und zögerte kurz. »Du könntest ja mitkommen.«

»Du findest garantiert eine spannendere Beschäftigung«, erwiderte sie vielsagend, zog ihre Sonnenbrille ein Stück herunter und sah mich an.

Kopfschüttelnd stand ich mit meinem Handy in der Hand da und sah ihr hinterher. Meine kleine Schwester wurde definitiv erwachsen, und zwar nicht mit großen Schritten, sondern eher in Lichtgeschwindigkeit.

Inzwischen war es spürbar wärmer geworden, deshalb beschloss ich, zu Fuß zur U-Bahn zu gehen. Mir war klar, was meine Mutter davon halten würde, aber es erschien mir lächerlich, den ganzen Weg bis nach East London mit dem Taxi zu fahren. In ein paar Wochen würde die Hitze wie eine Glocke über der Stadt hängen, sodass man kaum noch Luft bekam, deshalb wollte ich die Frische der wenigen Frühlingstage nutzen.

Wieder vibrierte mein Handy in der Handtasche, und ich spürte, wie mich ein Schauder überlief.

Ich muss dich sofort sehen. Der Royal.

Immerhin blieben mir noch ein paar Tage, bevor ich meinen Job anfing, und seit Stunden hatte ich darauf gewartet, dass er etwas konkreter wurde. Mein Körper war wie elektrisiert vor mühsam unterdrückter Begierde, und ich konnte es kaum erwarten, dass er seine Versprechen endlich einlöste. Nach der anstrengenden Shoppingtour mit meiner Mutter hatte ich mir etwas Entspannung verdient. Ich schrieb zurück und schlug den Weg zum Hotel ein, während sich das vertraute alberne Grinsen auf meinem Gesicht ausbreitete. Immerhin war ich nicht mit leeren Händen von meinem Shoppingausflug zurückgekehrt – obwohl ich vermutete, dass Alexander mich in allem heiß finden würde. In diesem Moment kam eine weitere SMS. Gespannt öffnete ich sie. Nicht mehr lange, dann war ich wieder bei ihm. Ich konnte seine Hände beinahe schon auf meinem Körper spüren. Doch als ich Belles Nachricht las, rutschte mir das Herz in die Hose.

Ich denke, das hier solltest du dir ansehen.

11

Ich stand in der Lobby des Westminster Royal und las den Artikel zweimal hintereinander, doch es war das Foto, das mir wirklich zusetzte. Alexander hatte die Arme um eine bildschöne Blondine geschlungen – ein Geschöpf, das jede Frau rasend machen würde vor Eifersucht. Die beiden machten keinen Hehl aus ihrer Zuneigung. Wer auch immer das Foto geschossen hatte, war nahe genug dran gewesen, um alles einzufangen, was sich zwischen den beiden abgespielt hatte. Ich kannte die Frau – sie war auf den Fotos gewesen, die ich von Alexander im Internet gesehen hatte; das Schlimmste war, dass es sich um das Mädchen handelte, dem er an jenem Abend im Oxford and Cambridge Club hatte aus dem Weg gehen wollen. Offensichtlich war sie keine Unbekannte, denn die Schlagzeile lautete: »Alexander wieder mit Beauty Pepper Lockwood gesichtet«. Sie sah aus wie ein Model, mit Endlosbeinen, Schmollmund und langem goldblondem Haar – der perfekte Kontrast zu Alexanders schwarzem Haar und muskulösem Körperbau.

Ich habe keinerlei Anspruch auf ihn, dachte ich. Aber irgendwie doch. Hatte nicht er auf Exklusivität gepocht? Genauer gesagt hatte er sie sogar verlangt. Allem Anschein nach galten für ihn selbst andere Regeln. Obwohl ich damit hätte rechnen müssen, war ich nicht darauf gefasst gewesen, außerdem musste ich zugeben, dass ich tief gekränkt war. Den ganzen Tag hatte ich mich meinen Fantasien über ihn hingegeben, und jetzt war ich am Boden zerstört. Wie hatte ich nur so blöd sein können?

»Miss?« Ein Page trat auf mich zu. »Kann ich Ihnen helfen?«

Ich hatte fast vergessen, dass ich mitten in der Lobby eines Fünf-Sterne-Hotels stand. Im ersten Moment wollte ich den Kopf schütteln, doch dann fasste ich einen Entschluss. »Zur Präsidentensuite bitte.«

»Sie sind wegen Mr. X hier«, sagte er. »Hier entlang, bitte.«

Alexander hielt sich so oft hier auf, dass das Personal ihn unter seinem Decknamen kannte. Wie hatte ich mich nur in diesen Schlamassel reiten können? Am liebsten hätte ich mich für meine dumme Naivität geohrfeigt.

Die Fahrt mit dem Aufzug zog sich qualvoll in die Länge, obwohl es sich um eine ausschließlich den Gästen der Suite zur Verfügung stehende Kabine handelte, die nicht in jedem Stockwerk hielt. Das Foto war gestern Abend bei einer privaten Feier aufgenommen worden. Ich war nicht wütend, weil er mich nicht mitgenommen hatte, schließlich wollten wir unsere Verbindung geheim halten, sondern weil er zweierlei Maßstäbe anlegte. Wenn er sich einbildete, ich würde herumsitzen und auf seinen Anruf warten, während er sich durch halb London vögelte, hatte er sich geschnitten.

Aber was mir wirklich Angst machte, war die Tatsache, dass er das Mädchen anscheinend mehr als nur flüchtig kannte. Die Umarmung und die Story ließen keinen Zweifel daran, ganz zu schweigen von seiner Reaktion auf ihr Auftauchen an jenem Tag im Oxford and Cambridge Club. Laut dem Artikel waren die beiden alte Freunde, doch es gab Andeutungen, dass da mehr zwischen ihnen lief. Vielleicht hatte er sich die Sache mit mir ja anders überlegt. Schließlich war er noch nicht lange wieder zurück. Er hatte mich schon einmal geküsst, um nicht mit ihr reden zu müssen. War er vielleicht nur mit mir ins Bett gegangen, um ihr eins auszuwischen?

Die Ungewissheit machte mich verrückt. Es war nicht gut, dass ich schon jetzt so tief in dieser Sache drinsteckte. Obwohl mir das klar war, konnte ich es nicht ändern. Es war mir ein Rätsel, weshalb ich mich so stark zu Alexander hingezogen fühlte. Die meisten Frauen sahen seinen unfassbaren Reichtum, seinen Titel und seinen Sex-Appeal, doch für mich war es viel wichtiger, was hinter dieser Fassade lag. Unter all der Kontrolle und Macht verbarg sich eine Seele, die so zutiefst menschlich und zerbrechlich war, dass ich von Glück sagen konnte, überhaupt ein- oder zweimal einen Blick auf sie erhascht zu haben. Dennoch, er hatte mir diesen Blick in sein Innerstes gewährt, daran bestand kein Zweifel. Im ersten Moment war ich davon ausgegangen, dass es etwas bedeutete, doch jetzt war ich mir nicht mehr sicher.

Vielleicht war es für ihn nur ein Spiel. Immerhin hatte er mich gewarnt, dass er gefährlich war, mich verletzen würde.

Mission erfüllt.

Mein Magen verkrampfte sich, und ich spürte den vertrauten Kloß im Hals, als Tränen in mir aufstiegen. Ich drängte sie zurück. Ich wollte ihm nicht zeigen, dass er mich verletzt hatte, die Genugtuung würde ich ihm nicht verschaffen. Vielleicht gab ihm ja auch das noch einen Kick.

Ich hatte Mühe, nicht die Fassung zu verlieren, als ich aus dem Aufzug auf unseren Korridor trat. *Seinen* Korridor.

Reiß dich zusammen, Clara. Ich konzentrierte mich darauf, meine Kränkung in Wut umzumünzen, und trat mit geballten Fäusten durch die Tür.

Noch bevor ich reagieren konnte, stand Alexander vor mir, riss mich hoch, legte die Hände um meine Pobacken und küsste mich. Jeder klare Gedanke verschwand aus meinem Kopf, als ich seine Lippen auf meinen spürte. Ich war wie berauscht von ihm, und wieder einmal verriet mich die Reaktion meines Körpers. Meine Wut schmolz dahin, schlug in Begierde um, als er seine Hand um meinen Hinterkopf legte. Er presste mich gegen die Wand, während ich die Beine noch fester um seine Taille schlang. Ich wollte nicht, dass dieser Moment jemals aufhörte, auch wenn mir klar war, dass es unweigerlich dazu kommen würde.

Ein letzter Kuss.

Ich konnte die Tränen nicht länger zurückhalten. Sie kullerten mir über die Wangen, und ich schmeckte meine Traurigkeit auf seinen Lippen. Abrupt löste er sich von mir und sah mich verwirrt an.

»Clara.« Er umfing mein Kinn und zwang mich, ihm in die Augen zu sehen. »Was ist los?«

Ich wandte den Blick ab und drückte ihn von mir, bis er mich auf den Boden sinken ließ.

»Was ist los?«, fragte er leise.

»*Das* ist los, Mr. X.« Ich hielt mein Handy so, dass er das Foto und den Artikel erkennen konnte.

»Ich bin nicht sicher, ob ich richtig verstehe.«

»Aber ich bin sicher, dass du ein Arschloch bist«, blaffte ich.

Alexander fuhr sich mit einer Hand durch sein dunkles Haar und trat zur Bar. »Möchtest du etwas trinken?«

Ich schüttelte den Kopf. Seine Gegenwart benebelte meine Sinne mehr als genug ... auch ohne Alkohol.

»TMI berichtet also, dass man mich gestern Abend mit Pepper gesehen hat?«

Ihren Namen aus seinem Mund zu hören, war der ultimative Schlag in die Magengrube und bestätigte meine schlimmsten Befürchtungen. Er kannte sie und log nicht mal deswegen. Vermutlich sollte ich mich damit besser fühlen, aber genau das Gegenteil war der Fall. Dabei hätte mir klar sein müssen, dass genau das passieren würde.

»Hast du nicht erst kürzlich gesagt, dass die Klatschblätter Gerüchte als Fakten verkaufen?«, meinte er. »Ich sehe das nämlich genauso. Setz dich, Clara.«

Trotzig kreuzte ich die Arme vor der Brust. Also verwendete er jetzt meine eigenen Aussagen gegen mich. Prima. Das konnte er gern haben, aber deswegen musste ich noch lange nicht mitspielen. »Ich stehe lieber.«

»Wie du willst.« Alexander ließ sich in einen Ledersessel sinken und nippte nachdenklich an seinem Drink.

»Du kennst sie also?«

»Natürlich kenne ich Pepper. Seit Jahren.«

»Dadurch fühle ich mich auch nicht besser.«

»Bist du eifersüchtig?« Ein Lächeln spielte um seine Lippen.

Ich weigerte mich, ihn anzusehen. Ja, ich war eifersüchtig, und es passte mir überhaupt nicht. »Wer ist sie?«

»Eine Freundin meiner Schwester.« Beim letzten Wort drohte Alexanders Stimme zu brechen, und er nahm einen großen Schluck aus seinem Glas.

»Das ist alles? Ist sie nicht das Mädchen aus dem Oxford and Cambridge Club?« Plötzlich war ich völlig durcheinander. In Wahrheit hatte ich diesem Mädchen zu verdanken, dass wir zusammen waren, trotzdem musste ich wissen, was sie ihm bedeutete.

»Ja«, sagte er. »Und du fragst dich jetzt, ob ich dich benutze, um ihr eins auszuwischen.«

Woher wusste er, was ich dachte, obwohl wir uns erst so kurz kannten?

»Zwischen uns besteht eine Verbindung, Clara. Spürst du es nicht auch? Zuerst dachte ich, es wäre etwas rein Sexuelles.« Alexander stellte sein Glas ab und trat wieder zu mir. »Die Art, wie dein Körper auf mich reagiert und wie es sich anfühlt, in dir zu sein. Aber es ist mehr als nur das. Ich weiß, dass du es auch spürst.«

Das tat ich, und genau das machte mir ja solche Angst. Alexander hatte klipp und klar gesagt, dass es keine langfristige Perspektive für uns gab, und dieses Gefühl, diese Verbindung, war alles andere als unverbindlich. »Warum sollten wir darüber reden? Du willst doch nichts Festes, schon vergessen?«

»Nein, ich habe es nicht vergessen.« Alexander runzelte die Stirn. »Ich verstehe es ja genauso wenig. Ich weiß noch nicht einmal, wieso ich mich dir überhaupt erkläre.«

»Weil du Exklusivität haben wolltest. Von mir hast du sie verlangt, aber für dich gilt das offenbar nicht!«

»Glaubst du etwa, ich war mit Pepper im Bett?« Er trat noch näher. Augenblicklich spürte ich, wie ich eine Gänsehaut bekam. In diesem Moment hasste ich mich dafür. Und ich hasste ihn für das Verlangen, das er in mir heraufbeschwor.

»Es sieht jedenfalls ganz danach aus ...«

»Ich lüge nicht, Clara«, sagte er leise. »Und wenn du es mir unterstellst, lege ich dich übers Knie.«

Entsetzt wich ich zurück. Auch zuvor hatte er mir damit gedroht, aber jetzt meinte er es ernst. Das hier war kein Spaß mehr.

»Es würde dir gefallen«, fuhr er fort und kam weiter auf mich zu. »Ich kann es in deinen Augen sehen, das Verlangen danach.«

Ich schüttelte den Kopf, versuchte, meinen Verstand über meine Hormone siegen zu lassen.

Alexanders Hand schnellte vor, bekam meine Finger zu fassen und presste seine Lippen darauf. »Ohne deine Erlaubnis würde ich niemals Hand an dich legen, Clara, aber je früher du die Wahrheit akzeptierst, umso besser.«

»Welche Wahrheit?«, stieß ich hervor und unterdrückte mein aufkeimendes Verlangen.

»Du willst dich mir unterwerfen. Du willst, dass ich dir sage, was du mit deinem süßen kleinen Mund anstellen sollst. Ich weiß es. Die Art, wie dein Körper auf mich reagiert, verrät es mir. Er will dominiert werden. Du willst dominiert werden. Du bist so unglaublich stark, Clara.« Alexander fuhr mit dem Finger über meinen Bauch. Prompt verspürte ich ein heftiges Ziehen im Unterleib. »Aber du musst die Kontrolle abgeben. Du willst es.«

Ich schüttelte den Kopf, trotzdem konnte ich nicht leugnen, dass seine Worte eine Saite in mir zum Schwingen gebracht hatten. »Nein, das ist nicht wahr.« Aber mein Nein galt nicht ihm, sondern mir selbst.

»Bei mir bist du sicher.« Er griff nach dem Saum meines Shirts und zog mich mit einem Ruck an sich. »Ich werde dich an deine Grenzen bringen, aber niemals darüber hinaus. Ich werde dir mehr Lust schenken, als du je für möglich gehalten hast.«

Ich versuchte zu verstehen – sein Versprechen ebenso wie die seltsame Wirkung, die seine Worte auf mich hatten. Meine rationale Seite gewann die Oberhand, schließlich war ich schon einmal in einer Beziehung gefangen gewesen, die mir nicht gutgetan hatte, und auch meine Affäre mit Alexander schien sich in diese Richtung zu bewegen. »Ich bin aber nicht so.«

»Ich glaube, du verstehst nicht, was ich dir gerade anbiete. *Befreiung*. Deine Lust ist das Einzige, was ich im Sinn habe. Gib dich mir hin, Clara, und ich verspreche dir, dass ich verantwortungsbewusst damit umgehen werde.«

Ich wandte mich ab, um einen klaren Kopf zu bekommen. »Wovon reden wir hier? Von Fesselspielen und Safewords?«

»Das Ganze vollzieht sich in kleinen Schritten, aber, ja, Clara. Ohne Safeword geht es nicht. Ich will, dass du mir vertraust. Darauf vertraust, dass ich dir Lust bereiten werde.«

»Und wirst du mich auch bestrafen?«, fragte ich. »Mir drohen, dass du mich versohlst, wenn ich ungezogen bin?«

»Nur wenn du mir nicht vertraust«, antwortete er mit einer Kühle, die die Glut in seinem Blick Lügen strafte. »Ohne Vertrauen kannst du mir die Kontrolle nicht überlassen, Clara, und wir bekommen beide nicht, was wir brauchen.«

»Du meinst, was du willst.« Ich konnte nicht glauben, dass wir ernsthaft dieses Gespräch führten.

»Brauchst«, korrigierte er mit leiser, rauer Stimme. »Was *du* brauchst.«

»Ich ... nein ...« Ich war viel zu verblüfft, um mich mit ihm anzulegen.

»Doch.« Seine Stimme klang sanft, als würde er einem Kind erklären, weshalb es sein Gemüse essen muss. »Ich werde es dir zeigen.«

Ich wich zurück, doch gleichzeitig spürte ich, wie sich eine verräterische Erregung in mir ausbreitete. Verzweifelt schüttelte ich den Kopf, zwang mich, seine Vermutung von mir zu weisen, dass auch ich all das wollte. »Ich kann das nicht. Tut mir leid.«

Alexander wich einen Schritt zurück und sah mich an. »Jemand hat schon einmal versucht, dich zu brechen.«

Ich biss mir auf die Lippe, während mir die Tränen in die Augen stiegen. *Und niemand wird es jemals wieder tun.*

»Aber ich bin nicht er, Clara. Und was er getan hat, ist nicht dasselbe wie das, was ich mit dir tun will.«

»Du hast mich gewarnt«, schluchzte ich. »Du hast gesagt, du würdest mir wehtun.«

Alexander hatte sämtliche Warnsignale ausgesendet, aber ich kam immer wieder angelaufen. Plötzlich begriff ich, dass nicht Alexander derjenige war, der unklare Signale sendete.

»Das ist richtig«, sagte er leise und wandte sich ab.

»Ich sollte jetzt gehen.« Hier war kein Platz mehr für mich, so viel stand fest.

»Wahrscheinlich solltest du das«, bestätigte er, »obwohl ich wünschte, du würdest es nicht tun. Schlaf ein letztes Mal mit mir. Gib mir die Chance, es dir zu zeigen. Lass mich dir Lust schenken.«

Ich dachte an den Artikel zurück, den ich vorhin gelesen hatte, an die warnenden Worte meiner Mutter. Ich war viel zu verwirrt. Alexander hatte mich völlig durcheinandergebracht, und wenn ich jetzt noch länger blieb – und mit ihm schlief –, würde alles nur noch konfuser werden. Ich hatte ihm einen falschen Eindruck vermittelt, davon, wer ich war und was ich wollte. Ich war nicht in seine Falle getappt, sondern hatte das wilde Tier in ihm mit Brotkrumen in Gestalt von irgendwelchen Versprechungen vor meine Tür gelockt. »Ich kann nicht.«

Alexander erstarrte, machte jedoch keine Anstalten, sich zu mir umzudrehen, sondern nickte nur knapp. »Du willst nicht«, sagte er, als ich mich zum Gehen wandte.

Ein leiser Vorwurf schwang in seiner Stimme mit. Er durchschaute mich. Seine Aussage über diese unglaubliche Verbindung zwischen uns war keine Lüge gewesen. Wieso begriff er dann nicht, dass die Intensität unserer Beziehung beängstigend war? Er wusste es. Er wusste auch, dass ich es großartig fand. Er hatte darauf spekuliert, dass das genügen würde, und beinahe hätte es das auch. Aber ich hatte den dunklen Abgrund in seinen Augen gesehen, und er machte mir Angst – beinahe ebenso sehr, wie er mich erregte.

Genau aus diesem Grund ging ich.

12

Die nächsten Tage vergingen wie in einem Nebel. Ich ertappte mich dabei, dass ich pausenlos den Google-Alert checkte, den Belle auf ihrem Laptop für mich eingerichtet hatte, doch Alexander war auf Tauchstation. Abgesehen von den SMS, die er mir schickte, schien er den Kontakt zur Außenwelt komplett abgebrochen zu haben. Er machte es mir schwer, bei meinem Entschluss zu bleiben, unsere Beziehung zu beenden, bevor sie aus dem Ruder lief. Wieder und wieder sagte ich mir, dass es das Beste war. Immerhin kannten wir uns kaum, aber dass Alexander beharrlich blieb, könnte auch bedeuten, dass ich doch nicht völlig verrückt war, weil es mir so schwerfiel, mit ihm Schluss zu machen.

Es gab immer noch so vieles, was ich über ihn erfahren wollte; aber mir war klar, dass meine Besessenheit von ihm nicht gesund sein konnte. Alexander war eine Nummer zu groß für mich – seine Bekanntheit, diese dunkle Seite in ihm, seine Kontrollsucht. All das war zu viel für mich. Zu viel in zu kurzer Zeit. War ich in seiner Nähe, verschlang er mich mit Haut und Haaren, war ich es nicht, bekam ich ihn nicht mehr aus dem Kopf. Es zu beenden, war die einzige Möglichkeit.

Warum konnte ich dann nicht loslassen?

Heute Morgen hatte ich jedoch andere Dinge im Kopf. Es war mein erster Arbeitstag bei Peters & Clarkwell, und ich gab mir alle Mühe, diesen Umstand ganz oben auf meine Prioritätenliste zu setzen ... womit ich kläglich scheiterte.

»Du solltest ihn blocken«, meinte Belle und schenkte mir eine Tasse Kaffee ein.

»Er hat Verbindungen zum Geheimdienst«, erwiderte ich. »Da hilft Blocken auch nicht viel.« Ich verschwieg ihr, dass ich bereits darüber nachgedacht, es aber nicht über mich gebracht hatte.

»Es gefällt mir gar nicht, dich so zu sehen. Bist du sicher, dass dieses Mädchen es wert ist, sich so aufzuregen?«

Belles Frage war durchaus berechtigt – ich hatte mich nämlich nicht überwinden können, ihr die Wahrheit zu sagen: dass das Aus zwischen Alexander und mir gar nichts mit Pepper Lockwood zu tun hatte. Wie hätte ich ihr auch erklären sollen, dass er mir Angst machte? Belle wusste, dass ich in der Vergangenheit an den falschen Mann geraten war und auch welche Folgen das gehabt hatte. Würde ich ihr von Alexanders Absichten erzählen, würde sie nur zu gut verstehen, warum ich die Flucht ergreifen musste. Gleichzeitig könnte sie Alexander nie wieder so sehen wie bisher. Vielleicht war das der Grund, warum ich es ihr nicht erzählte. Allerdings war es mir immer noch ein Rätsel, wieso mir das so wichtig war. Er wollte mich dominieren, wenn auch nur im Schlafzimmer, wie er sagte. Es sei absolut sicher, behauptete er. Aber war ich bereit, dieses Risiko einzugehen?

»Keine Ahnung«, antwortete ich Belle auf ihre Frage. Ich konnte mich nicht dazu durchringen, sie zu belügen. Zumindest nicht richtig. »Vielleicht ist auch nur mein Stolz verletzt, jedenfalls halte ich es für klüger, wenn wir auf Distanz gehen.«

Wie aufs Stichwort kam eine SMS. Ich riss mein Handy an mich, bevor Belle sehen konnte, was dort stand. Alexanders

Nachrichten deckten die gesamte Palette ab, von netten Freundlichkeiten bis hin zu wilden sexuellen Anspielungen, allerdings hatte ich den Verdacht, dass Letztere eher das Resultat einer durchzechten Nacht waren. Die meisten waren respektvoll, was es noch schwieriger machte, nicht darauf zu reagieren.

»Fest steht jedenfalls, dass er an dich denkt«, bemerkte Belle mit einem vielsagenden Blick.

»Er denkt an Sex, so wie die meisten Männer«, gab ich zurück.

»Die meisten Männer denken überhaupt nicht, ganz zu schweigen davon, dass sie einem ständig Nachrichten schreiben.«

Ich widmete mich wieder meinem Kaffee, in der Hoffnung, dass er meine Nerven beruhigte. »Darüber kann ich jetzt nicht nachdenken. Heute ist mein erster Arbeitstag.«

»Und du siehst fantastisch aus.« Zum Glück reagierte Belle auf mein Stichwort. Auf sie war einfach Verlass – sie wusste genau, wann es Zeit war, nicht weiter auf einem Thema herumzureiten.

Und sie hatte recht – ich sah tatsächlich fantastisch aus, wenn auch nur dank ihrer Hilfe. Sie hatte ihre Termine mit Hochzeitscaterern abgesagt und sich zwei ganze Tage lang mit mir und meinem Kleiderschrank beschäftigt, wofür ich ihr unendlich dankbar war. Und wie sich herausstellte, war ich modetechnisch kein hoffnungsloser Fall. Das Outfit für heute hatte ich allein ausgewählt, und außer an den Schuhen hatte sie nichts auszusetzen. Ich war immer noch nicht davon überzeugt, dass Jimmy Choos unbedingt das Richtige für die Arbeit waren, aber wie könnte ich blutige Anfängerin Belles

Geschmack infrage stellen? Ich hatte mein Haar zu einem losen Knoten im Nacken frisiert, um weder zu jung noch zu unterkühlt zu wirken, und lediglich einen Hauch Make-up aufgelegt, damit ich nicht ganz so blass aussah.

»Ist das Kleid okay?«, fragte ich und strich über mein schlichtes Leinenkleid, während ich mich zum x-ten Mal fragte, ob ich eine Jacke brauchen würde. Es wurde mit jedem Tag wärmer, und ich wollte unter keinen Umständen gleich am ersten Tag verschwitzt auftauchen, andererseits war ich unsicher, ob ein ärmelloses Kleid bürotauglich war.

»Hör auf, dir einen Kopf zu machen«, meinte Belle. »Du siehst super aus, und bevor du fragst – nein, du brauchst keine Jacke. Die haben Riesenglück, dass sie dich bekommen haben. Du brauchst diesen Job nicht, Clara.«

»Das heißt nicht, dass ich mich dort benehmen kann wie der letzte Mensch.«

»Nein, aber es heißt, dass du dir keine Sorgen zu machen brauchst, was sie von dir halten. Oder von deinen Klamotten. Trotzdem. Du siehst wie eine souveräne Karrierefrau aus, außerdem werden sie dir für deinen hinreißenden Akzent die Füße küssen.«

In einer melodramatischen Geste ließ ich den Kopf hängen. »Ich habe keinen Akzent.«

»Du bist eine Amerikanerin, die in London lebt.«

»Ich bin keine Amerikanerin!«

»Du klingst aber wie ein California Girl ...«

Niedergeschlagen ließ ich den Kopf auf den Küchentresen sinken. So hatte Alexander mich an dem Abend im Oxford and Cambridge Club genannt. Würde es immer so sein? Dass mich ständig etwas an Alexander erinnerte? Irgendwelche

Kleinigkeiten, die mich um den Verstand brachten? Ein »Vielleicht« und »Was wäre gewesen, wenn« nach dem anderen, die mich fertigmachten?

»Was ist los?«, rief Belle, knallte ihre Tasse auf die Arbeitsplatte, sodass der Kaffee überschwappte, und packte mich am Arm.

Ich schüttelte nur den Kopf und rang mir ein schwaches Lächeln ab. »Gar nichts.«

»Du hast wieder an ihn gedacht, stimmt's?« In ihrer Frage schwang kein Vorwurf mit, stattdessen war ihr Tonfall sanft und freundlich, als würde sie mich darum bitten, ihr mein Herz auszuschütten. »Ich weiß doch, dass da noch etwas ist, Clara. Verdammt, hätte ich gewusst, dass du ihm derart verfällst, hätte ich dir nie zugeredet, dich mit ihm einzulassen.«

»Wie kommst du darauf, dass ich ihm verfallen bin? Ich kenne ihn doch kaum«, erwiderte ich und merkte selbst, wie lahm das klang. Natürlich gab es vieles, das ich nicht über Alexander wusste; das Problem war, dass ich alles über ihn wissen *wollte* und dass ich eine Bindung zu ihm aufgebaut hatte, obwohl wir uns erst so kurz kannten. Ich wusste, dass ich es mir nicht bloß einbildete, sondern mich tatsächlich mit ihm verbunden fühlte. Aber all das konnte ich Belle nicht erklären; ich konnte es mir selbst ja nicht einmal erklären.

»Ach, Schatz.« Sie strich mir eine Haarsträhne hinters Ohr und schlang die Arme um mich. »Heute geht es nicht um ihn. Du hast so hart gearbeitet, um diesen Job zu kriegen.«

Sie hatte recht. Ich durfte nicht zulassen, dass Alexander mir das kaputt machte. Wenn ich tatsächlich beweisen wollte, wie unabhängig ich war, musste ich mich zusammenreißen und zeigen, was in mir steckte.

»Diese Absätze bringen mich garantiert um«, erklärte ich.
»Unsinn. Die sind doch halb so wild.«

Ich lachte – verglichen mit den Mörder-Stilettos »für heiße Partynächte«, die sie mir bei unserem letzten Shoppingtrip aufgeschwatzt hatte, waren die Jimmy Choos tatsächlich ein Witz. Offenbar hatte Belle keine Angst vor Alkohol-High-Heel-Katastrophen.

»Ich muss los.«

»Hier.« Sie drückte mir eine Tüte in die Hand. »Dein Mittagessen.«

»Danke, Mommy.« Ich gab ihr einen Kuss auf die Wange.

»Und du wirst es auch essen. Keine Ausreden. Ich will nicht, dass du dich totarbeitest.«

Noch immer lächelnd, verließ ich die Wohnung. Was für ein schönes Gefühl zu wissen, dass sich jemand um einen sorgte.

***

Mein Arbeitsplatz bestand aus einem kleinen Tisch in einer abgetrennten Box am hintersten Ende des Großraumbüros, meilenweit vom Fenster entfernt. Ich war begeistert. Diesen Tisch und das kleine Namensschild, das mir mein neuer Boss zur Begrüßung in die Hand drückte, hatte ich mir hart erarbeitet. Genau das konnte ich weder meinen Eltern noch Belle erklären: meinen Stolz, mich für etwas Sinnvolles einsetzen zu können. Ich liebte sie wirklich, aber diese Art des Engagements konnten sie einfach nicht nachvollziehen.

»Das Faxgerät steht hier drinnen«, erklärte Bennett, als ich ihm durch die Büroräume folgte. Erleichtert registrierte ich, dass mich kaum jemand eines Blickes würdigte. Mein kurzer Moment im Zentrum öffentlicher Aufmerksamkeit schien mittlerweile vergessen zu sein. Vermutlich kümmerten die Meldungen der Klatschpresse die Leute hier ohnehin nicht. Hier wurde ernsthafte Arbeit geleistet.

»Wir bereiten gerade eine Kampagne mit Isaac Blues Stiftung vor, die auf die Trinkwassersituation in Afrika aufmerksam machen will. Ich weiß ja, dass Sie Erfahrung haben, wie man mit wichtigen Persönlichkeiten ...« Bennett unterbrach sich, als er mein Gesicht sah.

»Entschuldigung«, keuchte ich und bedeutete ihm weiterzusprechen.

»Nachdem Ihre Eltern die Firma verkauft hatten, waren Sie ja in den entsprechenden gesellschaftlichen Kreisen unterwegs«, fuhr er fort. Ich kam mir wie die letzte Idiotin vor. Natürlich! Wir hatten uns während des Vorstellungsgesprächs auch über die Firma meiner Eltern unterhalten, und er hatte danach einfach bloß recherchiert.

»Damals war ich noch zu klein«, sagte ich.

»Macht nichts.« Bennett winkte ab. »Ich versuche nur, alle zu warnen, weil es sein könnte, dass Isaac an Meetings hier teilnimmt und ... na ja ...«

»Ich verstehe schon«, sagte ich lächelnd. Dass er vor Stolz schier platzte, weil wir demnächst mit einem der heißesten Schauspieler der Welt zusammenarbeiten würden, konnte meinem neuen Boss keiner übel nehmen. Vor einem Jahr hätte mich das selbst vermutlich noch in helle Aufregung versetzt, und ich hätte als Allererstes Belle eine SMS geschickt, aber jetzt war es mir ziemlich egal.

Bennett bat mich in sein Büro und setzte sich. Beim Anblick der blonden Zwillingsmädchen auf dem Foto auf seinem Schreibtisch musste ich lächeln.

»Abby und Amy«, erklärte er strahlend. Die Liebe für seine beiden Töchter stand ihm ins Gesicht geschrieben. »Sie sind sechs.«

»Sie haben bestimmt alle Hände voll zu tun mit ihnen«, sagte ich beim Gedanken daran, wie anstrengend Lola und ich als Kinder gewesen waren. Uns trennte nur ein gutes Jahr, deshalb waren wir bis zur Grundschule praktisch wie Zwillinge gewesen.

Bennett verschränkte die Hände hinter dem Kopf und runzelte die Stirn. Er war ein gut aussehender Mann von Anfang vierzig mit grau meliertem Haar und einigen Falten, was ihm ein distinguiertes Aussehen verlieh. Er konnte von Glück sagen, dass er auf eine so attraktive Art und Weise alterte, aber vermutlich waren seine Zwillinge ein echter Jungbrunnen. »Als ich in Ihrem Alter war, habe ich den Job gemacht, weil ich die Welt idealisiert habe. Jetzt, wo die beiden da sind, mache ich ihn, weil ich genau das nicht mehr tue.«

Ich nickte und tat so, als wüsste ich genau, wovon er sprach.

»Für wen tun Sie es?«, fragte er. »Haben Sie einen Freund?«

Ich schluckte und schüttelte den Kopf. Zumindest hatte er nichts von den Gerüchten über mich und Alexander gehört. Fragen würde ich ihn jedenfalls nicht danach. »Nein. Ich tue es für mich ganz allein.«

»Das ist auch in Ordnung.« Er schüttelte den Kopf und lächelte. »Bitte entschuldigen Sie, ich wollte Sie nicht bedrängen. Ich schätze, seit dem Tod meiner Frau neige ich ein wenig zum Philosophieren.«

Unwillkürlich flog meine Hand an meine Brust. Ich war nicht sicher, wer mir mehr leidtun sollte – er oder seine beiden Mädchen. Meine Beziehung zu meiner Mutter mochte kompliziert sein, aber wenigstens hatte ich sie noch. »Das tut mir aufrichtig leid für Sie.«

»Danke«, sagte er ernst. »Mein Therapeut meint, ich soll möglichst beiläufig anderen davon erzählen, damit es sich für mich realer anfühlt.«

Unwillkürlich verzog ich das Gesicht. »Hört sich an, als wäre Ihr Therapeut ein echter Schwachkopf.«

Kaum waren die Worte über meine Lippen gekommen, hätte ich sie am liebsten zurückgeholt. Zu meiner Erleichterung warf Bennett den Kopf in den Nacken und lachte lauthals.

»Wissen Sie was? Sie haben völlig recht. Genau das habe ich auch schon gedacht, aber alle meinen, ich soll weiter hingehen.« Er hielt inne. »Ich denke, ich sollte den nächsten Termin einfach absagen.«

»Das ist bestimmt das Beste, was Sie für sich tun können«, bestätigte ich. »Lieber Himmel, ich bin noch nicht einmal eine Stunde hier, und schon fange ich an, in Ihrem Privatleben herumzustochern. Bitte entschuldigen Sie.«

»Sie brauchen sich nicht zu entschuldigen. Das war ein erfrischender Ansatz. Alle anderen hier«, sagte er und senkte die Stimme, »waren schon da, als sie gestorben ist, und behandeln mich wie ein rohes Ei.«

Ich wusste genau, wie er sich fühlte. Nach einer Weile war man sich plötzlich selbst nicht mehr sicher, ob man zerbrechen würde, wenn man zu Boden fiel. »Ich werde Sie nicht so behandeln.«

»Sie wollen stattdessen knallhart mit mir sein?«, fragte er hoffnungsfroh.

Ich lächelte ihn an. »Sie haben keine Ahnung, wie hart.«

***

Belle mochte sich mächtig ins Zeug gelegt haben, trotzdem hatte ihr Mittagessen eindeutige Defizite an der Geschmacksfront. Also nahm ich meine Handtasche und beschloss, die Fish-&-Chips-Bude an der Ecke auszuprobieren. Kaum war ich aufgestanden, spürte ich die Blicke der anderen auf mir. Mir entging nicht, dass das Mädchen in der anderen Ecke des Raums eilig wegsah. Zwei andere tuschelten, machten aber keine Anstalten, den Blick abzuwenden. Meine Wangen wurden ganz heiß. Vielleicht hatte ich mich geirrt und wurde doch wiedererkannt. Als ich mein Handy herauszog, um Belle eine SMS zu schicken, stellte ich fest, dass eine neue Mail vom Google-Alert eingegangen war. Beim Anblick der Schlagzeile blieb mir beinahe das Herz stehen.

SeXXXy: Lesen Sie Prinz Alexanders heiße SMS an seine neue Flamme!

Wieder merkte ich, dass mich alle anstarrten, und wünschte, der Erdboden möge sich unter mir auftun. Genau das hatte ich um jeden Preis vermeiden wollen: Aufmerksamkeit. Ich scrollte durch die Story und spürte, wie mir übel wurde. Zorn stieg in mir auf, als ich die geposteten Nachrichten sah. Sie waren alle da, in ihrer eindeutigen Pracht und Glorie. Offensichtlich hatte nicht nur jemand Alexanders Account gehackt, sondern auch die Empfängerin herausgefunden: mich. Und damit auch jeder wusste, wie diese Clara

Bishop aussah, die den Prinzen an der Angel hatte, war ein Foto von mir neben den Nachrichten abgebildet – aufgenommen heute Morgen auf dem Weg ins Büro. Wie hatte ich die Fotografen übersehen können? War ich so in Gedanken gewesen?

Ich steckte mein Handy ein und reckte das Kinn, fest entschlossen, einen würdevollen Abgang hinzulegen. Ich würde mir jetzt etwas zu essen holen. Ich würde vergessen, was vorgefallen war, und das Ganze würde im Sande verlaufen, genauso wie die erste Skandalstory. Außerdem würde es keine weiteren Geschichten geben, denn zwischen mir und Alexander war es aus. Ich schaffte es gerade zwei Stufen weit, als meine Selbstsicherheit schlagartig ins Wanken geriet. Vor der Tür von Peters & Clarkwell stand er. Alexander.

13

Es dauerte ein paar Sekunden, bis ich mich wieder gefangen hatte, aber dann trat ich entschlossen auf ihn zu. Was hatte er hier zu suchen? Woher wusste er überhaupt, dass ich inzwischen meinen Job angetreten hatte? Wir hatten uns tagelang nicht gesehen, und ich hatte ihm nie gesagt, wo ich arbeiten würde. Andererseits war es keine große Überraschung, dass er mich aufgestöbert hatte, schließlich war er der Thronfolger. Ich hörte das Stimmengewirr hinter mir, als die Leute ihn erkannten.

So viel zum Thema normales Arbeitsleben.

»Was hast du hier zu suchen?«, zischte ich, kreuzte die Arme vor der Brust und setzte eine verärgerte Miene auf, obwohl ich mich insgeheim freute. Oh Gott, er sah so sexy aus, mit seinem zerzausten Haar und trotz der dunklen Ringe unter seinen Augen, als hätte er keinen Schlaf bekommen. Vermutlich hatte er nächtelang durchgefeiert. Er trug ein eng anliegendes T-Shirt und eine Jeans, die lässig auf den Hüften saß, wie eine Einladung. Unwillkürlich musste ich an uns denken, im Bett, und holte tief Luft, um meine Nerven zu beruhigen. Er sollte nicht sehen, welche Wirkung er auf mich hatte.

»Du hattest genug Zeit. Ich muss mit dir reden.« Er nahm mich behutsam, aber entschlossen beim Ellbogen und schob mich in Richtung Aufzug.

Wie bitte? Ich hatte genug Zeit? Was soll das?

»Hättest du mir nicht einfach eine SMS schreiben können?«, fragte ich sarkastisch.

»Ich habe vermutet, dass du es schon gesehen hast.« Sobald sich die Türen hinter uns schlossen, ließ Alexander meinen Arm los und drückte mich an die Wand.

»Alexander!«

»Warum hast du nicht auf meine Nachrichten reagiert?«

»Die ganze Welt kann auf dieser Klatschseite lesen, was du mit mir machen willst, und du hast keine anderen Sorgen?« Ich war zu sehr damit beschäftigt, meinen verräterischen Körper in Schach zu halten, um einen Hehl aus meiner Ungläubigkeit zu machen. Am liebsten hätte ich mich in seine Arme geworfen und ihn geküsst, die Angst vertrieben, die ich in seinen Augen flackern sah, und ihm beteuert, dass alles gut werden würde. Aber das war ebenso eine Lüge wie meine gespielte Gleichgültigkeit.

»Es ist mir völlig egal, was der Rest der Welt lesen kann!«, platzte er heraus und ballte die Hände zu Fäusten. »Wieso interessiert dich das, Clara?«

»Mich?« Ich zeigte mit dem Finger auf meine Brust. »Du warst doch derjenige, der sich unbedingt heimlich in einem Scheißhotel mit mir treffen wollte.«

Alexander starrte mich einen Moment lang verwirrt an. »Das habe ich getan, um dich zu schützen. Du hattest Angst vor den Paparazzi.«

»Weil sie behauptet haben, wir hätten eine Beziehung, und damals wusste ich ja noch nicht, wer du bist.«

»Wir *haben* eine Beziehung«, gab er zurück.

Ich starrte ihn mit offenem Mund an. Einerseits ließen seine Worte einen Schmetterlingsschwarm in meinem Bauch aufsteigen, gleichzeitig stürzten sie mich in völlige Verwirrung. Mal davon abgesehen, dass ich das Ganze beendet hatte, waren wir ja nie wirklich zusammen gewesen. »Aber wir haben doch Schluss gemacht.«

»Du warst überfordert mit der Situation, und ich habe dir ein wenig Raum gegeben, um in Ruhe über alles nachzudenken, aber hast du ernsthaft geglaubt, ich würde zulassen, dass du es so beendest?«, fragte er. »Ich habe dir doch gesagt, dass ich noch nicht genug von dir habe.«

»Aber du wolltest nicht mit mir zusammen gesehen werden«, gab ich zurück. »Du kannst nicht einfach bestimmen, wann du in einer Beziehung bist oder nicht.« Natürlich war mir völlig klar, dass es nicht so einfach war. Wäre es das doch nur ... Aber solange er darauf bestand, dass alles nur nach seinen Vorstellungen lief, gab es gewaltigen Klärungsbedarf zwischen uns.

»Ich wollte dich schützen. Die Paparazzi sollten dir keine Angst machen«, sagte er und strich mit einem Finger über meine Wange. »Das schaffe ich schon allein.«

»Allerdings.« Ich lachte freudlos auf. In diesem Moment ging die Fahrstuhltür auf.

»Also, was ist jetzt?«, fragte er und schob mich in einen verwaisten Korridor neben der Lobby. »Bloß ein Missverständnis?«

Leider ging es um viel mehr als das, auch wenn ich mir wünschte, es wäre nicht so. Was war mit Pepper Lockwood? Nicht zu vergessen der Vorschlag, den er mir unterbreitet hatte. Er wollte mich kontrollieren, ich sollte mich ihm unterwerfen, und ich konnte nicht sagen, ob ich dazu in der Lage war. Und ob es richtig war.

Tränen schossen mir in die Augen, und ich schüttelte den Kopf. »Ich wünschte, es wäre so.«

»Du hast Angst vor mir«, sagte er, als hätte er es erst jetzt begriffen, und ließ resigniert die Hand von meinem Arm sinken. »Ich habe versucht, dich zu warnen.«

»Vielleicht verstehe ich es nicht«, erwiderte ich leise. Ich konnte nicht leugnen, dass er mir ständig im Kopf herumgegangen war, ebenso wenig wie meine Gefühle, nun, da er vor mir stand. Irgendwo tief in mir schüttelte meine rationale Seite nur den Kopf, aber wohin hatte mich meine Vernunft in Liebesdingen gebracht? Mein Körper wusste genau, was er wollte, aber konnte ich ihm trauen? Vielleicht war es an der Zeit, endlich einmal auf mein Herz zu hören.

Alexanders Hand strich über meine Hüfte, als würde er mir am liebsten das Kleid vom Leib reißen. Allein die Berührung ließ mich erschaudern. Es war so lange her ... Aber ich musste einen klaren Kopf behalten, musste wissen, worauf ich mich hier einließ. Ich musste eine Entscheidung treffen, ob Alexander einen Platz in meinem Leben haben sollte oder nicht.

»Wie hast du dich gefühlt, als ich gesagt habe, dass ich dich vor den Reportern beschützen werde?«, fragte er.

Auf diesen abrupten Themenwechsel war ich nicht gefasst gewesen. »Ich denke ...« Ich hielt inne und holte tief Luft. »Ich habe mich sicher gefühlt.«

»Warum?« Die Frage war eine reine Provokation. Ich sollte seine Sicht der Dinge begreifen. Aber nicht nur das. Der Ausdruck in seinen Augen verriet mir, wie sehr es ihm am Herzen lag, dass ich verstand.

»Weil ich dir wichtig bin.«

Ich konnte ihm nicht erklären, dass meine Eltern oft viel zu sehr mit ihrer Arbeit beschäftigt gewesen waren, um sich zu fragen, ob ihr Lebensstil vielleicht nicht gut für mich war. Statt sich um mich zu kümmern, hatten sie mich auf Schritt und Tritt kontrolliert. Und dann war da das Chaos mit Daniel gewesen. Aber es gab einen Punkt, den ich nicht verstand. Trotz der Erfahrungen, die ich mit meinen Eltern und Daniel gemacht hatte, störte mich die Vorstellung, dass Alexander mich sowohl privat als auch in aller Öffentlichkeit beschützte, nicht im Mindesten – zumindest noch nicht. Stattdessen löste die Vorstellung eine seltsame Wärme in mir aus. Ein Gefühl der Sicherheit, des Geborgenseins.

»Ja, du bist mir wichtig, Clara.« Er beugte sich vor, sodass sich unsere Nasenspitzen beinahe berührten, und sah mir tief in die Augen. »Ich wollte dir die Erfahrung ersparen, von der Presse in der Luft zerrissen zu werden.«

»Also lag es nicht daran, dass du nicht mit mir gesehen werden wolltest?«

»Hast du in letzter Zeit mal in den Spiegel gesehen? Ich kann nur vermuten, dass du es nicht getan hast, also beschreibe ich dir mal, wie du jetzt aussieht: Clara Bishop hat große graue Augen mit langen Wimpern und eine Stupsnase. Das würde schon reichen, um sie als hübsch zu bezeichnen, aber dieser Schmollmund ... wenn ich ihn nur ansehe, kriege ich einen Ständer. Ihr Haar ist seidig und weich, und ständig fällt ihr eine Locke in die Stirn oder in den Nacken. Ich stelle mir vor, wie es ihr über die Schultern fällt, während sie auf mir sitzt und kommt.« Alexander presste mich gegen die Wand und drängte sich an mich, sodass ich seine Erektion deutlich spüren konnte. »Sie macht mich verrückt, und es ist mir ehrlich gesagt scheißegal, ob es jemand weiß.«

»Aber Beziehungen sind doch nicht Ihr Ding, Mr. X«,

sagte ich leise – es war pure Absicht, dass ich ihn mit seinem Pseudonym aus dem Hotel ansprach.

»Falsch. Romantik ist nicht mein Ding«, korrigierte er. »Aber wenn du mich lässt, werde ich dir Lust bereiten.«

»Dann gibt es also niemanden sonst, Mr. X?«

»Du bist viel zu förmlich, Süße.«

»Na gut. Dann gibt es also niemanden sonst, X?«

»Ich halte Wort, Clara.« Die dunkle Verheißung verwandelte das Blau seiner Augen in flüssiges Schiefergrau.

Bei der Erinnerung daran, wie ich bei unserer letzten Begegnung an seinen Worten gezweifelt hatte, erschauderte ich. Er hatte gedroht, mich zu schlagen – etwas, wozu ich es nie im Leben kommen lassen würde. »Aber du willst mich dominieren.«

Ich hatte kein aggressives Naturell, sondern verhielt mich wie so viele andere Frauen häufig passiv, um Konfrontationen zu vermeiden, aber wenn mir etwas wichtig war, konnte ich durchaus bestimmt auftreten. Devot war ich jedenfalls nicht, so viel stand fest.

»Ich will dir Lust bereiten. Mein Versuch, dich zu beschützen, hat dir ein Gefühl von Sicherheit gegeben. Das ist es, was ich will.« Seine Lippen wanderten an meinem Kinn entlang. »Ich will dir zeigen, dass ich dich beschützen kann, während ich dich in Sphären der Lust führe, wie du sie noch nie erlebt hast.«

Ich schluckte bei der Vorstellung, Alexander meinen Körper auszuliefern – bei der Vorstellung, wie seine Hände mich erkundeten, während seine Stimme mir Befehle gab. Er hatte bewiesen, dass er ein hervorragender Liebhaber war, aber konnte ich mich ihm tatsächlich hingeben? Konnte ich darauf vertrauen, dass er mich nicht brechen würde?

»Ich weiß nicht«, sagte ich. Ich konnte mich nicht darauf verlassen, dass ich in Alexanders Gegenwart einen kühlen Kopf bewahren würde, ich konnte mich also nicht darauf verlassen, dass ich keinen Fehler machen würde.

Niedergeschlagen ließ Alexander den Kopf auf meine Schulter sinken, doch als er mich ansah, loderte noch immer das leidenschaftliche Feuer darin. »Du hast gewonnen.«

»So?« Ich wusste nicht, was er meinte.

»Wir machen es so, wie du willst, Clara. Ich will dich. Ganz egal zu welchen Bedingungen.«

Er gab also nach – oder war das ein Kompromiss? »Du willigst also ein, dass ich nicht deine Sklavin bin?«

»Ich erkläre mich bereit, dich nicht zu drängen, Clara. Es sei denn, du willst es ...« Er ließ seine Stimme verklingen, dennoch hingen die unausgesprochenen Worte bedeutungsschwer zwischen uns. Aber wenn er mich nicht bedrängte, durfte ich ihn auch nicht drängen.

Mein Puls raste, gleichzeitig spürte ich Verlangen in mir aufsteigen. Wie lange musste ich wohl noch warten, bis ich wieder mit ihm zusammen sein konnte?

»Bald, Süße.« Alexander strich mir eine Haarsträhne hinters Ohr und küsste meinen Halsansatz. »Was hast du heute Abend vor?«

Ehrlich gesagt hatte ich einen Abend mit viel Rotwein und einer DVD vor Augen gehabt, aber jetzt schien sich eine Alternative aufzutun. Eine vertraute Stimme in meinem Innern riet mir, es ihm nicht allzu leicht zu machen, aber ich ignorierte sie. Sobald Alexander in der Nähe war, war ich wie eine Verdurstende vor einem Krug Wasser. Erst jetzt, da er vor mir stand, wurde mir bewusst, wie sehr ich ihn vermisst hatte.

»Ich bin flexibel«, antwortete ich.

Alexanders Mund verzog sich zu einem Lächeln. »Ich muss heute Abend zu einer Veranstaltung. Würdest du mich gern begleiten?«

»Was genau?«, fragte ich argwöhnisch.

»Ein Ball.« Er legte mir einen Finger auf die Lippen. »Und bevor du Nein sagst – es ist für einen guten Zweck. Wir wollen Geld für gefährdete Tiere sammeln. Außerdem wollte ich eigentlich nicht hingehen.«

Ich zögerte. Das war mehr als ein gewöhnliches Date. Wenn ich ihn zu diesem Ball begleitete, stünde ich mitten im Rampenlicht. Danach gäbe es keine Spekulationen über die Natur unserer Beziehung mehr. Und Alexander wusste das.

»Danach gäbe es kein Zurück mehr«, sagte er und sprach damit meine Gedanken aus. »Wenn du nur den Hauch einer Chance auf Normalität und Privatsphäre haben willst, solltest du Nein sagen. Willst du dagegen eine Beziehung, ist dieser Anlass perfekt, um es der Welt zu zeigen.«

»Was ist mit dir? Was willst du? Normalität?«

»Ich weiß noch nicht mal, was das Wort bedeutet. Wusste es noch nie.« Wieder sah ich die Dämonen in seinen Augen aufblitzen und strich ihm zärtlich über die Wange, als könnte ich sie dadurch verscheuchen.

Ich war hin- und hergerissen zwischen dem Wunsch, mich zu Alexander zu bekennen, und der Gewissheit, dass ich mich dadurch dem Urteil der Öffentlichkeit preisgeben würde. Und zwar nicht nur mich, wie ich heute war, sondern auch meine Vergangenheit. Wie lange würde es dauern, bis jedes meiner Geheimnisse auf den Titelseiten der Klatschblätter breitgetreten wurde? Wie lange würden mir die Paparazzi an den Fersen kleben, bevor sie endlich das Interesse verloren?

»Ich kann dich vor all dem beschützen. Wenn es dir lieber ist, können wir uns auch weiterhin heimlich treffen. Ich würde es absolut verstehen, wenn du heute Abend nicht mitkämest, aber«, er hielt inne und sah mich mit funkelnden Augen an, »du wirst heute Abend kommen, das verspreche ich dir.«

Meine Lippen zuckten. »Tatsächlich?«

Alexanders Hände wanderten von meinen Hüften zu meiner Taille, als er sich vorbeugte und mich stürmisch auf den Mund küsste. Unsere Zungen fanden sich und umschmeichelten einander – ein unfaires Argument.

»Aber sie wissen doch längst von uns«, wandte ich ein und löste mich von ihm. »Sie haben die SMS.«

»Am Montagmorgen weiß der Geheimdienst, wer meinen Account gehackt hat, und die Typen sitzen im Knast.«

»Und damit hätten wir gleich die nächste Riesenstory. Mit einer Verhaftung ändert sich rein gar nichts.«

»Das stimmt, aber es wird diesen Dreckskerlen zumindest eine Lehre sein«, erklärte er entschlossen. »Und keine Angst, ich habe andere Mittel und Wege, wie ich dich erreichen kann.«

»Ach ja? Mit Brieftauben? Oder Rauchzeichen?«

Er grinste. Oh Gott, ich will diesen frechen Mund küssen. »Das ließe sich machen.«

Wenn er ernst war oder mir Befehle erteilte, törnte mich das unglaublich an, aber ich würde alles dafür geben, ihn häufiger so unbeschwert zu sehen. Mir war voll und ganz bewusst, was das bedeutete: Ich *konnte* ihn nicht verlassen, selbst wenn ich es versuchen würde. »Ich kann nicht so tun, als würdest du mir nichts bedeuten. Diese Geheimniskrämerei gefällt mir nicht, aber ich lege Wert auf meine Privatsphäre. Kriegen wir das irgendwie hin?«

Als die Worte aus meinem Mund kamen, wusste ich bereits, dass es unmöglich war. Alexander hatte sein ganzes Leben unter Beobachtung gestanden. Weshalb sollte es bei mir anders sein?

»Natürlich.« Seine Antwort klang aufrichtig. Aber vielleicht wurde man so, wenn man in einer Welt wie dieser lebte ... indem man fest daran glaubte, dass sich alles zum Guten wendet. Vielleicht würde es ja auch mir helfen, nicht zugrunde zu gehen.

»Ich werde dich begleiten«, sagte ich, aber kaum hatte ich die Worte ausgesprochen, dämmerte mir, dass meine Zusage noch ganz andere Konsequenzen hatte. Ein Ball ... heute Abend! Ich hatte nichts anzuziehen. Und keine Ahnung, wie ich mich verhalten sollte. Ich würde in Begleitung eines der attraktivsten, begehrtesten Männer der Welt hingehen. Aber Alexanders Kuss vertrieb alle meine Fragen nach dem Wie und Was, und ich dachte nur noch an das Warum.

***

»Du bist meine gute Fee«, sagte ich zu Belle, als sie ein Paar Schuhe schwenkte, das perfekt zu dem Ballkleid von Alexander McQueen passte, das sie für mich herausgesucht hatte. Mit Belle zusammenzuwohnen war, als hätte man eine Harrods-Filiale zu Hause.

»Und nächste Woche gehen wir erst mal shoppen«, erklärte sie.

»Oh Gott.« Stöhnend ließ ich mich auf ihr Bett fallen und presste mir ein Kissen auf den Kopf. »Ich war doch gerade erst shoppen.«

»Daran hättest du denken müssen, als du angefangen hast, mit His Royal Hotness in die Kiste zu steigen.«

Ich streckte ihr die Zunge heraus, konnte mir aber ein Grinsen nicht verkneifen. Seit ich mittags zu meinem Schreibtisch zurückgekehrt war, fühlte ich mich, als würde ich auf Wolken schweben. Nicht einmal das Getuschel meiner neuen Kollegen hatte mich gestört, und die Alert-Funktion meiner Mails hatte ich den ganzen Tag ignoriert. Das war doch eindeutig ein Schritt in die richtige Richtung.

»Bist du sicher, dass ich das tragen kann?«, fragte ich zum x-ten Mal.

»Ja!«, rief Belle und tat so, als wollte sie mir den Schuh an den Kopf werfen. »Ich werde etwas anderes anziehen. Philip würde es sowieso nicht mögen.«

»Wieso nicht?«

»Zu sexy.« Sie zuckte die Achseln.

Natürlich wollte der biedere Philip nicht, dass seine Zukünftige zu heiß aussah. Es war einfach nicht sein Stil, Aufmerksamkeit zu erregen, und diese Einstellung schien allmählich auch auf Belle abzufärben. Zum Glück schien Alexander keine Marotten in dieser Richtung zu haben. Ich hatte nämlich vor, ihn mit dem Kleid komplett aus dem Konzept zu bringen und ihn dazu zu bewegen, den Ball möglichst frühzeitig wieder zu verlassen. Wenn er mich erst einmal darin gesehen hatte, würde er die Finger nicht mehr von mir lassen können, so viel stand fest.

»Ich freue mich so, dass du mitkommst«, sagte Belle und riss mich damit aus meinen Tagträumen.

Ich konnte es selbst kaum glauben. Das Ganze fühlte sich für mich ein bisschen zu sehr nach Märchen an. Na ja, tatsächlich war es ja ein Märchen; eines von der Art, wie man sie kleinen Mädchen abends im Bett erzählt und erwachsenen Frauen als Schnulze im Kino präsentiert. Und jetzt passierte mir so etwas wirklich – ich musste zugeben, dass es mir nicht gerade leichtfiel, das zu akzeptieren.

»Ich bin nervös«, gestand ich. Heute Nachmittag hatte alle Welt die privaten Nachrichten gelesen, und gleich würde ich das erste Mal öffentlich an Alexanders Seite auftreten, seit er mich im Brimstone vor der Journalistenmeute gerettet hatte. Mit diesem Schritt schrie ich förmlich danach, verurteilt zu werden, und ich bezweifelte keine Sekunde, dass ganz England – und der Rest der Welt – die Gelegenheit beim Schopf packen würde.

»Aber wieso denn das?«, fragte Belle. »Du wirst verdammt heiß aussehen. Und die ganze Welt weiß, dass Alexander völlig verrückt nach dir ist.«

»Genau das ist ja das Problem.« Ich umklammerte das Kissen noch fester und versuchte, meine Nerven zu beruhigen.

»Jeder, der TMI liest, weiß, dass du eine Sexgöttin bist. Ich wünschte, ich hätte deine Probleme.« Zwinkernd legte sie ein hauchzartes Seidenhöschen neben ihr Abendkleid. Sonst nichts.

»Was sagt denn Philip dazu, dass du unter deinem Kleid praktisch nackt bist?«

Lachend zog sie ihr Shirt aus und griff nach ihrem Bademantel. »Das ist ihm völlig egal. Für ihn geht es doch nur um die Fassade.«

War das auch mein Problem? Mehr als einmal hatte Alexander mir versichert, es sei ihm völlig egal, was alle dachten, aber was war mit mir? Spielte es für mich eine Rolle, was sie über mein Aussehen, meine Klamotten oder meinen Charakter dachten? Ja, das tat es, denn ich hatte nicht erst heute mit Selbstzweifeln zu kämpfen. Und Alexander wäre alles andere als begeistert, wenn er mitbekäme, was passierte, wenn diese Selbstzweifel mich erst einmal im Würgegriff hatten. Deshalb war ich fest entschlossen, meine Dämonen in Schach zu halten – nicht nur seinetwegen, sondern um meiner selbst willen.

»Soll ich?«, fragte Belle. Ich sah sie fragend an. »Es hat geläutet.«

»Ich gehe schon, du bist schließlich halb nackt.« Ich sprang vom Bett, lief in den Flur und drückte den Knopf der Gegensprechanlage, in der Gewissheit, dass mich eine Konfrontation mit einem Reporter erwartete.

»Eine Lieferung für Miss Bishop.«

Ich zögerte. Auch wenn es keinen Grund zu der Annahme gab, dass etwas nicht stimmte, war Vorsicht geboten. In diesem Moment fiel mir die perfekte Lösung ein.

»Sie ist nicht zu Hause«, log ich. »Sie können die Sendung bei Ms. Hathaway in Apartment 1 hinterlegen. Sie ist die Vermieterin.«

»Danke, Miss.« Der Mann am anderen Ende schien meinen Vorschlag nicht ungewöhnlich zu finden und bedrängte mich auch nicht; offenbar sah ich tatsächlich schon Gespenster. Trotzdem konnte eine Portion Argwohn nicht schaden.

Dichter Wasserdampf drang aus dem Badezimmer. Ich machte die Tür auf und sah Belle vor dem Spiegel stehen und ihre Brauen zupfen, während das Duschwasser heiß wurde.

»Wer war's?«, fragte sie.

»Nur eine Lieferung.«

»Ohhh!«

»Aber ich habe sie bei Tante Jane abgeben lassen.«

Belle sah mich kurz an, ehe sie sich wieder ihren Brauen zuwandte. »Sehr schlau. Das sollten wir künftig immer so machen.«

Ich nickte. Künftig. Weil nach dem heutigen Abend nichts mehr so sein würde wie vorher. Nach dem heutigen Abend wäre klar, dass all die Spekulationen richtig gewesen waren – dass ich mit Alexander zusammen war. Nur von der dunklen Seite unserer Beziehung ahnten sie nichts. Von der Kontrolle, die Alexander zum Leben brauchte. Ich war heilfroh, dass Alexander seine Liebesbotschaften auf halbwegs unverfängliche Themen beschränkt hatte – nicht weil es mir peinlich war, dass Alexander eine dunkle Seite hatte, sondern weil es uns gelungen war, wenigstens irgendetwas Privates zwischen uns geheim zu halten.

»Also raus damit, wie ist er wirklich im Bett?« Belle spritzte sich Wasser ins Gesicht. »Nach allem, was bei TMI stand, habe ich das Gefühl, als hättest du ein paar Details unterschlagen.«

»Du solltest endlich duschen gehen«, sagte ich bloß. Wenn ich wollte, dass mein Geheimnis auch weiterhin eines blieb, musste ich es für mich behalten, auch vor meiner besten Freundin.

»Und du geh runter, und hol das Päckchen ab«, sagte Belle.

Ich rannte los. Mir blieb nur noch eine Stunde. Auf dem Weg fiel mir ein, dass ich Belle vielleicht daran hätte erinnern sollen, nicht das gesamte warme Wasser zu verbrauchen. Aber eigentlich war es auch egal. Ich hatte mein Schönheitsprogramm bereits heute Morgen vor der Arbeit absolviert und würde nicht mehr lange im Bad brauchen.

Ich klopfte leise an Janes Tür. Sie trug ein wallendes Sommerkleid in schillernden Farben und sah trotz ihres fortgeschrittenen Alters wie ein Hippiemädchen auf dem Weg zu einem Beatles-Konzert aus.

»Oh Clara, Schätzchen.« Sie gab mir einen Kuss auf die Wange. »Komm doch rein, ich habe etwas für dich.«

»Ich weiß«, gestand ich. »Ich habe darum gebeten, dass die Sendung hier abgegeben wird. Es gab noch ein paar ... Artikel, und ich war nicht sicher, ob der Typ tatsächlich ein Bote ist.«

»Also, er wollte nichts weiter über dich wissen. Ehrlich gesagt sah er gar nicht wie ein Lieferfahrer aus, sondern eher wie ... ein Polizist.« Sie trat zum Wohnzimmertisch.

»Wie ein Leibwächter?«, fragte ich. Die Stimme an der Sprechanlage hatte zwar nicht Norris gehört, aber trotzdem.

»Ja, eher so in der Art, Liebes.« Jane streckte mir einen Briefumschlag hin, den ich mit klopfendem Herzen entgegennahm. Mein Name war mit der Hand daraufgeschrieben, und in der Ecke klebte keine Briefmarke. Angespannt drehte ich ihn um, ob ein Absender auf der Rückseite stand, doch dort prangte lediglich ein rotes Siegel mit einem Drachen auf dem Falz.

»Sieht wie ein Liebesbrief aus«, bemerkte Jane.

Auch ohne ihn zu öffnen, wusste ich, dass er von *ihm* war. »Sieht ganz danach aus.«

»Von Alexander?«

Ich spürte, wie ich rot wurde. Keine Ahnung, warum ich nicht auf die Idee gekommen war, dass sie über mich und Alexander Bescheid wissen könnte. Wahrscheinlich weil ich keine Veranlassung gesehen hatte, ihr gegenüber besonders vorsichtig zu sein. »Ich denke schon.«

»Das hat doch gleich viel mehr Klasse als diese lächerlichen Handynachrichten.« Sie schenkte Tee ein und reichte mir eine Tasse.

Bei jedem anderen hätte ich Reißaus genommen, doch Jane genoss Belles vollstes Vertrauen, und mein Instinkt sagte mir, dass sie es nur gut mit mir meinte. Ich setzte mich hin und nippte an meinem Tee.

»Wie kommst du mit der Situation zurecht?«, fragte sie.

»Erstaunlich gut.« Ich fragte mich, wie viel Belle ihr über meine Vergangenheit erzählt haben mochte.

»Ich kann mir nicht vorstellen, wie es ist, wenn mit dem eigenen Privatleben Auflage gemacht wird.« Kopfschüttelnd trank Jane einen kleinen Schluck Tee. »Skandale gab es schon immer, Liebes, aber heutzutage, mit diesen Computern und Smartphones und Wi-Fi und all diesem Zeug, weiß jeder alles über andere. Es ist unmöglich geworden, etwas für sich zu behalten. Eines kann ich dir sagen, so mancher aus der königlichen Familie wäre ruiniert gewesen, hätte er in der heutigen Zeit gelebt. Verbotene Romanzen gab es in allen Jahrhunderten.«

Ich verschluckte mich beinahe an meinem Tee. »Verbotene Romanzen?«

»Nun ja, Harold musste immerhin abdanken, damals vor ... keine Ahnung, dreißig Jahren? Weil er sich in eine Französin verliebt hatte. Keine Aristokratin.«

»Ich dachte, es spielt längst keine Rolle mehr, ob jemand adlig ist«, warf ich kleinlaut ein, obwohl ich in Wahrheit keine Ahnung hatte. Aber wir lebten im einundzwanzigsten Jahrhundert, verdammt noch mal, da musste der Markt für heiratsfähige junge Aristokraten doch gewaltig geschrumpft sein, oder nicht?

»Das ist eine halbe Ewigkeit her.« Sie winkte ab. »Ich glaube, die haben sich mehr aufgeregt, weil sie Französin war. Schlechtes Blut, verstehst du?«

»Und was ist mit einer Amerikanerin?«

Jane stellte ihre Tasse ab und sah mich an. »Ich bin mir nicht sicher, ob England dafür bereit ist. Leider.«

»Auch wenn ich offiziell britische Staatsbürgerin bin?« Übelkeit stieg in mir auf.

»Ich fürchte, wenn sie deinen Akzent hören, war's das.« Tröstend tätschelte sie mir die Hand. »Aber darf ich dir einen Rat geben?«

Ich nickte, dankbar für jeden Hoffnungsfunken.

»Scheiß drauf. Auf die ganze Bagage«, sagte sie. »Diese Telefonnachrichten oder was immer das gewesen sein mag, lassen vielleicht nicht auf einen Shakespeare schließen, aber immerhin scheint der junge Mann in der Lage zu sein, die Bedürfnisse einer Frau über seine eigenen zu stellen.«

Wieder verschluckte ich mich beinahe an meinem Tee, nur war es diesmal vor Lachen ... ein albernes verlegenes Mädchengekicher, um genau zu sein, aber das kümmerte mich nicht.

»Männer wie er haben Seltenheitswert. Mein zweiter Mann war auch so.« Sie zwinkerte mir zu – eine Geste, in der ich flüchtig Belle wiedererkannte. Vielleicht fühlte ich mich deshalb so wohl in Janes Nähe, trotz des etwas unangenehmen Themas.

»Ich werde es mir merken.«

»Amüsier dich, Kind«, fuhr sie fort, »aber vergiss dabei dein Herz nicht.«

Ich stand auf und stellte meine Tasse auf die Untertasse zurück. »Du meinst, damit es nicht gebrochen wird?«

»Nein, vergiss nicht, auch mal ein Risiko einzugehen«, erwiderte Jane und begleitete mich zur Tür. »Wozu ist so ein Herz sonst nütze?«

Nachdenklich ging ich die Treppe hinauf. Mit Alexander zusammen zu sein, war gefährlich ... wie ein Sprung in unbekannte Tiefen. Aber vielleicht war es ja genau das, was ich brauchte.

14

Mit zittrigen Fingern brach ich das Siegel, unter dem das Wort »Privat« stand. Das Herz schlug mir bis zum Hals, als ich den hauchzarten cremefarbenen Briefbogen herauszog. Obwohl ich Alexanders Schrift noch nie gesehen hatte, erkannte ich die markante Männerhandschrift auf Anhieb.

> Clara,
> ich wei, ich habe dir Angst gemacht. Ich habe kein Recht, dich zu bitten, mit mir zusammen zu sein. Es gibt Risiken mehr, als ich offenbart habe, aber ich kann dich nicht freigeben. Selbst wenn du versuchen würdest, dich mir zu entziehen, würde ich dich nicht gehen lassen. Ich sehne mich nach deinem Körper, nach der Berührung deiner Haut, nach deinen seidigen Schenkeln an meinen Wangen, nach deinem Geschmack auf meinen Lippen.
> Auch wenn ich dich vor mir warne, sei dir gewiss, dass du mir gehörst und dass ich beschütze, was mein ist. Auch vor mir selbst.
>
> X

Ein Lächeln spielte um meine Mundwinkel, als ich mit dem Finger über das X strich. Seine Worte erregten und verwirrten mich. Das war ja beinahe ein Liebesbrief – der allererste meines Lebens –, doch es sprachen auch Selbstzweifel aus den Zeilen. Ich wünschte, ich könnte Alexanders Selbstzweifel für immer vertreiben, könnte ihm zeigen, dass seine alten Sünden hinter uns lagen. Doch zugleich fürchtete ich, dass uns das auf einen gefährlichen Weg führen würde.

Bei dem Gedanken daran, wie Alexander meinen Körper beherrschte, lief mir ein Schauder über den Rücken. Wie konnte ich es mir so sehr wünschen und mich gleichzeitig so sehr davor fürchten? Das war doch völlig unlogisch. Allerdings war an unserer ganzen Beziehung absolut nichts logisch.

Konnte ich ihm in die Dunkelheit folgen, um ihn vor ihr zu retten? Ich wusste es nicht.

***

Eine Stunde später stand Alexander vor der Tür, um mich abzuholen. Ich war überrascht, denn bislang hatte er immer Norris geschickt, der mich unbemerkt durch den Hinterausgang brachte. Belle hatte bereits verkündet, dass wir erneut von Reportern belagert wurden, deshalb ließ ich sie zur Tür gehen, um einen Moment für mich zu haben und mich zu sammeln.

Doch sobald Belle geöffnet hatte, war es mit meiner Ruhe vorbei. Wie gebannt blickte ich auf die Gestalt in dem klassischen schwarzen Smoking. Alexander hatte sich ausnahmsweise rasiert und sein schwarzes Haar gebändigt, so gut es eben ging. Manche Männer trugen ihren Smoking, Alexander hingegen verschmolz mit ihm. Seine Macht und Souveränität waren unübersehbar.

Er hatte einen Strauß scharlachroter Rosen in der Hand, deren leuchtende Farbe einen bemerkenswerten Kontrast zum Schwarz seines Smokings bildete und eine glühende

Sinnlichkeit verströmte. Doch was meinen Puls zum Rasen brachte, war Alexanders Gesichtsausdruck, als sein Blick auf mich fiel – voller Verlangen und besitzergreifend sah er mich unter schweren Lidern hervor an.

Ich hatte also die richtige Wahl getroffen. Die silberfarbene Seide des Kleids schmiegte sich weich um meine Kurven, während das darunterliegende Bustier meine Taille betonte und meine Brüste anhob, sodass sie in dem tiefen Ausschnitt richtig zur Geltung kamen. Zwei verborgene Schlitze erlaubten mir, mich ungehindert zu bewegen. Ich fühlte mich wie ein Filmstar, und Alexanders Blicken nach zu urteilen, sah ich auch wie einer aus. Belle hatte mein Haar so frisiert, dass es mir über eine Schulter fiel, und ich hatte den scharlachroten Lippenstift aufgelegt, den sie mir gegeben hatte.

»Freut mich, Sie kennenzulernen, Eure Königliche Hoheit«, sagte sie und machte einen Schritt zur Seite. Er trat ein, ohne den Blick von mir zu wenden. Erst nach einer gefühlten Ewigkeit streckte er die Hand aus. »Alexander genügt. Du musst Belle sein.«

Im ersten Moment schien sie nicht zu wissen, ob sie seine Hand ergreifen oder einen Knicks machen sollte, doch dann nickte sie, als wäre es das Normalste auf der Welt, dem Thronfolger vorgestellt zu werden. »Freust du dich schon auf heute Abend?«

»Ja«, antwortete er, wenn auch viel zu steif, um glaubwürdig zu wirken. »Besser gesagt, auf die Gesellschaft.«

Belle warf ihm einen anerkennenden Blick zu, ehe sie mich ansah. »Bitte entschuldigt mich kurz.«

Kaum war sie verschwunden, trat Alexander auf mich zu und reichte mir die Blumen.

»Ich dachte, Romantik ist nicht dein Ding«, neckte ich ihn.

»Sieh es als Trostpreis an«, erwiderte er. »Du wirst einen Abend mit meiner Familie verbringen müssen, dafür hast du eine Belohnung verdient.«

Ich ging in die Küche, um eine Vase zu holen. Natürlich, seine Familie würde heute Abend ebenfalls anwesend sein. Ich war so damit beschäftigt gewesen, dass wir unsere Beziehung – in großem Stil – öffentlich machen würden, und hatte darüber völlig vergessen, dass ich ja den ganzen Clan kennenlernen würde.

Alexander trat hinter mich und legte die Hände um meine Hüften. »Aber du solltest keinen Gedanken an sie verschwenden.«

»Leichter gesagt als getan«, flüsterte ich. »Ich weiß noch nicht einmal so richtig, was zwischen uns passiert, und soll schon deiner Familie vorgestellt werden.«

»Alles halb so wild. Denk nur daran, dass es nichts mit dir zu tun hat, wenn sie sich wie Arschlöcher verhalten, sondern nur mit mir allein.« Trotzdem spürte ich, wie sich seine Hände leicht verkrampften.

»Dadurch fühle ich mich keinen Deut besser«, sagte ich. Sie würden mich verurteilen, und mein amerikanischer Akzent machte alles noch viel schlimmer. Ich würde Alexander heute Abend in ein Schlangennest folgen, das wussten wir beide.

»Denk nicht darüber nach«, befahl er und zog mich an sich, »sondern nur daran, was ich mit dir in diesem Kleid anstellen werde.«

Trotz meiner Beklommenheit musste ich grinsen. »Ich

habe keine Ahnung, wie ich mich konzentrieren soll, wenn du so aussiehst.«

»Sie sieht umwerfend aus, nicht wahr?« Belle kam hereingerauscht, und sie schien sich nicht im Mindesten daran zu stören, uns in einer so eindeutigen Position zu sehen. Sie trat an mir vorbei und nahm eine Vase aus dem obersten Regal. Dass ich seine Eltern kennenlernen würde, hatte mich so aus dem Konzept gebracht, dass ich völlig vergessen hatte, weshalb ich überhaupt in die Küche gekommen war.

»Hier. Oh, Moment!« Belle fuhr herum und nahm eine Schere aus der Schublade.

»Entschuldigung!« Sie schnitt eine der prächtigen Blüten aus dem Rosenstrauß und schob sie mir hinters Ohr.

»Perfekt«, bemerkte Alexander. In seinem Blick lag unverhülltes Verlangen, und meine Knie wurden schon wieder weich.

»Ich muss los. Philip wartet unten.« Belle hauchte links und rechts neben meinen Wangen Küsschen in die Luft. »Wir sehen uns später.«

Mit einem erleichterten Seufzer sah ich ihr hinterher. Natürlich war auch Belle zu dem Ball eingeladen und würde sofort für mich in die Bresche springen, falls irgendetwas passierte. Ich hoffte zwar, dass ich nicht gezwungen wäre, die Flucht zu ergreifen, aber falls doch, gab es wohl keine bessere Komplizin als Belle.

»Gehen wir?« Alexander bot mir seinen Arm. »Wenn wir nicht gleich aufbrechen, lege ich dich noch hier in der Küche flach.«

Ja, bitte. Ich biss mir auf die Lippe.

Alexander stöhnte auf und schüttelte den Kopf. »Lassen

Sie uns runtergehen und in den Wagen steigen, sonst verpassen wir noch die Party, Miss Bishop.«

»Bitte, nach Ihnen, X.«

***

Wie durch ein Wunder war es Norris gelungen, zur Rückseite des Hauses zu gelangen, ohne die Aufmerksamkeit der Paparazzi auf sich zu ziehen – ein neuerlicher Beweis für sein Geschick. Vielleicht hatten sie mittlerweile zusammengepackt und waren dorthin gefahren, wo es heute Abend wirklich etwas zu sehen gab. Natürlich ahnte niemand, dass ich Alexander zu dem Ball begleiten würde. Er hatte mir keine weiteren SMS von seinem Handy mehr geschickt, sondern mich stattdessen angewiesen, Norris anzurufen, falls es irgendwelchen Ärger geben sollte.

Eine Hand auf meinen Rücken gelegt, schob er mich zu der wartenden Limousine. Erst als sich die Tür hinter mir schloss, sah ich mich um. Die tiefen Sitze waren nicht gerade ideal für ein Ballkleid, boten aber deutlich mehr Platz als der Rolls.

»Weißt du, was mir heute Abend an London besonders gut gefällt?«, raunte er mir zu und machte es sich neben mir bequem.

Fragend legte ich den Kopf schief. Ich liebte London in diesem Augenblick, weil es seine Stadt war, die Stadt, in der er ganz allein mir gehörte.

»Den Verkehr. Noch nie habe ich ihn so zu schätzen gewusst.« Er legte die Hand auf meine Wange und hielt kurz inne. Ich berauschte mich an seiner Nähe, an seinem Duft, an seiner Berührung – und dann presste er seine Lippen auf meinen Mund. Ich schloss die Finger um seine Hand, hielt sie voller Verlangen umklammert. Es war so lange her, seit ich ihn das letzte Mal gespürt hatte. Obwohl wir uns erst so kurz kannten, empfand ich seine Abwesenheit wie den Phantomschmerz eines verlorenen Arms oder Beins. Alexander war dazu bestimmt, mir zu gehören, ein Teil von mir zu werden.

»Süße«, raunte er. »Ich habe die ganze Woche an dich gedacht.«

Meine Atemzüge beschleunigten sich, als seine Hände zum Saum meines Kleids wanderten, den Stoff über meine Schenkel schoben und über meine nackte Haut strichen. Der fließende Seidenstoff machte das Tragen jeglicher Unterwäsche unmöglich, und ich hatte darauf gesetzt, dass es wegen der Länge nicht weiter auffallen würde. Alexander legte die Hand auf mein Geschlecht und stöhnte. »Das ist nicht fair.«

»Unter diesem Kleid kann man kein Höschen tragen.« Ich zuckte die Achseln, doch mein Lächeln verriet keinerlei Bedauern.

»Ich persönlich bin der Meinung, dass man unter keinem Kleid ein Höschen tragen kann«, gab er mit einem boshaften Grinsen zurück und rutschte ein Stück nach vorn, als wollte er sich vor mich knien.

»Nein.« Ich gebot ihm Einhalt.

»Dieses Wort höre ich nicht gern, Süße, und schon gar nicht aus deinem Mund«, knurrte er.

Kopfschüttelnd leckte ich mir die Lippen. »Nein, ich will dich.«

»Du hast mich.«

»Ich will dich schmecken.« Seit unserer ersten Begegnung

hatte ich mir ausgemalt, wie es wäre, meine Lippen um seinen Schwanz zu schließen, und noch viel verführerischer war die Vorstellung, dass er zur Abwechslung einmal mir ausgeliefert wäre.

Alexander leistete keinerlei Widerstand, sondern rutschte auf dem Sitz nach hinten und verschränkte die Hände hinter dem Kopf. Immer wieder holperte der Wagen durch ein Schlagloch, doch davon ließ ich mich nicht beirren. Stattdessen zog ich mein Kleid ein Stück höher, sodass ich mich zu seinen Füßen sinken lassen konnte, und griff nach dem Reißverschluss seiner Hose. Alexander stöhnte, als mir sein Schwanz entgegensprang. Ich schloss meine Hand um den steifen Schaft und strich mit den Fingern über die weiche, samtige Haut, bevor ich mich vorbeugte und genüsslich mit der Zunge über seine Hoden fuhr, zuerst den einen, dann den anderen. Alexanders Atem ging schneller, und er rutschte ein Stück nach vorn.

Ein tiefes Stöhnen drang aus seiner Kehle, als ich mit der Zunge den Schaft entlangfuhr. Inzwischen war seine Erektion zu einer beachtlichen Größe angeschwollen. Sein Schwanz war wunderschön – ursprünglich, maskulin. Saugend und leckend arbeitete ich mich daran empor, bis Alexander die Hände zu Fäusten ballte. Allein das Gefühl, wie er immer weiter in meinem Mund anschwoll, ließ meine eigene Erregung wachsen. Ich war mehr als bereit für ihn, doch ich wollte ihn zum Höhepunkt bringen. Ich schloss die Lippen um seine Spitze und saugte zart daran, bevor ich seinen Schaft vollständig in meinen Mund aufnahm.

»Du siehst so verdammt scharf aus mit deinen roten Lippen um meinen Schwanz«, raunte er und fasste mich im Nacken, als ich erneut an seinem Schaft entlangglitt. »Ich will dich ficken.«

Aber das würde ich nicht zulassen. Ich wollte sehen, wie er kam. Ich schloss die Lippen fester um ihn und wurde mit den ersten warmen Lusttropfen belohnt. Stöhnend ließ ich meine Zunge erneut um seine Spitze gleiten und sog noch etwas fester, während Alexander seinen Griff um meinen Nacken verstärkte.

»Du bist so wunderschön, Clara«, stieß er mit rauer Stimme hervor, sein Atem wurde schneller, und sein Kopf fiel gegen die Rückenlehne. »Ich werde kommen.«

Ich wich nicht zurück, als er sich heiß über meine Zunge ergoss, sondern schluckte gierig, was er mir schenkte. Als ich den Kopf hob, sah ich den Ausdruck wilder Lust in seinen Augen.

Er zog mich von den Knien hoch und küsste mich leidenschaftlich, ehe er mich auf den Rücksitz drückte und mir abrupt das Kleid über die Schenkel schob. Sekunden später begann er, mich zärtlich, aber zielstrebig zu streicheln und schob einen Finger zwischen meine geschwollenen Lippen. »Es mir zu besorgen hat dich feucht gemacht.«

Ich nickte, wohl wissend, dass seine Finger den Beweis meiner Erregung spürten.

»Ich will in dir sein. Mit nichts zwischen uns. Ist das okay für dich?«

Stöhnend presste ich ein Ja hervor und schloss die Augen. Ich sehnte das köstliche Ziehen herbei, wenn sein Schwanz in mich eindringen würde. Ich konnte es kaum glauben, dass er immer noch hart war, obwohl er sich gerade in meinen Mund ergossen hatte. Doch es gab keinen Zweifel, als er sich ganz langsam in mich sinken ließ und sich mein Fleisch um seine Erektion schmiegte. Ich schnappte nach Luft, als er sich vollends in mich schob, und drängte mich ihm entgegen, doch er packte mich bei den Hüften und hielt mich fest.

»Noch nicht, Süße.« Sein Konflikt war ihm deutlich anzusehen – der Wunsch, meine Lust zu kontrollieren, und der Kampf, die Kontrolle über sich selbst nicht zu verlieren.

Ich stieß ein leises Wimmern aus.

Er fand meine Klitoris und schnippte leicht mit dem Finger dagegen. Eine Welle erwartungsvollen Verlangens rann durch meinen Körper. »Du musst dir ein Safeword überlegen, Süße. Jetzt wirst du es nicht brauchen, aber womöglich später ... zu einem Zeitpunkt, wenn du keinen klaren Gedanken mehr fassen kannst.«

Ich schüttelte den Kopf.

»Ich versuche, mich zusammenzureißen, Süße, aber ich will, dass du dich sicher fühlst. Überleg dir ein Wort, das dir das Gefühl gibt, sicher zu sein«, befahl er.

»Wie wär's mit *Majestät*?«

»Es sollte kein Wort sein, das du vielleicht für andere Zwecke verwenden musst.«

»Du bildest dir doch wohl nicht ein, dass ich dich irgendwann *Eure Majestät* nenne, X.«

Er grinste. »Bei dem, was ich mit dir vorhabe, wäre ich mir an deiner Stelle nicht so sicher.«

Dieser Mann konnte so nervtötend sexy sein, und er hatte völlig recht – sobald er mich anfasste, konnte ich tatsächlich kaum einen klaren Gedanken fassen. Wie könnte ich ihm jemals etwas abschlagen? Dabei hatte ich es durchaus versucht. Ich hatte ihn einfach abserviert, ohne zu ahnen, dass mein

Leben kurz danach völlig aus dem Ruder laufen und er zum Mittelpunkt meines Universums werden würde. Und es gab ein Wort, das ich mit meiner Verweigerung verknüpfte. »Brimstone.«

»Du könntest auch einfach *Geh zur Hölle* sagen«, schlug er trocken vor.

»Ich dachte, ich soll etwas nehmen, das mir in jeder Lage wieder einfällt.«

»Brimstone?«

»Dort habe ich zum letzten Mal Nein zu dir gesagt«, erklärte ich leise.

»Du hast auch später noch Nein gesagt«, entgegnete er.

»Aber da habe ich es nicht so gemeint.«

Lächelnd strich er mit dem Daumen ein weiteres Mal über meine geschwollene Klitoris. »Wie du willst, Clara.«

»Und jetzt fick mich.« Ihn in mir spüren – das war der einzige Gedanke, zu dem ich fähig war. Alexander antwortete mit einem kraftvollen Stoß und kreisenden Bewegungen, die meine Klitoris massierten. Mein Inneres weitete sich, schloss sich um seinen Schwanz, als er sich mit immer leidenschaftlicheren Stößen in mich drängte und seine Hoden rhythmisch gegen mein Hinterteil schlugen.

»Sieh mich an«, befahl er. »Ich will dich sehen, wenn du kommst.«

Ich schlug die Augen auf und blickte ihn an, während er unerbittlich weiter in mich stieß. Das Verlangen in seinem Blick durchfuhr mich wie ein Blitz, tief in mir explodierte etwas und schenkte meinem Körper die ersehnte Erlösung. Alexander bäumte sich auf, als er sich heiß in mir verströmte und mit meinem Namen auf den Lippen kam.

»Ich liebe den Gedanken, dass du angefüllt bist mit mir«, sagte er, als ich die Arme um ihn schlang. »Den ganzen Abend werde ich an nichts anderes denken können, als dass ich in dir bin, dass ich dich markiert habe. Dass du mir gehörst.«

Zu überwältigt, um etwas zu sagen, presste ich nur meine Lippen auf seinen Mund und küsste ihn. Ich hatte mich ihm vollständig hingegeben – meine Seele und meinen Körper –, und er hatte mich markiert.

»Und ich werde den ganzen Abend an deine heiße nackte Muschi unter diesem Kleid denken. Ich will, dass sie für mich bereit ist, wenn ich sie brauche«, fügte er hinzu.

»Das wird sie«, versprach ich.

Ich lehnte mich an ihn, fast zu erschöpft und entspannt, um die Hand zu ergreifen, die er mit reichte. Wir würden jeden Moment unser Ziel erreichen, und ich konnte in diesem Zustand unmöglich aus dem Wagen steigen. Alexander zog den Reißverschluss seiner Hose hoch und steckte das Hemd hinein. Dann nahm er das Einstecktuch aus der Brusttasche seines Smokings und ging vor mir auf die Knie, um mir zu helfen. Als er fertig war, platzierte er eine heiße Spur winziger Küsse auf meinen nackten Beinen.

»Hör auf, du elender Lustmolch«, tadelte ich und verpasste ihm einen spielerischen Klaps auf die Schulter.

»Ich kann mich einfach nicht beherrschen, ich muss dich die ganze Zeit anfassen.« Wieder erschien dieses verschlagene Grinsen auf seinen Zügen, bei dessen Anblick ich mir am liebsten das Höschen vom Leib gerissen hätte – auch wenn ich gar keins trug.

»Ich trage keine Unterwäsche«, erinnerte ich ihn. »Du brauchst dich also gar nicht anzustrengen, um in mein Höschen zu kommen.«

»Wir werden sehen.« Er strich mir ein paar lose Strähnen aus dem Gesicht und rückte die Rose gerade, die Belle mir hinters Ohr gesteckt hatte.

Ich holte den Lippenstift und einen kleinen Schminkspiegel aus meiner Clutch, um mir die Lippen nachzuziehen. Zum Glück hielt sich der Schaden in Grenzen. Belle kannte sich aus, das musste man ihr lassen. Vorsichtig wischte ich ein paar winzige Mascaraspuren unter meinen Augen weg. Natürlich glühten meine Wangen noch von dem Höhepunkt, den ich gerade erlebt hatte, aber daran war nichts zu ändern. Ich hoffte, dass man es als Zeichen von Nervosität oder Aufregung interpretieren würde. Aber im Grunde war es mir egal. Schließlich wusste dank der Hacker die ganze Welt über unser Sexleben Bescheid. *Jetzt haben sie wenigstens wirklich Gesprächsstoff*, dachte ich mit einem süffisanten Grinsen.

»Bereit?«, fragte Alexander und nahm meine Hand. Mein Herz hämmerte. Er hatte mir schon häufiger seinen Arm angeboten oder mich um die Taille gefasst, doch wir hatten noch nie Händchen gehalten. Diese Geste hatte eine Intimität, die wir bislang noch nicht erlebt hatten. Unvermittelt spürte ich einen dicken Kloß in der Kehle und ertappte mich dabei, wie mir beinahe die Tränen kamen.

Hör auf damit, ermahnte ich mich. *Du bist seine Begleitung, sonst nichts.*

Das war der einzige Grund, warum er meine Hand genommen hatte. Trotz der Warnung meines Verstands, mir keine allzu großen Hoffnungen zu machen, schlug mir das Herz immer noch bis zum Hals. Erst als die Limousine zum Stehen kam und er vom Rücksitz rutschte, ließ er mich kurz los. Aber sobald er ausgestiegen war, reichte er sie mir erneut, um mir aus dem Wagen zu helfen. Was mochte mich erwarten? Kaum war ich draußen, setzte ein heftiges Blitzlichtgewitter ein, sodass ich kaum noch etwas sehen konnte, während die Reporter Alexander Dutzende Fragen entgegenschleuderten. Plötzlich wünschte ich mir, ich hätte mich vorher ein wenig auf unseren Auftritt vorbereitet. Instinktiv schweifte mein Blick zu Alexander, in der Hoffnung, dass er mir ein Zeichen gab, was ich sagen oder tun sollte.

Alexander blickte mit einem charismatischen Lächeln stur geradeaus und führte mich ohne ein Wort nach drinnen.

15

Alexander hielt meine Hand weiter fest, als wir die Lobby durchquerten, trotzdem zitterte ich immer noch am ganzen Körper. Die Kameras. Die Fragen. All die Frauen, die ihn anstarrten, meinen Alexander. Das war alles ziemlich viel auf einmal. Alexander lächelte, nickte grüßend in alle Richtungen, trotzdem entging mir nicht, wie steif er sich bewegte. Wie ein Roboter. Nach ein paar Minuten löste er seine Hand aus meiner und legte sie auf meinen Rücken – eine winzige Geste, die mir ein Gefühl der Sicherheit und Geborgenheit vermittelte, obwohl sie etwas Mechanisches hatte. Mir war bewusst, dass sie lediglich Teil der Show war, die er für die Öffentlichkeit abzog.

»Alles in Ordnung?«, fragte ich ihn, als wir vor dem Ballsaal standen.

»Mir geht's gut, Clara«, antwortete er knapp. »Entschuldige mich bitte einen Moment.«

Und damit ließ er mich einfach in der Menge stehen. Ich hatte keine Ahnung, was ich tun sollte. Automatisch suchte ich den Saal nach Belle ab, meiner Retterin in allen Lebenslagen, die eigentlich bereits hier sein sollte. Schließlich entdeckte ich sie zwischen den Gästen und schob mich durch den Saal, so schnell es mir meine Würde oder besser gesagt mein Kleid gestattete. Als sie mich sah, winkte sie mir zu, und erst jetzt bemerkte ich, dass sie nicht allein war. Zum Glück drehte sich ihre Begleitung in diesem Moment um, sodass ich ihr Gesicht erkennen konnte. Erleichterung durchflutete mich.

»Stella!«, rief ich und streckte die Arme nach ihr aus, ließ sie aber schnell wieder sinken, als mir einfiel, wo wir uns befanden. »Bei einem so förmlichen Anlass sollten wir uns wahrscheinlich nicht umarmen, was?«

»Unsinn! Los, komm her!« Sie drückte mich an sich und nahm meine Hände. »Ich bin hier doch nur fürs Catering zuständig.«

»Du siehst fantastisch aus«, sagte ich zu ihr, und es war die Wahrheit. Stella war schon immer hübsch gewesen, aber inzwischen hatte sie ihr glattes schwarzes Haar zu einem kurzen Bob schneiden lassen, der ihre hohen Wangenknochen und ihre dunklen Augen perfekt zur Geltung brachte. An jeder anderen hätte ihr stahlblaues Kleid vielleicht protzig gewirkt, aber sie, einer der aufgehenden Sterne am Gourmethimmel, trug es mit Klasse und Eleganz.

»Absolut«, bestätigte Belle. »Auch wenn es himmelschreiend unfair ist, den ganzen Tag von leckerem Essen umgeben zu sein und kein Gramm zuzunehmen.«

»Ich habe alle Hände voll zu tun, diese Idioten in der Küche herumzuscheuchen. Denen in den Hintern zu treten ist Schwerstarbeit«, konterte Stella trocken. »Wo ich gerade davon spreche ... Ich sollte dringend nach meinem neuen Partner sehen. Ich habe ihm das Anrichten überlassen, und bestimmt vermasselt er es komplett.« Doch statt zu verschwinden, schüttelte sie nur missbilligend den Kopf und wandte sich mir zu. »Wie geht's dir, Clara?«

Stella war eine Klasse über uns gewesen und hatte einen sensationellen Abschluss hingelegt, der sie zu einer nur noch größeren Bedrohung in der von Männern dominierten Gastroszene machte. Wir hatten uns seitdem nicht mehr gesehen, allerdings hatte ich mir fest vorgenommen, sie anzurufen, sobald ich in London Fuß gefasst hatte.

»Bitte entschuldige, dass ich dich noch nicht angerufen habe, aber ich hatte in der letzten Zeit eine Menge am Hals«, sagte ich.

»So kann man es auch ausdrücken«, bemerkte Belle trocken.

»Bring sie nicht noch mehr in Verlegenheit«, meinte Stella mit einem mitfühlenden Blick in meine Richtung. »Du solltest mal vorbeikommen, damit ich dich mit ein paar Köstlichkeiten ablenken kann. Aber wie es aussieht, hast du ja schon etwas Leckeres gefunden.«

»Wenn ich nur wüsste, wo er steckt«, sagte ich und sah mich um, ob Alexander vielleicht bereits nach mir suchte, konnte ihn aber nirgendwo entdecken.

»Bestimmt besorgt er etwas zu trinken«, meinte Stella. Schon seit wir uns in einem Ernährungslehrekurs auf dem College das erste Mal begegnet waren, hatte ich mich in ihrer Gegenwart wohl gefühlt, und auch jetzt war ich heilfroh, dass sie da war.

»Wofür wird hier noch mal Geld gesammelt? Gefährdete Tierarten?«, fragte ich, als mir die Deko des Ballsaals ins Auge fiel – üppige Farne und Schlingpflanzen hatten den Raum in einen exotischen Dschungel verwandelt, und als ich den Kopf hob, sah ich einen leuchtend gelben Vogel unter der Saaldecke herumfliegen.

»Ich dachte, du wüsstest es.« Belle nahm ein Glas vom Tablett eines vorbeikommenden Kellners und reichte es mir.

»Was denn?« Dankbar nahm ich es entgegen und nippte daran.

»Manchmal merkt man eben doch, dass sie in Amerika aufgewachsen ist«, neckte Belle. »Heute ist der Geburtstag des Königs, und er sucht sich jedes Jahr eine Benefizveranstaltung zum Feiern aus.«

»Mist«, stieß ich hervor. »Ehrlich?« Alexander hatte irgendetwas von bedrohten Tierarten gesagt, mir aber offensichtlich ein paar wichtige Details vorenthalten. Wie um alles in der Welt kam ich hierher, und was hatte er sich dabei gedacht? Aber vielleicht war der König an seinem Geburtstag ja in besonders milder Stimmung? Ich konnte nur hoffen, dass dies der Grund war.

Belle hob ihr Glas. »Darauf, dass wir diesen Abend hinter uns bringen.«

Stella und ich stießen mit ihr an, doch als ich das Glas erneut an die Lippen hob, merkte ich, wie meine Wangen warm wurden. Noch bevor er neben mich trat, spürte ich seine Gegenwart, so als würde mein Körper von einem unsichtbaren Band in seine Richtung gezogen.

»Clara«, sagte er mit seiner rauen Stimme. »Wie ich sehe, hast du inzwischen etwas zu trinken bekommen.«

Ich fuhr so abrupt herum, dass der Champagner über den Rand meines Glases schwappte und geradewegs auf dem Kleid der Blondine neben ihm landete, die vor Schreck nach Luft schnappte und eilig den zarten Stoff zu betupfen begann.

»Oh Gott, das tut mir ja so leid!« Ich wünschte, der Boden würde sich unter meinen Füßen auftun und mich verschlingen.

Doch die Blondine schüttelte nur den Kopf und tupfte weiter an dem Fleck herum. »Ach, halb so wild«, wiegelte sie lächelnd ab.

Erst jetzt, nachdem der erste Schreck über meinen Fauxpas abgeklungen war, konnte ich sie genauer in Augenschein nehmen – Schmollmund, lange blonde Locken, gertenschlank und in Natura noch atemberaubender als auf den Fotos. Hätte sie gerade nicht so nett reagiert, würde ich sie garantiert hassen.

»Clara, darf ich dir Pepper Lockwood vorstellen, eine alte Freundin der Familie?«

Ich lächelte in der Hoffnung, dass man mir meine Anspannung nicht anmerkte, und streckte ihr die Hand hin, doch Pepper ignorierte sie, trat vor und küsste mich auf beide Wangen – eine derart lässige, souveräne Geste, dass ich sie doch ein kleines bisschen zu hassen begann. Und mich selbst, weil ich so geistlos und blöd war.

»Wie nett, dich kennenzulernen, Clara.«

»Ja, freut mich ebenfalls, und es tut mir so leid«, wiederholte ich wie eine kaputte Schallplatte.

»Ist doch nur ein Kleid.« Sie senkte verschwörerisch die Stimme. »Deshalb sollte man immer nur Schwarz tragen. Da sieht man wenigstens nichts.«

Das war also das Mädchen, das mir schlaflose Nächte bereitet hatte. Jetzt, wo ich ihr gegenüberstand, kam ich mir wie eine völlige Idiotin vor.

»Ich sollte wieder gehen«, meinte sie. »Ich habe meinen Begleiter irgendwo in der Menge verloren.«

Ich wusste genau, wie sie sich fühlte. Zu meiner Verärgerung gab Alexander mir einen flüchtigen Kuss auf die Wange und verschwand gemeinsam mit Pepper in der Menge, während ich mit meinen Freundinnen zurückblieb.

»Das war vielleicht peinlich«, meinte Belle, kaum dass die beiden außer Hörweite waren.

»Immerhin hat sie es ganz locker genommen.« Trotz allem war ich froh, das Mädchen, dem die Klatschpresse eine Affäre mit Alexander unterstellte, persönlich kennengelernt zu haben. Zwischen ihnen lief nichts, daran bestand kein Zweifel. Sie war eine Freundin, mehr nicht. Erleichtert ließ ich den Atem entweichen, den ich unbemerkt angehalten hatte.

»Stimmt.« Mir fiel auf, dass Belle mir nicht in die Augen sehen konnte, was darauf schließen ließ, dass sie mir etwas verschwieg; ich nahm mir vor, sie gleich beim Heimkommen in die Mangel zu nehmen.

»Ich fasse es nicht, dass du ausgerechnet mit ihm ...« Stella seufzte und blickte noch immer auf die Stelle, wo Alexander gerade noch gestanden hatte.

Ich verpasste Belle einen Schlag gegen die Schulter.

»Aua!« Sie massierte die Stelle. »Wofür war das denn?«

Ich sah sie vorwurfsvoll an.

»Ich hab kein Wort gesagt«, rief sie mit übertrieben beleidigter Miene.

»Entschuldige, Clara.« Stella lächelte verlegen. »Ich habe es heute Nachmittag auf TMI gesehen und es einfach geglaubt. Ich bin schrecklich, ich weiß.«

»Ist schon gut.« Ich trank meinen Champagner aus.

»Und sie treibt es wirklich mit ihm ...«, fügte Belle hinzu.

Ich warf ihr einen weiteren vernichtenden Blick zu, den sie mit einem Lächeln quittierte.

»Entschuldige, Schatz, aber es steht dir mitten ins Gesicht geschrieben.«

Die Röte auf meinen Wangen wurde noch eine Spur dunkler, und die beiden lachten.

»Das ist nichts, wofür man sich schämen müsste«, meinte Stella. »Ich würde mich glatt für einen Rollentausch anbieten.«

»Ich bin mit meiner ganz zufrieden, danke.«

»Ja, das bist du.« Belle stieß ein weiteres Mal mit Stella an.

Wir plauderten noch ein paar Minuten über Stellas Restaurant und wie es ihr gelungen war, das Catering für diese Veranstaltung an Land zu ziehen, doch ich hörte nur mit einem Ohr hin. Ich war mit Alexander hergekommen und hatte seither nicht einmal fünf Minuten am Stück mit ihm verbracht. Pepper fing meinen Blick auf und winkte herüber. Ich winkte halbherzig zurück.

»Ich muss in die Küche und nach Bastian sehen«, sagte Stella schließlich.

»Dann mache ich mich mal auf die Suche nach Alexander«, sagte ich. Dank des Alkohols und der Erkenntnis, dass von Pepper keine Gefahr ausging, fühlte ich mich nicht mehr so verunsichert und unwohl. Ganz im Gegensatz zu Alexander, wie es schien. Wollte er mich vielleicht doch nicht hierhaben? Er hatte mich vor zu großen Erwartungen gewarnt, aber ich hatte mich eher vor der Eisigkeit seiner Familie gefürchtet, nicht vor seiner. Tatsache war, dass er mich mit Missachtung strafte, während mich die Feuchtigkeit zwischen meinen Beinen überdeutlich daran erinnerte, was sich vor nicht einmal einer Stunde auf dem Rücksitz der Limousine abgespielt hatte.

Schließlich entdeckte ich Alexander an der Bar, wo er mit Pepper sprach. Sie hatte die Hand auf seine gelegt und redete eindringlich auf ihn ein, während er mit gerunzelter Stirn vor sich hin starrte. Entschlossen verdrängte ich den Anflug von

Eifersucht, der sich in meiner Brust regte. Seine Miene wurde noch finsterer, als er zu sprechen anfing. Selbst aus dieser Entfernung erkannte ich, wie aufgebracht er war, ehe er sich losriss und davonstürmte.

Als ich mich endlich durch die Menge gedrängt hatte, war er erneut verschwunden. Wieso suchte ich überhaupt nach ihm?, fragte ich mich resigniert. Er hatte mich doch einfach stehen lassen. Worüber hatte er mit Pepper gesprochen? Was auch immer es gewesen sein mochte, es schien ihn gehörig aufgeregt zu haben. Andererseits war er von Anfang an angespannt gewesen. Ich seufzte. Offenbar warf Alexander immer mehr Fragen auf, als er beantwortete. Was eine neue Frage ins Spiel brachte: Kam ich mit unserem Arrangement wirklich zurecht?

In diesem Moment legte sich eine kräftige Hand um meine Finger und zog mich fort. Ehe ich wusste, wie mir geschah, drängte Alexander mich gegen eine Marmorsäule und presste seine Lippen auf meinen Mund. Im ersten Augenblick wehrte ich mich, doch dann ergab ich mich seinem Kuss. Zu groß war meine Sehnsucht, seinen Körper zu spüren, obwohl ich immer noch mit diesem Rätsel von einem Mann rang, den ich einfach nicht zu fassen zu bekommen schien. Ein Schauder durchlief mich, als ich seinen harten Schwanz durch seine Hose spürte. Er war drauf und dran, mich zu nehmen, hier, nur wenige Meter von dem Ballsaal entfernt, in dem sein Vater seinen Geburtstag feierte. Ich würde ihn nicht daran hindern. Das konnte ich nicht. Doch so schnell die Umarmung gekommen war, endete sie. Alexander löste sich von mir und rückte seine Fliege zurecht.

»Das habe ich gebraucht«, sagte er.

Ich war wie vor den Kopf geschlagen. In der letzten Stunde hatte Alexander so viele verschiedene Signale ausgesendet. Im einen Moment war er unverblümt und offen, im anderen argwöhnisch und verschlossen, und heute Abend vollzogen sich die Wechsel mit einer Geschwindigkeit, dass ich allmählich ein Schleudertrauma bekam.

Er bot mir seinen Arm an, während ich meine Mundwinkel betupfte, in der Hoffnung, dass mein Lippenstift nicht übers ganze Gesicht verschmiert war.

»Du siehst wunderschön aus«, sagte er. Doch seiner Stimme fehlte der lustvolle Klang, der sonst bei Komplimenten mitschwang. Stattdessen war sein Tonfall gleichmütig und abwägend. Und viel zu höflich. Wie ich mich nach seinem lüsternen Grinsen und seinen schmutzigen Worten sehnte.

Ich legte meine Hand auf seinen Arm und ließ mich zurück in den Ballsaal führen. Kaum waren wir eingetreten, richteten sich sämtliche Blicke auf mich. Inzwischen waren fast alle Gäste eingetroffen, und jeder wollte einen Blick auf das Objekt des jüngsten royalen Skandals erhaschen. Ich rief mir ins Gedächtnis, was Alexander früher am Abend in der Küche zu mir gesagt hatte: Sie hatten es auf ihn abgesehen, nicht auf mich. Doch es war schwierig, sich das vor Augen zu halten, wenn man von argwöhnischen Gesichtern und abfälligem Zungenschnalzen hinter vorgehaltener Hand begrüßt wurde.

»Eure Königliche Hoheit.« Ein Mann trat auf uns zu, verbeugte sich vor Alexander und bedachte mich mit einem steifen Nicken. »Ihr Vater wünscht, dass Sie sich zum Toast bei der Familie einfinden.«

»Ich bin hier«, sagte Alexander und verzog das Gesicht. »Das muss reichen.«

»Ich fürchte, er besteht darauf«, fuhr der Mann fort. »Vermutlich ruft er Sie in aller Öffentlichkeit zu sich, wenn Sie nicht ...«

»Gut.« Alexander riss die Hände hoch. Die Wut drang ihm förmlich aus allen Poren. Ich stand ganz still neben ihm, aus Angst, sie noch weiter zu schüren, wenn ich auch bloß einen Muckser von mir gab.

»Ich bringe die junge Dame an einen der Tische«, erbot sich der Mann.

»Sie bleibt bei mir.«

»Aber, Sir ...«

»Sie bleibt bei mir«, unterbrach er ihn in einem Ton, der keinen Widerspruch zuließ, dann nahm er mich am Arm und marschierte mit entschlossenen Schritten in den vorderen Teil des Ballsaals, so schnell, dass ich Mühe hatte, ihm zu folgen.

Die Mitglieder seiner Familie standen in einer Gruppe beieinander, alle damit beschäftigt, sich zu unterhalten oder sich gegenseitig zu ignorieren. Ich holte tief Luft – der Augenblick der Wahrheit war gekommen. Wie die anderen Herren trug auch Alexanders Vater einen Smoking, dennoch stach er deutlich aus der Menge hervor. Trotz seines Alters, das sich lediglich an den ergrauenden Schläfen zeigte, war er ein überaus attraktiver Mann, das konnte niemand bestreiten. Dieser Mann war eine Liga für sich.

Neben ihm stand ein junger Mann, der wie eine schlaksige Version von Alexander aussah und ihm einen warnenden Blick zuwarf. Alexander ignorierte ihn und blieb nur einen kurzen Moment stehen, damit ich durchatmen konnte.

»Denk daran, hier geht es nur um mich, Clara«, flüsterte er.

Ich nickte, ohne den Blick von den Menschen vor mir zu lösen. Das Blut rauschte so laut in meinen Ohren, dass ich ihn kaum verstehen konnte. Alexander legte die Hand um mein Kinn und zwang mich, ihn anzusehen. Seine Augen waren kalt, distanziert, fast tot, dennoch spürte ich die Kontrolle, die er über mich hatte. Es war, als hätte er all seine Gefühle weggeschoben, um den heutigen Abend irgendwie zu überstehen. Ich nickte ein weiteres Mal und hielt den Blickkontakt, den er offensichtlich so dringend brauchte.

»Braves Mädchen.« Er hauchte einen Kuss auf meine Lippen.

»Alexander«, ertönte eine laute Stimme, die mich zusammenzucken ließ. »Du hast uns lange genug warten lassen.«

»Tut mir leid, Vater«, entgegnete Alexander steif und ließ seine Hand über meinen nackten Arm wandern, ehe er sich abwandte. »Ich hatte meine Begleiterin verloren.«

»Wie nachlässig von dir.« Der König winkte ihn heran. »Kann ich dich kurz sprechen?«

Es lag auf der Hand – er wollte ihn allein sprechen. Alexander trat auf ihn zu.

Eine hitzige Unterhaltung begann, und obwohl ich mich bemühte, nicht hinzuhören, wehten vereinzelte Wortfetzen zu mir herüber – »Schlampe« und »Schande«. Mit hocherhobenem Kopf stand ich da, während sich Vater und Sohn gegenseitig Vorwürfe entgegenschleuderten.

Alexanders jüngere Version trat auf mich zu und streckte mir die Hand hin. »Ich bin Edward.«

Natürlich! Er trug sein dunkles Haar etwas länger, sodass es sich um seine Ohren lockte, was ihm ein jungenhaftes Aussehen verlieh. Auch er trug einen Smoking und stand seinem älteren Bruder in puncto Optik in nichts nach. Er lächelte mich freundlich an – etwas, das ihm im Vergleich zu Alexander nicht sonderlich schwerzufallen schien. Ich ergriff seine Hand und schüttelte sie wortlos, aus Angst, gleich in Tränen auszubrechen, wenn ich etwas sagte.

»Vater hat leider schrecklich miese Laune, wie so oft.« Er hielt meine Hand fest und musterte mich eindringlich, als überlege er, wie er dem armen Mädchen vor ihm helfen könnte. Am liebsten hätte ich ihm erklärt, dass es sinnlos war, aber ich wusste, dass ich die Worte nie im Leben über die Lippen bringen würde. »Komm doch mit hinüber.«

Er führte mich zu einem Tisch. »Ich möchte euch Clara Bishop, die Freundin meines Bruders, vorstellen.«

»Oh, ich ...« Eilig unterbrach ich mich, als er warnend meine Hand drückte.

Ein großer, schlanker Mann mit sandfarbenem Haar erhob sich und knöpfte sein Jackett zu, ehe er mir die Hand hinstreckte. Ich erkannte ihn auf Anhieb und widerstand dem Drang, mich nach Belle umzusehen.

»Freut mich, dich zu sehen, Clara«, sagte Jonathan, als ich seine Hand nahm und er sie zum Mund führte, um sie zu küssen.

»Du kennst sie, Jonathan?«, fragte eine zierliche Rothaarige in einem elfenbeinfarbenen Kleid. Die meisten Frauen hätte diese Farbe blass und unscheinbar wirken lassen, ihr hingegen verlieh sie eine ätherische Eleganz. Abschätzend ließ sie den Blick über meinen Körper wandern, ehe sie züchtig die Hände auf dem Tisch verschränkte.

»Clara und ich waren zusammen an der Uni«, erwiderte Jonathan schlicht, doch der Blick, mit dem er mich musterte, sprach Bände. Er sah aus wie ein Mann, den man zur Jagd herausgefordert hatte.

Wenn Jonathan Thompson sich einbildete, ich würde mich mit ihm einlassen, hatte er sich geschnitten. Meine Haut fühlte sich ekelhaft klebrig an, wo er mich berührt hatte, und ich nahm mir vor, sie mit Seife und heißem Wasser zu schrubben, sobald ich Gelegenheit dazu bekam.

»Das ist Amelia«, erklärte Edward, als das Mädchen keine Anstalten machte, sich vorzustellen.

»*Prinzessin* Amelia«, ergänzte sie schnippisch.

Ernsthaft?

»Freut mich, Ihre Bekanntschaft zu machen, Eure Königliche Hoheit«, zischte ich. Offenbar war jeder hier mit einem goldenen Löffel im Mund und einem Stock im Arsch geboren worden.

»Möchtest du vielleicht tanzen«, meinte Jonathan und deutete auf die fast leere Tanzfläche.

Alexander war der Einzige, mit dem ich tanzen wollte. Und das Risiko, mit Jonathan gesehen zu werden, würde ich auf keinen Fall eingehen, schon gar nicht jetzt, wo er mich als potenzielle Eroberung betrachtete. »Ich möchte lieber auf Alexander warten.«

»Natürlich.« Er nickte und wandte den Blick ab. »Alexander teilt nicht gern.«

Das sagte er bestimmt nicht ohne Grund, aber Jonathan war der Letzte, den ich bitten würde, mir zu erzählen, worum es ging.

»Amelia?« Widerstrebend ergriff die Rothaarige seine ausgestreckte Hand und folgte ihm auf die Tanzfläche.

»Dann wollen wir dir mal etwas zu trinken besorgen«,

meinte Edward und blickte über meine Schulter hinweg zu den anderen Männern am Tisch. »David?«

»Ich kümmere mich um sie«, sagte der Angesprochene steif und fügte dann zu mir gewandt hinzu: »Nett, dich kennenzulernen, Clara.«

Dankbar setzte ich mich auf den Stuhl, den Edward herangezogen hatte, auch wenn die Gesellschaft am Tisch nicht eben verlockend war. Ein Blick auf David verriet mir, dass er im selben Boot saß wie ich.

»Du scheinst dich genauso prächtig zu amüsieren wie ich«, bemerkte ich mit unverhohlenem Sarkasmus.

Der Anflug eines Lächelns spielte um seine Mundwinkel, doch er zuckte bloß die Achseln. »Meine Freunde und ich haben unterschiedliche Vorstellungen davon, wie man einen Freitagabend verbringen sollte.«

»Dann solltest du dir vielleicht neue Freunde suchen.« Mein Blick fiel auf Jonathan, der Amelia im Kreis herumwirbelte und mir zuzwinkerte.

David schnaubte. Ich musterte ihn unauffällig und stellte fest, dass er eigentlich ganz gut aussah – er hatte schokoladenfarbene Haut und kurz geschnittenes Haar, das sein markantes Kinn zur Geltung brachte, und trotz seiner mürrischen Miene wirkten seine dunklen Augen warm und freundlich. Er war genau Stellas Typ: still, nachdenklich und superheiß. »Wie es der Zufall will, habe ich eine Freundin, die du unbedingt kennenlernen solltest. Sie würde dir gefallen.«

Wie allen Männern, dachte ich im Stillen.

»Verkuppeln wir etwa David?« Grinsend trat Edward mit den Drinks an den Tisch.

»Ich denke, er würde sich mit meiner Freundin Stella gut verstehen.« Ich übernahm das Glas, das er mir hinhielt, und betrachtete sein nachdenkliches Gesicht. »Was denkst du?«, fragte ich.

Edward musterte David einen Moment lang. Gerade als er etwas sagen wollte, trat eine ältere Frau an den Tisch, die ich auf Anhieb erkannte. Die Königinmutter strahlte die Würde und Anmut einer Frau aus, die Königen das Leben geschenkt hatte. Ihr Haar war in silbrigen Löckchen frisiert, doch sie wirkte keineswegs wie eine gebrechliche alte Dame. Sie trug ein schlichtes, perlenbesetztes Kleid und reichte ihrem jüngeren Enkelsohn beinahe bis zur Schulter, doch ihr herablassender Ausdruck ließ sie deutlich größer wirken.

Abschätzig musterte sie mich und zog die Nase kraus, als hätte sie an etwas Ekligem gerochen. »Also hat Alexander sein kleines Flittchen mitgebracht, um seinem Vater den Geburtstag zu ruinieren.«

Mir fiel die Kinnlade herunter. Erschrocken sah ich zu Edward, der ebenso schockiert zu sein schien wie ich.

»Großmutter!«, stieß er hervor, doch ich war bereits aufgesprungen – schlimm genug, dass halb Großbritannien inzwischen meine privaten SMS gelesen hatte; ich würde keinesfalls herumsitzen und mich von Menschen beleidigen lassen, die sich für etwas Besseres hielten. Ich drängte mich durch die Menge, fest entschlossen, mich auf der Toilette zu verbarrikadieren, bis Alexander mich holen kam.

Er hatte mich zwar gewarnt, aber darauf *vorbereitet* hatte er mich eindeutig nicht.

Tränen brannten in meinen Augen, als ich mich umwandte. Edward war weit und breit nicht zu sehen, doch seine Großmutter hatte sich mittlerweile in das Streitgespräch zwischen Alexander und seinem Vater eingemischt.

Alexander hatte noch nicht einmal gemerkt, dass ich weg war.

Ich kam mir wie eine Idiotin vor. Wieso war ich überhaupt hergekommen? Und wie hatte ich mir einbilden können, dass die Situation zwischen uns nicht noch komplizierter werden könnte, als sie es ohnehin schon war?

Jetzt saß ich hier fest, ohne Geld und mit schmerzenden Füßen – ich war nicht daran gewöhnt, einen ganzen Abend in mörderischen High Heels herumzulaufen, die noch dazu eine halbe Nummer zu klein waren.

Belle.

Sie war ja auch hier und mein Rettungsanker. Falls ich sie fand. Philip mochte ein Langweiler sein, aber auch ein Ehrenmann, und ich brauchte dringend jemanden, der mich rettete. Ich hatte Freunde hier, das durfte ich nicht vergessen. Und mit ihrer Hilfe würde ich den Abend überstehen.

Als ich mich umdrehte, stieß ich schon wieder mit Pepper zusammen.

Ich wollte mich ein weiteres Mal bei ihr entschuldigen, doch sie kam mir zuvor.

»Du dämliche Kuh«, fauchte sie. »Legst du es darauf an, mein Kleid zu ruinieren?«

Ich starrte sie fassungslos an.

»Du bist also tatsächlich so blöd«, fuhr sie fort und funkelte mich mit ihren grünen Augen zornig an. »Hast du ernsthaft geglaubt, es macht mir nichts aus, wenn du mein Ralph-Lauren-Kleid versaust?«

»Es tut mir leid«, stammelte ich dümmlich; ich war immer noch wie vor den Kopf geschlagen.

»Du tust mir leid, weil du schon so gut wie abserviert bist.« Grinsend warf sie ihr blondes Haar über die Schultern. »Sieh mich nicht so überrascht an. Ich habe sofort gerochen, dass ihr Sex hattet. Glaubst du ernsthaft, Alexander kommt noch mal zu dir, weil er Nachschlag möchte? Wo steckt er überhaupt? Hat er dich schon entsorgt wie das Stück Dreck, das du bist?«

Ich ballte die Hände zu Fäusten, riss mich aber zusammen. »Zerbrich dir wegen unseres Liebeslebens nicht den Kopf. Wir kommen beide auf unsere Kosten.«

Meine Wut näherte sich gefährlich dem Siedepunkt, und ich war nicht sicher, wie lange ich mich noch beherrschen konnte. In den letzten zehn Minuten war ich als Schlampe, als Flittchen und nun auch noch als Stück Dreck beschimpft worden.

»Ganz England weiß über euer Sexleben Bescheid«, gab sie zurück. »Sag mir eines«, Boshaftigkeit glitzerte in ihren Augen, als sie sich vorbeugte, »hast du der Presse die Story verkauft, um dir was dazuzuverdienen?«

Ich brauchte weder Geld noch Ruhm noch Einfluss – eine Tatsache, die ihr offensichtlich entgangen war. Pepper mochte Kontakte zur königlichen Familie haben, aber dass sie wegen eines ruinierten Kleides derart kratzbürstig reagierte, ließ ahnen, dass sie keinen Treuhandfonds hatte wie ich. Wieso führte sie sich so auf? Inzwischen konnte ich Belles Blick einordnen – sie hatte mich warnen wollen. Sie erkannte eine Schlange im Gras auf eine Entfernung von einer Meile, wohingegen ich erst etwas mitbekam, wenn sie ihre Zähne längst in meinen Knöchel gebohrt hatte.

»Wenn du fertig bist ... Ich wollte gehen.« Ich schob mich an ihr vorbei.

»Du läufst davon?«, fragte sie mit spöttischer Stimme. »Falls du deinen Schuh auf dem Weg nach draußen verlierst, Cinderella, verlass dich nicht darauf, dass Alexander dich suchen wird.«

Ich schluckte. »Das will ich auch gar nicht.«

Und das stimmte auch. Das hier war kein Märchen, und Alexander war nicht der edle Prinz. Ich hatte nur einen einzigen Wunsch – nach Hause zu fahren und wieder die einfache, normale Clara zu sein. Ich suchte nicht mehr nach Belle, ich wollte auf schnellstem Weg hier raus. Peppers Worte hallten in meinem Kopf wider. Hier war meine Geschichte zu Ende. Aber Zeit für Tränen war später immer noch genug. Jetzt musste ich erst einmal hier weg.

16

Mit einem Mal kamen mir die Marmorsäulen des Ballsaals wie die Gitterstäbe eines Gefängnisses vor. Panik stieg in mir auf, als ich mich durch die Partygäste zum Ausgang drängte. Ich drehte mich ein letztes Mal nach Alexander um und sah, dass Pepper mich beobachtete. Sie hob ihr Glas und prostete mir mit einem zufriedenen Grinsen zu. Ich ignorierte sie und ließ den Blick weiter durch den Saal schweifen, konnte Alexander aber nirgendwo entdecken. Suchen wollte ich ihn nicht. Ich musste hier raus, und zwar so schnell wie möglich. Bestimmt könnte ich mir ein Taxi nehmen und zu Hause schnell nach oben laufen und Geld holen, um den Fahrer zu bezahlen. Doch als ich endlich vor der Tür stand, beschloss ich, zu Fuß zu gehen, um einen klaren Kopf zu bekommen.

Die Frühlingsluft war angenehm auf meiner erhitzten Haut. Allein beim Gedanken an Pepper krümmte ich unwillkürlich die Finger um meine Clutch, sodass sich die aufgestickten Perlen schmerzhaft in meine Handflächen gruben. Der Schmerz hatte etwas beinahe Befriedigendes. Es tat gut, wieder etwas zu fühlen, nachdem ich die letzten zehn Minuten wie betäubt gewesen war.

Was hatte ich mir nur dabei gedacht? Wie oft hatte ich miterlebt, wie meine Eltern von sogenannten Freunden über den Tisch gezogen worden waren, und gelernt, solchen Menschen aus dem Weg zu gehen. Was hatte man von Freunden, wenn sie einen nur benutzten oder mit einem konkurrierten.

Ich war lange genug meine eigene schlimmste Feindin gewesen, dabei brauchte ich wirklich keine Hilfe.

Der ganze Abend war ein Fehler gewesen. Nicht weil ich mich Alexanders Freunden und Familie gegenüber minderwertig fühlte, sondern weil ich keine Lust auf ihre Spielchen hatte. Am liebsten würde ich zurückgehen und ihnen anständig die Meinung sagen, aber ich widerstand der Versuchung. Gegen Arschlöcher war man machtlos.

Als ich endlich nach Hause kam, brannten meine Füße wie Feuer von dem Gewaltmarsch auf zehn Zentimeter hohen Jimmy Choos durch die halbe Stadt. Tante Janes Wohnung war dunkel, was mir durchaus recht war. Ich hatte keine Lust auf eine Unterhaltung, obwohl mir bewusst war, dass ich eigentlich mit jemandem reden sollte. Das hatte ich in meiner Therapie gelernt. Ich schlüpfte aus den Schuhen und schlich die Treppe zu unserer Wohnung hinauf. Oben angekommen, kramte ich in meiner Tasche nach dem Schlüssel.

»Clara.«

Erschrocken fuhr ich zusammen und ließ die Schuhe fallen, während meine Verblüffung jenem verräterischen Gefühl wich, das mich jedes Mal befiel, wenn er in der Nähe war. Ich holte tief Luft.

»Wo warst du?«, fragte Alexander und drängte mich an die Wand. Er hatte sein Jackett ausgezogen und die Hemdsärmel aufgerollt. Alexander im Smoking war schon tödlich sexy, Alexander hemdsärmelig und ohne Jackett dagegen geradezu verheerend. Verlangen schoss durch meinen Körper, doch ich widerstand dem Drang, Alexander zu berühren. Ich wusste nur zu gut, was dann passieren würde. Mühsam kontrollierte Wut flackerte in seinen blauen Augen.

»Spazieren.« Ich war viel zu müde für schnippische Kommentare oder blöde Spielchen.

»Erst verschwindest du ohne ein Wort, und dann gehst du *zu Fuß* nach Hause?« Alexander fuhr sich mit der Hand durch sein schwarzes Haar. Erst jetzt bemerkte ich, wie zerzaust es war, als hätte er es sich den ganzen Abend lang gerauft.

»Du hast mich weggestoßen«, sagte ich leise, aber nicht kleinlaut. Ich wollte, dass er mich hörte. Er sollte wissen, dass ich nicht vor ihm davongelaufen war. »Ich bin nicht weggelaufen, sondern habe entschieden zu gehen.«

»Du bist mit mir zum Ball gegangen, und ich habe erwartet, dass du ihn auch mit mir gemeinsam verlässt. Ich muss wissen, wo du bist. Das ist keine Bitte, Clara«, bellte er.

Ich sah ihn an und wartete darauf, dass ihm die Bedeutung seiner Worte bewusst wurde. Sein finsterer Blick ließ mich ahnen, dass er begriff. »Ich bin kein Kind mehr, sondern kann sehr gut selbst auf mich aufpassen«, sagte ich.

»Das war früher«, gab er zurück und trat näher; so nahe, dass ich die Hitze seines Körpers spüren konnte. »Du hast eine Wahl getroffen, Clara, und damit habe ich die Verantwortung übernommen, mich um dich zu kümmern.«

Wie konnte er so nervtötend und gleichzeitig so sexy sein? War das ein Trick der Evolution? Dass manche Männer die Fähigkeit besaßen, ein Mädchen mit ihrem Charme völlig aus dem Konzept zu bringen und davon abzulenken, dass sie sich wie komplette Arschlöcher benahmen. »Ich habe dich nicht darum gebeten!«

»Nein, das hast du nicht. Aber du hast entschieden, dass

du in mein Bett kommen willst. Und dass du heute Abend an meiner Seite sein willst.«

Wenn er sich einbildete, dass das etwas zu sagen hatte, würde er gleich sein blaues Wunder erleben. »Das stimmt, aber wir sind weder verheiratet noch ...«

»Was signalisiere ich wohl, wenn ich ein Mädchen zur Geburtstagsfeier meines Vaters mitbringe?«, unterbrach er mich.

Mir stockte der Atem, und einen Moment lang wusste ich nicht, ob ich in Tränen ausbrechen oder den Kopf schütteln sollte. Am besten beides. »Aber wir kennen uns doch kaum.«

»Das mag sein, trotzdem besteht für die Öffentlichkeit eine Verbindung zwischen uns, und nach diesen SMS heute ziehen die Leute ihre Schlüsse.«

Zwischen dem Drama von Alexanders Auftauchen im Büro und dem Shitstorm, der sich heute Abend über mir entladen hatte, waren mir die gehackten SMS völlig entfallen. Es war alles zu viel. »Was für Schlüsse?«, blaffte ich ihn an. »Es interessiert mich einen Scheißdreck, was die Leser von TMI über mich denken.«

Ein Hauch von Mitgefühl mischte sich in Alexanders Wut, als er mich ansah. »Die Typen von TMI sind nicht die Einzigen. Schon bald werden sich glaubwürdigere Medien darauf stürzen. *Mein* Leben findet in der Öffentlichkeit statt, Clara.«

Was er mir damit sagen wollte, lag auf der Hand: Alexander lebte ein öffentliches Leben, aber ich brauchte das nicht zu tun. Er bot mir eine Wahl an – eine, von der ich dachte, ich hätte sie längst getroffen. Dies war meine zweite Chance, all das hinter mir zu lassen. Trotzdem erklärte das noch lange nicht sein Verhalten von heute Abend. »Warum?«, fragte ich. »Warum sollte ich dich heute Abend begleiten? Du wusstest doch, dass es Spekulationen geben würde. Schließlich hat man dich nicht zum ersten Mal mit heruntergelassenen Hosen erwischt. Warum den Klatsch noch schüren?«

Ich konnte beim besten Willen nicht nachvollziehen, warum er eine Beziehung, über die sich die Medien ohnehin schon das Maul zerrissen, noch mehr in die Öffentlichkeit gezerrt hatte. Ihm musste doch klar gewesen sein, dass er damit alles nur noch schlimmer machte.

»Weil ich dich beschützen wollte«, krächzte er. Ein Stöhnen drang aus meiner Kehle, als sich unsere Blicke begegneten und ich die Intensität in seinen Augen sah. »Ich muss dich beschützen. Ich kann es dir nicht erklären, weil ich es selbst nicht verstehe. Vielleicht ist es ein Zwang.«

»Zwänge sind meistens nicht gesund«, flüsterte ich, beinahe unfähig, nach seinem Eingeständnis Worte zu finden. Der Ausdruck in seinen Augen erschütterte mich. Und in diesem Moment war mir alles egal. Es war mir egal, dass wir uns etwas vorgemacht hatten darüber, was zwischen uns war. Es war mir egal, dass mein Herz in tausend Teilen vor seinen Füßen lag, weil ich die Vorstellung nicht ertrug, dass er all das allein durchstehen musste.

Sehnsüchtig strich er mit dem Handrücken über meine Wange. »Dieser Zwang schon. Auch wenn du mich wegschickst, Clara, werde ich mich der Aufgabe verschreiben, dich zu beschützen.«

Gefühle stiegen in mir auf, durchfluteten mich und spülten all meine Zweifel und Ängste fort. Ich fand keine Worte, um seine Höllenqualen zu lindern, seine zerbrochene Seele zu heilen. Es gab nur eine Möglichkeit, ihm zu zeigen, was ich empfand, und ihn von seinen Dämonen zu befreien. Ich schlang die Arme um ihn und küsste ihn mit fast brutalem Verlangen. Gierig erwiderte Alexander meinen Kuss, schlang die Arme um mich und hob mich hoch. Er taumelte gegen die Wand, und ohne die Lippen von mir zu lösen, drehte er sich um, presste mich mit dem Rücken gegen die Steine und ließ mich langsam auf den Boden sinken. Er kniete sich vor mich und schob mein Kleid nach oben, sodass ich von der Taille abwärts nackt vor ihm stand.

»Spreiz die Beine, Süße«, raunte er, während er meine Schenkel mit Küssen bedeckte, ganz langsam und hingebungsvoll. Zärtlich ließ er seine Zunge über jene Stelle gleiten, wo sich meine Schenkel begegneten. Ich vergrub die Finger in seinem Haar und krallte mich darin fest, als seine Zunge in mich glitt.

»Ich werde dich mit dem Mund ficken, und ich will hören, wie du kommst. Lass dich gehen«, grollte er, während ich ein hilfloses Wimmern ausstieß. Alexander drückte meine Beine noch weiter auseinander, schob seine Zunge in mich hinein und vögelte mich mit kräftigen Schlägen. Lust wallte in mir auf, mein ganzer Körper spannte sich an. Alexander hielt für einen kurzen Moment inne und schloss dann seine Lippen um meine pulsierende Klitoris. Ich sehnte mich danach, ihn in mir zu spüren. Seine Hände. Seine Zunge. Seinen Schwanz. Ich wollte alles, fühlte eine Leere in mir, die nur er zu füllen vermochte.

»Ich ... ich brauche dich in mir«, stieß ich hervor, während mich ein erneutes Beben durchlief.

Doch Alexander legte nur die Hand auf meinen Bauch und presste mich gegen die Wand, ehe er erneut meine Klitoris mit der Zunge umkreiste, tiefer wanderte, wieder in mich eindrang und mich damit über die Klippen stieß. Schamlos stöhnte ich unter seinen erbarmungslosen Liebkosungen und kam.

Wortlos stand Alexander auf und griff nach meiner Clutch. Sekunden später schwang die Wohnungstür auf. Er hob mich auf die Arme und trug mich über die Schwelle. Sein Kuss machte es mir beinahe unmöglich, einen halbwegs klaren Gedanken zu fassen. Sollte ich ihm sagen, wo mein Zimmer war, oder den Mund halten und einfach abwarten, was als Nächstes passierte?

Alexander beantwortete meine Frage, indem er mich auf die Arbeitsplatte in der Küche setzte und nach hinten drückte.

»Du bist so verdammt schön!« Der Klang seiner rauen Stimme jagte einen Schauder durch meinen Körper.

Und ich glaubte ihm, denn sein Verlangen nach mir war ebenso groß wie mein eigenes nach ihm. »Warte.«

Sein Blick wanderte gierig über meinen Körper, während ich mich aufrichtete, von der Arbeitsplatte rutschte und mit zitternden Beinen vor ihm stand. Ich zog den Reißverschluss meines Kleides auf und ließ den Stoff zu Boden gleiten. Ein dumpfes Grollen drang aus Alexanders Kehle. Er öffnete seine Hose, hob mich erneut hoch und trug mich zur Wand. Ich schlang meine Beine um seine Taille und drängte mich lustvoll an ihn, bevor ich die Fersen in den Bund seiner Hose schob, um ihn davon zu befreien. Achtlos trat er die Hose beiseite, während ich mich an seinem aufgerichteten Schwanz rieb.

»Langsam«, befahl er, umfasste meine Hüften, hob mich ein Stückchen hoch und positionierte seinen muskulösen Körper zwischen meinen Beinen. »Jetzt, Süße.«

Vorsichtig ließ er mich auf seinen Schwanz hinabsinken, und ich spürte die köstliche Dehnung, als mein Körper ihn in sich aufnahm. Meine Ungeduld gewann die Oberhand, doch er hielt mich zurück.

»Ich will dir nicht wehtun«, warnte er.

Meine Finger vergruben sich in seinem Haar, und ich zog behutsam seinen Kopf zurück. »Ich dachte, das gefällt dir«, flüsterte ich.

Seine Augen waren auf mich gerichtet. Ich sah, wie ich mich darin spiegelte – und meine Bereitschaft, mich ihm auf diese Weise zu schenken, stand mir ins Gesicht geschrieben.

»Sei vorsichtig, Clara.« Er legte seine Stirn gegen meine und kniff die Augen zusammen, als ringe er mühsam um Beherrschung. Meine Atemzüge wurden flacher, meine Entschlusskraft drohte jede Sekunde zu kippen. Ich wollte ihn. Mit Haut und Haar, auch seine dunkle Seite. Auch wenn mir mein eigenes Verlangen Angst machte.

Ohne die Augen zu öffnen, küsste er mich sanft, ehe er mich noch tiefer auf sich sinken ließ, bis ich ihn fast ganz in mir hatte. »Das reicht.«

Seine Stimme klang angespannt, doch als er mich ansah, lag ein Lächeln auf seinem Gesicht. Einen Moment lang verharrten wir in dieser Position, genossen das unbeschreibliche Gefühl unserer Vereinigung.

Das könnte reichen, dachte ich. *Für den Moment*. Aber er brauchte mehr als das, und ich musste mich seiner dunklen Seite unterwerfen, sonst würde es niemals funktionieren.

»Clara«, flüsterte er. »Hör auf zu denken.«

»Ich ...«

Er brachte mich mit einem Kuss zum Schweigen. »Spür es.«

Er verlagerte das Gewicht, drückte mich gegen die Wand und begann, sich in mir zu bewegen. Ich grub die Fingernägel in seine Schulter, während er sich mit harten Stößen wieder und wieder in mich schob. Ein Schrei drang aus meiner Kehle, als die Lust mich erfasste und sich ganz langsam einen Weg durch meinen Körper bahnte, ehe der Damm vollends brach. »Alexander!«

Er kam, als ich seinen Namen rief, und verströmte sich mit einem letzten Stoß in mir.

Ich sackte an seiner Schulter zusammen. Mein Inneres pulste noch immer rhythmisch um seinen zuckenden Schwanz in mir. Alexander schlang die Arme fester um mich und trug mich hinaus in den Flur, wo er kurz stehen blieb. »Rechts«, presste ich hervor. Ganz behutsam, als wäre ich aus Glas, legte er mich aufs Bett, zog sein Hemd aus und ließ sich neben mich sinken.

»Der Ball ...«, begann er.

Ich brachte ihn mit einer Geste zum Schweigen – dieser perfekte Moment sollte nicht mit einem Gespräch über den schwierigen Abend verdorben werden. »Mach dir darüber keine Gedanken. Wir wussten ja beide, dass sie mich nicht mögen würden.«

»Trotzdem hätten sie nicht so unverschämt sein dürfen.« Alexander kniff die Augen zusammen.

Fieberhaft durchforstete ich mein Gehirn nach irgendetwas Positivem. »Edward war wirklich nett.«

»Das stimmt. Er weiß auch, wie es ist, ein Außenseiter zu sein ...«

Alexander ließ seine Stimme verklingen, als gäbe es noch viel mehr zu sagen, doch ich drängte ihn nicht. Ich wollte mich auf den Mann konzentrieren, der neben mir im Bett lag, nicht auf das Drama seines Lebens. Aber mit Alexander zusammen zu sein bedeutete, dass ich Opfer bringen musste.

Ich konnte nicht so tun, als würde ich sein Leben gut finden oder verstehen. Er hatte angedeutet, welche Erwartungen an ihn gestellt wurden, und allein bei der Vorstellung, dass er keinerlei Wahlmöglichkeiten hatte, blutete mir das Herz. Was auch immer seine Familie entzweit hatte, schien ihn schrecklich zu quälen. Ich sah es in seinen Augen. Auch wenn ich mir wünschte, er würde mir davon erzählen, wusste ich, dass ich ihn nicht drängen durfte, das würde ihn nur forttreiben. Vielleicht gab es nur einen Weg für ihn, seinen Seelenfrieden zu finden – er musste sich seinen Dämonen stellen.

»Ich bin zu Hause und in Sicherheit, und du hast mich müde gevögelt«, erklärte ich. »Du solltest zur Geburtstagsfeier deines Vaters zurückgehen.«

»Ich will nicht.«

»X, es ist der Geburtstag deines Vaters.«

»Genau, und da sind Hunderte von Leuten, die ihm in den Arsch kriechen«, gab Alexander zurück. »Mich wird er ganz bestimmt nicht vermissen.«

»Ich werde jetzt zu Bett gehen.« Ich rekelte mich und versuchte vergeblich, ein Gähnen zu unterdrücken.

»Ich will mit dir ins Bett gehen«, sagte er, stützte sich mit dem Ellbogen auf und hauchte mir einen Kuss auf die Schulter. Er war so unfassbar schön. »Ich habe noch nicht genug. Es gibt noch einiges, was ich mit diesem Körper vorhabe.«

»Dieser Körper braucht jetzt Ruhe«, sagte ich gähnend. »Keine Ahnung, wo du dieses Stehvermögen hernimmst. Eigentlich ist das medizinisch doch völlig unmöglich.«

»Wir können auch schlafen«, meinte er. Ich erstarrte.

»Du willst *hier* schlafen?«, fragte ich langsam.

Stirnrunzelnd strich Alexander mir eine Haarsträhne aus dem Gesicht. »Ist das nicht okay?«

Es war sogar mehr als okay. In meiner Brust explodierte eine ganze Batterie von Feuerwerksraketen. Aber ich wollte ihm nicht zeigen, wie sehr ich mich freute. Das würde ihn womöglich unter Druck setzen, und ich wollte nicht riskieren, dass er sich wieder zurückzog. Seine Bitte war nur so ... *normal*, dass ich nicht sicher war, was ich davon halten sollte.

»Klar. Natürlich ist es okay.«

Alexander zog mich an sich und bettete meinen Kopf auf seine Brust. Er begann an meinem Ohr zu knabbern – eine Geste, die viel mehr sagte als tausend Worte. Meine Gefühle fuhren Achterbahn – im einen Moment schossen mir die Tränen in die Augen, im nächsten hatte ich Mühe, nicht laut aufzulachen. Was war das hier? Ich hatte keine Ahnung. Ich wusste nur eins – dass ich am liebsten für immer so liegen geblieben wäre.

»Alexander«, sagte ich leise, wohl wissend, dass ich mich auf gefährliches Terrain begab. »Als du vorhin gesagt hast, du willst mir nicht wehtun ...«

Er versteifte sich, und sein Atem wurde unregelmäßig.

»Ich hatte meine Gründe, weshalb ich bisher Nein gesagt habe«, fuhr ich fort. »Aber ...«

»Es gibt nichts mehr dazu zu sagen, Clara. Du bist mir nichts schuldig«, gab er in verhaltenem Tonfall zurück. »Ich brauche das nicht.«

Aber ich wusste genau, dass er log. Ich sah es in seinen Augen, diesen Drang, mich zu dominieren. Ich spürte, wie er darum rang, ihn zu unterdrücken, wenn wir Sex miteinander hatten. »Was brauchst du dann?«

»Dich«, sagte er nach einem Moment. »Schlaf jetzt, Süße. Alles, was ich brauche, bist du.«

17

Seine Schreie rissen mich aus dem Schlaf. Ich schreckte hoch und knipste die Nachttischlampe an. Alexander lag zu einem Ball zusammengerollt neben mir und hatte das Kissen so fest umklammert, dass seine Fingerknöchel weiß hervortraten. Unschlüssig sah ich ihn an. Schlafwandler zu wecken, war nicht ganz ungefährlich, doch er hatte ganz offensichtlich einen schrecklichen Albtraum, und ich konnte seine Schreie beim besten Willen nicht ignorieren.

Ich legte die Hand auf seine Schulter – das war der erste Fehler. Instinktiv riss er den Arm zurück und rammte mir den Ellbogen mit voller Wucht in den Magen, sodass mir die Luft wegblieb. Ich schwang die Füße über die Bettkante und versuchte aufzustehen – der zweite Fehler. Mit einem lauten Poltern landete ich auf dem Boden, wo ich schwer atmend liegen blieb.

»Alexander, wach auf!«, schrie ich, als ich wieder halbwegs Luft bekam. Ich stand auf und packte ein Kissen, um mich gegen weitere Angriffe zu wappnen, doch er reagierte nicht, also tappte ich zur Tür und knipste die Deckenbeleuchtung an. Eine Sekunde lang überlegte ich, ihm einfach einen Eimer kaltes Wasser über den Kopf zu kippen, oder aber ich wartete, bis er von allein aufwachte. In diesem Moment schlug er die Augen auf und starrte mich schwer atmend an.

»Clara?«, fragte er und blinzelte orientierungslos.

Ich wich einen Schritt zurück und rieb mir den schmerzenden Bauch. Der Schlag war zwar keine Absicht gewesen, trotzdem blieb ich lieber auf Abstand. Angst hatte ich nicht vor ihm, doch der Schreck steckte mir in den Gliedern.

»Oh Gott, was habe ich getan?«, stieß er hervor.

Er sprang auf, doch ich wich zurück. »Ich habe dir wehgetan«, sagte er tonlos.

Ohne meine Antwort abzuwarten, durchquerte er den Raum, ging zur Tür. Mit offenem Mund stand ich da und sah ihm zu, während ich vergeblich nach Worten suchte. Natürlich hatte er mir nicht wehtun wollen, trotzdem war es passiert.

»Es tut mir leid«, sagte er niedergeschlagen. »Ich habe dich gewarnt. Es tut mir so unendlich leid.«

Erst als ich in der Traurigkeit in seinen Augen zu ertrinken drohte, fand ich meine Stimme wieder.

»Wovon hast du geträumt?«, fragte ich leise.

Alexander fuhr herum und schüttelte den Kopf. »Ich werde dir nicht meine Dämonen aufbürden, Clara.«

»Aber du könntest sie mir zeigen.« Ich trat auf ihn zu, ganz langsam, um ihn nicht zu verschrecken und um meine eigene Fassung zurückzuerlangen. Seine Dämonen machten mir keine Angst. Nicht wenn die Alternative war, ihn zu verlieren.

»Sie sind zu hässlich für dich. Du bist schön und rein ...«

»Ich bin weit davon entfernt, rein zu sein«, gab ich scherzhaft zurück, doch die Atmosphäre blieb angespannt, und keiner von uns beiden lachte.

Behutsam legte Alexander seine Hand um mein Kinn und zwang mich, ihm in die Augen zu sehen. »Du bist meine Schönheit, Clara«, erklärte er. Sein Blick durchbohrte mich. »Darum will ich dich vor der Welt beschützen. Vor mir.«

Tränen brannten in meinen Augen, doch als ich sie wegblinzeln wollte, kullerten sie mir über die Wangen. »Du hast mir einmal gesagt, dass du mich betteln hören willst.«

Mühsam holte Alexander Luft und schüttelte den Kopf. »Nein«, sagte er und ließ mich los. »So nicht.«

»Bitte«, hauchte ich. »Bitte, X.«

»Soll ich dir erzählen, dass ich von kreischendem Blech und loderndem Feuer träume? Dass ich mit einem Kissen im Arm aufwache, weil ich glaube, es sei der zerschmetterte Körper meiner Schwester? Dass ich beim Aufwachen der Antwort, was in dieser Nacht passiert ist, niemals auch nur einen Schritt näher bin? Ich kann dir nichts sagen, weil ich nichts weiß!«

Meine Gedanken überschlugen sich. Natürlich wusste ich von dem Unfall, so wie alle anderen auch, aber das lag Jahre zurück. »Hast du mit jemandem darüber geredet ...«

»Ich pfeife auf diese verdammten Seelenklempner. Wäre ich nicht gewesen, könnte meine Schwester noch leben. Punkt. Ende der Geschichte.«

»Aber es war nicht deine Schuld.« Ich lief zur Tür und presste mich mit dem Rücken dagegen. »Es war ein Unfall, das wissen doch alle.«

»Sei nicht naiv, Clara. Die Leute wissen, was man ihnen erzählt.«

Seine Worte trafen mich wie eine Ohrfeige. Ich schüttelte den Kopf, nahm all meinen Mut zusammen und kreuzte die Arme vor der Brust. »Du bist nicht der erste Mensch, der in einen Autounfall verwickelt war.«

»Es war ein bisschen mehr als ein gewöhnlicher Autounfall«, sagte er leise, trotzdem hörte ich den Anflug von Schärfe in seiner Stimme.

Entsetzt horchte ich auf. Was wollte er damit sagen? Wann immer ich dachte, wir hätten einen Schritt vorwärts gemacht, kam etwas, das uns wieder zurückwarf. Statt den Stier bei den Hörnern zu packen, redeten wir ständig bloß um den heißen Brei. Aber eigentlich spielte es gar keine Rolle. Alexanders Erinnerung an diese Nacht, was tatsächlich passiert war – nichts davon war noch wichtig. Er musste das Ganze hinter sich lassen, und ich musste ihm dabei helfen.

Ich streckte ihm die Hand entgegen. »Komm wieder ins Bett.«

Er kniff die Augen zusammen und schüttelte den Kopf. »Du bist in meiner Nähe nicht sicher.«

»Ich bin nur in deiner Nähe sicher«, murmelte ich.

»Aber mein Leben ist gefährlich.« Er fuhr sich mit der Hand durch sein vom Schlaf zerzaustes Haar. »*Ich* bin gefährlich.«

Ich trat vor ihn und legte den Kopf in den Nacken, um ihm in die Augen zu sehen. »Und ich werde nicht kaputtgehen.«

Alexander nahm meine Hand und zog mich an sich. »Du bist so zerbrechlich, Clara«, sagte er und legte die Hand um meinen Hals. »So zart. Wenn mein Leben dich nicht zerstört, dann möglicherweise die Dinge, die ich mit dir tun möchte.«

Mein Atem stockte, doch ich zwang mich, seinem Blick standzuhalten. »Ich fürchte mich nicht davor, mit dir zusammen zu sein, X, sondern nur, weggestoßen zu werden.«

Mit einem dumpfen Knurren riss er mich heftig an sich, presste seine Lippen unnachgiebig auf meinen Mund, bis meine Lippen sich unter dem Druck öffneten und unsere Zungen sich gierig umschlangen. Wie Schraubstöcke legten sich seine Finger um meine Handgelenke. Er drückte meine Arme nach hinten, wollte mich dominieren. Und ich ergab mich seinem übermächtigen Willen. Er hob mich hoch und trug mich zurück zum Bett.

Alexander warf mich auf die Matratze und spreizte grob meine Beine. Wortlos drängte er sich in mich hinein. Erschrocken schnappte ich nach Luft, als sich sein Schwanz zwischen meine Schamlippen schob, brutal und ohne jede Zärtlichkeit. Es war, als hätte etwas Ursprüngliches Besitz von Alexander ergriffen, und ich reagierte instinktiv darauf – klammerte mich an ihn, grub meine Nägel in seine Haut und ließ mich von ihm nehmen. Seine Hüften bewegten sich in wildem Tempo, unermüdlich rammte er seinen Schwanz in mich hinein, immer wieder und wieder und wieder. Mit einer Hand stützte Alexander sich auf dem Bett ab, mit der anderen packte er mich im Genick und zwang mich, ihm ins Gesicht zu sehen.

»Du gehörst mir, Clara«, stieß er hervor und verstärkte seinen Griff. »Mir ganz allein. Hast du mich verstanden?«

Die Wucht seiner Stöße und die Eindringlichkeit seiner Worte machten mich sprachlos. Doch ich nickte, während mir eine einzelne Träne über die Wange lief. Ich gehörte ihm. Das wusste ich. Ich war Alexanders Besitz. Meine Träne war Ausdruck der eigentümlichen Mischung aus Freude, Angst und Verzweiflung, die mich erfüllte. Das Feuer in seinen Augen loderte auf, als er mit wilden, groben Bewegungen meinen Körper und meine Seele peinigte.

»Ich tue dir weh«, sagte er rau. »So wie du es wolltest, Clara. Soll ich aufhören?«

Ein Nein kam über meine Lippen, bevor mein Kopf Ja sagen konnte, gefolgt von einem lauten Stöhnen, als er sich erneut in mich bohrte.

»Es gefällt dir, aber du glaubst, dass es nicht so ist«, raunte er. »Ich erwarte, dass du kommst, Clara.«

»Ich kann nicht«, stöhnte ich, weit davon entfernt, Erlösung zu finden. Meine Spalte schmerzte von seinen kraftvollen Stößen, und die Anspannung, die von mir Besitz ergriff, hatte nichts mit Erregung zu tun.

»Nimm den Schmerz an«, befahl er. »Lass einfach los.«

Er löste die Finger von meinem Hals, senkte seinen Mund über meine Brust und begann, mit der Zunge eine Brustwarze zu umkreisen. Dann sog er sie ruckartig zwischen seine Zähne und biss ohne Vorwarnung zu. Ich schrie auf. Er knetete meine Brust, bis das Blut durch das empfindliche Gewebe rauschte, dann biss er erneut zu und ließ die zarte Spitze zwischen seinen Zähnen hin und her gleiten. Irgendwo in mir veränderte sich etwas, fiel an seinen Platz, und ich ergab mich der Qual, ließ sie meine geschundenen Nerven überfluten. In diesem Moment schlug der Schmerz in Ekstase um.

Ich wölbte mich Alexander entgegen, weinend und schreiend, als die Lust durch meinen Körper strömte und die Welt rings um mich schwarz wurde, bis nichts mehr blieb ... nur noch das Brennen, wenn er in mich stieß, der metallische Geschmack auf meiner Zunge und das Gefühl seiner Zähne auf meinen Brüsten. Alexander. Er war mein Licht in der Finsternis.

Schluchzend sank ich auf der Matratze zusammen und schlug mir die Hände vors Gesicht. Beschämt, wie erregt ich immer noch war und welche Lust ich bei dem brutalen Übergriff empfunden hatte.

Alexander verlangsamte seine Bewegungen, rieb sich jedoch weiter kreisend an meiner pochenden Klitoris, dann schlang er die Arme um mich, zog mich hoch und bedeckte meine geschwollenen Brüste mit zarten Küssen. Er rollte sich auf die Seite, sorgsam darauf bedacht, dass unsere Körper sich nicht voneinander lösten, und begann, sich mit langsamen, gleitenden Stößen in mir zu bewegen.

Er löste meine Hände von meinem Gesicht und küsste mich. Der Kuss war warm und tief, Alexander nahm sich alle Zeit der Welt, bis ein leiser Seufzer über meine Lippen drang. Keine Zähne, die aneinanderstießen, keine Zungen, die miteinander rangen, nur ein langsamer, genüsslicher Kuss, der meinen geschundenen Körper dahinschmelzen ließ.

»Clara?« Der Klang seiner Stimme riss mich aus meiner Trance.

Ich schlug die tränennassen Augen auf und sah, dass das lodernde Feuer in seinen Augen erloschen war. Unser brutales Liebesspiel hatte seine Dämonen verscheucht, doch ich war beinahe daran zerbrochen.

Trotzdem fühlte ich mich seltsam lebendig. Meine Haut prickelte bei der Erinnerung an Qual und Erfüllung; meine Gefühle drohten mich zu überwältigen. Ich legte meine Hand flach auf Alexanders Brust, direkt über seinem Herzen, das ruhig und gleichmäßig pochte, nun, da seine animalischen Bedürfnisse endlich gestillt waren. Ich wartete, bis unsere Herzen im selben Takt schlugen.

Alexander bewegte seine Hüften. Noch immer war er in mir, doch jene fast manische Leidenschaft war verflogen. Trotz allem war er nicht gekommen. Forschend sah ich ihm ins Gesicht. Hatte ich etwas falsch gemacht?

»Deine Lust ist auch meine«, flüsterte er. »Ich werde deinen Körper bis an seine Grenzen bringen, aber ich werde dich nicht brechen. Ich werde dir niemals wehtun.«

Das hatte er auch nicht. Der Schmerz in meinem Körper war längst verebbt und einem Gefühl der Erfüllung gewichen.

»Kann ich dich brechen?«, fragte ich und streichelte sein Gesicht.

Seufzend schüttelte er den Kopf. »Ich bin längst zerbrochen.«

»Dann kann ich dich vielleicht heilen.« Mit zitternden Fingern tastete ich mich zum Saum seines T-Shirts vor. Alexander sah mir in die Augen, als ich meine Hand unter den Stoff schob und mit den Fingerspitzen über die festen Muskeln seines Bauches wanderte. Ich merkte, wie er sich verspannte.

Ein raues Stöhnen drang aus Alexanders Kehle, doch er machte keine Anstalten, zurückzuweichen und mir Einhalt zu gebieten. Behutsam legte ich meine Hand auf seinen Bauch, genoss die Wärme und die festen Muskeln, ehe ich sie weiter nach oben schob.

Er atmete scharf ein. »Nicht«, sagte er.

Doch da war keine Verärgerung in seiner Stimme, sondern lediglich Angst. Und noch etwas anderes, das tief darunter verborgen lag. Ich schloss die Augen, um mich seinem eindringlichen Blick zu entziehen und klar denken zu können. Und dann sah ich, was er vor mir verbarg.

Verlangen.

Ich schlug die Augen auf und sah ihn an, als ich endlich verstand. »Dieser Körper gehört mir. Du bist mein, Alexander. Alles von dir.«

Ich ließ meine Hand weiter nach oben wandern, über die Rippen hinweg, und spürte die Narben, die seinen wunderschönen Körper verunstalteten. Kurz hielt ich inne, nahm die knotige Haut unter meiner Handfläche wahr, löste meine Finger jedoch nicht, als ein Schauder durch seinen Körper lief.

Ganz langsam begann ich, mit den Hüften zu kreisen, während ich mit wachsender Forschheit jenen Teil von ihm erkundete, den er bislang vor mir verborgen hatte. Seine Atemzüge beschleunigten sich, und er barg seinen Kopf an meiner Brust, sodass ich meine Hand nicht mehr bewegen konnte. Gleichzeitig umklammerte er mein Hinterteil, während ich mich ihm immer weiter entgegenbog, bis seine Lust über die Scham siegte und er sich in mir zu bewegen begann. Ich war wund und völlig ermattet, doch das Gefühl, als Alexander förmlich in mir explodierte und mich mit seinem Samen erfüllte, war überwältigend und riss mich mit sich fort, selbst als ich die heißen Tränen auf meinen Brüsten spürte.

18

Im ersten Dämmerlicht schreckte ich aus dem Schlaf. Hatte ich etwas Wichtiges vergessen? Dann kam die Erinnerung – Alexander lag in meinem Bett. Er schlief noch, sein Atem ging gleichmäßig, und seine Lider flatterten leicht, als er sich auf die Seite drehte. Vorsichtig strich ich mit einem Finger über seine Wange. Heute Nacht hatte er seine Maske abgelegt und mir das Ungeheuer gezeigt, das sich dahinter verbarg, und ich hatte nichts anderes als ihn gesehen. Alexander war wunderschön, doch innerlich war er gebrochen. Einen Teil seines Inneren hatte er mir gezeigt, aber ich wusste ganz genau, dass sich unter seiner attraktiven Oberfläche noch viel dunklere Geheimnisse verbargen.

Vor dem gestrigen Abend war ich hin- und hergerissen gewesen zwischen dem Wunsch, sein Geheimnis zu lüften, und dem Drang, vor ihm davonzulaufen. Diese Wahl hatte ich nun nicht mehr – nicht nur weil ich hinter seine Fassade geblickt, sondern weil er mich gezwungen hatte, hinter meine eigene zu blicken. Was er mir gezeigt hatte, hätte mich abschrecken sollen, doch es hatte mein Verlangen nach ihm nur noch verstärkt.

Vorsichtig stand ich auf und tappte barfuß durch den Raum, um ihn nicht zu wecken. Für einen kurzen Moment schien er Frieden gefunden zu haben, und ich wusste, dass ihn die Dämonen bereits erwarten würden, sobald er die Augen aufschlug.

Belle stand in einem kurzen Schlafanzug in der Küche und

briet Eier in der Pfanne. Selbst ohne Make-up und mit nachlässig zusammengebundenen Haaren sah sie hinreißend aus, wohingegen ich nach meiner wilden Nacht nicht allzu versessen darauf war, in einen Spiegel zu sehen.

»Ich habe mir schon Sorgen gemacht, weil du so früh verschwunden bist«, meinte sie und blies mir einen Luftkuss zu. »Aber beim Heimkommen habe ich gesehen, dass du ja nicht allein bist.«

Mit glühenden Wangen nahm ich ein Glas aus dem Geschirrschrank. Ich war so mit Alexander beschäftigt gewesen, dass ich gar nicht auf die Idee gekommen war, Belle könnte ebenfalls zu Hause sein. Dieses Gebäude hatte die Bombenangriffe im Zweiten Weltkrieg überstanden, also durfte man wohl davon auszugehen, dass es dicke, solide Mauern hatte. So lässig, wie ich nur konnte, trat ich an die Spüle und ließ kaltes Wasser in das Glas laufen.

»Vielleicht die Pille danach dazu?«, fragte sie. »Den Geräuschen aus deinem Zimmer nach zu urteilen hast du sie bitter nötig.«

»Du bist ja witzig.« Ich spürte, wie ich noch dunkler anlief.

»Weiß ich. Und ich habe noch nicht mal richtig angefangen ... dabei hatte ich heute Nacht wegen deinem Gestöhne massenhaft Zeit, mir lustige Sachen einfallen zu lassen.« Sie ließ die Eier auf einen Teller gleiten.

Ich stöhnte. »Ich kann es kaum erwarten, sie zu hören.«

»Sie sind zum Schreien«, erklärte sie mit einem Zwinkern. »Oh, Moment ... das hast du ja gestern Nacht schon erledigt.«

»Heb dir doch noch ein bisschen was von deinem Sarkasmus für die Gardinenpredigt später auf.«

»Gib mir mal die Bohnen rüber.«

Ich schob ihr die Schüssel zu, und Belle begann, ein paar Löffel auf einen Teller zu häufen.

»Danke«, sagte ich. »Ich hab Bärenhunger.«

Sie hob vielsagend eine Braue. »Das kann ich mir lebhaft vorstellen, aber das ist nicht für dich. Du bist gleich an der Reihe. Ob du's glaubst oder nicht, aber du warst nicht die Einzige, bei der es gestern zur Sache ging.«

Ich zupfte am Saum meines knappen Tops. »Philip ist hier?«

»Ja, er liegt noch im Bett.«

»Also war ich nicht die Einzige, die geschrien hat.«

»Na ja, mit Philip ist es nicht gerade die große Achterbahnfahrt«, wiegelte Belle ab. »Nicht dass ich mich beschweren würde …«, fügte sie eilig hinzu.

Nun färbten sich auch ihre Wangen rosa, aber ich lächelte sie an. »Hey, das geht nur euch etwas an.«

Wäre jeder Mann im Bett wie Alexander, käme keiner jemals wieder aus den Federn. So viel Standvermögen wäre das Ende der modernen Industriegesellschaft.

»Mist, ich hab die Würstchen vergessen.« Eilig warf Belle ein paar in die Pfanne und machte den Herd wieder an. »Du hattest es also so eilig, ihm die Kleider vom Leib zu reißen, dass du nicht mal Zeit hattest, dich zu verabschieden?«

Ich zögerte. Belle war meine beste Freundin, aber meine komplexe Beziehung zu Alexander ließ sich nicht in wenigen Sätzen zusammenfassen. Andererseits war es nicht gut für mich, die Wahrheit über meine Beziehung zu Alexander zu verschweigen. Ich brauchte dringend eine Verbündete, der ich mich anvertrauen konnte. »Ehrlich gesagt bin ich allein gegangen.«

»Das dachte ich mir schon«, sagte sie. »Ich bin Alexander in die Arme gelaufen, als er nach dir gesucht hat. Er schien sich ziemliche Sorgen zu machen, aber es ist schwer, aus dem Mann schlau zu werden. Was ist passiert?«

Das konnte man laut sagen. Ich fing ja selbst gerade erst an, ihn ein bisschen zu verstehen. Doch mein überstürzter Aufbruch hatte nichts mit ihm zu tun gehabt. Bei der Erinnerung daran, wie mich seine Freunde und Familie behandelt hatten, wurde mir ganz elend. »Ich weiß auch nicht. Inzwischen kommt es mir ziemlich albern vor. Sagen wir einfach, ich habe seine Familie kennengelernt, und sie war nicht besonders nett zu mir.«

»Das kann ich mir vorstellen«, konterte Belle trocken. »Die Royals sind eine Horde dämlicher Arschlöcher.«

Ich musste lachen. »Gut, dass du mich noch mal dran erinnerst.«

»Und diese Blonde ... wie hieß die noch mal?«

Ich wünschte, ich könnte ihren Namen vergessen; wenn es einen Menschen gab, an den ich nicht denken wollte, war es Pepper. Wie konnte jemand mit so einem hübschen Gesicht dermaßen boshaft sein? Aber natürlich wusste ich den Grund dafür längst: Pepper könnte jeden Mann kriegen, den sie wollte; das Problem war, dass sie ausgerechnet Alexander im Visier hatte.

»Pepper Lockwood«, antwortete ich seufzend.

»Das war doch die aus den Klatschblättern, stimmt's?«

»Live und in Farbe.«

»Oh Gott. Und dass sie in natura noch hübscher ist, hilft auch nicht gerade«, bemerkte Belle und legte mir den Arm um die Schultern. »Sie sieht wie ein echtes Miststück aus.«

»Sie sieht nicht nur so aus.« Ich erzählte Belle, wie Pepper nach ihrer aufgesetzt freundlichen Begrüßung später ihr wahres Gesicht gezeigt hatte. Belle lauschte meiner Schilderung, und ihre Augen wurden immer schmaler bei jeder neuen Unverschämtheit, von der ich berichtete. Als ich fertig war, hatten Belles Augen sich zu schmalen Schlitzen verengt.

»Was für eine elende Schlampe«, stieß sie hervor.

»*Du* wusstest das gestern schon«, meinte ich, als mir ihr warnender Blick wieder einfiel.

Sie zuckte die Achseln. »Trotzdem habe ich gehofft, dass ich mich irre.«

»Du hattest absolut recht. Und das Schlimmste daran ist, dass ich Alexander nicht mal sagen kann, wie sie sich benommen hat. Fest steht, dass sie die ganze Familie gehörig hinters Licht geführt hat.«

»Aber irgendeiner muss doch so schlau sein und sie durchschauen.«

»Morgen allerseits!« Philip kam in die Küche geschlurft.

Erschrocken fuhren Belle und ich auseinander, und sie warf ihrem Verlobten einen finsteren Blick zu. Ich wusste, warum wir so schreckhaft waren – ebenso gut hätte Alexander hinter uns stehen können.

»Schön, dich zu sehen, Clara«, fuhr Philip fort, dem unsere Reaktion offenbar völlig entgangen war, nahm den Wasserkessel vom Herd und goss sich eine Tasse Tee auf. »Ich hatte gar keine Gelegenheit, dich gestern zu begrüßen, allerdings habe ich gehört, dass du umwerfend ausgesehen hast.«

»Und das ist noch nicht alles, was er von dir gehört hat.« Belle drückte ihm einen gefüllten Teller in die Hand.

Ihre witzige Bemerkung schien ihn nicht im Geringsten zu

beeindrucken. »Danke«, sagte er nur und nahm den Teller entgegen.

»Gern.« Sie zuckte die Achseln, als wäre es eine Bagatelle, trotzdem sah ich den Stolz in ihren Augen, als sie sich umdrehte. Im Vorfeld der Verlobung hatte es einige Zweifel an ihren hausfraulichen Fähigkeiten gegeben, aber die Tatsache, dass sie sein Frühstück parat hatte, kaum dass er aufgestanden war, relativierte das Ganze offenbar. »Soll ich Alexander auch Frühstück machen?«

Ich zögerte – er sollte sich als Gast bei uns wohlfühlen, andererseits wollte ich ihn nicht stören. Außerdem war die Vorstellung, dass Alexander sich zum Samstagsfrühstück mit Belle, Philip und mir an den gedeckten Tisch setzte, wohl eine Spur zu normal.

»Alexander ist hier?«, fragte Philip und starrte uns mit dem Besteck in der Hand fassungslos an.

»Was glaubst du wohl, wer heute Nacht diesen Lärm gemacht hat?«, konterte Belle.

»Ein Nachbar«, antwortete Philip knapp und sah mich flüchtig an, ehe er sich wieder seinem Frühstück zuwandte. Trotzdem war mir der Anflug von Abscheu – und Mitgefühl – in seinen Augen nicht entgangen. Ich war noch nie ein riesengroßer Fan von Sir Philip Abernathy gewesen, aber das ging zu weit. Er hatte kein Recht, mich so anzusehen.

»Beachte ihn einfach gar nicht«, sagte Belle leise. »Was mag Alexander denn zum Frühstück?«, erkundigte sie sich laut.

Ich hatte keine Ahnung. Ich hatte ihn nur einmal einen Burger essen sehen. Wie er seine Eier mochte oder ob er lieber Tee oder Kaffee trank, wusste ich nicht. Eigentlich sollte man über solche Dinge Bescheid wissen, *bevor* man mit einem Kerl im Bett landete – zumindest war es bei Daniel so gewesen.

»Tee. Keine Milch«, sagte Alexander hinter mir. Er stand in T-Shirt und Smokinghose barfuß im Türrahmen. Bei seinem Anblick überkam mich das Bedürfnis, ihm die Sachen vom Leib zu reißen und ihn zurück ins Bett zu zerren, wo alle Probleme weit weg waren. »Ansonsten alles. Ich habe Bärenhunger. Die letzte Nacht war anstrengend.«

Er warf mir ein verwegenes Lächeln zu, das mir verriet, dass er nicht nur Lust auf etwas Essbares hatte. Wenn er nicht aufpasste, würde der arme Philip sich noch an seinen Eiern verschlucken, weil ich Alexander vor seinen Augen auf dem Küchentresen vernaschte.

Zu meiner Verblüffung verkniff Belle sich eine sarkastische Bemerkung, und als ich mich zu ihr umdrehte, ertappte ich sie dabei, wie sie Alexander hingerissen anstarrte.

»Ich mache das schon.« Eilig nahm ich ihr den Teller aus der Hand und schaufelte Eier und Bohnen darauf.

Alexander ließ sich auf den Barhocker neben Philip sinken. Schweigend saßen die beiden Männer nebeneinander. Ich war ziemlich sicher gewesen, dass sie sich bereits kannten, doch falls das wirklich so war, schienen sie nicht gerade die besten Kumpels zu sein. Am liebsten hätte ich mich mit Alexander in mein Zimmer verzogen, statt Zeuge dieses kalten Kriegs zu sein.

Belle zuckte mit den Achseln, als wollte sie sagen: *Was kann man da schon machen?*, und reichte mir einen Becher Tee. »Was willst du essen, Clara?«

»Oh, gar nichts, danke.« Ich wusste, dass es unmöglich für uns alle reichen würde.

»Kommt nicht infrage. Los, raus damit«, beharrte sie.

»Dann ein paar Eier und etwas Toast.« Es war sinnlos, sich mit ihr anzulegen. Sie würde alles daransetzen, mich zum Essen zu bewegen, notfalls auch mit Gewalt.

Belle warf mir einen *Und-was-machen-wir-jetzt*-Blick zu, und ich runzelte die Stirn. Philip war jemand, der häufig die Nase über andere Menschen und deren Lebenswandel rümpfte. Vermutlich passte ihm Alexanders Vergangenheit nicht, und wenn auch nur die Hälfte davon stimmte, was die Klatschpresse über ihn verbreitete, konnte ich es ihm nicht verdenken. Aber er kannte ihn nicht. Sie waren irgendwie entfernt miteinander verwandt, das wusste ich, aber ein familiäres Verhältnis hatten sie deswegen noch lange nicht.

»Und was habt ihr heute so vor?«, fragte Belle, um die Spannung zu vertreiben.

»Ich weiß nicht recht«, antwortete ich.

»Dann lass uns shoppen gehen.«

Unwillkürlich schweifte mein Blick zu Alexander, um zu sehen, ob er seine Zustimmung geben würde. Doch sobald mir klar wurde, was ich da tat, schüttelte ich mich innerlich. Alexander und ich hatten für heute keine Pläne, also konnte ich tun, was und mit wem ich wollte.

Alexander hatte meinen fragenden Blick bemerkt und antworte Belle: »Mein Vater wird garantiert eine Erklärung verlangen, warum ich gestern Abend so früh verschwunden bin. Das kann ein paar Stunden dauern.«

Tut mir leid, formte ich lautlos mit den Lippen, doch er wiegelte mit einer lässigen Handbewegung ab und lächelte.

»Dann lass uns shoppen gehen!«, rief Belle und klatschte

begeistert in die Hände. »In Notting Hill hat eine neue Boutique aufgemacht.«

»Notting Hill an einem Samstag ist die pure Hölle«, meinte Philip, aber wir beachteten ihn gar nicht.

»Ich muss nur kurz duschen, dann bin ich so weit«, sagte ich und wandte mich Alexander zu. »Bist du sicher, dass du nicht mitkommen willst?«

»Das würde ich gern, aber die Pflicht ruft«, antwortete er grimmig.

Philip brach in schallendes Gelächter aus.

»Was ist daran so lustig?«, fragte Alexander.

»Du und Pflichtgefühl?«, gab Philip zurück.

»Philip!«, rief Belle, aber es war zu spät.

»Ich habe sieben Jahre in Afghanistan und dem Irak gedient.« Alexanders Stimme troff vor Verachtung. »Vermutlich weiß ich mehr über Pflichten als die meisten in diesem Land.«

»Und was ist mit Ehrgefühl?«, fragte Philip. »Hast du das da auch entwickelt? Oder ist es dafür längst zu spät?«

Belle war ebenso schockiert wie ich, doch keine von uns brachte einen Ton heraus. Stattdessen konnten wir nur zusehen, wie Alexander aufstand, in mein Zimmer stürmte und Augenblicke später mit seinem Jackett und Schuhen in der Hand wieder auftauchte.

»Du brauchst nicht zu gehen«, sagte ich leise.

»Ich habe einiges zu erledigen«, erwiderte er verdrossen und trat an mir vorbei zur Tür.

Bevor er sie öffnete, wirbelte er herum, packte mich bei den Schultern und küsste mich demonstrativ und besitzergreifend auf den Mund. Wieder markierte er mich als seinen Besitz; diesmal in der Absicht, dass Philip es sah. Ich wusste, dass ich ihn daran hindern sollte, aber ich konnte ihm einfach nicht widerstehen. Schließlich löste er sich von mir und strich mir, ein grimmiges Lächeln auf den Lippen, mit dem Finger über die Unterlippe.

»Viel Spaß.«

Ich schluckte und bemühte mich um eine muntere Miene. »Den werden wir bestimmt haben. Notting Hill ist mein Lieblingsstadtteil.«

Alexander sah aus, als wollte er etwas sagen, schien sich jedoch eines Besseren zu besinnen. »Bis bald, Süße.«

Das war definitiv kein Abschied, wie ich ihn mir erhofft hatte. Ich hatte keine Ahnung, was ich mir unter seinem *Bis bald* vorstellen sollte. Ich fröstelte bei dem Gedanken, dass ich ihn womöglich niemals wiedersah. Noch hatten wir nicht darüber gesprochen, was heute Nacht vorgefallen war. War die Situation außer Kontrolle geraten?

Belle trat neben mich, als die Tür hinter ihm ins Schloss fiel. »Das wird schon.«

Am liebsten wäre ich herumgewirbelt und hätte sie angeschrien, aber sie konnte ja nichts für Philips Verhalten. Im Gegensatz zu ihm. Das würde ich ihm niemals verzeihen.

Nachdem ich geduscht und mich im Bad fertig gemacht hatte, konnte ich es kaum erwarten, aus dem Haus zu kommen und irgendetwas Normales zu tun. Dass ich keine Karriere als Shoppingkönigin anstrebte wie meine Mutter, hieß noch lange nicht, dass ich mich gegen die Ablenkung sträubte. Ich musste an etwas anderes denken, und das gelang mit niemandem besser als mit Belle.

»Fertig?«, rief ich und klopfte an ihre Tür.

»Fünf Minuten!«

Ich ließ mich auf die Couch fallen und blätterte in einem von Belles Modemagazinen. Vielleicht sollte ich mir Notizen machen? Ich kannte mich mit Mode und Trends überhaupt nicht aus, aber jetzt, wo ich einen Job hatte, würde ich mit Jeans und T-Shirt nicht mehr überall durchkommen.

Philip kam pfeifend ins Wohnzimmer, verstummte jedoch abrupt, als er mich sah. Ich war davon ausgegangen, dass er nach dem Disput mit Alexander ebenfalls nach Hause gegangen war, doch wie es aussah, hatte ich mich geirrt. Mit finsterer Miene stand ich auf und wollte in mein Zimmer gehen, doch er rief mir hinterher.

»Clara!«

Ich blieb stehen, kreuzte die Arme vor der Brust und wartete. Nichts, was er sagte, würde seinen Ausbruch wiedergutmachen.

»Ich entschuldige mich für mein Benehmen«, sagte er. »Aber du musst wissen, dass ich mit Alexander aufgewachsen bin.«

»Das ist ja mal eine tolle Entschuldigung«, fauchte ich.

»Lass es mich doch bitte erklären«, fuhr er fort, ohne auf meine Bemerkung einzugehen. »Alexander ist nicht so, wie du glaubst. Er ist ein übler Bursche und hat jede Menge Geheimnisse.«

»Und lass mich raten – du kennst sie alle.« Ich wusste selbst, dass Alexander eine dunkle Seite besaß, und im Gegensatz zu Philip kannte ich sie nicht nur vom Hörensagen, sondern hatte sie am eigenen Leib erlebt.

»Nein, aber ich habe die Gerüchte gehört, die bei den offiziellen Veranstaltungen die Runde machen.«

»Hat deine Mutter dir nicht beigebracht, nicht alles zu glauben, was man dir erzählt?«

»Vermutlich schon«, gab er zurück, »aber sie hat mir auch beigebracht, gut aufzupassen, wem man vertraut. Und ich vertraue den Menschen, die mir erzählt haben, wie Alexander Frauen behandelt. Er benutzt sie. Und er treibt verkorkste Sachen mit ihnen hinter verschlossenen Türen.« Er trat einen Schritt näher. »Erlaube mir die Frage, Clara – vertraust du Alexander?«

All das war nichts Neues für mich, die Frage nach dem Vertrauen hingegen ... das war eine andere Geschichte. Ich musste an das ständige Hin und Her seit unserer ersten Begegnung denken, aber dann sah ich Alexanders Gesicht vor mir, wie er sich mir heute Nacht geöffnet und die Kontrolle über mich und meinen Körper übernommen hatte. Das war Antwort genug. »Ja, ich vertraue ihm.«

»Dann hoffe ich zu deinem eigenen Besten, dass ich mich irre. Pass gut auf dich auf, Clara.«

Er verschwand wieder in Belles Zimmer, während ich zurückblieb und mir Gedanken über meine Zurechnungsfähigkeit machte. Sah Philip etwas, das mir verborgen blieb? War ich blind vor Verlangen oder ... Ich schüttelte den Kopf. Die Alternative war weitaus schlimmer. Ich zwang mich zu einem Lächeln, als Belle hereinkam.

»Fertig?«, fragte sie.

Ich nahm meine Handtasche. »Definitiv.«

***

Das Wochenende verging, ohne dass ich etwas von Alexander hörte, und ich spürte erste Zweifel in mir aufkeimen. Er hatte gegen seine eigenen Regeln verstoßen und mir einen Teil von sich gezeigt, den er vor aller Welt hatte verborgen halten wollen, und ich hatte ihn noch einen Schritt weiter getrieben.

Dieser Gedanke beschäftigte mich auch noch, als ich am Montagmorgen ins Büro kam. Ich war bewusst früh aufgebrochen, um den neugierigen Blicken der anderen zu entgehen, und die wenigen, die sogar noch vor mir da waren, beschränkten sich zum Glück auf ein schläfriges »Guten Morgen«.

Auf meinem Schreibtisch erwartete mich die Antwort auf die Frage, die mich das ganze Wochenende beschäftigt hatte. Ich nahm den Umschlag, den wieder ein Kurier überbracht haben musste, und strich mit dem Finger über das glatte Wachssiegel, ehe ich die Karte herauszog.

Süße,

ich hoffe, deine Arbeitswoche wird nicht so dramatisch. Ich bin noch mit Familienangelegenheiten beschäftigt, aber wir sehen uns bald wieder.

X

Ich drückte die Karte an meine Brust und sah mich um, ob mich jemand beobachtete. Die Vorstellung, dass seine Worte ganz allein für mich gedacht waren, hatte etwas unglaublich Erregendes. Ich zog meine Schreibtischschublade auf, um die Karte hineinzulegen, überlegte es mir dann anders und verstaute sie in meiner Handtasche. Ich wollte Gerüchten vorbeugen, die sich negativ auf meine Arbeit auswirken könnten, außerdem wusste ich nicht, ob ich den Menschen hier trauen konnte. Immerhin waren private Informationen über Alexander heiß begehrt.

Bennetts Lockenkopf erschien im Türrahmen. Ich sah die Neugier in seinen Augen blitzen. »Heute Morgen wurde von einem Kurier etwas für Sie abgegeben.«

»Ja, ich habe es bekommen. Danke.« So süß mein neuer Boss auch sein mochte, war es wohl klüger, nicht mehr preiszugeben.

»Und ich habe Sie am Wochenende auf *Entertainment Today* gesehen«, fuhr er neckend fort. »Sie müssen sich wie Aschenputtel gefühlt haben, oder?«

Absolut. Wie in der Szene, in der sie von dem Ball flüchtet. Aber ich behielt meine Gedanken für mich und zuckte bloß die Achseln, fest entschlossen, seine gutmütigen Neckereien an mir abprallen zu lassen. »Ich hatte beim Heimkommen noch beide Schuhe an, also nein, so leid es mir tut.«

»Okay, bitte keine weiteren Details.« Er presste sich die Hand auf die Brust. »Ich bin desillusioniert.«

Ich verdrehte die Augen und griff nach meinem Notizblock. »Haben wir nicht ein Meeting vorzubereiten?«

»Ja. Isaac Blues PR-Beraterin hat den Termin für nächsten Dienstag bestätigt.«

Innerhalb von Sekunden hatte er in den Business-Modus umgeschaltet. Gemeinsam legten wir uns eine Strategie für die neue Kampagne zurecht und besprachen meinen Part bei der Präsentation. Als Bennett schließlich aufstand, war es fast Mittag.

»Ich werde mir etwas zu essen ins Büro bestellen müssen«, meinte er und warf einen Blick auf seine Uhr. »Ich hatte den Mädchen versprochen, am Wochenende nicht zu arbeiten, deshalb platzt mein Posteingang aus allen Nähten.«

»Ich wollte mir etwas holen gehen. Soll ich Ihnen etwas mitbringen?«

Ein Lächeln breitete sich auf seinem Gesicht aus. »Clara, Sie sind ein Engel. An der Ecke ist ein toller Inder, aber über Mittag herrscht dort Hochbetrieb, deshalb sollten Sie vielleicht lieber vorher anrufen.«

Ich suchte die Seite im Internet und gab meine Bestellung telefonisch durch, dann nahm ich meine Handtasche und machte mich auf den Weg.

Draußen herrschte die für einen Montagmittag übliche Geschäftigkeit. Es war wärmer geworden, und in der Luft lag die Schwüle des beginnenden Sommers. Ich nahm mein Haar zu einem lockeren Knoten im Nacken zusammen und löste ein paar verschwitzte Strähnen, die mir am Hals klebten. Trotz der Schwüle genoss ich die Wärme auf meiner Haut. Nach dem verregneten Frühling freute ich mich auf den Sommer.

Der aromatische Duft nach Koriander wehte mir entgegen, als ich das indische Lokal betrat und mich am Tresen anstellte. Mir knurrte der Magen. Zwanzig Minuten später machte ich mich mit zwei Tüten voll Chicken Tandoori, Reis und Linsensuppe auf den Rückweg zum Büro. Ich überquerte die Straße, um dem Fußgängerstrom zu entgehen, und da sah ich es.

Mein Gesicht auf der Titelseite eines Magazins. Genauer gesagt, mein Gesicht als Fünfzehnjährige.

Hungern für seine Liebe: Bishops zerstörerisches Geheimnis.

Die Vergangenheit, die ich so verzweifelt zu vergessen versucht hatte, sprang mir von jedem Klatschblatt am Zeitungskiosk entgegen.

19

Nach meiner Rückkehr ins Büro machte ich mir eine Checkliste mit Dingen, die ich zu tun hatte, und arbeitete sie mechanisch ab. Normale Menschen brauchten keine Liste, die sie daran erinnert, sich an ihren Schreibtisch zu setzen, ihre Mails zu checken oder etwas zu trinken. Aber die Gesichter von normalen Menschen prangen auch nicht auf den Titelseiten der Klatschblätter. Ich hatte eine ganze Reihe therapeutischer Kniffe gelernt, auf die ich im Notfall zurückgreifen konnte, aber mehrere Jahre keinen Anlass mehr gehabt, sie einzusetzen. Heute setzte ich sie alle ein – ich schützte mich vor negativen Einflüssen, indem ich mein Handy ausschaltete und nicht mehr ins Internet ging. Dann aß ich mit dem völlig ahnungslosen Bennett zu Mittag und konzentrierte mich darauf, meine Arbeit zu erledigen. Und ich versuchte, so behutsam und nett mit mir selbst umzugehen, wie ich nur konnte.

Das entpuppte sich als der schwierigste Part. So war es schon immer gewesen. Seit meinem fünfzehnten Lebensjahr hatte ich einen beachtlichen Weg zurückgelegt, wusste aber ganz genau, wie schnell ich einen Rückfall erleiden konnte. Niemand konnte verstehen, dass es kein bewusster Entschluss war, nichts zu essen. Wenn ich unter Stress stand, vergaß ich es manchmal einfach, weil alle anderen Dinge permanent Vorrang hatten. Das Problem war, dass diese Angewohnheit eine tief sitzende psychische Ursache hatte. Nur zu vergessen, dass man etwas essen sollte, ist eine Sache; einen Körper zu haben, der nicht merkte, dass er Nahrung brauchte, eine ganz andere.

Ich hatte mich so sehr darum bemüht, meine negative Einstellung zu meinem Körper in den Griff zu bekommen, und nun passierte so etwas. Damit hatte ich nicht gerechnet. Andererseits war es nichts Neues: Die Schlagzeilen, die alten Fotos ... nichts als Vorwürfe, Anklagen. Die wahre Geschichte dahinter interessierte keinen. Es ging nur darum, Auflage zu machen und Zeitungen zu verkaufen, und genau das war es, was mich so fertigmachte. Alexander hatte jahrelang Zeit gehabt, sich daran zu gewöhnen, ich dagegen nicht. Das Haus, in dem ich wohnte, war zum Campingplatz für Paparazzi geworden, mein Liebesleben wurde in Klatschblogs zerpflückt. Ich hätte wissen müssen, dass sie tiefer graben würden. Und jetzt hatten sie unter dem Deckmäntelchen der Unterhaltung meine Vergangenheit ans Licht gezerrt – wenn ich länger darüber nachdachte, würde ich noch den Verstand verlieren.

Bis Feierabend hatte ich ein Pensum von mehreren Tagen abgearbeitet. Die Isaac-Blue-Präsentation war so weit fertig, dass Bennett sie nur noch absegnen musste, außerdem hatte ich mit dem neuen Mail-Newsletter angefangen. Doch obwohl ich fieberhaft nachdachte und arbeitete, lauerten die düsteren Gedanken unablässig im hintersten Teil meines Kopfes. Diesmal war jeder Versuch, alles zu verdrängen, zwecklos, weil mir die Realität knallhart ins Gesicht schlug, sobald ich die Tür aufmachte und hinaustrat.

Irgendwann klopfte Bennett gegen den Rahmen meiner Bürobox. »Und, alles in Ordnung? Sie sind ja völlig vertieft.«

»Mir geht's gut.« Ich rang mir ein Lächeln ab. »Ich habe gerade die Präsentation für Isaac Blue fertig.«

»Die Grafiken etwa auch?«, fragte er verblüfft.

»Ja, ich habe sie Ihnen gerade gemailt.«

Bennett reckte die Faust; für den Bruchteil einer Sekunde konnte ich den jungen Mann erkennen, der er einst gewesen war. Diese jungenhafte, aufrichtige Geste machte ihn mir noch sympathischer. »Ich habe keine Ahnung, wie Sie das in so kurzer Zeit geschafft haben.«

»Jetzt arbeite ich gerade am neuen Firmen-Newsletter«, fügte ich hinzu. »Ich habe mir überlegt ...«

»Clara«, unterbrach er. »Sie sind ja ein noch schlimmerer Workaholic als ich. Es ist schon halb sechs durch.«

»Nein!« Ich wirbelte auf meinem Schreibtischstuhl herum und sah auf die Uhr auf meinem Desktop. Mein Puls beschleunigte sich, als ich sah, dass er recht hatte.

»Höchste Zeit, Feierabend zu machen und nach Hause zu gehen. Oder müssen Sie heute Abend schon wieder auf einen feudalen Ball?«

Ich zwang mich zu einem Lächeln. »Ich mache das hier noch schnell fertig, dann bin ich weg.«

»Okay, dann bis morgen.« Er hielt inne. »Ich kann Sie auch gern nach Hause bringen.«

Ich winkte ab, sorgsam darauf bedacht, das leichte Zittern meiner Hände zu verbergen. »Gehen Sie nach Hause zu Ihren Mädchen. In fünf Minuten packe ich zusammen, versprochen.«

Eine Viertelstunde später konnte ich es nicht länger hinauszögern. Ich stieg in den Aufzug, bevor die Panik mir die Luft abschnüren konnte. Was, wenn ich es nicht schaffte, an den Reportern vorbeizukommen? Wenn sie mir nach Hause folgten? Abgesehen von diesen rein praktischen Überlegungen stellte sich mir auch eine Handvoll hypothetischer, aber weitaus heiklerer Fragen. Was würde meine Mutter dazu sagen? Könnte ich am Ende sogar meinen Job verlieren?

Was dachte Alexander von mir?

Dass er es mitbekommen hatte, bezweifelte ich keine Sekunde lang. Genauso wenig wie die Tatsache, dass es das Ende bedeuten würde. Denn völlig egal, was ich geschafft hatte oder wo ich heute im Leben stand, Alexander konnte sich keine weiteren Skandale oder Peinlichkeiten mehr erlauben, und ich war gerade beides. Nach dem heutigen Tag blieb ihm im Grunde gar keine andere Wahl, als sich von mir zu trennen, was ich sogar verstand. Seit der Karte heute Morgen hatte ich nichts von ihm gehört, und er war auch nicht im Büro aufgetaucht. Allem Anschein nach distanzierte er sich bereits von diesem Wrack namens Clara Bishop. Er konnte jede Frau haben, warum also sollte es ausgerechnet ich sein?

Ich verdrängte meinen Schmerz und schloss ihn im hintersten Winkel meines Herzens ein, ehe ich vor die Tür trat, fest entschlossen, mich meiner Vergangenheit zu stellen.

Achtundzwanzig Schritte bis zur Drehtür. Ich zählte sie, um mich mit irgendetwas Banalem abzulenken. Dennoch schlug mir das Herz bis zum Hals, während meine Absätze über den Marmorfußboden klackerten. Die Sonne fiel durch die Glasscheiben. In diesem Moment kam mir ein Spruch meines Therapeuten wieder in den Sinn: »Wieso warten, bis die Sonne hinter den Wolken hervorkommt, wenn man auch das Licht einschalten kann?«

Das sagt sich so leicht, dachte ich, trat aus dem Gebäude und setzte meine Sonnenbrille auf. Beim Anblick der Paparazzi, die mir bereits auflauerten, hätte ich das Licht am liebsten einfach ausgeknipst, aber es war sinnlos. Die Fotografen scharten sich so dicht um mich, dass ich mich kaum zwischen ihnen hindurchschieben konnte.

Clara, sind Sie aktuell in Therapie?
Weiß Alexander von Ihrer Magersucht?
Stimmt es, dass Sie erst letztes Jahr in Behandlung waren?

Ich presste die Lippen aufeinander und drängelte mich zum Gehsteig durch. Ein klein gewachsener Reporter in meinem Alter mit einer Yankees-Baseballkappe auf dem Kopf pflanzte sich mit gezücktem Handy vor mir auf. »Lächeln, Süße. Ich will schließlich kein Foto mit Doppelkinn.«

In diesem Moment riss mein Geduldsfaden, und ich stürmte auf ihn zu. Er wich zurück, aber ich blieb erst stehen, als sein unrasiertes Gesicht direkt vor meiner Nase war. »Für Sie ist das alles ein Riesenspaß, was? Haben Sie überhaupt so etwas wie Gefühle? So wie ich das sehe, haben Sie alle miteinander vergessen, dass auch Sie Menschen sind. Los, erzählen Sie mir doch mal Ihre Geheimnisse. Raus damit! Das können Sie nicht, stimmt's?«

»Ich will doch bloß ein Foto!« Der Mann hob kapitulierend die Hände. Aber wenn er glaubte, dass er so einfach davonkam, hatte er sich geschnitten.

»Sie sind ein Stück Scheiße. Sie alle! Haben Sie jemals daran gedacht, dass ich auch Gefühle habe? Oder was eine Story wie diese mit jemandem machen kann, der auf dem Weg der Besserung ist? Oder wie sie bei Menschen mit dieser Krankheit ankommt, die zu große Angst haben, um Hilfe zu bitten?« Ich fuhr herum und zeigte mit dem Finger in die Runde. Inzwischen richtete sich meine Wut nicht länger gegen diesen einen Reporter, sondern gegen sie alle. »Sie sind doch alle völlig kaputt. Noch dazu ist das alles kalter Kaffee. Lassen Sie mich endlich in Ruhe, und verschwinden Sie aus meinem Leben!«

Eine Brünette mit zu viel Lippenstift sah mich mit aufgesetztem Mitgefühl an. »Clara, wir wollen doch nur helfen.«

»Helfen? Helfen!« Ich brach in hysterisches Gelächter aus. »Ich brauche Ihre Hilfe nicht. Kapieren Sie das nicht? Ich brauche Sie nicht, damit es mir besser geht.«

Sie trat näher und machte Anstalten, meinen Arm zu berühren.

»Halt!«, stieß ich leise hervor. »Fassen Sie mich verdammt noch mal nicht an!«

Sie schnappte nach Luft und wirbelte zu dem Kameramann hinter ihr herum. »Hast du das?«

Entsetzt sah ich zu, wie sie vor meinen Augen ihren Kommentar in die Kamera sprach. Diese Menschen hatten keinerlei Schamgefühl, sie waren nichts als eine Horde gewissenloser Blutsauger. Gerade als ich ihr so richtig die Meinung sagen wollte, stand Norris neben mir.

»Miss Bishop.« Schützend legte er den Arm um mich und schob mich in Richtung Straße, während uns die Reporter immer noch ihre Fragen entgegenbellten. Dankbar barg ich das Gesicht an seiner Schulter. Ein Glück, dass er aufgetaucht war. Aber wo steckte Alexander?

Norris öffnete mir die Wagentür. Ich stieg ein und ließ mich mit einem erleichterten Seufzer in die Polster sinken. Doch meine friedliche Stimmung war von kurzer Dauer. Der Rolls-Royce löste sich vom Straßenrand und fädelte sich in den abendlichen Verkehr ein. Nachdem ich der Paparazzihorde sicher entkommen war, stieg erneut Wut in mir auf. Ich hätte gern geweint, war aber zu wütend und schockiert, um Tränen zu produzieren. Die Begegnung mit den Reportern würde nicht ohne Folgen bleiben. Mit meiner Reaktion hatte ich ihnen frisches Futter geliefert – morgen wären die Blätter voll mit Berichten über Clara Bishop, die wutschnaubend auf Reporter losging. Trotzdem bereute ich nicht, was ich getan hatte. Jemand musste ihnen doch mal die Meinung sagen, und Alexander konnte sich so etwas nicht erlauben. Mein unüberlegter Ausbruch würde schon bald wieder vergessen sein, ersetzt von den Sünden seiner nächsten Freundin. In einem Monat war ich längst Vergangenheit, Alexander hingegen immer noch der Thronfolger.

Ich konnte es ihm nicht verdenken, dass er nicht aufgetaucht war. Immerhin hatte er Norris geschickt, um mich zu beschützen, und damit sein Versprechen gehalten. Selbst wenn er nun dachte, dass ich die Mühe nicht wert war.

Die Wohnung war dunkel, als ich nach Hause kam, und sämtliche Dämme in mir brachen. Ich schluchzte haltlos, als ich in der Küche einen Zettel von Belle fand, dass sie über Nacht bei Philip bleiben würde. Natürlich war es egoistisch, sie hier bei mir haben zu wollen, aber ich brauchte jetzt meine beste Freundin. Ich kramte in der Handtasche nach meinem Handy, bis mir einfiel, dass ich es ja ausgeschaltet und in meine Schreibtischschublade im Büro gelegt hatte. Jetzt stand ich da, heulend, ohne Handy, ohne meine Freundin, und Alexander hatte mir seinen Leibwächter geschickt, damit der mich nach Hause brachte. *Was für eine Demütigung*, dachte ich, während mir die Tränen über die Wangen liefen.

Ich schlurfte zu meinem Zimmer hinüber, ich wollte nur noch ins Bett. Vorwürfe würde ich mir nicht machen, aber ein bisschen Selbstmitleid würde doch erlaubt sein. Seit ich

Alexander begegnet war, hatte ich alles versucht, um niemandem Angriffsfläche zu bieten. Die Reporter lechzten nach Drama und pikanten Geheimnissen, und ich war für dieses Leben einfach nicht geschaffen. Alexander war nicht aufgetaucht, weil er das nur zu gut wusste. Und jetzt hatte auch ich das endlich kapiert.

Abrupt blieb ich vor der Tür stehen, als ich sah, dass in meinem Zimmer Licht brannte, obwohl ich es heute Morgen gar nicht angeknipst hatte. Früher hätte mir das vielleicht Angst gemacht, doch heute wusste ich, was mich drinnen erwarten würde. Ich schob die Tür weiter auf und ging ins Zimmer.

Alexander saß in dem Sessel am Fenster und blickte auf die Straße hinaus. Mein Herz krampfte sich zusammen. In einer gebieterischen Geste hatte er die Arme auf die Lehnen gelegt und schien den Raum allein mit seiner Gegenwart mühelos zu füllen. Er trug ein schwarzes T-Shirt, dessen Ärmel sich um seinen Bizeps spannten, doch seine lässige Kleidung vermochte die brutale Autorität, die von ihm ausging, nicht zu kaschieren.

Er sagte kein Wort, und ich brachte nicht die Energie auf, ihn anzusprechen. Stattdessen ließ ich mich aufs Bett fallen, zog ein Kopfkissen heran und schlang die Arme darum. Einige Minuten vergingen. Schließlich stand er auf, trat zum Bett und blickte mich mit routinierter Gleichgültigkeit an. Zum ersten Mal bemerkte ich das leichte Zucken seines Kiefers.

»Stimmt es?«, fragte er ruhig.

Ich schluckte. Ich wusste, dass meine Antwort das Band zwischen uns zerschneiden würde. Hatte ich mir ernsthaft eingebildet, dass es unzerstörbar war? Vielleicht war ich wirklich so naiv, wie die Medien mich darstellten. »Ja.«

Sein Kiefer spannte sich unübersehbar an, und er wandte sich ab, während ich gegen meine Tränen anblinzelte. Ich wollte nicht weinen ... nicht, solange er noch hier war. Doch statt zu gehen, trat er zur Wand, hob die Faust und schlug mit voller Wucht dagegen. Erschrocken sprang ich auf und sah zu, wie er sich die Knöchel rieb. Loser Putz rieselte aus einer kleinen Delle auf den Boden.

»Es tut mir leid«, rief ich und spürte, dass ich die Tränen nicht länger zurückhalten konnte. »Ich bin nicht perfekt. Es tut mir leid, dass du es nicht wusstest. Du musst jetzt gehen.«

Alexander fuhr herum. »Du glaubst, ich wäre wütend auf dich?«

»Ich habe keine Ahnung, wie sie es herausgefunden haben«, sprudelte es aus mir heraus. »Ich habe vor der Uni eine Therapie gemacht und war während des ersten Collegejahrs bei einem Psychiater. Vor einem Jahr hatte ich einen Rückfall, aber nichts davon ist an die Öffentlichkeit gelangt.«

»Für dich gibt es jetzt keine Geheimnisse mehr, Clara.«

»Das habe ich inzwischen auch schon begriffen. Ich weiß, dass ich dir eine Erklärung schuldig bin, aber ...«

»Du schuldest mir gar nichts.« Seine Stimme klang so sanft, dass ich innehielt. Er trat auf mich zu. »Verstehst du? Du schuldest mir *nichts*.« Er umfasste mein Kinn und zwang mich, ihm in die Augen zu sehen.

Sein perfektes, wunderschönes Gesicht verschwamm vor meinen tränennassen Augen. Ich schüttelte den Kopf. Ich verstand nicht, was er meinte. Heute verstand ich absolut gar nichts. Stattdessen spürte ich nur, dass er mir immer weiter entglitt.

Mein Leben geriet immer mehr außer Kontrolle, und ich hatte nichts, woran ich mich festhalten konnte.

»Aber es ist wichtig, dass du es verstehst«, flüsterte ich. Ich konnte mich nicht dazu bringen, den Rest meines Gedankens laut auszusprechen. *Bevor du mich verlässt.*

»Wenn du es willst, dann höre ich dir zu. Aber du schuldest mir keine Erklärung. Nichts, was du sagst, wird etwas zwischen uns ändern.«

Ich riss mich von ihm los und taumelte zwei Schritte zurück. Die Bedeutung seiner Worte sank in mich ein. Er hatte seine Entscheidung getroffen. »Dann geh.«

»Ich will nicht gehen.« Alexander trat einen Schritt näher und hielt inne. »Warum bin ich deiner Meinung nach wohl hier?«

»Ich verstehe dich«, sagte ich, unfähig, ihm ins Gesicht zu sehen. »Du brauchst nicht noch mehr Dramen. Du brauchst keine Freundin, die sich zwingen muss, ihren Körper anzunehmen und zu lieben, und die sich einen Wecker stellen muss, um das Essen nicht zu vergessen. Ich mache dir keinen Vorwurf daraus.«

»Ich verlasse dich nicht«, sagte er leise. »Perfektion wollte ich nie. Sondern immer nur dich.«

Einen Moment lang schwankte ich, und seine Hand schnellte vor, um mich aufzufangen. Er hob mich auf seine Arme und trug mich zum Bett, wo er mich auf die Matratze legte, ohne mich loszulassen. Sein Duft nach Seife, einem würzigen Eau de Cologne und etwas anderem, das ich nicht beschreiben konnte, stieg mir in die Nase. Erst als meine Tränen versiegt waren und ich mich ein wenig beruhigt hatte, löste er seinen Griff, dennoch blieb ich in seinen Armen liegen.

»Ich will, dass du es verstehst«, murmelte ich. Wir hatten beide Geheimnisse, und ich hatte begriffen, dass ich ihm meine nicht vorenthalten konnte.

Alexander nickte wortlos.

Ich holte zitternd Luft und konzentrierte mich darauf, was ich in der Gruppentherapie gelernt hatte – mich zu öffnen und andere an meiner Geschichte teilhaben lassen. *Niemand urteilt über dich*, sagte ich mir. Das hatte damals gestimmt und stimmte auch jetzt. Alexander wollte mich nicht verlassen. Eigentlich hätte mich das beruhigen müssen, aber erst wenn ich ihm alles erzählt hatte, konnte ich mir wirklich sicher sein.

»Es fing in der Schule an. Meine Mutter wollte unbedingt, dass ich auf eine exklusive Privatschule in Kalifornien gehe, und mein Vater hat sich wie üblich von ihr überreden lassen. Ich wollte nicht. Ich war vierzehn und wollte bei meinen Freunden bleiben, aber ich hatte keinerlei Mitspracherecht. Das hat den Wechsel vermutlich noch schlimmer gemacht. Es fiel mir schwer, mich einzuleben und neue Kontakte zu knüpfen.« Ich hielt inne. »Irgendwann hat mich eines der älteren Mädchen unter ihre Fittiche genommen, sie hat mir alles über Jungs und Schminken beigebracht. Keine Ahnung, warum, aber ich dachte, sie sei bei allen beliebt. Wahrscheinlich weil sie immer so fröhlich wirkte. Eines Tages bekam ich mit, wie sie nach dem Mittagessen aufs Klo ging und sich erbrach.«

Alexanders Arme schlossen sich fester um mich, doch er nickte aufmunternd.

»Sie wollte, dass ich es auch versuche, und als ich nicht wollte, fing sie an, Hinweise auszustreuen. Das Fett würde unter meinem BH rausquellen. In der Umkleidekabine schlug sie mir auf den nackten Schenkel und lachte, als es wabbelte. Also bin ich eines Abends nach dem Essen mit ihr auf die Toilette gegangen, um mich zu erbrechen. Es fiel mir schrecklich schwer, und eine ganze Weile sah es so aus, als würde ich es überhaupt nicht hinkriegen. Sie stand daneben und lachte mich die ganze Zeit aus, bis ich es endlich schaffte. Ich wollte es nie wieder machen. Ich fand es schrecklich, aber sie war meine einzige Freundin.« Wieder hielt ich kurz inne. »Selbst jetzt, nach all den Jahren, komme ich mir noch total blöd vor, wenn ich es jemandem erzähle.«

Alexander legte einen Finger unter mein Kinn und hob es an. »Du bist überhaupt nicht blöd.«

»Besonders schlau war ich allerdings auch nicht. Sie hat behauptet, meine Eltern hätten mich weggeschickt, weil sie sich für mich schämen würden. Und ich habe ihr geglaubt. Und je dünner ich wäre, umso lieber würden mich die Leute mögen. Als ich in den Ferien nach Hause kam, wog ich weniger als fünfzig Kilo. Meine Mom ...« Meine Stimme brach, und ein Schluchzen drang aus meiner Kehle. Alexander gab mir einen Kuss auf die Stirn und wartete ab. »Als meine Mutter mich sah, fing sie an zu weinen. Sie haben mich von der Schule genommen, und Mom hat mich jeden Tag zur Therapie gefahren. Sie wollte mich nicht in eine Klinik einweisen lassen. Im Sommer darauf sind wir nach England gezogen. Dad dachte, ich wäre hier besser aufgehoben, womit er ja vielleicht auch recht hatte.«

»Das hatte er.« Alexander vergrub das Gesicht an meinem Hals. »Weil du jetzt bei mir bist, Süße.«

Bei seinen Worten flatterten Schmetterlinge in meinen

Bauch auf. Doch ich zwang mich weiterzureden. »Die Therapie hat mir wirklich gutgetan. Ich habe gelernt, dass meine Essstörung eine Bewältigungsstrategie ist, mit der ich auf Stress oder Einsamkeit reagiere. Ich setzte die Therapie bis zum zweiten Studienjahr fort, und dann habe ich Daniel kennengelernt.«

»Der Typ, der versucht hat, dich zu brechen?«, fragte Alexander mit mühsam unterdrückter Verachtung.

»Ich hätte ihn durchschauen müssen«, meinte ich.

»Nimm ihn nicht auch noch in Schutz«, sagte Alexander.

»Anfangs lief es ganz gut, aber dann hat sich alles verändert. In der einen Minute tat er so, als wäre ich der wichtigste Mensch in seinem Leben, in der nächsten gab er mir die Schuld an seiner miesen Laune. Er hat kritisiert, wie viel ich esse, und mir Vorhaltungen gemacht, weil ich keinen Sport trieb, außerdem konnte er es nicht ertragen, wenn ich bessere Noten hatte als er. An meinem Geburtstag, an dem ich offiziell Zugriff auf meinen Treuhandfonds bekam, kamen wir abends nach der Party nach Hause. Ich sagte, ich sei müde, und wollte schlafen gehen, aber das passte ihm nicht. Er warf mir vor, ich würde ihn bevormunden, sei elitär und zu versnobt, um mit ihm ins Bett zu gehen. Das Ganze ist komplett aus dem Ruder gelaufen, und er hat mich beinahe ...«

Alexander sprang auf und bedeutete mir mit einer ungeduldigen Geste fortzufahren, während er ruhelos im Raum auf und ab ging.

Er wirkte angespannt, und ich wählte meine nächsten Worte mit Bedacht. »Aber es kam nicht dazu«, fuhr ich fort. »Belle ist nach Hause gekommen und hat gedroht, die Polizei zu rufen, als sie gesehen hat, was los war. Eigentlich hätte mir dieser Vorfall zeigen müssen, was er mir antat, aber ich glaubte trotzdem immer noch, ich würde ihn lieben. Ich weigerte mich, wieder zur Therapie zu gehen, obwohl Belle mich dazu drängte. Es ging mir gut. Alles war unter Kontrolle, aber dann bin ich im Unterricht plötzlich umgekippt. Im Krankenhaus fragten sie mich, wann ich das letzte Mal meine Tage hatte, und ich wusste es nicht.«

Alexanders Miene war starr und ausdruckslos.

»Ich dachte, ich sei schwanger, und die Vorstellung, ein Baby von Daniel zu bekommen, machte mir solche Angst, dass mir schlecht wurde. Sie mussten mich mit Sauerstoff versorgen und mir eine Magensonde legen.« Bei der Erinnerung an diesen Tag im Krankenhaus und meine Gefühlsachterbahn brach meine Stimme. »Es war nicht die Vorstellung, ein Baby zu bekommen, die mir solche Angst machte, sondern ich fürchtete mich davor, damit für immer an Daniel gebunden zu sein. Als ich begriff, dass er der Vater meines Kindes sein würde, fiel ich in ein tiefes Loch. Das war der absolute Tiefpunkt.«

»Also hast du es beendet«, sagte Alexander, der seine Wanderung inzwischen unterbrochen hatte und neben dem Bett stehen geblieben war.

»Das brauchte ich gar nicht.« Ich stieß ein freudloses Lachen aus. Unfassbar, wie naiv ich damals gewesen war. »Der Test fiel negativ aus. Ich war nicht schwanger, sondern nur unterernährt. Meine Leber hatte ihre Funktion nahezu eingestellt. Ich stand kurz vor dem Organversagen. Dabei hatte ich gar nicht absichtlich aufgehört zu essen, sondern es einfach bloß nicht mitbekommen. Die Ärzte schlugen mir vor, die Therapie wieder aufzunehmen und mich einer Selbsthilfegruppe anzuschließen. Erst da wurde mir klar, dass ich mich an eine Illusion von Kontrolle geklammert hatte, die in Wahrheit gar nicht existierte. Nicht zu essen, war meine Entscheidung gewesen. Vielleicht wegen der gemeinen Dinge, die Daniel über meinen Körper gesagt hatte. Vielleicht weil ich unbewusst das Bedürfnis gehabt hatte, irgendetwas selbst kontrollieren zu können. In der Gruppe habe ich dann begriffen, dass ich stattdessen ihm die Kontrolle über mich gegeben habe. Das meine ich, wenn ich sage, dass er mich gebrochen hat. Ich habe ihn geliebt, und er hat mich um ein Haar umgebracht. Zumindest dachte ich, dass ich ihn lieben würde.«

»Und jetzt?«, fragte Alexander.

»Jetzt ...« Inzwischen hatte ich jemanden, den ich mit Daniel vergleichen konnte, traute mich aber nicht, das zu sagen. »Der Abstand hat geholfen, die Dinge ein bisschen klarer zu sehen. Nach dem heutigen Tag habe ich allerdings das Gefühl, als wäre ich wieder ein großes Stück zurückgeworfen worden. Entwicklung hin oder her – ich werde mich wohl damit abfinden müssen, dass ich die Vergangenheit nicht ändern kann, sondern mich damit konfrontieren muss.«

Ein nachdenklicher Ausdruck erschien auf Alexanders Gesicht. Er verstand besser als jeder andere, was ich meinte. Ich war Zeugin seines Albtraums gewesen und hatte gehört, wie abwertend er über sich selbst sprach. Auch wenn er sich mir bislang nicht vollständig geöffnet hatte, wusste ich, dass ich mich ihm anvertrauen konnte. Ich konnte nur hoffen, dass er mir gegenüber eines Tages genauso empfinden würde. »Deshalb hast du die Flucht ergriffen, als ich mit dem Thema Unterwerfung angefangen habe.«

Ich nickte. Eigentlich hatte ich nicht wieder davon anfangen wollen, aber das Thema zu vermeiden, war keine Lösung.

»Ich fasse es nicht, dass ich ...« Jener Ausdruck von Selbsthass, den ich bereits so gut kannte, trat auf seine Züge, während er innehielt.

»Nein, X«, widersprach ich. »Das war nicht der Grund. Sondern die Vorstellung, überhaupt eine Beziehung zu führen.«

»Trotzdem lässt sich nicht abstreiten, dass meine Vorlieben dir nicht guttun«, meinte er.

»Im ersten Moment habe ich das auch gedacht. Aber du bist nicht Daniel, und ich bin heute viel stärker als damals.«

»Und dein Körper?«, fragte er mit rauer Stimme. »Wie stehst du heute zu ihm?«

Ich zwang mich zu einer Antwort. »Meistens denke ich gar nicht groß darüber nach, sondern esse, ziehe mich an, gehe laufen oder spazieren. An anderen Tagen wünsche ich mir, so eine Figur wie Pepper zu haben.«

Bei der Erwähnung ihres Namens flackerte etwas in seinen Augen auf, doch statt einer Erwiderung hob er mich hoch, trug mich ins Badezimmer und stellte mich vor dem großen Spiegel ab. Dann drehte er mich an den Schultern herum, strich mit den Lippen an meinem Hals entlang und zog mit einem Ruck den Reißverschluss meines Kleides herunter, ehe er es langsam über meine Schultern schob.

»Ich habe es versäumt, dir zu sagen, wie ich zu deinem Körper stehe.« Sein Atem strich kitzelnd über mein Ohrläppchen und jagte mir einen leisen Schauder über den Rücken. »Deine herrliche Muschi bekommt so viel Aufmerksamkeit, aber wenn ich sage, dass dein Körper wie geschaffen dafür ist, gefickt zu werden, meine ich das auch genau so.«

Er hatte die Finger in die Träger meines Kleids geschoben, sodass es nicht zu Boden fallen konnte, während seine Lippen langsam an meinem Nacken entlang abwärtswanderten. Er küsste meine Halsbeuge, die Augen andächtig geschlossen. Als ich mich weich an ihn schmiegte, schlug er die Augen auf, Wildheit flackerte darin. »Dieser Körper«, er senkte den Kopf und schickte seinen Mund erneut auf Wanderschaft, »schreit danach, geküsst zu werden. Diese weiche, glatte Haut. Wenn ich mit meinem Schwanz in deiner perfekten kleinen Muschi bin, kann ich einfach nicht anders.«

Er untermauerte seine Worte mit einer weiteren zärtlichen Berührung seiner Lippen, ehe er behutsam die Zähne in mein Fleisch grub. Ich schnappte nach Luft und sah, wie sich seine Lippen zu einem zufriedenen Lächeln verzogen. Alexander schob die Träger meines Kleids nach unten und hauchte dabei eine Spur federleichter Küsse auf meine Arme. »So lang und schlank. Und diese Sommersprossen bringen mich um den Verstand.« Er hielt inne. »Wenn du diese Arme um mich schlingst, dich an mir festklammerst, während ich dich ficke – Perfektion.«

Das Kleid fiel herab und bauschte sich zu meinen Füßen. Alexander ließ meinen BH folgen, bevor er meine Hand nahm und seine Finger mit meinen verschränkte. Er hob unsere Hände über meine Schulter und küsste jeden meiner Fingerknöchel. »So tüchtige Hände. Ich möchte, dass sie immer in meinen liegen, es sei denn natürlich, sie bearbeiten gerade meinen Schwanz.«

Nickend biss ich mir auf die Lippe und betrachtete ihn im Spiegel – seine leuchtend blauen Augen, die in scharfem Kontrast zu seinem dicken schwarzen Haar standen, seine Lippen auf meiner Hand.

»Sieh dich an, Süße«, befahl er, als er merkte, was ich tat.

»Ich will aber lieber dich ansehen«, flüsterte ich.

»Daraus kann ich dir keinen Vorwurf machen«, gab er grinsend zurück. »Aber jetzt musst du gut aufpassen. Sieh genau hin, was ich mit meinem Mund mache.« Ohne meine Hand loszulassen, trat er vor mich und ging in die Knie. Er nahm meine andere Hand und führte meine Arme hinter meinen Rücken, sodass ich ganz gerade stand und meine Brüste sich seinen wartenden Lippen entgegenwölbten. Er hob den Kopf und schloss seinen Mund um meine Brustwarze. Wie gebannt sah ich zu, wie seine Lippen sie umkreisten und er sie zwischen die Zähne zog. Meine Brüste schienen unter der Liebkosung anzuschwellen, fühlten sich schwer und voll an, als er sie abwechselnd liebkoste. Erregung durchströmte meinen Körper. Alexander drehte sich zum Spiegel um. »Es klingt wie ein Klischee, wenn ich dir sage, dass deine Titten absolut perfekt sind, aber sie sind es. Voll und weich und wunderschön. Ich kann mich nie entscheiden, ob ich sie küssen oder ficken will.«

Ein leises Wimmern drang aus meiner Kehle, und er hob eine Braue. »Würde dir das gefallen? Soll ich meinen Schwanz zwischen deine Titten schieben?«

Ich nickte völlig überwältigt. Die Liste der Stellen meines Körpers, denen ich seinem Schwanz den Zugang verwehren würde, hatte sich praktisch auf null verringert.

»Später, Süße.« Er wandte sich wieder meinen Brüsten zu und ließ dann seine Lippen in Richtung meines Bauchnabels wandern. Kreisend liebkoste er meine Haut mit der Zunge und streichelte meinen Bauch. »Dein Körper macht mich so unglaublich scharf, Süße. Ich denke die ganze Zeit an ihn, stelle mir vor, wie ich dich ficke. Wenn wir getrennt sind, habe ich nur einen Gedanken – wann ich dich wieder berühren darf.«

Er packte meine Hüften und knetete sie mit seinen kräftigen Händen. »Und wenn du dich bewegst, kann ich kaum den Blick von dir wenden. Wiegst du deine Hüften absichtlich so sexy, weil du genau weißt, dass ich dich beobachte?«

Ich schüttelte den Kopf. Eigentlich nicht. Andererseits hatte Alexander etwas an sich, das mich all meine Hemmungen vergessen ließ. Vielleicht war es seine schmutzige Ausdrucksweise oder sein unfassbarer Körper – fest stand, dass seine Gegenwart eine lasterhafte Seite an mir zum Vorschein kommen ließ, von deren Existenz ich bisher nichts geahnt hatte.

»Ich muss pausenlos daran denken, wie ich diese Hüften packe und dich übers Knie lege«, fuhr er mit rauer Stimme fort. »Oder wie ich sie festhalte, wenn mein Schwanz deine Muschi fickt. Sie passen so perfekt in meine Hände. Dein Körper ist der Beweis für die Evolution, verdammt.«

Ich schloss die Augen und malte mir aus, wie er mich seinem Willen unterwarf.

»Mach die Augen auf, Clara«, befahl er und gab mir einen leichten Klaps auf mein Hinterteil. Ich riss die Augen auf, während er mich losließ und beide Hände auf meine Pobacken legte. »Ich werde einen ganzen Tag lang damit zubringen, deinen herrlichen Arsch zu verehren. Eine Schande, dass du mir nicht dabei zusehen kannst, aber ich werde dir ganz genau schildern, was ich damit anstelle, bis ins letzte Detail.«

Seine Hände wanderten zu meinen Schenkeln und drückten sie auseinander, ehe er sich vorbeugte und das Gesicht an der weichen Innenseite vergrub. »Es wäre wohl zu viel verlangt, hier drin begraben zu werden, oder?«

Ich kicherte, als er sanfte Küsse auf meine Schenkel hauchte. »Das ist mein voller Ernst, Süße. Genau hier will ich sein. Ich will dich einatmen, mich an deinem Duft berauschen. Ich will deine herrlichen Schenkel an meinem Kopf spüren, wenn ich dich lecke, und ich will, dass du sie für mich spreizt, wenn ich dich ficke.«

Oh ja. Bitte!

»Was ich hiervon halte, weißt du.« Er beugte sich vor, sodass seine Lippen bei jedem Wort meine geschwollene Scham unter dem dünnen Stoff des Spitzenhöschens berührten. »Deine Muschi wurde für mich erschaffen. Sie ist so eng, dass sie jeden Tropfen aus mir herauspresst, wenn mein Schwanz in dir ist. Du weißt, dass du eine gierige kleine Muschi hast? Ich will, dass du mir zusiehst. Ich werde dich mit der Zunge ficken, damit du siehst, wie verdammt schön du bist, wenn du kommst.«

Er ließ seine Zunge über den Schritt meines Höschens gleiten und entlockte mir ein hungriges Stöhnen. Dann zog er das Höschen mit den Zähnen herunter. »Sieh her, Süße.«

Seine Zunge glitt über meine feuchte Spalte, bis sie meine Klitoris fand. Er drückte meine Beine auseinander, damit ich ihm im Spiegel zusehen konnte. Alexander zwischen meinen Beinen zu sehen, beobachten zu müssen, wie er mich liebkoste und neckte, war zu viel für mich, trotzdem wagte ich es nicht, mich abzuwenden. Stattdessen vergrub ich die Hände in seinem Haar, krallte mich darin fest.

Meine Muskeln zogen sich zusammen, meine Erregung wuchs mit jeder Sekunde, mit jedem Vorschnellen seiner

Zunge. Mit glasigem Blick sah ich ihm zu und spürte, wie sich mein Brustkorb immer schneller hob und senkte und sich ein Schweißfilm auf meiner Haut bildete. Längst war der Drang, den Blick abzuwenden, verschwunden; ich hatte all meine Hemmungen über Bord geworfen und wölbte mich ihm verlangend entgegen.

Ich stand kurz davor, aber mein Körper verlangte nach mehr. »Ich will deinen Schwanz in mir sehen.«

Alexanders Hände schlossen sich fester um meine Schenkel, gruben sich in meine Haut, und ein süßer Schmerz gesellte sich zu der Lust, die er mir mit seiner Zunge bereitete. Mit kräftigen Bewegungen leckte er über meine Klitoris, presste seine Lippen darauf und sog sie gierig in seinen Mund.

Und ich kam – den Blick auf das Mädchen im Spiegel geheftet, dessen Ekstase meine eigene war. Ihr Mund war aufgerissen, lustvolle Schreie drangen über ihre Lippen, während sie schamlos Alexanders Mund fickte. Glücksgefühle durchströmten mich, spülten über mich hinweg, und ich presste mich an Alexander.

»Hast du genug, Süße?«, fragte er und küsste die Innenseite meiner Schenkel.

Stumm schüttelte ich den Kopf, ließ von ihm ab und klammerte mich am Waschbecken fest.

Alexander erhob sich und trat hinter mich, den Blick fest auf mein Gesicht im Spiegel geheftet, als er seinen Gürtel löste und den Reißverschluss seiner Jeans herunterzog. Die Spitze seines Schwanzes ragte über den Bund seiner Boxershorts. Unwillkürlich leckte ich mir die Lippen.

»Du willst den hier?«, fragte er mit verschleiertem Blick und schloss die Faust um seine eindrucksvolle Erektion.

Ja, ich wollte ihn, aber ich wollte noch mehr. Alexander hatte mir gezeigt, dass er mich wollte, mit Haut und Haar. Seine Begierde beschränkte sich nicht nur auf das, was zwischen meinen Beinen war. Und meine ebenso wenig nur auf seinen Schwanz.

»Nein«, hauchte ich, wohl wissend, welches Risiko ich damit einging. »Ich will deinen Körper.«

Er erstarrte. »Das willst du nicht, Clara.«

»Es gibt nichts an meinem Körper, das du nicht willst, richtig?« Ich wartete. Schließlich nickte er steif, doch nach seinen Worten war jedes Leugnen zwecklos. »Und es gibt nichts an deinem Körper, das ich nicht will.«

»Clara ...«

Ich brachte ihn mit einer Geste zum Schweigen.

»Ich habe die Narben gespürt«, fuhr ich vorsichtig fort, unsicher, wie er darauf reagieren würde. Ich konnte mich einzig und allein auf meinen Instinkt verlassen. »Und ich will dich. Voll und ganz. Dein Körper, alles an ihm, macht mich so unglaublich scharf.«

Ein Lächeln glitt über seine Züge, als ihm bewusst wurde, dass ich seine eigenen Worte wiederholt hatte. Trotzdem sah ich einen Anflug von Verunsicherung darin liegen. Er trat aus seiner Hose und schleuderte sie beiseite, gefolgt von seinen Boxershorts, unter denen sein atemberaubender Schwanz in seiner ganzen Pracht zum Vorschein kam, doch ich starrte wie gebannt in den Spiegel auf Alexanders Finger, die den Saum seines T-Shirts anhoben. Ich lächelte ihm aufmunternd zu. Wie in Zeitlupe zog er es hoch und entblößte seinen muskulösen Bauch. In diesem Moment sah ich die erste Narbe. Alexander schaute mich unsicher an, so als würde er nur darauf warten, dass ich einen Rückzieher machte. Doch ich verzog keine Miene.

»Alles, X«, sagte ich leise.

Er zog sich das T-Shirt über den Kopf und stieß rau den Atem aus, als mein Blick über seinen Körper wanderte. Die Narben schlängelte sich über seine Rippen und die linke Seite seiner Brust. Auch wenn sie durch die Jahre heller geworden waren, ließ sich ihre Existenz nicht leugnen. Natürlich hatte ich gewusst, dass es ein schwerer Unfall gewesen war, doch nun sah ich die Folgen mit eigenen Augen, und mir wurde klar: Es grenzte an ein Wunder, dass er überlebt hatte. Und noch schwerer als die Verletzungen seines Körpers waren die seiner Seele.

Nun stand nichts mehr zwischen uns, und als er von hinten meine Hüften umfasste, spreizte ich instinktiv die Beine. Ich sehnte mich danach, ihn in mir zu spüren. Ich brauchte es. *Wir* brauchten es.

»Nimm mich«, flüsterte ich. »Und sei nicht sanft.«

Seine Hand verschwand kurz aus meinem Blickfeld, dann spürte ich, wie sein Schwanz langsam in mich eindrang. Alexander packte meine Hüften und schob mich weiter über seinen Schaft. Trotz meiner Aufforderung, bewegte Alexander sich langsam und vorsichtig in mir, erlaubte meinem Körper, sich an seinen eindrucksvollen Umfang zu gewöhnen. Seine Hände streichelten meinen Bauch, während sich seine Stöße allmählich beschleunigten. Er ließ seine Lippen über meinen Hals wandern, seine Zähne gruben sich in meine Schulter. Seine Bewegungen wurden immer schneller, immer kraftvoller, immer tiefer versenkte er sich in mir.

Ich wollte ihn sehen, während er mich fickte, deshalb löste

ich mich aus seinem Griff und beugte mich vor, stützte die Hände am Waschbecken ab. Ich schnappte nach Luft, als Alexander erneut in mich stieß. In dieser Position drang er noch tiefer ein, füllte mich noch mehr aus.

Er war so wunderschön, und er gehörte mir ganz allein. Seine Narben waren keineswegs abstoßend, sie machten ihn nur noch schöner für mich. Ich musste es ihm sagen.

»Mach die Augen auf, X«, befahl ich. Er hatte mir gezeigt, wie er mich sah, und nun wollte ich dasselbe auch für ihn tun. »Ich will, dass du siehst, was du in mir auslöst. Ich will, dass du siehst, was ich sehe.«

Alexander schlug die Augen auf. Sie loderten wie ein Buschfeuer, doch der unverhüllte Schmerz, den ich in ihnen erkannte, ließ mir den Atem stocken. Ermutigend drängte ich mich ihm entgegen, worauf er seine Bewegungen weiter beschleunigte. Er vergrub die Hände in meinem Haar, zog es nach hinten und zwang mich, ihm in die Augen zu sehen, während er mich mit mächtigen, tiefen Stößen fickte. Ich schrie auf vor Lust. Unsere Blicke trafen sich im Spiegel, als die erste Welle mich erfasste. Ich zwang mich, meine Lider nicht zu schließen, ich wollte mich sehen. Und ich wollte ihn sehen. Ein dünner Schweißfilm glitzerte auf seinem perfekt geformten Oberkörper.

»Hör nicht auf«, bettelte ich. »Ich will alles. Alles von dir.«

Ein Stöhnen drang aus seiner Kehle, als er zum Höhepunkt kam und sich in mich ergoss.

Ich stand da, gegen das Waschbecken gepresst, während das letzte Beben meines Orgasmus verebbte. Doch Alexander grub sich weiter ohne Unterlass mit verzweifelten Stößen in mich hinein.

»Alexander«, bettelte ich, doch er hörte nicht auf.

»Muss ... muss ... «, stammelte er.

Ich erkannte den Ausdruck in seinen Augen, sein Bedürfnis nach Kontrolle, und erschauderte, als mein geschwollenes Geschlecht unter der endlosen Stimulation zu brennen begann. Die Adern an Alexanders Hals pulsierten, als er mit einem wilden, gurgelnden Laut ein weiteres Mal kam. Trotzdem hörte er nicht auf. Er war verloren, jagte die Dämonen seiner Vergangenheit mit unstillbarem, animalischem Verlangen.

Ich entwand mich ihm, drehte mich um und schlang die Arme um seine Schultern.

»Brimstone«, flüsterte ich, nicht nur um meines eigenen Wohls willen, sondern auch um seines. Er schien zu glauben, er könnte die Vergangenheit besiegen, indem er die Gegenwart kontrollierte.

»Ich muss in dir sein«, stieß er hervor, doch ich schüttelte den Kopf.

Die Situation drohte, mich zu überwältigen.

Er ließ den Kopf auf meine Brust sinken und nahm mich in die Arme. Dann hob er mich hoch und setzte mich auf den Waschtisch. Als er mich ansah, war das Feuer in seinen Augen erloschen, und ich erhaschte einen Blick auf sein Inneres. Wir waren verbunden, verletzlich und ungeschützt. Vorsichtig trat er zwischen meine Beine, führte seinen Schwanz vor meine geschundene Spalte und bat mich mit einem Blick um Erlaubnis. Ich zögerte nicht und nahm ihn bis zur Wurzel in mich auf. Es gab keine andere Wahl.

Keiner von uns bewegte sich.

Keiner von uns sprach.

Reglos klammerten wir uns aneinander, miteinander verbunden durch den gemeinsamen Schmerz, vereint durch das unausgesprochene Versprechen. Wir waren nackt, schutzlos, entblößt, einander auf Gedeih und Verderb ausgeliefert und konnten uns dem nur gemeinsam stellen.

20

Gleichzeitig mit Alexander das Badezimmer zu benutzen, entpuppte sich als nahezu unmöglich. Ich musste ihn die ganze Zeit anstarren, wohingegen er die Finger nicht von mir lassen konnte. Gegen die Wand gelehnt, sah er zu, wie ich etwas Gloss auf die Lippen tupfte. Ihn so entspannt zu sehen – ohne dass er das Bedürfnis hatte, seinen Körper vor mir zu verbergen –, bedeutete mir mehr, als ich ausdrücken konnte. Ich sah ihn im Spiegel an, weidete mich an seinem schlanken, muskulösen Körper.

»Wenn du mich weiter so anstarrst, muss ich dich zurück ins Bett schleppen«, drohte er scherzhaft.

Bitte, gern! Ich seufzte. Denn das ging wirklich nicht. Ich war bereits halb angezogen und konnte mir keine weiteren Verzögerungen mehr erlauben, wenn ich rechtzeitig im Büro sein wollte. »Denk nicht mal dran, X. Ich bin sowieso schon viel zu spät dran.«

»Ich habe dich gewarnt, dass ich ein Mann bin, der sich nimmt, was er haben will«, schnurrte er.

Ehe ich wusste, wie mir geschah, hatte er mich über die Schulter geworfen und trug mich in mein Zimmer.

»Lass mich sofort runter!«, kreischte ich und trommelte mit den Fäusten auf sein Hinterteil. »Ich bin spät dran!«

»Hör auf, dich zu wehren, sonst schaffst du es überhaupt nicht mehr«, erwiderte er mit einem gefährlichen Unterton in der Stimme.

Unwillkürlich wünschte ich mir, er würde seine Drohung wahr machen.

Alexander ließ mich aufs Bett fallen und ging vor mir auf die Knie, nahm den Saum meines Rocks zwischen die Zähne und zerrte ihn mir über die Hüften. Ein leises Stöhnen drang aus meiner Kehle, als seine nackte Brust über meine Beine streifte, während sich meine aufgerichteten Brustwarzen gegen die dünne Polsterung meines BHs pressten.

Würde ich je genug von ihm bekommen? Hiervon? Ich konnte es mir beim besten Willen nicht vorstellen; nicht solange mein Körper mit diesem unkontrollierbaren Verlangen auf ihn reagierte, sobald er mich anfasste. Doch wir standen an der Schwelle zu etwas Tieferem, etwas, das über die rein körperliche Anziehungskraft hinausging; und wenn er mich berührte, zog sich mein Herz zusammen, und meine Gefühle spielten verrückt.

Er schob mein Höschen zur Seite und strich mit seinen geübten Fingern über meine Klitoris, die seine Berührung bereits sehnsüchtig erwartete. »Siehst du, Süße? Du bist immer noch angezogen.«

Ich brachte keinen Ton heraus.

»Nur der BH stört«, brummte er. »Deine Titten gehören in meinen Mund, Clara.«

Ich keuchte, und meine Muskeln spannten sich an in Erwartung dessen, was gleich folgen würde, doch Alexander hielt inne. Ruhelos wälzte ich mich hin und her, süchtig nach der Liebkosung seiner Finger, doch er machte keine Anstalten, sie mir angedeihen zu lassen.

»Clara?« Sein Mund strich über mein Kinn und jagte Schauder durch meinen Körper.

»Ja!«

Ohne Vorwarnung versenkte er zwei Finger in mir und

massierte mit einem dritten meine Klitoris. Augenblicklich stieg Hitze in mir auf, und ich wölbte mich ihm gierig entgegen. Sekunden später kam ich zum Orgasmus.

Alexander strich mir eine Haarsträhne aus dem Gesicht und küsste mich zärtlich, während ich dalag, schlaff und befriedigt. Arbeit? Nicht einmal daran zu denken.

Ein Klopfen an der Wohnungstür riss mich aus meiner seligen Lethargie, doch Alexander legte mir einen Finger auf die Lippen. Es klopfte ein zweites Mal, beharrlicher diesmal. Er ließ mich los und half mir auf. Eilig strich ich meinen Rock glatt und warf mir eine Bluse über, während das Klopfen zu einem erbitterten Hämmern eskalierte.

Nur eine Handvoll Leute kannten den Zugangscode zum Haus, und es war nicht schwer zu erraten, wer der unerwartete Besucher war. Ich durchquerte das Wohnzimmer und trat zur Tür, wo ich kurz stehen blieb, um mich – geistig und körperlich – für die Begegnung zu wappnen. Dann rauschte meine Mutter auch schon wild plappernd herein. Trotz ihres aufgelösten Zustands war sie wie immer perfekt gekleidet, diesmal in einer Leinenhose und dazu passender Jacke. Ich wartete einen Moment, während mir aufging, dass sie immer weiterreden würde, wenn ich nicht einschritt.

»Und dein Vater war den ganzen Morgen am Telefon und hat versucht, es zu verhindern, bevor du ... «

»Mom, ich weiß Bescheid«, unterbrach ich.

»Natürlich weißt du Bescheid«, herrschte sie mich an. »Dein Foto ist ja auf jeder Titelseite. Er versucht bloß, Schadensbegrenzung zu betreiben.«

Schadensbegrenzung. Ich wusste nur zu genau, was sie damit meinte. Meine Eltern versuchten seit Jahren, Schadensbegrenzung im Hinblick auf ihren Ruf zu betreiben; das war die nette Umschreibung für Schmiergelder und Drohungen. Früher hatte ich im Mittelpunkt ihrer Aktivitäten gestanden, doch seit ich erwachsen war, weigerte ich mich, ihre Spielchen mitzuspielen. »Es wäre mir lieber, du würdest mich das allein regeln lassen.«

»Du?«, höhnte sie. »Clara, Schatz, du kannst im Moment einfach nicht klar denken. Dein Vater ...«

»Braucht sich deswegen keine Gedanken zu machen«, unterbrach ich sie. »Ich habe alles unter Kontrolle.«

Sie schien ernsthafte Zweifel daran zu haben, trotzdem schlang sie die Arme um mich und drückte mich so fest an ihre Brust, dass ich kaum noch Luft bekam. Was eigentlich als liebevolle Geste gemeint war, bereitete mir lediglich Schmerzen – wie üblich. Als sie endlich von mir abließ, glitt mein Blick nervös in Richtung meines Zimmers.

Ich musste dafür sorgen, dass sie so schnell wie möglich wieder verschwand.

»Mir geht's gut, Mom, ehrlich«, beteuerte ich lahm und schob sie zur Wohnungstür.

»Das sagtest du bereits. Seit wann triffst du dich wieder mit Alexander? Versuch gar nicht erst, es abzustreiten! Das Foto von dir mit ihm auf dem Ball ist überall im Internet.« Sie drohte mir mit dem Finger, ließ ihn jedoch eilig sinken, als sie merkte, was sie da tat. Dann räusperte sie sich und rückte ihren Seidenschal zurecht. »Wir können dafür sorgen, dass dir geholfen wird.«

»Ich glaube nicht, dass das nötig ist, Mom.« Aus dem Augenwinkel registrierte ich eine Bewegung am anderen Ende des Flurs; die Badezimmertür war nicht länger geschlossen.

Erwachsen hin oder her – ich hatte definitiv keine Lust auf das Theater, das meine Mutter veranstalten würde, wenn sie merkte, dass Alexander die Nacht hier verbracht hatte. »Ich muss mich jetzt fertig machen. In nicht mal einer Stunde muss ich im Büro sein.«

»Ich habe Lola gleich heute Morgen angerufen, und sie meinte, wir könnten vielleicht ...«, fuhr sie scheinbar ungerührt fort.

»Du hast Lola angerufen?«, unterbrach ich ungläubig.

»Ja, sie als PR-Expertin kennt sich mit sozialen Medien gut aus.«

»Sie ist einundzwanzig und hat fünfzehnmal das Hauptfach gewechselt, seit sie auf der Uni ist.«

»Aber jetzt hat sie sich für PR entschieden«, stellte meine Mom nachdrücklich fest.

Ich ging zur Tür. »Ich sag dir was, ich brauche das alles nicht. Weder Dads noch Lolas Hilfe.«

Zögernd trat sie auf die Tür zu, doch dann blieb sie abrupt stehen und brach in Tränen aus. »Du schließt mich aus deinem Leben aus, Clara. Und du weißt ja selbst, wie gefährlich das ist. Weiß er Bescheid? Hast du mit ihm geredet, seit die Geschichte herausgekommen ist?«

Ich konnte nicht sagen, was mich wütender machte – ihre Sorge, durch die Story könnten sich seine Gefühle für mich geändert haben, oder die Tatsache, dass sie nicht hinter mir stand. Ich hatte mich selbst so damit verrückt gemacht, wie er auf die Enthüllung reagieren würde, dabei hatte er es völlig anders aufgenommen als erwartet, auch wenn er die ganze Nacht gebraucht hatte, um mich davon zu überzeugen, dass es nicht wichtig war. Und nun kam meine Mutter – der

Mensch, der mich eigentlich bedingungslos lieben und unterstützen sollte – daher und erklärte mir, dass sie mich für komplett gestört hielt.

»Ja, er weiß es«, sagte eine Stimme hinter uns. Alexander trat aus dem Flur in das von der Morgensonne durchflutete Wohnzimmer. Trotz seines lässigen Outfits – verwaschene Jeans und das T-Shirt von gestern Abend – lag eine Autorität in seiner Stimme und seiner Körperhaltung, der sich niemand entziehen konnte. »Sie müssen Claras Mutter sein. Es freut mich, Ihre Bekanntschaft zu machen, Mrs. Bishop.«

Er streckte ihr die Hand hin, doch meine sonst so unerschrockene Mutter stand wie angewurzelt da.

»Mom«, sagte ich leise. »Das ist Alexander.«

Sie sah zuerst ihn an, dann mich, ehe sie ungerührt fortfuhr. »Ich bin froh, dass sie es Ihnen gesagt hat. Ehrlichkeit ist unerlässlich für eine Beziehung. Das sehen Sie doch bestimmt genauso, Alexander?«

»Selbstverständlich.« Er nickte und lächelte mir kurz zu.

»Ich hielte es für das Beste für uns alle, vor allem aber für Clara, wenn wir jemanden engagieren würden, der versucht, Schadensbegrenzung zu betreiben. Ich bin sicher, Sie sind derselben Meinung.« Sie klickte mit ihren manikürten Nägeln.

»Leider weiß ich aus persönlicher Erfahrung, dass es höchst schwierig ist zu kontrollieren, was die Zeitungen schreiben, ob es nun wahr ist oder nicht«, wandte er ein.

Mom presste die Lippen aufeinander und schüttelte den Kopf. »Aber wir *müssen* irgendetwas unternehmen.«

»Versprechen kann ich nichts, aber ich werde meinen besten Mann darauf ansetzen. Er soll herausfinden, woher sie das Material haben«, erklärte er.

Das gefiel mir gar nicht. Ich hatte doch klipp und klar gesagt, dass ich ihn aus dieser Geschichte heraushalten wollte. »Ich will aber nicht, dass du da hineingezogen wirst.«

»Ich bin der Grund, warum das überhaupt passiert ist. Das ist das Mindeste, was ich tun kann«, erklärte er mit gepresster Stimme. Vielleicht kam Alexander ja doch nicht so gut damit zurecht, dass die Medien hinter mir her waren, wie ich gedacht hatte.

»Danke.« Meine Mutter trat vor und schloss ihn in eine ähnlich ungelenke Umarmung wie mich zuvor. Ich lächelte entschuldigend, als er mich über ihre Schulter hinweg ansah. Schließlich ließ sie ihn los und tätschelte ihm die Schulter. »Es ist so schön zu sehen, dass Clara jemanden gefunden hat.«

Ich bemühte mich, weiter zu lächeln, obwohl ich mich innerlich vor Scham wand.

»Wir würden euch beide gern zum Essen einladen. Haben Sie morgen schon etwas vor?«

»Mom!« Es war ja klar, dass sie ihn sofort zu irgendeiner Art sozialer Verpflichtung drängen würde.

»Das würde ich sehr gern tun«, erwiderte Alexander.

»Wie bitte?«, rief ich schockiert.

Ohne mich zu beachten, hakte Mom sich bei Alexander unter und schlenderte mit ihm zur Tür. »Ich kümmere mich um alles. Sie haben doch keine Allergie auf irgendetwas, oder? Ich rufe Clara an und gebe ihr die Details durch. Harold wird außer sich sein vor Freude«, blubberte sie, ohne auch nur einmal innezuhalten und seine Erwiderung abzuwarten.

Ich folgte ihnen, öffnete die Tür und nickte mit gespielter Begeisterung, während sie bereits zur Planung überging. Fünf

Minuten später schloss ich die Tür und ließ mich erschöpft dagegen sinken. »Bitte entschuldige«, sagte ich zu Alexander.

»Deine Mutter ist echt eine Nummer für sich«, meinte er lächelnd.

»Keine Sorge, ich kann dich da problemlos rausboxen.«

Alexanders Miene wurde ernst. »Ich habe gar nichts dagegen, mit deinen Eltern essen zu gehen.«

»Bist du sicher?«, fragte ich mit erstickter Stimme.

»Sieh mich nicht an, als würde ich in die Zwangsjacke gehören. Es sei denn natürlich«, fuhr er düster fort, »du willst nicht, dass ich mit deinen Eltern essen gehe.«

»Nein!«, rief ich, zu meiner eigenen und auch zu seiner Verblüffung. »Natürlich will ich das, aber ich würde es verstehen, wenn dir nicht wohl dabei wäre.«

»Wird das nicht von einem Freund erwartet?«, fragte er. »Dass man die Eltern seiner Angebeteten kennenlernt und um den Finger wickelt ... dass man sich gewissermaßen das Privileg verdient, ihre Tochter zu verführen.«

Allein bei dem Wort »Freund« stockte mir der Atem, und ich starrte ihn wortlos an.

»Stimmt etwas nicht?«, fragte er und fuhr sich mit einer Hand durch das verwuschelte Haar, während dieser besorgte, müde Ausdruck auf seine Züge trat. »Habe ich etwas Falsches gesagt?«

Ich schluckte den Kloß in meinem Hals hinunter und schüttelte den Kopf. »Nein. Ich verdiene dich nur nicht, X.«

»Nein, das tust du tatsächlich nicht«, bestätigte er. »Niemand verdient es, sich mit jemandem wie mir herumschlagen zu müssen.«

Ich legte meinen Finger auf seine Lippen und lehnte mich an ihn. »Sag so etwas nicht.«

»Woher kommst du nur?«, flüsterte er. »Wer hat dich zu meiner Rettung geschickt?«

Darauf wusste ich keine Antwort. Es gab nur eines, um uns beide zu trösten – ich presste meine Lippen auf seinen Mund. Augenblicklich hatte er wieder das Ruder in der Hand, seine Zunge teilte meine Lippen und glitt fordernd in meinen Mund hinein. Ich verlor mich in dem Kuss, in seinem Geschmack. In mir stieg Lust auf und wuchs zu einer unstillbaren Begierde, die durch meinen Körper strömte und sich zwischen meinen Beinen sammelte. Ich schlang ein Bein um Alexander und begann, mit den Hüften zu kreisen, um den wachsenden Druck in mir abzubauen. Alexander legte die Arme um meine Taille, und ich spürte seinen Atem an meinem Hals, schwer und warm.

»Du musst zur Arbeit«, raunte er mit verführerisch rauer Stimme. »Es sei denn ...«

Ich leckte mir über die Lippen. »Es sei denn ...«

»Du meldest dich krank, und ich zeige dir, was für ein toller Freund ich sein kann.«

Das Angebot war verführerisch. »Tut mir leid, X, aber ich kann mich nicht schon am dritten Tag krankmelden.«

Er ließ mich los und trat zurück. Die räumliche Distanz zwischen uns ließ die Erregung, die durch meinen Körper rauschte, nicht verebben.

»Heute Abend.« Das war keine Frage. Sondern ein Versprechen.

»Heute Abend«, wiederholte ich und spürte, dass ich ihn schon jetzt vermisste.

***

»Ich habe die Grafiken zusammengestellt, über die wir gestern geredet haben«, verkündete Bennett und trat neben meinen Schreibtisch.

Ich hob den Kopf und blickte geradewegs in sein freundliches Gesicht. Wenigstens er schaffte es noch, mir nach dem gestrigen Tag in die Augen zu sehen. Ich kramte in den Unterlagen auf meinem Schreibtisch nach der Liste, die wir zusammengestellt hatten, und hakte den Punkt als erledigt ab. »Dann mache ich mich jetzt an die Statistik über die Verfügbarkeit von sauberem Wasser und die Kindersterblichkeit.«

»Ich bin ja so dankbar, jemanden zu haben, der mir dabei hilft. Ich kann es nach wie vor nicht glauben, dass Isaac Blue sich entschieden hat, mit uns zusammenzuarbeiten.« Bennett ließ sich auf den Stuhl vor meinem Schreibtisch fallen. Seine Hose war zerknautscht, und unter seinen Augen lagen dunkle Ringe.

»Im Augenblick herrscht wohl ziemlicher Trubel, was?«

»Zwei kleine Mädchen sind für ein Elternpaar schon eine ziemliche Herausforderung, aber sie haben eben nur mich. Mittlerweile habe ich Angst, dass ich komplett versage.«

Aus einem Anflug von Mitgefühl heraus beugte ich mich vor und berührte seinen Arm. »Aber nein. Sie haben eben nur alle Hände voll zu tun. Sollten Sie mal jemanden brauchen, der vorbeikommt und eine Weile auf die beiden aufpasst, sagen Sie einfach Bescheid, ja?«

»Ich wüsste noch nicht mal, was ich anstellen würde, wenn ich einen Abend frei hätte. Wahrscheinlich arbeiten.«

Lachend schüttelte ich den Kopf. »Nein, keine Arbeit, sonst stehe ich nicht zur Verfügung.«

»Wie gefällt es Ihnen denn bisher?«, fragte er und deutete um sich. »In Ihrem ersten Job nach der Uni.«

»Gut.«

Er zog eine Braue hoch und sah mich an. »Das klang ja nicht besonders überzeugend.«

Ich zögerte. Sollte ich die dramatischen Ereignisse meines Privatlebens zur Sprache bringen? Bennett schien nicht versessen darauf zu sein, aber ich musste akzeptieren, dass meine Beziehung mit Alexander zu Komplikationen führen könnte. »Na ja, ich habe bislang noch niemanden hier kennengelernt, und die anderen scheinen auch kein Interesse daran zu haben.«

»Ich denke, sie sind ein bisschen eingeschüchtert«, erklärte er.

»Von mir?« Das war das Lächerlichste, was ich je gehört hatte.

»Sie sind sozusagen eine Berühmtheit hier.«

Ich schlug die Hände vors Gesicht und ließ den Kopf auf den Schreibtisch sinken.

»Clara«, sagte er sanft. »Das geht wieder vorbei, und dann wird sich keiner mehr daran erinnern, dass Sie mit ihm zusammen waren.«

»Netter Versuch«, stöhnte ich. »Trotzdem haben sie alle seine SMS gelesen und werden sich daran erinnern, dass ich das Mädchen mit der Essstörung bin.«

All das kannte ich nur zu gut von früher aus der Schule. Es war unmöglich, die prüfenden Blicke der Mitschüler zu ignorieren, mit denen sie deine Figur taxierten und wie viel du zu Mittag isst. Früher war ich weggelaufen, aber heute nicht mehr. Ich wollte es nicht länger.

»Dann zeigen Sie ihnen, dass mehr in Ihnen steckt.« Bennett stand auf und bedeutete mir, ihm zu folgen.

Während der folgenden Stunde gingen wir von einem Schreibtisch zum nächsten, ich schüttelte meinen neuen Kollegen die Hand und plauderte mit ihnen. Zwar vergaß ich die Hälfte der Namen sofort wieder, trotzdem war ich Bennett dankbar für diese Geste. Ich konnte nur hoffen, dass die Gerüchte, die hier im Büro über mich kursierten, dadurch halbwegs ausgeräumt waren.

Während des restlichen Tages las ich Berichte und machte mir Notizen, in der Hoffnung, unseren prominenten Mitstreiter zu beeindrucken. Ich wusste kaum etwas über Isaac Blue, und eine kurze Recherche im Internet gab so gut wie nichts über sein Privatleben preis, ebenso wenig wie über ein besonderes Interesse an Umweltschutzthemen. Schließlich ging ich in Bennetts Büro.

»Nur so aus Neugier«, sagte ich, »aber hat Blues PR-Beraterin etwas gesagt, wieso er diese Kampagne unbedingt machen will?«

Bennett lehnte sich auf seinem Stuhl zurück und verschränkte mit einem grimmigen Lächeln die Hände hinter dem Kopf. »Sie wollte mir einreden, es sei ihm ein echtes Herzensanliegen, aber wenn ich ehrlich sein soll, dient das Ganze wohl nur dazu, sein Image aufzupolieren.«

Genau das hatte ich mir schon gedacht. Ich mochte inzwischen wissen, wie es sich anfühlte, ständig von der Klatschpresse verfolgt zu werden, aber mein Bedarf an Dramen war definitiv gedeckt. Und Isaac Blue würde Probleme mit sich bringen, das stand jetzt schon fest.

»Na ja, vielleicht sollten wir uns einfach nur darüber freuen, dass er helfen will«, meinte ich und wandte mich zum Gehen.

»Ich nehme jedenfalls, was ich kriegen kann«, rief Bennett mir hinterher.

Ich machte mich auf den Weg zu meinem Schreibtisch, wo ich mir ein paar letzte Notizen machen wollte. In Gedanken war ich längst beim bevorstehenden Abend – vor allem bei dem Mann, mit dem ich ihn verbringen würde. Auf dem Gang sprang eine Rothaarige auf mich zu und drückte mir eine Karte in die Hand, bei deren Anblick mein Herz einen Satz machte.

»Victoria?«, sagte ich mit einem schüchternen Lächeln, in der Hoffnung, sie mit dem richtigen Namen angesprochen zu haben.

»Victoria Theroux«, bestätigte sie, »aber alle nennen mich Tori.«

»Danke, Tori«, sagte ich und trat verlegen von einem Fuß auf den anderen.

»Ist der Typ, der sie überbracht hat, zufällig frei?«, wollte sie wissen.

»Keine Ahnung, wie sah er denn aus?«, fragte ich und lauschte schockiert, während sie mir Norris beschrieb.

»Ich weiß es nicht«, meinte ich und hatte Mühe, mir meine Belustigung nicht anmerken zu lassen. »Aber ich kann mich ja mal erkundigen.«

»Entschuldige, ich habe einen totalen Vaterkomplex. Es ist grauenhaft, aber man gewöhnt sich irgendwann daran«, gestand sie und fächelte sich mit den Händen Luft zu.

Ich musste lachen, was sie mir jedoch nicht übel zu nehmen schien, denn sie grinste. Vielleicht würde ich hier ja doch noch ein paar Freunde finden.

»Wir sollten bei Gelegenheit mal zusammen Mittagessen gehen«, schlug ich vor. Ich wünschte mir neue Freunde in London, und nach dem, was ich bisher mit Alexanders Bekannten erlebt hatte, bezweifelte ich, dass sie zu mir passten. Außerdem gefiel mir die Vorstellung, eine Freundin zu haben, die nicht ständig mit den Vorbereitungen für ihre Hochzeit beschäftigt war.

»Gern! Ich kenne ein Restaurant, wo es prima Fish & Chips gibt.« Wieder strahlte Tori mich an. »Irgendwann im Lauf der Woche.«

»Alles klar.«

»Und ich weiß, wo dein Schreibtisch steht, du kannst also keinen Rückzieher machen«, fügte sie zwinkernd hinzu und machte sich auf den Weg zurück in ihr Büro.

Ich kehrte an meinen Schreibtisch zurück, sah mich um, ob auch niemand in der Nähe war, und riss den Umschlag auf.

Süße,

das hier ist kein Liebebrief. Jede Sekunde, die mein Schwanz nicht in dir steckt, ist unerträglich. Du sollst wissen, dass ich mir den ganzen Tag über ausmale, wie ich dich berühre, mit deinen Nippeln spiele. Ich stelle mir vor, wie deine perfekten Brüste sich mir entgegenrecken, wenn ich dich ficke. Während du den Planeten rettest, höre ich im Geiste dieses Wimmern aus deinem Mund, mit dem du das letzte Mal gekommen bist, und überlege mir, was ich anstellen muss, um es bald wieder zu hören. Und zwar schon heute Abend. Flüstere jetzt meinen Namen, Clara, denn heute Abend will ich ihn dich schreien hören.

X

Zitternd ließ ich den Atem entweichen, ich hatte gar nicht gemerkt hatte, dass ich ihn angehalten hatte. Kein Wunder war mir so schwindelig. Das war der Effekt, den er auf mich hatte – der *X-Effekt*, dachte ich mit einem Anflug von Ironie.

Ich holte tief Luft und hauchte »Alexander«, so wie er es befohlen hatte.

21

Meine Mutter konnte Restaurants wie dem CoCo nichts abgewinnen. Das hatte sie mir selbst gesagt, und genau deshalb hatte ich das nette Bistro in Notting Hill ausgesucht. Sie hatten nicht nur eine erstklassige Küche, sondern auch separate Räume, in denen man ungestört und unter Ausschluss der Öffentlichkeit zu Abend essen konnte. Lecker speisen ohne fremde Blicke? Genau meine Vorstellung von einem entspannten Abend.

Notting Hill kam mir an diesem warmen Juniabend fast ein bisschen unwirklich vor. Im Vergleich zum sonstigen Londoner Chaos wirkte das Viertel nahezu schläfrig; obwohl die Straßen nur so von Menschen wimmelten, herrschte nicht die geringste Hektik. Während wir die Portobello Road entlangschlenderten, zeigte ich Alexander ein paar Geschäfte, in denen ich irgendwann einmal gern mit ihm shoppen gehen wollte. Wir blieben an ein paar Ständen stehen, die so spät noch geöffnet hatten, sahen uns alte Bücher und teure Antiquitäten an. Doch als das Restaurant in Sichtweite kam, begannen meine Nerven zu flattern.

Ich wollte Alexander vor meiner Familie nicht verheimlichen. Das war ohnehin unmöglich, wenn alle zwei Tage ein Foto von mir auf den Titelseiten der Klatschblätter auftauchte. Ich liebte meine Familie, auch wenn das nicht immer einfach war. Aber die Dinge waren nun mal kompliziert. Meine Mutter war eine überbehütende Glucke, die zu allem ihre Meinung sagen musste. Mein Dad war nicht ganz so schlimm, ließ ihr aber immer alles durchgehen. Und Lola traute ich zu, dass sie Alexander anbaggern würde – oder es zumindest probierte.

Ganz zu schweigen davon, dass Alexander und ich alles andere als eine normale Beziehung führten; ich konnte nie sicher sein, ob er nicht plötzlich aufstand und mich einfach stehen ließ.

»Du bist so still«, sagte er. Wir hatten den ganzen Weg bis zum CoCo schweigend zurückgelegt.

Ich sah ihn an, und meine Brust schwoll vor Besitzerstolz und Dankbarkeit. Der Mann an meiner Seite hatte sich mächtig ins Zeug gelegt, um mir einen ganz normalen Abend zu schenken. Und er gehörte mir. Alexander trug eine zerschlissene Jeans, ein weißes Hemd mit Button-down-Kragen, das seinen durchtrainierten Körper betonte, und eine Baseballkappe. Seine Augen verbarg er hinter einer Pilotenbrille, doch sein kantiges Kinn, der Zweitagebart und sein verwegenes Lächeln ließen sich nicht tarnen. Mit seinem Outfit konnte er relativ sicher sein, nicht erkannt zu werden, aber sein unglaublicher Sex-Appeal ließ sich nicht kaschieren. Das waren bestimmt nicht die typischen Klamotten, in denen man sich den Eltern seiner Freundin vorstellte, aber Alexander war schließlich auch alles andere als der typische junge Mann von nebenan.

»Ich bin etwas müde.« Und das war nicht gelogen. Ich war weder das frühe Aufstehen gewohnt noch die nächtlichen Aktivitäten, die seit Neuestem meinen Lebensrhythmus bestimmten.

»Dann sollte ich mich wohl entschuldigen, dass ich dich die halbe Nacht wach gehalten habe.« Er zog mich an sich und küsste mich auf den Scheitel. »Bloß dass es mir gar nicht leidtut.«

Sein Lächeln war so aufreizend arrogant, dass ich grinsen musste. »Tja, und heute Nacht wird es wohl wieder nichts mit schlafen.«

»Du musst ja einen echt heißen Typen an der Angel haben.«

»Den heißesten überhaupt.«

»Kenne ich ihn zufällig?« Seine Finger strichen über meinen Hintern.

»Ziemlich gut sogar.« Ich fuhr mir mit der Zunge über die Lippen und hauchte einen Kuss in seine Richtung.

»Du musst dich dringend ausruhen.« Das klang aufrichtig, aber ich vermutete, dass seine Selbstlosigkeit nicht lange anhalten würde, bis er hinzufügte: »Heute Nacht schläfst du allein.«

Es fühlte sich an, als würde sich eine kalte Faust um mein Herz krampfen, aber ich versuchte, es mir nicht anmerken zu lassen. »Aber ich schulde dir sexuelle Gefälligkeiten.«

»Und womit habe ich mir die verdient, Süße?« Das vertraute lüsterne Glitzern schlich sich in seine blauen Augen. »Lass mal hören, damit ich fürs nächste Mal Bescheid weiß.«

»Wer weiß, ob es nach dem Abendessen noch ein nächstes Mal gibt.« Ich wollte hineingehen, doch Alexander ergriff meine Hand und zog mich fest an sich.

Er ließ den Zeigefinger über meinen Wangenknochen und meine Oberlippe gleiten. »Vertrau mir. Im Notfall kann ich ziemlich charmant sein. Vergiss nicht, dass ich ein Prinz bin.«

»Der Märchenprinz höchstpersönlich, was?« Ich zog die Augenbrauen hoch. »Ich kann mich nicht erinnern, dass er einen unersättlichen Sextrieb hatte.«

»Dann hat er das falsche Mädchen geküsst«, hauchte er mir ins Ohr. Seine Lippen näherten sich meinem Mund. »Oder ›Glücklich bis ans Ende ihrer Tage‹ ist nur eine Umschreibung für multiple Orgasmen.«

»Die Brüder Grimm können dir nicht das Wasser reichen«, scherzte ich, musste aber schlucken, während ich mir die bange Frage stellte, ob wir bis ans Ende aller Tage glücklich sein würden.

Alexander zwinkerte mir zu. »Ich bin gespannt, was du sagst, wenn wir in den Sonnenuntergang *reiten*.«

»Benimm dich.« Ich verpasste ihm einen Klaps auf die Schulter; leider gelang es mir nicht, ernst zu bleiben.

»Ich stehe total drauf, wenn du dich ärgerst. Dann denke ich immer daran, wie ich dir deinen kleinen süßen Arsch versohle.« Ein wohliger Schauder überlief mich, als sich seine Lider wie in einer Vorahnung senkten.

»So, so«, unterbrach uns eine amüsierte Stimme. »Könnte ich noch kurz vorbei, ehe er dich hier an Ort und Stelle besteigt?«

Erschrocken drehte ich mich um und sah Lola, die uns spöttisch angrinste. Wie immer hatte sie sich in Schale geworfen – sie trug eine hautenge feuerrote Caprihose, dazu eine luftige Leinentunika, die ihre sonnengebräunten Arme betonte. Sie zog den Riemen ihrer Tasche über der Schulter zurecht und streckte Alexander die Hand hin.

Er zögerte einen Moment, bevor er sie ergriff, während er mir einen leicht irritierten Blick zuwarf.

»Alexander, das ist meine Schwester Lola.« Ich presste die Lippen aufeinander und nickte ihr zu. »Lola, darf ich dir ...«

»Oh, das ist nicht nötig«, gab sie zurück, während sie ihm

die Hand schüttelte. »Sehr erfreut. Clara hat mir wirklich *gar nichts* über dich erzählt.«

Alexander nickte ihr höflich zu, entzog ihr seine Hand aber sofort wieder. Statt heißem Knistern lag urplötzlich eine seltsame Spannung in der Luft. Ich wusste nicht genau, wie viel von unserem Geplänkel Lola mitbekommen hatte, doch ihre herablassende Miene sprach Bände. Verdammt noch mal – eine Lola, die den Abend noch schwieriger machte, passte mir jetzt überhaupt nicht in den Kram.

Ich wollte irgendeinen lockeren Spruch machen, um das Eis zu brechen, aber mir fiel beim besten Willen nichts ein. Gerade erst war es Alexander gelungen, meine Anspannung zu zerstreuen, und nun fühlte ich mich von einer Sekunde auf die andere wie gelähmt. In diesem Moment, als die Luft regelrecht zum Zerreißen gespannt schien, trat Alexander einen Schritt vor und hielt uns die Tür auf.

»Ladies first.« Einladend holte er mit der Hand aus, und ich schlüpfte an ihm vorbei, zutiefst dankbar, dass er die Situation so elegant entschärft hatte.

»Oh, ein Gentleman«, flötete Lola, während sie mir in das Restaurant folgte. Wobei sie ihn völlig ungeniert taxierte. Wie immer war sie ganz cool – und in ihren Plateausandalen fast genauso groß wie er. Im Eingangsbereich warteten bereits andere Gäste, die Lola neugierig hinterhersahen, als sie auf den Oberkellner zumarschierte und ihm unseren Namen nannte.

»Deine Schwester hat es ja offenbar faustdick hinter den Ohren«, flüsterte Alexander, als uns der Kellner in einen der Räume im zweiten Stock führte.

»Mmhmm.« Das war noch recht milde ausgedrückt. Lola

war einfach unberechenbar. Ich konnte nur hoffen, dass sie heute nichts im Schilde führte.

Aber in letzter Zeit war das Glück ja nicht gerade auf meiner Seite gewesen.

***

Nach unserer zweiten Runde Cocktails begann das Gespräch ein wenig zu erlahmen. Mom hatte darauf bestanden, dass wir auf meinen Vater warteten, und mittlerweile war er bereits eine Stunde zu spät. Was niemandem entgehen konnte, denn die Wände unseres Raums waren mit Dutzenden von Uhren dekoriert. Ich nahm einen ordentlichen Schluck von meiner Bloody Mary in der Hoffnung, die Zeit würde schneller verstreichen, wenn ich beschwipst war, gleichzeitig trieb mich das Ticken der Uhren allmählich in den Wahnsinn. An jedem anderen Abend hätte ich das zusammengewürfelte, wenn auch ein wenig schräge Dekor reizend gefunden, doch jetzt sorgte es nur dafür, dass ich mich von Minute zu Minute unwohler fühlte.

»Was hält ihn denn bloß so lange auf?« Meine Mutter schüttelte den Kopf, entschuldigte sich und warf abermals einen Blick auf ihr Handy.

»Ich habe es nicht eilig«, erwiderte Alexander gelassen, doch seine Hand, die unruhig über meinen Oberschenkel strich, strafte ihn Lügen. Offensichtlich gingen ihm andere Dinge im Kopf herum.

»Wir sollten langsam bestellen«, sagte ich, als es acht Uhr war. Müde und unterzuckert verlor ich langsam die Geduld.

»Wir geben ihm noch ein paar Minuten.« Lola nahm einen

Schluck von ihrem Cocktail. »Erzähl doch mal, wie ihr euch kennengelernt habt.«

»Kauf dir den *Daily Star*, da kannst du es nachlesen«, blaffte ich sie an.

Lola verzog missbilligend die roten Lippen. Dabei sah sie exakt so aus wie meine Mutter. »Ich würde es lieber aus erster Hand hören.«

Ich öffnete den Mund, um ihr die nächste Abfuhr zu erteilen, doch Alexander fiel mir ins Wort.

»Das war auf einer öden Party«, sagte er. »Ich habe mich zu Tode gelangweilt. Und dann taucht plötzlich dieses bildschöne Mädchen auf und erzählt mir, wo's langgeht.« Er ergriff meine Hand und führte sie an seine Lippen. Ein freches Lächeln spielte um seine Mundwinkel, als er einen Kuss über meine Fingerknöchel hauchte.

Meine Mutter riss die Augen auf und gab ein leises Keuchen von sich. Gelegentlich fragte ich mich, was aus der ehrgeizigen, unangepassten Feministin von einst geworden war. Mom hatte in Berkeley studiert, von morgens bis nachts geackert, um ihre kleine Computerfirma zu einem erfolgreichen Unternehmen zu machen. Und nun fand sie es plötzlich skandalös, dass ich einen Mann auf einer Party angesprochen hatte. Wenn sie das schockierte, konnte ich nur hoffen, dass Lola für sich behielt, was sie draußen mitgehört hatte.

»Clara!« Mom warf mir einen strafenden Blick zu.

Alexander lachte leise und stellte sein Glas auf den Tisch. »Nein, ich hatte es verdient.«

»Wieso hast du sie plötzlich geküsst?«, platzte Lola heraus.

»Oh, das ist eine lange Geschichte«, gab er breit grinsend zurück. »Und da die Klatschblätter es bislang nicht herausbekommen haben, werde ich es auch weiterhin für mich behalten. Aber so viel kann ich verraten: Ich wollte unbedingt mehr über Clara erfahren. Was gar nicht so leicht war – in Oxford schien kein Mensch sie zu kennen.«

Meine Mutter seufzte. »Leider ist sie nicht besonders gesellig. Ich habe mein Bestes getan, aber sie hat eben nicht mein Naturell.«

»Ich wüsste nicht, in wessen Gesellschaft ich mich wohler fühlen könnte«, erwiderte er mit jener tiefen Stimme, mit der er mir sonst süße Unanständigkeiten ins Ohr flüsterte. »Clara ist hinreißend, und ich möchte sie ganz für mich allein.«

Mom linste zu mir hinüber, ich lächelte lässig und trank noch einen Schluck. Ich wusste, dass sie ihre Vorbehalte gegen meine Beziehung mit Alexander hatte, was sie jedoch nicht daran hinderte, Schlüsse zu ziehen.

»Wie überaus bescheiden«, warf Lola ein und musterte ihn skeptisch.

Alexander tat ihre Bemerkung mit einem Schulterzucken ab und winkte dem Kellner, der an der Tür stand. Der arme Kerl zweifelte offenbar, ob wir überhaupt noch etwas bestellen würden.

»Sind Sie so weit?«, fragte er. Er sah uns nacheinander an, doch mir fiel auf, dass er Alexanders Blick auswich, als wäre er eingeschüchtert.

Ich konnte mir nicht vorstellen, wie es war, so eine Wirkung auf andere Menschen zu haben. Es war schlimm genug, in der Öffentlichkeit von wildfremden Leuten angestarrt zu werden, wie ich erst kürzlich am eigenen Leibe erfahren hatte. Aber wie musste es erst sein, wenn andere Leute einen fürchteten? Dennoch schienen Alexander weder die Neugier noch der Respekt anderer zu tangieren; soweit ich es beurteilen konnte, schien er es nicht einmal zu bemerken, wenn er im Mittelpunkt der Aufmerksamkeit stand. Natürlich machte ihn genau das so unwiderstehlich: sein freimütiger, selbstverständlicher Umgang mit der Macht. Es war kein Getue, keine Show. Es war sein Geburtsrecht.

»Könnten Sie uns schon mal ein paar Appetizer bringen?«, fragte Alexander. »Wir warten zwar noch auf jemanden, aber ich möchte die Damen hier nicht verhungern lassen.«

Ich dankte ihm im Stillen, dass er meine Mutter so smart ausgetrickst hatte. Alexander beugte sich zu mir und küsste mich. Die Berührung seiner Lippen war weich und beschützend – eine kleine Erinnerung daran, dass er stets an meiner Seite stand. Instinktiv schloss ich die Augen, doch dann hörte ich, wie meine Mutter sich demonstrativ räusperte.

»Ich habe mich ein wenig über Ihre Firma schlaugemacht, Mrs. Bishop«, wechselte Alexander das Thema.

»*Ehemalige* Firma«, korrigierte ihn Mom. »Aber lassen Sie uns nicht über Geschäftliches reden.«

»Damit liegt ihr Dad schon dauernd in den Ohren«, erklärte ich.

»Wohl wahr«, ergänzte sie. Ein trauriges Lächeln huschte über ihr Gesicht. »Jedenfalls war das früher so.«

Diese kleine Randbemerkung fand ich irgendwie seltsam. Meine Mutter hatte stets ein offenes Ohr für Dads Ideen und Start-ups gehabt, auch wenn keins der Projekte je so erfolgreich gewesen war wie die Datingseite, die sie während des Internetbooms verkauft hatten. Früher war sie stolz gewesen, wenn sie jemand auf ihr Business angesprochen hatte, doch nun war ihr gleichgültiger Tonfall, vermischt mit leiser Bitterkeit, nicht zu überhören. Erneut warf ich einen Blick auf die Uhren an der Wand und fragte mich, wo mein Vater steckte. Irgendetwas lief da zwischen meinen Eltern. Ich hatte keine Ahnung, was es sein könnte, aber etwas stimmte definitiv nicht.

Lola beugte sich vor, nur zu bereit, die peinliche Stille zu überbrücken. »Wie ist das eigentlich so, in einem Palast aufzuwachsen?«

»Darüber gibt es doch sicher jede Menge Bücher«, gab Alexander zurück.

»Das stimmt«, räumte sie ein. »Aber ich habe gehört, die Wirklichkeit würde ganz anders aussehen – so gar nicht *märchenhaft*.«

Ihr Blick wanderte zu mir, aber ich atmete nur tief ein und versuchte, keine Miene zu verziehen. Anscheinend hatte sie jedes Wort mitbekommen, das Alexander und ich draußen gewechselt hatten. Das würde mich wahrscheinlich noch teuer zu stehen kommen.

»Also, besonders aufregend ist es eigentlich nicht.« Entweder hatte er ihre Stichelei nicht bemerkt, oder er war ein Meister im Bluffen.

»Wer's glaubt, wird selig«, platzte Lola heraus. »Bestimmt hast du die ganie Welt gesehen, und ich wette, dass du schon als kleiner Junge an Reitturnieren und Fuchsjagden teilgenommen hast.«

Ein versonnenes Lächeln spielte um Alexanders Mundwinkel, und einen Moment lang wirkte sein Blick seltsam entrückt. Offenbar hatte Lola ins Schwarze getroffen. »Ich fürchte, ja. Aber ehrlich gesagt ist das alles stinklangweilig. Abendessen mit Staatsgästen, Reitstunden – alles weit weniger spannend, als die meisten Leute glauben würden. Und das Jagen hat mir noch nie Spaß gemacht.«

»Ich bin Mitglied bei PETA«, erwiderte Lola. »Es ist unnötig und grausam, Jagd auf unschuldige Tiere zu machen.«

Ich warf ihr einen finsteren Blick zu. Wenn sie sich neue Schuhe oder Handtaschen kaufte, war offenbar Feierabend mit ihrer Tierliebe.

»Die Jagd hat eine lange Tradition in unserer Familie. Ich persönlich halte aber nicht viel davon.« Er hielt einen Augenblick inne und lachte. »Ich war acht Jahre alt, als ich das erste Mal mit meinem Vater auf die Jagd gehen sollte. Ich war unglaublich aufgeregt. Ich hatte zwar Reitstunden gehabt, war aber noch nie bei einer Jagdgesellschaft dabei gewesen.«

Es war das erste Mal, dass er scheinbar unbeschwert von seiner Familie und seiner Kindheit erzählte, und ich spitzte die Ohren. Seine Vergangenheit war eine schwere Bürde für ihn, und ihn lächeln zu sehen, während er sich an eine Episode aus seiner Kindheit erinnerte, ließ beinahe mein Herz zerspringen. Ich fragte mich, was für ein Mensch wohl aus ihm geworden wäre, wenn er in seiner Kindheit nicht so viele Tragödien erlebt hätte.

»In der Nacht davor konnte ich nicht einschlafen«, fuhr er fort. »Darum schlich ich mich runter in die Stallungen, um meinen Araber zu striegeln. Ich gehe also zu meinem Pferd, da sehe ich plötzlich einen Käfig – einen Käfig mit einem Fuchs darin. Ich konnte es kaum glauben. Doch dann erinnerte ich mich daran, dass alle Jagden auf unserem Familiensitz begannen. Und damit war auch klar, dass wir *diesen* Fuchs jagen würden.«

Schweigend hingen wir an seinen Lippen. »Und so tat ich,

was jedes achtjährige Kind getan hätte. Ich habe ihn versteckt.«

»Oh Gott!« Lolas Wimpern zuckten. »Und wo?«

»Das hatte ich nicht richtig durchdacht.« Alexander lächelte verlegen. »Ich habe ihn in mein Zimmer gebracht.«

»Da haben Ihre Eltern ja sicher gejubelt«, bemerkte meine Mutter trocken.

Ein gequälter Ausdruck huschte über Alexanders Gesicht, hielt sich aber nur einen Sekundenbruchteil, bevor er wieder verschwand. Ich konnte mir lebhaft vorstellen, dass sein Vater über diesen Akt des Widerstands alles andere als amüsiert gewesen war. »Meine Mutter«, erwiderte er zögernd, »hätte wahrscheinlich darüber gelacht, aber mein Vater fand es ganz und gar nicht lustig. Allerdings muss ich zugeben, dass ich einen klitzekleinen Fehler beging, als ich den Fuchs ins Haus brachte.«

»Was für einen?«, hakte Lola begierig nach. Gebannt hatte sie seiner Geschichte gelauscht, und plötzlich sah sie viel jünger aus. Offensichtlich beschränkte sich die Magie von Mr. X nicht nur aufs Schlafzimmer.

»Ich hatte meine Schwester nicht einkalkuliert.« Er lächelte unschuldig und breitete die Hände aus. »Sie ließ den Fuchs frei, und die Angestellten brauchten zwei Tage, um ihn wieder einzufangen. Am wichtigsten aber war, dass die Jagd abgeblasen wurde.«

»Dann warst du also der Held«, sagte ich.

»Das ist eine Frage der Perspektive.« Er hob die Schultern und lehnte sich zurück. »Irgendwie bezweifle ich, dass unsere Angestellten das so sahen.«

Wir lachten, und auch Alexander stimmte mit ein; ich

fand es hinreißend, ihn so locker und ausgelassen zu erleben. Es war das erste Mal, dass er etwas von seiner Schwester Sarah erzählt hatte, und ich fragte mich, ob ihm das überhaupt bewusst war. Sie war ein Tabuthema, und er hatte mehr als deutlich durchblicken lassen, dass ich ihn mit Fragen nach ihr nur noch mehr belasten würde. Aber war es wirklich richtig, die Erinnerung an sie so gnadenlos zu verdrängen? Sie hatten doch bestimmt auch schöne Augenblicke miteinander verlebt.

In diesem Moment kam endlich mein Vater zur Tür herein, was Alexander von der Aufgabe entband, uns weiter unterhalten zu müssen. Ein warmes Gefühl durchströmte mich, als sich die beiden die Hand schüttelten und ein paar nette Worte wechselten, doch die Miene meiner Mutter verhieß nichts Gutes.

»Tut mir leid, tut mir wirklich leid«, sagte mein Vater, während er neben ihr Platz nahm. »Habt ihr mit dem Essen auf mich gewartet? Das wäre doch nicht nötig gewesen.«

»Ich habe mehrmals versucht, dich zu erreichen«, erwiderte sie eisig.

»Im Büro war die Hölle los«, versuchte er sich herauszuwinden. »Und das Netz dort ist so lausig, dass ich nicht zu dir durchgekommen bin.«

Meine Mutter saß stocksteif da, ohne etwas zu antworten. Sie machte keinerlei Anstalten, auf die Entschuldigung meines Vaters zu reagieren – geschweige denn sie anzunehmen. Mir wurde flau im Magen.

Zum ersten Mal wirkte meine Mutter im Umgang mit meinem Vater nicht zerbrechlich. Sie wirkte stark.

***

Das seltsame Verhalten meiner Eltern ging mir nicht aus dem Sinn, während wir mit dem Rolls-Royce nach Hause fuhren. Das Abendessen war zwar ohne weitere Querelen verlaufen, aber meine Mutter hatte Dad weiter die kalte Schulter gezeigt. Während unseres Lunchs letzte Woche hatte sie nebenbei irgendetwas über Dads Arbeit gesagt, aber ich hatte nicht richtig hingehört. Ich musste unbedingt herausfinden, was da lief.

Mein Vater beschäftigte sich ununterbrochen mit neuen Start-ups, hatte in Dutzende von Unternehmen investiert. Er hielt jede Menge Aktien, doch eigene Ideen hatte er nicht mehr verwirklicht. Er hatte partner.com verkauft, weil wir das Geld brauchten, aber auch weil er davon ausgegangen war, erneut eine erfolgreiche Firma gründen zu können. Und nun, zwanzig Jahre später, war die nach wie vor beliebte Datingseite sein einziges Projekt, das Furore gemacht hatte. Aber Mom hatte ihn stets ermutigt und unterstützt – was also war geschehen? Mir fiel beim besten Willen keine Erklärung ein.

»Clara?«, sagte Alexander. Er ließ seine Hand zwischen meine Schenkel gleiten, als wolle er mich damit auf andere Gedanken bringen.

Eigentlich war es unser Abend, und ich verplemperte unsere gemeinsame Zeit damit, dass ich mir über die Beziehung meiner Eltern den Kopf zerbrach. Vielleicht auch, um mich nicht mit mir selbst beschäftigen zu müssen. Alexander und ich hatten unsere eigenen Probleme. Klar war es einfacher, sich Sorgen um die Beziehung anderer Leute zu machen.

»Sorry, X.« Ich schwang ein Bein über seinen Schoß.

»Dich beschäftigt doch irgendetwas.« Er hakte nicht nach, was es war; er wollte mich nicht unter Druck setzen.

Was mit meinen Eltern los war, würde ich allein herausfinden müssen, aber ich war dankbar, dass er für mich da war. »Ich habe über meine Eltern nachgedacht. Dir ist sicher auch aufgefallen, dass sie kaum miteinander gesprochen haben.«

»Und das ist sonst nicht so?«

Ich schüttelte den Kopf. »Meine Mutter ist manchmal ein bisschen anstrengend. Aber dass sie meinen Dad derart abfahren lässt, habe ich noch nie erlebt.«

Ich zuckte die Achseln und schlang die Arme um Alexanders Nacken. Die Sorge um meine Eltern hatte mich so in Beschlag genommen, dass ich fast vergessen hatte, mit wem ich hier gerade ganz allein auf dem Rücksitz saß. Rittlings stieg ich auf Alexanders Schoß und presste mich einladend an seine Brust. Ihn unter mir zu spüren brachte mein Blut in Wallung, Hitze stieg in mir auf.

Alexander ließ seinen Zeigefinger über die Linie meines Dekolletés gleiten. Meine Brustwarzen richteten sich auf, wurden hart wie Perlen, sehnten sich nach seiner Aufmerksamkeit, und ich drängte die Hüften fordernd gegen seinen Unterleib. Er legte die Hand in meinen Nacken, zog mich sanft an sich, und schon trafen sich unsere Lippen. Ich spürte seinen heißen, brandygeschwängerten Atem und leckte über seine Lippen, wollte seinen betörenden Geschmack voll auskosten.

»Ich schulde dir noch sexuelle Gefälligkeiten«, hauchte ich ihm ins Ohr und griff nach seiner Gürtelschnalle, um seine mächtige Erektion zu befreien.

Alexander stöhnte leise auf, während er mich festhielt und so langsam und genüsslich küsste, dass mir einen Moment lang die Luft wegblieb.

»Fahr übers Wochenende mit mir aufs Land«, sagte er schwer atmend.

Das klang mehr als gut – keine Großstadt, keine Paparazzi und jede Menge Zeit für uns beide. »Und da fragst du noch?«

»Das war keine Frage.« Ein Lächeln spielte um seine Lippen. »Ich habe schon angekündigt, dass du mich begleitest.«

Ich erstarrte. »Wem?«

»Meiner Familie.«

»Was?«, platzte ich heraus. »Ich soll ein Wochenende mit deiner Familie verbringen?«

»Keine Angst, es kommen auch ein paar Freunde. Edward hat ebenfalls Bekannte eingeladen.«

Das sollte mich wohl beruhigen, bewirkte aber das genaue Gegenteil. »X...«

»Lass uns gar nicht lange herumreden«, sagte er. »Ich erwarte, dass du mitkommst.«

»Aber du willst doch bestimmt auch mal mit deinen Verwandten allein sein.« Vielleicht gelang es mir ja so, aus der Sache herauszukommen.

Alexander zog eine Augenbraue hoch; natürlich hatte er sofort gemerkt, dass ich verzweifelt nach Ausreden suchte. »Der einzige Mensch, mit dem ich allein sein möchte, bist du. Du kannst nicht drei Tage von mir getrennt sein. Jemand muss sich um dich kümmern.«

»Ich kann mich auch allein um mich kümmern.«

»Du kannst dich allein anziehen.« Er strich mir sanft über die Hüften. »Du kannst allein essen und trinken und schlafen. Aber damit hast du längst nicht alles, was du brauchst.« Ruckartig schob Alexander sein Becken vor. Mein Innerstes zog sich krampfartig zusammen, als ich seine Erektion zwischen den Schenkeln spürte.

»Gutes Argument«, keuchte ich leise.

»Ach ja?«, gab er mit kehliger Stimme zurück, während er sich weiter unter mir bewegte.

»Mmhmm«, stöhnte ich, völlig gefangen von seinem Rhythmus. »Du schuldest mir was.«

»Ich dachte, du wärst *mir* gewisse Gefälligkeiten schuldig.«

»Als ich das gesagt habe, wusste ich ja noch nicht, dass ich ein ganzes Wochenende im Kreis deiner Familie verbringen muss. Lass uns darauf einigen, dass wir quitt sind, X, sonst kannst du noch monatelang Abbitte tun.« Doch das unbändige Verlangen zwischen meinen Beinen ließ mich nur allzu deutlich wissen, dass ich auf verlorenem Posten stand.

»Ach, Süße.« Spielerisch strichen seine Lippen über mein Schlüsselbein, während er die Hände unter meinen Rock gleiten ließ. »Du weißt gar nicht, wie gern ich in deiner Schuld stehe.«

Er schob die Daumen ins Bündchen meines Slips und streifte ihn mir über die bebenden Schenkel.

»Vorsicht mit dem Höschen«, presste ich hervor. »Du weißt, dass die Ressourcen auf unserem Planeten zu Ende gehen.«

Alexander hob mich von sich herunter auf den Sitz und spreizte meine Beine. »Über deine Höschen würde ich gern mehr erfahren«, sagte er grinsend. »*Später.*«

22

Der Landsitz der Familie war ein imposantes Herrenhaus mit vierzig Zimmern, das sich auf einem mehr als vierzig Hektar großen Anwesen befand. Ich war schon in anderen eindrucksvollen Häusern gewesen, doch Norfolk Hall übertraf sie alle. Ich kam mir vor wie in einer anderen Zeit. Türme ragten hoch in den Himmel, und die Fassade war kunstvoll restauriert worden, um das Gebäude im Originalglanz des sechzehnten Jahrhunderts erstrahlen zu lassen. Es gab einen Reitstall und mehrere Tenniscourts. Im Haus selbst vervollständigten Marmorböden, Mahagonigeländer und unbezahlbare Gemälde an den Wänden das prachtvolle Ambiente. Es war, als wäre ich eingeladen worden, das Wochenende in einem Museum zu verbringen. Es war alles ein bisschen viel auf einmal, was allerdings nicht nur an der feudalen Umgebung lag.

Mir graute vor einer Begegnung mit seinem Vater. Der König hatte aus seiner Meinung über unsere Beziehung keinen Hehl gemacht. Schon bei der Ankunft beschlich mich das dumpfe Gefühl, dass es noch viel schlimmer werden würde als erwartet. Alexanders Familie, und dazu noch mehr als ein Dutzend ihrer Freunde! Ein paar davon hatte ich bereits auf dem Wohltätigkeitsball kennengelernt, und ich war nicht besonders scharf darauf, sie wiederzusehen.

Schon gar nicht Pepper, die mit säuerlicher Miene zusah, wie Edward ein paar ältere Verwandte begrüßte, die zur morgigen Jagd angereist waren.

Genau diese Situation hatte ich vermeiden wollen. Naiv,

wie ich war, hatte ich geglaubt, es würde sich vielleicht eine Gelegenheit ergeben, ein paar ungestörte Worte mit Alexanders Vater zu wechseln – womöglich änderte er ja seine Meinung, wenn er mich ein bisschen besser kennenlernte. Wie es unter diesen Umständen allerdings dazu kommen sollte, war mir völlig schleierhaft.

Wir kamen so spät an, dass das Abendessen bereits serviert worden war, und als ich mein Zimmer betrat, knurrte mir der Magen. Ich nahm einen Proteinriegel aus meiner Tasche und blickte mich um. Zähneknirschend musste ich einräumen, dass mein Zimmer spektakulär war – inklusive eines Himmelbetts und einer atemberaubenden Aussicht auf die Parklandschaft hinter dem Haus. Nur Alexander fehlte, dessen Zimmer sich in einem anderen Gebäudeflügel befand.

Auf meinem Kissen lag das Wochenendprogramm, und ich verdrehte die Augen, als ich sah, dass mein gesamter Aufenthalt von vorn bis hinten durchgeplant worden war. Jetzt zum Beispiel war meine Anwesenheit zur Cocktailstunde im Billardraum gefragt. Und für morgen war ein Brunch mit der Königinmutter anberaumt.

»Und wann soll ich mich aus dem Fenster stürzen?«, sagte ich leise.

Reiß dich zusammen, befahl ich mir. *Spiel einfach mit.*

Zehn Minuten später lief mir Alexander unten in der Halle über den Weg. Er hatte sich umgezogen, trug einen Dreiteiler – nachtschwarz wie sein Haar – und sah einfach umwerfend sexy aus. Am liebsten hätte ich meine Finger an Ort und Stelle in seinem seidigen Haar vergraben; alles in mir sehnte sich danach, seine Männlichkeit durch den maßgeschneiderten Anzug zu spüren.

»Süße?« Das war mehr als eine Frage, es war eine Einladung. Ein lässig verführerisches Lächeln spielte um seine Lippen, als hätte er meine Gedanken gelesen.

Ich gab ein sehnsüchtiges Seufzen von mir und schüttelte den Kopf. Es war einfach nicht fair, mit welcher Macht er mich in seinen Bann zog.

Alexander legte seinen Zeigefinger an meine Lippen. »Spar dir das für mich auf.«

»Wie? Darf ich nicht seufzen?«

»Oh, ich bestehe sogar darauf«, flüsterte er und hauchte mir verstohlen einen Kuss in den Nacken. »Ich will, dass du seufzt und keuchst und stöhnst, wenn ich dich *ficke*. Aber ich bin ein egoistischer Mann, und dein Stöhnen gehört nur mir.«

»Jederzeit«, schnurrte ich, strich über seine Brust und hielt am obersten Knopf seines Sakkos inne.

Er entzog sich mir und richtete seine Manschetten. »Schluss jetzt – sonst schaffen wir es nie zum nächsten Programmpunkt.«

»Ach, ich bin also nicht die Einzige mit Programm?«

»Leider nein.« Er hielt mir den Arm hin. »Zum Billardzimmer?«

»Ja«, erwiderte ich. »Ich fürchte, ich habe mich verlaufen.«

»Ich hätte dich schon gefunden«, gab er zurück, doch sein Lächeln wirkte schmallippig und gezwungen. Schon als wir London verlassen hatten, war er seltsam angespannt gewesen, und nun merkte ich erneut, dass ihn etwas belastete.

Das Billardzimmer verströmte den staubigen Geist der Vergangenheit; die vertäfelten Wände waren mit Hirschköpfen und ausgestopften Pfauen dekoriert. Hinter der Bar stand

Jonathan; er hatte die Ärmel hochgekrempelt und war darauf konzentriert, seine Freunde mit Drinks zu versorgen. Die Mädchen, die am Tresen standen, wandten sich um, als ich den Raum betrat. Die Rothaarige – Amelia – hatte ich auf dem Wohltätigkeitsball kennengelernt. Das Gesicht der anderen sagte mir nichts. Kühle Gleichgültigkeit spiegelte sich in ihren Mienen, als sie zu mir herübersahen.

Ich hatte mich für ein zwangloses Outfit entschieden – ein ärmelloses marineblaues Maxikleid – und bereute meine Wahl sofort. Alexander ergriff meine Hand und führte mich in den schwach erleuchteten Raum.

»Nur eine Stunde«, versprach er mir. »Willst du einen Drink?«

»Danke, nein.« In Anwesenheit dieser *Freunde* musste ich einen kühlen Kopf bewahren. Mein einziger Trost bestand darin, dass Alexanders Vater und seine Großmutter nicht hier waren. Ich war zwar nicht allen Anwesenden offiziell vorgestellt worden, doch soweit ich wusste, hatte es nur Pepper wirklich auf mich abgesehen.

Ein Mann in Livree erschien in der Tür und ließ den Blick kurz über die Gäste schweifen, ehe er zielstrebig auf Alexander zumarschierte und ihm etwas ins Ohr flüsterte, das ich wegen des Stimmengewirrs um mich herum nicht mitbekam.

Alexander fasste mich am Arm. »Ich muss kurz weg. Edward kümmert sich so lange um dich.«

Noch ehe ich protestieren konnte, war er auch schon hinausgeeilt. Stumm starrte ich in den Raum. Natürlich hatte jeder Alexanders Abgang mitbekommen. Ich sah, wie die Mädchen an der Bar vielsagende Blicke tauschten.

»Hey, komm doch rüber«, rief Amelia und winkte. Es

klang zu zuckersüß, um aufrichtig gemeint zu sein, aber egal – ich konnte mich schließlich nicht das ganze Wochenende vor ihnen verstecken.

Jonathan schob ein leeres Glas auf den Tresen. Mit seiner blonden Mähne und der blauen Nadelstreifenweste sah er aus, als wäre er gerade einem alten Film entstiegen. Und als er mich ansprach, troff jedes seiner Worte geradezu von jenem Schnöselcharme, mit dem er sich schon im College ständig neue Bettgespielinnen gesichert hatte. »Und welche Droge kann ich dir anbieten?«

Meine Gedanken schweiften zu Alexander. Im Brimstone hatte er mich fast wortwörtlich dasselbe gefragt, und meine Antwort war immer noch dieselbe.

»Oh, wow, dich hat es wohl schwer erwischt.« Amelia bedachte meinen träumerischen Gesichtsausdruck mit einem gemeinen Lächeln. »Mach ihr einen Gin Tonic. Clara, das ist übrigens meine Schwester Priscilla.«

Priscilla ließ zwei Reihen perfekter Zähne aufblitzen. Sie hatte ebenfalls rotes Haar, doch ihre blasse Haut war mit Sommersprossen übersät. »Ich habe schon viel über dich gehört.«

Ihr Unterton sprach Bände, aber ich zwang mich zu einem arroganten Lächeln. »Man muss nicht alles glauben, was man irgendwo liest.«

»Ach, Zeitungen interessieren mich nicht«, erwiderte sie. »Das meiste weiß ich von Pepper. Alex erzählt ihr einfach alles.«

»Glaube ich kaum«, sagte ich. Auf den Köder fiel ich ganz bestimmt nicht herein.

Priscilla hob die mageren Schultern und nippte an ihrem

Drink. »Nimm Tonic light, Jonathan. Clara muss auf ihre Linie achten.«

Stand es unter Strafe, eine Prinzessin zu ohrfeigen? Ich wusste es nicht, aber ich fühlte mich, als würde ich der Menschheit einen Dienst erweisen. Doch als ich ausholte, packte mich jemand am Handgelenk.

»Darf ich dich kurz entführen?« David ließ meine Hand wieder los, nahm mein Glas an sich und steuerte mich ans Ende der Bar. »Na, das war aber haarscharf.«

Er reichte mir meinen Drink, und ich nahm erst mal einen großen Schluck, zu wütend, um auch nur ein Wort herauszubringen. Als ich mich wieder einigermaßen beruhigt hatte, fragte ich: »Woher wusstest du, dass ich ihr eine kleben wollte?«

Ein Grinsen breitete sich über Davids schokoladenbraunes Gesicht aus bis zu seinen dunklen, blitzenden Augen. Es war ein echtes, aufrichtiges Lächeln, und jetzt wurde ich auch wieder lockerer. »Du weißt gar nicht, wie oft ich diesen Schlangen selbst eine Ohrfeige verpassen möchte. Muss mein sechster Sinn gewesen sein.«

»Sag mal, bist du so eine Art Masochist?« Ich musste lachen, als er die Augen aufriss – eine so direkte Frage hatte er offenbar nicht erwartet. »Warum treibst du dich sonst mit diesen royalen Rotznasen herum?«

»Ich habe meine Gründe«, erwiderte er schulterzuckend, ohne weiter auf meine Frage einzugehen. »Und sie brauchen mich, weil ich ihren Coolness-Faktor erhöhe. Irgendwie sind sie auf die Idee gekommen, wenn sie mit einem schwarzen Typen herumhängen, wären sie was anderes als bloß hochwohlgeborene Wichser.«

»Glaubst du das?« Ich rührte mit dem Strohhalm in meinem Drink.

»Sie glauben es.«

»Und warum bist du wirklich hier?« Na schön, David mochte eine nihilistische Ader haben, aber ich konnte mir beim besten Willen nicht vorstellen, dass sich jemand mit diesen Leuten abgab, wenn er nicht einen verdammt guten Grund dafür hatte.

»Weißt du das etwa nicht?« Pepper kam zu uns geschlendert und lehnte sich an meinen Stuhl. Sie trug die Haare offen, und ihre goldenen Locken streiften meinen Nacken. »Nicht so schüchtern, David. Vielleicht kann dir Clara ein paar Tipps geben, wie man sich einen Prinzen angelt.«

Ich sah David stirnrunzelnd an, doch er hielt den Blick auf die blonde Giftspritze gerichtet. »Deine Witze übertreffen sogar noch deine Dummheit, Pepper.«

»Wenigstens bin ich nicht ...«

David erhob sich abrupt, dabei kippte er mein Glas um, und es landete in meinem Schoß. »Pardon. Wenn du mich bitte entschuldigst.«

Ich versuchte, die eiskalte Flüssigkeit von meinem Kleid zu wischen. Vergeblich.

»Das tut mir aber leid«, sagte Pepper. »Aber es ist ohnehin ein scheußlicher Fetzen.«

Ich warf ihr einen finsteren Blick zu, sagte aber nichts. Es mochte klug sein, seine Feinde immer im Auge zu behalten, aber es war besser, in ihrer Gegenwart den Mund zu halten. Pepper würde jedes meiner Worte gegen mich verwenden. Vom Billardtisch am anderen Ende des Raums sah Edward zu mir herüber. Er schien betroffen zu sein, machte aber keine Anstalten, sein Queue aus der Hand zu legen.

Der Abend entwickelte sich allmählich zu einem wahren Albtraum; wenn ich das Wochenende einigermaßen unbeschadet überstehen wollte, musste ich den Ball so flach wie möglich halten. Ich eilte aus dem Billardzimmer, doch draußen auf dem Korridor wurde mir siedend heiß klar, dass ich keinen blassen Schimmer hatte, wo mein Zimmer war. Ich musste Alexander finden, mit welchen Angelegenheiten auch immer er gerade beschäftigt war.

Meine Schritte hallten von den Wänden wider. Unter keiner der Türen, die den Korridor säumten, schimmerte Licht durch. Ich ging an den Türen entlang, lauschte auf Alexanders Stimme. Als ich plötzlich leise zornige Stimmen hörte, blieb ich stehen. Auf Zehenspitzen schlich ich näher an die Tür heran. Ich hatte nicht vor zu lauschen, ich wollte nur nicht einfach in einen Raum hineinplatzen, in dem ich vermutlich nicht willkommen war.

Ich spähte durch den Türspalt. Meine Augen mussten sich erst an das Dunkel gewöhnen, aber dann erkannte ich, dass nicht Alexander und sein Vater in dem Raum waren. Sondern Edward und David. Ich wollte mich gerade abwenden und weitergehen, als Edward unvermittelt auf David zutrat, ihn an den Schultern packte und ihm seine Lippen auf den Mund drückte. Wie angewurzelt stand ich da, während mir urplötzlich klar wurde, was Sache war.

Ich presste mich an den Türrahmen. Unfassbar – wie hatte mir das entgehen können? Spätestens bei Peppers hässlichen Worten hätte es klingeln müssen, und nun war mir auch klar, warum Edward so besorgt ausgesehen hatte. Die ganze Zeit über hatte ich mich gefragt, warum David sich mit dieser Bagage abgab, obwohl er die meisten hier nicht ausstehen konnte. Jetzt wusste ich Bescheid. Es ging ihm wie mir. Er hatte keine Wahl.

David riss sich von Edward los. »Es reicht! Ich habe die Schnauze voll von deinen Spielchen!«

»Das ist kein Spiel«, gab Edward zurück, während er abermals auf David zutrat.

David wich zurück und schüttelte den Kopf. »Du flirtest mit diesen hochnäsigen Weibern und tust so, als wärst du ein Playboy. Mag schon sein, dass du das nicht für ein Spiel hältst. Es ist aber so – und ab jetzt kannst du allein weiterspielen!«

»David, warte!«, rief Edward und ergriff ihn am Arm.

»Finger weg«, zischte David ihn an. »Und zwar sofort!«

»Es tut mir leid, aber du weißt, in welcher Zwickmühle ich stecke.« Edward ließ ihn los. »Ich wünschte, es wäre anders. Ich liebe dich.«

David fuhr sich mit der Hand durch die raspelkurzen Haare. »Die Nummer zieht nicht mehr. Mir reicht das nicht. Wünsche bringen einen nicht weiter. Wenn du willst, dass etwas anders ist, dann ändere es!«

»Aber das ist eben nicht so einfach. Wenn Alexander ...«

»Dein Bruder kann deine Probleme nicht lösen«, gab David brüsk zurück. »Jedenfalls nicht deine Probleme mit mir.«

Edward strich über Davids Wange und schüttelte traurig den Kopf. »Sag mir, was ich tun soll.«

Ein Rascheln hinter mir ließ mich herumfahren. Im selben Augenblick sah ich schon Jonathan und Priscilla auf dem Korridor. Eilig stellte ich mich vor die Tür, um den Zugang zu blockieren. Davids und Edwards Beziehung war hier sicher nicht allgemein bekannt. Ich wusste, was es hieß, unter Beobachtung der royalen Rotznasen zu stehen. Und was immer da zwischen den beiden lief, es war ausschließlich ihre Privatsache.

Priscilla schwankte leicht und hielt sich giggelnd an Jonathan fest. Als sie mich sahen, blieben die beiden stehen.

»Lass uns vorbei«, zischte Priscilla. Sie wollte sich an mir vorbeidrängeln, verlor aber das Gleichgewicht. Jonathan fing sie auf, indem er einen Arm um ihre Taille schlang.

»Was machst du denn hier, Clara?« Argwöhnisch richtete Jonathan den Blick auf die Tür. Im Dunkeln waren seine Augen so schwarz wie die eines Reptils.

Ich musste mir schleunigst eine Erklärung einfallen lassen, aber ich war komplett blockiert. »Ähm«, stammelte ich. »Habt ihr ... ähm ... Alexander irgendwo gesehen?«

»Sie hat sich verlaufen.« Priscilla lächelte hämisch. »Wie ein kleines Hündchen, das sein Herrchen sucht.«

»Lass gut sein, Pris«, wies Jonathan sie zurecht. Er lächelte entschuldigend, doch sein Blick blieb eiskalt. »Tut mir leid, Alex ist uns nicht über den Weg gelaufen.«

Ich hatte sie nun lange genug aufgehalten und Edward und David damit Zeit verschafft – die hatten sie hoffentlich dazu genutzt, um zu verschwinden. Ich hatte nämlich keine Lust mehr, mich weiter mit dieser betrunkenen Schnepfe abzugeben. Ich fegte an ihnen vorbei und wünschte über die Schulter noch eine gute Nacht. Hinter mir hörte ich Priscilla flüstern: »Und jetzt auf zu Alexander, um es sich besorgen zu lassen.«

Ich spürte, wie sich ein zufriedenes Grinsen auf meinem

Gesicht ausbreitete. Den neidischen Unterton hatte ich mir definitiv nicht eingebildet.

Trotzdem geisterten mir eine Menge Fragen im Kopf herum. Wusste Alexander Bescheid? Was war mit den anderen? Ich verstand, warum David sauer war, andererseits war mir klar, warum Edward ihre Beziehung geheim gehalten hatte. Der Klatsch. Die Sensationsreporter. Die Bezichtigungen. Ich wusste, was es hieß, mit einem Prinzen von England liiert zu sein. Mit dem kleinen Unterschied, dass Alexander sich zu mir bekannte, dass er öffentlich zu unserer Beziehung stand. Wie würde ich mich fühlen, wäre ich immer noch sein schmutziges kleines Geheimnis?

Bei dem Gedanken wurde mir flau im Magen, und damit hatte ich meine Antwort. Egal wie kompliziert die Dinge manchmal auch sein mochten, das hätte ich nicht ertragen können.

Hin- und hergerissen zwischen Liebe und Realität: Es war ein unauflösliches Dilemma.

***

Schließlich gelang es mir, Alexander zu finden. Er war mit seinem Vater in der Bibliothek. Zögernd verharrte ich vor der halb geöffneten Tür, unschlüssig, ob ich anklopfen oder lieber warten sollte, bis sie mit ihrer Unterredung fertig waren. Alexander hatte das Billardzimmer vor etwa einer Stunde verlassen, und so wie sich die Diskussion anhörte, würde sie so schnell nicht zu Ende sein. Alexanders Großmutter Mary verfolgte den Disput mit stoischer Miene, die Hände im Schoß gefaltet. Kein Zweifel, dass sie Alexander vor allem deshalb so aufmerksam lauschte, um ihm seine Äußerungen später vorhalten zu können.

»Du hast Verpflichtungen«, belehrte ihn König Albert. »Zugegeben, Clara ist sehr hübsch, aber Entscheidungen über deine Zukunft kannst du nicht mit dem Schwanz treffen.«

Alexander verschränkte die Arme vor der Brust. »Wir leben im einundzwanzigsten Jahrhundert. Clara kommt aus gutem Hause ...«

»Sie ist Amerikanerin.« Die Königinmutter sprach das Wort aus, als würde es ranzig schmecken.

Alexander presste die Lippen aufeinander und funkelte sie an, sie wich seinem Blick aus.

Der König schenkte dem Austausch zwischen seiner Mutter und seinem Sohn keine Beachtung. »Du solltest dich darauf vorbereiten, in meine Fußstapfen zu treten.«

»Wieso?«, erwiderte Alexander trocken. »Willst du abdanken?«

»Ich verbitte mir diesen Ton«, tadelte ihn seine Großmutter naserümpfend.

König Albert rieb sich die Schläfen. »Statt dich in deine künftigen Aufgaben einweisen zu lassen, ziehst du es vor, mit dieser dahergelaufenen ...«

»Pass bloß auf, was du sagst«, warnte ihn Alexander. Er stand auf und ballte die Fäuste. »Sie bedeutet mir alles.«

Für den heutigen Abend hatte ich wahrlich genug Zeit in dunklen Ecken verbracht. Ich hatte die Nase voll. Ich klopfte kurz an und trat ein.

»Ich gehe zu Bett«, sagte ich zu Alexander, ohne seinen Vater und seine Großmutter auch nur eines Blickes zu würdigen.

Einen Moment lang kam mir David in den Sinn. Mir hingen die ganzen Spielchen genauso zum Hals heraus. Aber noch war ich nicht bereit, kampflos aufzugeben.

»Ich komme mit.« Alexander durchquerte das Zimmer und ergriff meine Hand. Die Berührung ging mir durch und durch. Wir hatten uns heute Abend beide gegen Angriffe anderer wehren müssen, und ich wusste, nur das, was zwischen uns war, hatte uns die Kraft dazu gegeben.

Ich sehnte mich danach, seine zärtlichen, fordernden Hände auf meiner nackten Haut zu spüren. Und so beschützend, wie er sich zwischen mich und seinen Vater stellte, verspürte er dasselbe Bedürfnis.

»Das letzte Wort ist noch nicht gesprochen«, sagte der König.

»Die Diskussion ist für mich beendet«, gab Alexander mit fester Stimme zurück. »Mein Entschluss steht fest, und du wirst mich nicht umstimmen können.«

König Albert musterte mich, als wägte er ab, wie groß das Problem war, das ich für ihn darstellte. Ich fröstelte, es war, als würde das Blut in meinen Adern zu Eis erstarren, während er mich mit bohrendem Blick taxierte.

Doch dann sagte er nur: »Gute Nacht.«

23

Unschlüssig stand ich auf dem Gang und knetete unruhig meine Hände. Alexander war in seinem Zimmer und zog sich um. Mir stand ein Brunch bevor, bei dem er nicht dabei war. Ich war überrascht, wie nervös mich das machte. Die Haare in meinem Nacken hatten sich aufgestellt, und vor Aufregung kribbelte es mich am ganzen Körper. Dann spürte ich einen Blick im Rücken, und als mich umdrehte, sah ich Alexander, der im Türrahmen stand und mich beobachtete.

»Na? Willst du doch abhauen?«

Verwirrt sah ich ihn an. Nachdem ich ihm letzte Nacht erzählt hatte, dass ich am liebsten sofort meine Sachen packen würde, hatte er mich zum Bleiben überredet – mit Methoden, die in einigen Ländern wahrscheinlich illegal waren. Und so hatte ich beschlossen, das Wochenende durchzustehen. Ich verschränkte die Arme vor der Brust und schüttelte den Kopf.

»Das hier«, er ließ die Finger über meinen blassgrünen Seidenrock gleiten, »wird später natürlich ausgezogen.«

Ich hatte mich für eine schlichte weiße Bluse und einen Rock entschieden, denn das schien mir das passende Outfit für einen Brunch zu sein. Den grünen Rock hatte ich gewählt, weil er sich beim Gehen so schön bauschte – und zudem recht kurz war, was mir Alexanders Aufmerksamkeit sichern würde.

»Blas die Jagd ab, und du kannst ihn mir gleich ausziehen«, sagte ich mit heiserer Stimme.

Er strich mir über den nackten Arm. »Keine Sorge, in zwei, drei Stunden bin ich wieder da.«

»Bis dahin haben die mich bei lebendigem Leib gefressen.«

»Soweit ich weiß, gibt es Sandwiches«, erwiderte er. »Aber falls dir jemand zu nahe treten sollte, kann er sich auf etwas gefasst machen.«

Ich sparte es mir, ihn daran zu erinnern, dass ich sehr gut auf mich allein aufpassen konnte. Auch wenn ihm die Konsequenzen wohl nicht gefallen würden.

»Dieses Funkeln in deinen Augen verheißt nichts Gutes, Clara«, sagte Alexander leise. »Was ist los?«

»Nichts.« Ich legte eine Hand auf seine Brust und beugte mich vor, um ihn zu küssen, aber er wich mir aus.

»Du wirst es schon schaffen.« Seufzend griff er nach meiner Hand und zog mich mit sich in Richtung Speisesaal. »Aber pass auf, dass du nicht wegen Hochverrats angeklagt wirst.«

Das konnte ich ihm nicht versprechen.

Die Jagdgesellschaft hatte sich bereits versammelt. Als die Männer Alexander erblickten, begannen sofort die Sticheleien. Jonathan legte die Hand auf Alexanders Schulter und schüttelte den Kopf. »Du lässt den Fuchs doch bloß wieder entkommen, Alex.« Dann glitt Jonathans Blick zu mir, und er fügte hinzu: »Aber du jagst ja sowieso lieber kesse Hasen.«

Ich schenkte ihm ein schmallippiges Lächeln. Er erinnerte sich wahrscheinlich nicht mehr daran, wie mies er Belle abserviert hatte, ich dagegen wusste das noch sehr genau. Mich würde er ganz bestimmt nicht einwickeln, schon gar nicht mit seinem Umkleidekabinenhumor.

Pepper betrat den Speisesaal. Ihr Haar hatte sie zu einem

züchtigen Knoten frisiert, und sie trug ein knallgelbes schmal geschnittenes Kleid, das ihr bis über die Knie reichte und ihre gertenschlanke Figur betonte. Sie musterte mich von oben bis unten und gab sich nicht die geringste Mühe, ihre Abneigung zu verhehlen. Hinter ihr betrat die Königinmutter in einem weit geschnittenen Leinenensemble den Raum, und Pepper begann sofort, sich bei ihr einzuschleimen.

Mir wurde schlecht bei so viel falscher Schmeichelei. Glaubte Pepper allen Ernstes, dass sie über die Königinmutter an Alexander herankommen würde? Das bewies nur, dass sie nicht die geringste Ahnung von ihm hatte.

Alexander fasste mich um die Taille und drückte mir einen Kuss hinters Ohr. »Bis nachher, Süße.«

Er ging davon, während ich die Schultern straffte, das Kinn reckte und mich an den Tisch setzte. Im selben Augenblick erschien Edward im Türrahmen, und seine Großmutter rief: »Gehst du nicht mit auf die Jagd?«

»Nein, das ist nichts für mich.« Er trat zu uns. »Ich wollte mir nur kurz einen Kaffee aus der Küche holen.«

Er war mir echt sympathisch.

»Setz dich doch zu uns.« Sie klopfte mit der flachen Hand auf den Tisch. »Wir werden Tee trinken.«

»Das würde ich gern, aber ich brauche eine ordentliche Dosis Koffein. Wir sehen uns beim Dinner.« Pflichtbewusst küsste er ihre Wange und nahm Reißaus, ehe sie ihn weiter beschwatzen konnte.

Die Königinmutter wandte sich mir mit einem schmallippigen Lächeln zu. »Ich fürchte, dieser Brunch dürfte nicht so recht nach Ihrem Geschmack sein.«

»Ach, ich bin nicht wählerisch.« Ich faltete die Serviette auseinander und legte sie auf meinen Schoß.

»Wir machen uns nicht viel aus amerikanischem Essen«, sagte sie entschuldigend, doch lag ein leicht spitzer Unterton in ihrer Stimme. »Was wird dort eigentlich zum Brunch serviert?«

Ich schluckte die Antwort herunter, die mir auf den Lippen lag. »Nichts gegen ein schönes englisches Frühstück.«

Sie winkte ab. »Zu viel Wurst. Ich habe uns etwas Leichtes bestellt. Ich hoffe, Sie haben nichts dagegen, fleischlos zu essen.«

»Clara kriegt später sicher noch eine extragroße Salami«, sagte Pepper in zuckersüßem Tonfall. Um ein Haar hätte ich mich an meinem Mineralwasser verschluckt.

Ich musterte sie mit hochgezogener Augenbraue. Wer war hier die unreife Göre?

Zum Glück erschien in diesem Moment das Küchenpersonal und stellte Platten mit Kanapees und Eiersandwiches auf den Tisch. Alles duftete köstlich, und mir lief das Wasser im Mund zusammen. Wie Belle es mir beigebracht hatte, wartete ich darauf, dass meine Gastgeberin sich das erste Häppchen nahm; Pepper gegenüber fühlte ich mich zu dieser Höflichkeit nicht verpflichtet.

»Greift ruhig zu«, forderte Alexanders Großmutter uns auf. »Ihr Mädchen seht aus, als wärt ihr am Verhungern.«

Ich biss mir auf die Unterlippe, um nichts Falsches zu sagen.

»Du weißt ja, dass ich auf meine Linie achten muss«, sagte Pepper. »Aber Clara macht mir auch ein bisschen Sorgen. Wir müssen ein Auge darauf haben, dass sie auch genug isst.«

Meine Augen wurden gefährlich schmal. »Das sollte dich nicht kümmern.«

»Aber es weiß doch sowieso die ganze Welt. Aus dem *Daily Star*.« Lady Marys Augen sahen aus wie die eines Raubvogels, als sie den Blick auf mich richtete. »Wenn Sie weiter Umgang mit meinem Enkel pflegen möchten, rate ich Ihnen, keine Geheimnisse zu haben, junge Dame. Jeder Fehltritt ist ein gefundenes Fressen für die Presse. Und ebenso jede Entscheidung, die Sie in Zukunft treffen.« Ein düsteres Lächeln spielte um ihre Lippen, als wollte sie sagen: *Willkommen im Club.*

»Und das solltest du am besten auch deinen Freunden beibringen«, fügte Pepper hinzu, doch ihr hochnäsiges Grinsen ließ durchblicken, dass es dafür bereits zu spät war.

Mit wem hatte sie gesprochen? Aber ich unterdrückte meine Neugier. Im Augenblick hing mein Leben davon ab, diesen Brunch zu überstehen.

Sie wollten mich einschüchtern. Aber da waren sie an die Falsche geraten. »Danke, ich richte es gerne aus.«

»Aber nehmen Sie sich in Acht«, sagte die alte Dame, während sie Konfitüre auf einen Scone strich. »Man weiß nie, wer Freund ist und wer Feind.«

Lächelnd sah ich sie über den Rand meiner Teetasse an. »Hauptsache, Sie wissen es.«

***

Nach einem *entzückenden* Brunch zog ich mich unter dem Vorwand, ein wenig lesen zu wollen, auf mein Zimmer zurück, aber ich konnte mich beim besten Willen nicht konzentrieren. Die ständigen Doppeldeutigkeiten und Anspielungen während des Brunchs hatten mich ermüdet, und einmal mehr wünschte ich mir, ich hätte mit Alexander einfach nur ein ruhiges Wochenende in meiner Wohnung verbringen können. Ein paar Minuten später klopfte es an der Tür.

Ich zwang mich zu einem Lächeln und öffnete. Vor mir stand Norris. »Oh, hallo«, sagte ich.

»Die Jagdgesellschaft wird in Kürze zurückerwartet, Miss. Alexander lässt fragen, ob sie zur Begrüßung herunterkommen möchten.«

Eilig zog ich meine Stiefel an und folgte ihm nach draußen. Die Jagdgesellschaft war gerade eingetroffen. Alexander lenkte sein Pferd zu mir herüber, er hatte eine Reitgerte in der Hand.

Ich nickte zu der Gerte hin und sah in fragend an.

»Vater hat darauf bestanden«, sagte er schulterzuckend. »Wenn man weiß, was man tut, braucht man natürlich keine.« Auf seinem rassigen Araber sah er wahrlich majestätisch aus.

»Ich hätte vorhin durchaus eine gebrauchen können«, gab ich zurück.

»Ich ahne, zu welchem Zweck«, sagte er in jenem tiefen, sexy Tonfall, den ich so sehr liebte, und streckte mir die Hand hin. »Komm.«

Den ganzen Tag lang hatte ich darauf gewartet, dieses Wort aus seinem Mund zu hören, und ich hob vielsagend die Augenbrauen. Seine Lippen verzogen sich zu einem anzüglichen Grinsen. Nachdem ich beim Brunch von einem Fettnäpfchen ins nächste getreten war und pausenlos mit mir gehadert hatte, machte mir der Anblick seines sündhaft schönen Gesichts den Mund wässrig.

»Ich trage einen Rock«, sagte ich, während eine leichte Brise wie auf Stichwort den Saum anhob und meine nackten Schenkel enthüllte.

Ich war mehr als gewillt, mit ihm davonzulaufen, doch auf einen Ausritt war ich nicht vorbereitet. Und wenn wir uns jetzt verzogen, würden sich alle das Maul über uns zerreißen.

»Das habe ich durchaus bemerkt.« Alexander stieg ab, nahm den Helm vom Kopf und fuhr mit der Hand durch seine rabenschwarzen Haare. Er sah hinreißend aus in dieser Reithose, die seine muskulösen Schenkel umschmeichelte und seinen sexy Hintern betonte. »Lass uns hier verschwinden. Ich will mit dir allein sein.«

»Wo bringst du mich hin?« Ich ließ meine Hand in seine gleiten. Rock hin oder her – ich würde ihm überallhin folgen.

Er senkte die Stimme, da jede Menge neugieriger Blicke auf uns gerichtet waren. »Du stellst die falsche Frage.«

»Ach ja?« Unschuldig schlug ich die Augen auf.

Ein leises Knurren vibrierte in seiner Kehle, während er meinem Blick begegnete; ich sah, wie es hinter seinen kristallblauen Augen arbeitete. »Du solltest fragen, was ich mit dir *anstellen* werde.«

Es war, als wäre die Luft zwischen uns mit erotischer Spannung aufgeladen. Mein Mund wurde trocken, und ich wartete darauf, dass er fortfuhr – oh Gott, wie ich mich nach seiner Berührung sehnte.

»Hast du schon mal den Ausdruck *sattelwund* gehört?« Mein Puls beschleunigte sich, als ich sein verruchtes Lächeln sah. »Wenn wir nicht zusammen wegreiten, fragen sich später garantiert alle, warum du so seltsam gehst.«

Wahnsinn! »Der Ritt ist also unser Alibi?«

»Er ist Teil dessen, was ich mit dir vorhabe.« Er packte mich an den Hüften und zog mich ungestüm an sich. Ich stolperte in seine Arme, halb benommen von seiner atemberaubenden Männlichkeit, die mich jedes Mal schwindlig werden ließ. Als er einen – für seine Verhältnisse recht sittsamen – Kuss auf meine Lippen hauchte, war auch mein letzter Zweifel verflogen. Einen Augenblick später half er mir auf das Pferd. Der Sattel war groß genug, dass ich auch seitlich hätte sitzen können, doch ich dachte an das Alibi und schwang ein Bein über den Sattel. Meine Füße baumelten über den Steigbügeln; ich schob mir den Rock sorgfältig unter die Schenkel, schließlich wollte ich nicht der halben königlichen Familie meinen Hintern präsentieren. Alexander reichte mir die Reitgerte und drückte sein Jagdgewehr einem der Treiber in die Hand. Dann stieg er hinter mir auf und ergriff die Zügel; ich fühlte mich sicher aufgehoben bei ihm, schmiegte meinen Rücken an seine breite, warme Brust. Seine Nähe erzeugte ein wohliges Kribbeln, das mir durch und durch ging.

»Alexander!« Der König kam zu uns herüber, sein Mund war zu einer schmalen Linie zusammengepresst. Er hatte den halben Tag im Sattel verbracht, aber jede Strähne seines mit Pomade zurückgekämmten Haars saß nach wie vor perfekt an ihrem Platz. Er wirkte gelassen, doch das war reine Fassade. »Entschuldige, aber wir haben Gäste.«

»Clara *ist* mein Gast«, erwiderte Alexander desinteressiert. »Ich zeige ihr unser Anwesen. Zum Dinner sind wir wieder zurück.«

König Albert musterte mich mit kaltem Blick; ihm entging sicher nicht, dass mein Outfit für einen Ausritt völlig ungeeignet war. Möglich, dass es Alexander gelungen war, die anderen Gäste zu täuschen, aber sein Vater ließ sich nicht so leicht hinters Licht führen. »Bei Tisch erwarte ich dich in angemessener Garderobe.«

Er machte auf dem Absatz kehrt und ging. Obwohl es nur eine kleine Auseinandersetzung gewesen war, spürte ich Alexanders Anspannung. Ein Muster wurde erkennbar, und ich wünschte mir, alle Teile sehen zu können. Vielleicht würde ich die beiden dann besser verstehen. Aber da der König keinen Hehl daraus machte, dass ich ihm ein Dorn im Auge war, wusste ich nicht, wie viel Zeit mir dafür bleiben würde.

»Los geht's«, sagte Alexander, ohne seine Reitgerte zurückzufordern, und das Pferd setzte sich in Bewegung. Meine Finger schlossen sich um die Gerte, während ich auf und ab schaukelte und der Sattel an meinen Schenkeln rieb. Als wir außer Sicht des Haupthauses waren, zügelte Alexander das Pferd. Wir befanden uns auf einer grünen Ebene, und vor uns erstreckte sich kilometerweit die offene Landschaft unter dem blauen Frühsommerhimmel – liebliche Hügel, Heuballen und knorrige Bäume, soweit das Auge reichte. Die Luft war frisch, warm und klar, und ich sog sie tief in meine Lunge. Aber ich war zu aufgekratzt, um mich entspannen zu können.

»Wunderschön«, murmelte ich, während Alexander mich von hinten in den Armen hielt.

»Ja«, sagte er heiser. Ich konnte die Begierde in seiner Stimme hören, und alles in mir zog sich zusammen.

»Jetzt hast du mich ganz für dich allein«, erinnerte ich ihn. »Und was willst du jetzt mit mir anstellen?«

Alexander lachte leise, während er mit den Lippen über meinen Nacken strich. »Geduld, Süße.«

Ich war bereit für ihn, brauchte ihn, denn meine Lust entsprang einer Mischung aus Erregung und Not. Nur in seinen Armen konnte ich vergessen, dass ich nicht hierhergehörte. Alexander schien sofort zu spüren, dass mich etwas bewegte.

Er schloss die Arme fester um mich. »Du bist unglücklich«, sagte er.

Ich zögerte einen Moment, nickte dann aber. »Ich gehöre nicht hierher.«

»Ach, Süße.« Alexander stieß einen langen Seufzer aus. »Ich auch nicht.«

Der resignierte Unterton in seiner Stimme traf mich mitten ins Herz. Er hatte keine Wahl. Seine Geburt hatte ihm einen vermeintlichen Hauptgewinn beschert – und nun war er Mitglied einer Familie, der er nicht entkommen konnte.

»Aber im Grunde liegst du falsch«, fuhr er fort. »Du gehörst *hierher zu mir*.«

Ich wandte mich um, presste meine Lippen auf seine, obwohl er genau merken musste, wie sehr ich ihn wollte, erwiderte er meinen Kuss ganz sacht, ohne Eile, ohne Hast.

Einladend zog ich eine Augenbraue hoch. »Werden wir uns hier im Heu wälzen?«

»Ich habe etwas aufregendere Dinge im Sinn. Und beginnen werde ich mit …« Mit diesen Worten schob er seine Hände unter meinen Rock. Meine Klitoris reagierte sofort, erinnerte sich freudig an das letzte Mal, als seine talentierten Finger sie erforscht hatten. Doch statt sich der delikaten Knospe zwischen meinen Beinen zu widmen, verharrte er am Bündchen meines Slips. »Du siehst so unglaublich scharf aus in diesem kleinen Röckchen. Mir taten den ganzen Morgen die Eier weh, weil ich dauernd an deine nackten Schenkel denken musste. Hast du eine Vorstellung davon, wie das ist, den ganzen Tag lang seine Erektion vor dem halben Königshaus verbergen zu müssen?«

»Ehrlich gesagt nicht«, versuchte ich ihn zu ködern. Mir stockte der Atem, als ich an die harte Männlichkeit in seiner Hose dachte. Spielerisch wackelte ich mit dem Hintern und presste mich an ihn – oh, er hatte weiß Gott nicht gelogen.

»Siehst du?«, knurrte er und riss den zarten Stoff meines Höschens mit einem Ruck auseinander. Ich stöhnte erwartungsvoll auf, als er den zerfetzten Slip zwischen meinen Beinen hindurchzog, aber er machte keine Anstalten, mich nochmals anzufassen, sondern verstaute lediglich die Überreste meines Höschens in seiner Jackentasche. Dann hob er meinen Rock an, sodass die warme Brise über meinen nackten Po strich, und stieß einen anerkennenden Pfiff aus.

»Da bekommt das Wort *Sattelfest* eine ganz neue Bedeutung«, sagte er, und sein Tonfall verriet, wie arrogant er dabei grinste.

Mein Hintern war seinem Blick preisgegeben – und es machte mich total an. Das glatte Leder rieb an meinen nackten Schenkeln, und von mir aus hätte er mich direkt auf dem Pferd nehmen können. Doch stattdessen trieb er es abermals an, langsam erst, und im sanften Auf und Ab spürte ich, wie der Sattel unter mir feucht wurde von meinem Verlangen. Während Alexander das Pferd weiter antrieb und es in Galopp verfiel, hielt er mich fest umfangen, sodass ich nicht stürzen konnte. Mein Begehren wuchs weiter und weiter, überwältigte meine Sinne, bis mein ganzer Körper vor Begierde bebte. Ich wand mich in seinen Armen, ein verzweifelter Versuch, ihn irgendwie dazu zu bewegen, seine Hand weiter nach unten wandern zu lassen, doch er ließ sich nicht ablenken, hatte mich ganz und gar in seiner Gewalt, kontrollierte meinen Körper *und* meine Erlösung.

Mein einziger Trost war die harte Wölbung, die sich an meinen Hintern presste. Er war genauso erregt wie ich, und bald – wenn er mit seiner süßen Folter fertig war – würde er in mir sein. Die Vorstellung ließ meinen Unterleib pulsieren – die kleinste Berührung hätte genügt, und ich wäre explodiert.

Er machte keine Anstalten, das Pferd zu stoppen. Der Ritt schien eine Ewigkeit zu dauern. Ich war versucht, selbst Hand an mich zu legen, um die Tortur zu beenden. Verwarf den Gedanken jedoch wieder. Ich wusste, dass er das niemals erlaubt hätte, aber tatsächlich wollte ich ohnehin, dass Alexander mir die Erfüllung verschaffte, nach der ich mich sehnte. Selbstbefriedigung hatte jeden Reiz für mich verloren, seit ich diesen sündhaft verführerischen Mann kannte. Ich wollte seine Finger spüren, seinen Schwanz, seine Zunge. Meine Lust gehörte ihm ganz allein. Als ich es nicht mehr aushielt, ließ ich den Kopf an seine Schulter sinken und beschwor ihn, endlich anzuhalten. Er zügelte das Pferd und strich mir sanft über die Wange. »Ja, Süße?«

»*Bitte.*« Die Begierde flutete in Wellen durch mich hindurch; jede einzelne Faser meines Körpers war zum Zerreißen gespannt.

»Bitte was?« Sein zufriedenes Grinsen verriet, dass er genau Bescheid wusste.

»Bitte, halt an. Ich ... brauche ... dich.« Halb erstickt drangen die Worte aus meiner Kehle. Vor nicht allzu langer Zeit hatte mir Alexander gesagt, dass ich nach seinem Schwanz betteln würde, und er hatte recht behalten. Im Grunde flehte ich schon die ganze Zeit, seit er mich zum ersten Mal berührt hatte.

Seine Hand umschloss meine Kehle, sanft und fest zugleich.

»Sag es, Clara.«

»Ich will, dass du mich fickst.« Meine Stimme war kaum mehr als ein Flüstern. Ich fühlte mich, als würde ich jede Sekunde verbrennen, wenn er mich nicht endlich anfasste. Ich konnte nur noch an eines denken – seine Lippen auf meinen, seinen Körper, der mit meinem verschmolz.

Alexander wartete einen Moment. »Willst du es, oder brauchst du es?«

Ich schluckte gegen das unbändige Begehren in meiner Kehle an. »Ich brauche deinen Schwanz. Ich will, dass du mich fickst, bis ich nicht mehr kann. *Bitte!*«

Schweigend stieg er vom Pferd. Ich schwang mein Bein auf die andere Seite des Sattels, um ihm zu folgen. Doch er bedeutete mir zu warten und spreizte meine Beine, bis meine Scham ganz und gar entblößt war. Seine Finger glitten über die weiche Haut meiner Schenkel, aber nicht weiter. Er betrachtete mich, wie ein Kunstkenner ein Gemälde oder eine Skulptur betrachten würde, voller Verehrung für das Werk vor seinen Augen.

Ich zwang mich, tief einzuatmen. Ich musste mich beruhigen, sonst würde mich allein die Intensität seines Blicks kommen lassen; ich befand mich komplett in seinem Bann, bis er sich schließlich aus seiner Träumerei riss und mir herunterhalf.

Kaum berührten meine Füße den Boden, zog er mich heftig an sich. Seine Lippen waren genauso begierig wie meine; seine Hände krallten sich in mein Haar. Ich zog ihm die Jacke von den Schultern und warf sie zu Boden, doch im selben Augenblick packte er mich an den Handgelenken und schüttelte den Kopf. Mit einer Hand hob er meine Arme hoch, und ich unterwarf mich seinen rauen, raubtierhaften Instinkten, ließ mich im Taumel meiner Gefühle treiben. Mit der anderen Hand streifte er meinen Rock herunter, und als er meine Bluse aufriss, platzten ein paar Knöpfe ab. Ohne Höschen und mit lädierter Bluse – da stand mir später wohl ein ziemlicher Spießrutenlauf bevor. Aber jetzt war ich Wachs in seinen Händen, erst recht, als er auch noch meine Brüste aus den Körbchen hob.

Er senkte den Kopf, und schon schlossen sich seine Lippen um eine Brustwarze. Ich keuchte, als er mit der Zunge darüberstrich, und ich spürte, wie sich mein anderer Nippel erwartungsvoll aufrichtete. Alexander setzte seine spielerischen Attacken fort, bis meine Brüste schwer und geschwollen waren und mir die Knie weich wurden. Ich wollte mich zu Boden sinken lassen, doch er ließ es nicht zu. »Noch nicht, Süße.«

Ich stöhnte leise auf – er konnte mich allein mit seiner Stimme zum Orgasmus bringen, aber das hatte er nicht vor. Er behielt die Kontrolle; das Spiel lief ausschließlich nach seinen Regeln. Und er hatte klar und deutlich erklärt, dass er mich zur völligen Ekstase treiben, meine Grenzen austesten wollte – und es gab nichts auf dieser Welt, wonach ich mich mehr gesehnt hätte.

Ich brauchte seine Männlichkeit. Ich brauchte ihn.

Er ließ meine Handgelenke los. »Zieh den BH aus.«
Ich gehorchte, den Blick auf sein Gesicht gerichtet. Während ich die zwei heil gebliebenen Blusenknöpfe öffnete, stellte ich mir vor, wie ich mit der Zunge über sein markantes Kinn fuhr, und als ich den BH abstreifte, konzentrierte ich mich auf die Narbe über seiner linken Braue; ich erinnerte mich noch genau an sein Seufzen, als ich sie berührt hatte. Die Narben, von denen er einst gedacht hatte, sie würden seinen sonst so makellosen Körper entstellen, machten ihn nur noch perfekter. Sie riefen mir in Erinnerung, dass der Gott, der vor mir stand, ein Mensch war.

Ich ließ den BH zu Boden fallen und trug nun nichts mehr außer meinen Stiefeln. Wir standen im Schatten eines Baumes, doch die warme Juniluft umschmeichelte meinen Körper.

»Ich überlege, ob ich dich wieder auf dieses Pferd setze und zusehe, wie deine Brüste hüpfen, wenn du durchs Gelände reitest.«

Ich hob die Augenbrauen. »Ich würde lieber auf was anderem reiten.«

Ein wissendes Lächeln huschte über seine Züge. Ihm war klar, dass er mich mit seinen süßen Quälereien in den Wahnsinn treiben konnte.

»Macht dich das an?«, fragte ich. »Mich hier hinzuhalten, bis ich fast durchdrehe?«

Ein dunkles Flackern erschien in seinen Augen. »Und wie, Süße. Und deshalb wird es auch Zeit, dass ich dich übers Knie lege und dir den zarten Arsch versohle.«

Allein bei der Vorstellung, von ihm gezüchtigt zu werden, durchlief mich ein wohliger Schauder. Keinem anderen

Mann auf dieser Welt hätte ich erlaubt, so etwas mit mir zu tun. Wahrscheinlich hätte ich ihnen nicht einmal gestattet, daran auch nur zu *denken*, aber Alexanders Dominanz wollte ich bis zum Letzten auskosten, seine Hände überall auf meinem nackten Körper spüren.

»Aber ...« Er verstummte, während sein Blick auf irgendetwas hinter mir fiel. Ich wagte es nicht, mich umzudrehen. Im selben Moment ergriff er meine Hand und hauchte einen Kuss über meine Knöchel. »Ich muss ganz sicher sein, dass du mir vertraust.«

»Ich dachte, das hätte ich bereits bewiesen«, gab ich zurück. Nach allem, was zwischen uns gewesen war, betrachtete ich das als selbstverständlich. »Ich habe mich noch nie einem Mann so hingegeben wie dir.«

»Davon bin ich ausgegangen.« Er klang wieder so arrogant wie zuvor. »Das heißt aber noch lange nicht, dass du mir auch vertraust.«

»Vertraust du *mir*?«, fragte ich so selbstbewusst wie möglich – was nicht so einfach ist, wenn man splitternackt mitten in der Natur steht.

Alexander sah mich nachdenklich an, und ich wünschte, ich hätte mir die Frage gespart. Doch dann wurde sein Blick nicht kalt und hart wie beim letzten Mal, als ich gegen unsere stillschweigende Übereinkunft verstoßen hatte. Stattdessen funkelten seine Augen, als er nickte. »Ich glaube, du bist der einzige Mensch, dem ich je vertraut habe.«

Einen Moment lang vergaß ich zu atmen, während ich einen Blick in den Abgrund seiner verletzlichen Seele werfen konnte. Wenn auch nur für einen Sekundenbruchteil, denn gleich darauf stand wieder der attraktive Draufgänger vor mir, den er der Welt präsentierte. Trotzdem hatte ich hinter seine Fassade gesehen. Wie auch immer, er hatte zuerst gefragt, und die Frage stand immer noch in seinem schwelenden Blick.

»Ja«, wisperte ich. »Ich vertraue dir.«

Das Lächeln, das auf seine Lippen trat, war nicht das überhebliche Grinsen, das mich immer zum Schmelzen brachte. Es war still und ernst. Ja, auch siegesgewiss, aber nicht anmaßend. Er vertraute mir, und ich hatte ihm das geschenkt, wonach er sich am meisten sehnte: Kontrolle. Ich hatte ihm meinen Körper, meine Seele und, wie mir nun bewusst wurde, *mein Herz* geschenkt.

»Weißt du dein Safeword noch?«

Ich nickte, während ich mich fragte, ob wir überhaupt noch eins brauchten. Doch tatsächlich hatte Alexander meine Grenzen im Lauf der Zeit immer weiter ausgetestet, und ich hatte mich seinen dunklen Begierden nur unterwerfen können, weil ich wusste, dass er seine Macht über mich niemals missbrauchen würde.

»Brimstone«, sagte ich.

»Umdrehen«, befahl er mir. »Gesicht zum Baum.«

Ich gehorchte, und er belohnte mich mit den Berührungen, nach denen ich mich so gesehnt hatte. Seine Hände glitten über meine Hüften, und ich hob die Arme über den Kopf, stemmte mich gegen den Baum, während er sich von hinten an mich presste. Ich spürte den Stoff seiner Reitkleidung und verzehrte mich nach seiner nackten Haut. Wenigstens konnte ich die Berührung seiner erfahrenen Finger genießen, die meinen Bauch liebkosten und mich erglühen ließen. Doch dann ließ er mich abrupt los.

»Mach die Augen zu.«

Ich gehorchte seinem Befehl und wartete darauf, dass er mich endlich wieder anfasste – aber er ließ mich warten. Die raue Rinde, die sich in meine Handgelenke grub, nahm ich kaum wahr, ebenso wenig wie das leichte Brennen meiner Schenkel, die vom Reiten gereizt waren. Dann spürte ich wieder, wie er hinter mich trat, auch wenn er mich immer noch nicht berührte.

»Spreiz die Beine«, sagte er, und mein Körper gehorchte ihm wie all die anderen Male zuvor. »Ich liebe diesen Anblick.«

Seine Hand schloss sich um meine Scham, und ein Grollen kam aus seiner Kehle. Er spielte mit mir, schürte nur mein Begehren, ohne mich zu erlösen, selbst als ich seine eigene Erregung an meinem nackten Hintern spürte.

»Wie feucht du bist«, brachte er heiser hervor. »Fass dich selbst an.«

Ich führte eine zitternde Hand zwischen meine Schenkel, er packte sie und drückte sie fest auf meine geschwollene, pulsierende Spalte. Ich war nass, ganz und gar bereit für ihn. Obwohl ich es gar nicht wollte, berührte ich instinktiv meine Klitoris, doch er zog meine Hand wieder weg. »Vergiss es.«

Ich stieß ein leises Wimmern aus, die Lust in mir brandete auf, dass ich einen Moment lang das Gefühl hatte, sterben zu müssen. Ich ertrug es keine Sekunde länger; meine Begierde verwandelte sich in Verzweiflung, und beinahe wären mir die Tränen gekommen. Ich war drauf und dran, mein Safeword zu sagen, biss mir aber noch einmal auf die Zunge. Er hatte mich gebeten, ihm zu vertrauen; er hatte einen winzigen Augenblick lang den sensiblen Kern unter seiner arroganten

Schale durchschimmern lassen, und ich konnte ihm seinen Wunsch einfach nicht abschlagen.

Ich biss mir auf die Unterlippe und wartete.

Der erste Schlag traf meine Klitoris, zischte durch meinen ganzen Körper und ließ mich laut aufschreien. Er tat nicht wirklich weh, kam aber völlig unerwartet. Ich spürte kaltes Leder an meiner Spalte, und im selben Augenblick begriff ich, dass er doch noch Verwendung für die Reitgerte gefunden hatte. Dann fühlte ich die Gerte nicht mehr zwischen den Beinen und hielt den Atem an, bis sie auf meinen Po klatschte. Der Hieb brannte auf meiner zarten Haut, doch Alexander massierte die Stelle mit sanften Fingern, und das scharfe Brennen verflog, wenn auch nicht die Hitze zwischen meinen Schenkeln, die mich schier verglühen ließ. Er fuhr mit seiner Massage fort, und ich merkte, dass er mich auf die Probe stellte, darauf wartete, dass ich ihm sagte, ob er weitermachen oder aufhören sollte.

»Mehr«, stöhnte ich.

Alexander beugte sich vor und küsste mich in den Nacken – eine ebenso sanfte wie beruhigende Geste, bevor er wieder einen Schritt zurücktrat. Diesmal hörte ich die Gerte durch die Luft pfeifen, ehe sie meine andere Pobacke traf. Der Schlag war fester als der vorherige, aber immer noch kontrolliert. Mir wurden die Knie weich vor Lust und Schmerz, und ich schrie seinen Namen.

»Spreiz die Beine, Süße«, befahl er, einen gefährlichen Unterton in der Stimme.

Erneut fuhr er mit der Gerte zwischen meine Beine, ließ sie genüsslich über meine Spalte gleiten, ehe er sie erneut gegen meine Klitoris zischen ließ. Mein ganzer Körper zitterte vor Sehnsucht und Verlangen. Ich war ganz nah dran, aber ich wusste, dass er mir so keine Erleichterung verschaffen konnte. Der Orgasmus, der in mir aufwallte, fühlte sich hohl an. Nur er konnte meine Begierde stillen.

»Ich brauche dich«, stieß ich hervor, als er die Gerte abermals gegen meine sensible Knospe klatschen ließ. Ich spürte, wie er innehielt, und presste atemlos hervor: »Ich muss dich in mir haben. Du musst mich ausfüllen.«

»Bist du sicher, Süße?«, fragte er, doch im selben Moment hörte ich, wie er den Reißverschluss öffnete.

Ich war völlig benommen, mein Kopf schwamm, doch ich schaffte es zu nicken. Alexander war meine Droge. Ohne ihn vergaß ich alles um mich herum, sogar das Atmen. Er war zum Zentrum der Schwerkraft geworden, die mich am Boden hielt. Ich brauchte ihn mehr als jemals zuvor. Nicht nur weil er mir so immense Lust bereitete, sondern weil ich die Bestätigung seiner Liebe benötigte, hier auf dem Landsitz seiner Familie, wo ich mich fremd und abgelehnt fühlte. Ich verzehrte mich nach seiner Männlichkeit.

Sein Finger glitt in mich hinein, und ich kam ihm entgegen.

»Du öffnest dich für mich wie eine Blüte«, murmelte er an meinem Ohr. Dann glitt sein Finger wieder aus mir heraus und hinterließ ein Gefühl der Leere, bis ich seine pralle Eichel an meiner Spalte spürte. Ich war feucht und mehr als bereit, dennoch hielt ich einen Moment lang den Atem an – sein erster Stoß versprach wie immer Lust und Schmerz zugleich.

»Ich muss dich ficken, Clara«, vernahm ich seine heisere Stimme, während sein Schwanz zwischen meinen Schenkeln zuckte. »Ich weiß nicht, ob ich Rücksicht nehmen kann.«

Ich wollte ihn ganz.

Den Engel und den Dämon.

Himmel und Hölle.

Er war mein Fluch und meine Erlösung.

Ich antwortete, ohne auch nur eine Sekunde zu überlegen.

»Tu's nicht.«

Alexander stieß ein animalisches Stöhnen aus. Eine Hand an meinen Bauch gepresst, stieß er seinen Schwanz in meine zitternde Spalte. Trotz seiner Warnung hielt er einen Augenblick inne, strich das Haar aus meinem Nacken, beugte sich über mich – und stieß dann mit aller Macht zu. Eine Flammenwalze schoss durch meinen Unterleib, und seine Hand packte mein Haar. Er zog meinen Kopf zurück, bis sich unsere Lippen trafen, während er mich unermüdlich von hinten stieß, mit seinen muskulösen Beinen gegen meine bebenden Schenkel drängte. Ich saß beinahe auf ihm, was es ihm erlaubte, noch tiefer in mich einzudringen.

Mit jedem Stoß begann meine Selbstbeherrschung, die ich bis jetzt mühsam aufrechterhalten hatte, ein wenig mehr zu bröckeln, verzweifelt sehnte ich mich nach der Erfüllung. Alexander beendete unseren Kuss, er gab mein Haar frei, sodass ich mich an den Baum lehnen konnte, während er seinen Schwanz immer heftiger in mich stieß und auf den Höhepunkt zusteuerte.

»Komm für mich«, befahl er, und ich ließ los, gab mich ihm ganz hin, spürte, wie sich mein ganzer Körper zusammenzog und dann ganz weich wurde. Es brach über mich herein wie eine Woge über einen Strand. Es war, als würde ich aufs offene Meer hinausgespült, und einen Moment lang trieb ich atemlos auf einer gigantischen Woge aus purer Lust.

Während ich dem Kamm der Welle näher und näher kam, erhöhte er das Tempo seiner Stöße. Er hatte mich an den äußersten Rand geführt, dabei selbst keine Sekunde die Kontrolle aus der Hand gegeben, doch nun spürte ich, wie sein Schwanz noch mehr anschwoll und heftig in mir pulsierte, während er seinen heißen Samen in mich ergoss.

»Clara, meine Clara«, stöhnte er, als er kam, und ich hörte die Aufrichtigkeit in seiner Stimme. Er war ebenso verloren in den Fluten wie ich.

Wir waren beide Ertrinkende.

24

Ich lag nackt auf Alexanders Jacke im Gras, während er den Sattel festzurrte. Die Sonne strahlte vom Himmel, und ich aalte mich wohlig in der Hitze. Ich hatte es nicht eilig mit der Rückkehr, vor allem weil man uns nur allzu genau ansah, was wir getrieben hatten und wie wild es dabei zugegangen war. Alexander stand da mit nackter Brust, das dunkle Haar zerzaust. Er sah beinahe unwirklich aus, wie ein Gott, und ich genoss den Anblick. Obwohl ich wund zwischen den Schenkeln war, begann es zwischen meinen Beinen zu prickeln, als mein Blick auf seine offene Hose fiel. Ich konnte mir nicht helfen, aber ich wollte ihn schon wieder.

Alexander wandte sich um und kam zu mir; sein schleichender Gang erinnerte mich an einen Panther auf Beutejagd. Ich winkte ihn mit dem Finger zu mir und stieß einen Seufzer aus, als er sich herunterbeugte und über mir verharrte, ohne mich zu berühren. Ich konnte mich darüber kaum beschweren, schließlich hatte er dieser Selbstdisziplin – entwickelt in den Jahren des Militärdienstes – auch seinen durchtrainierten Körper zu verdanken, der mir so viel Lust schenkte. Meine Finger schienen zu vibrieren, als ich sanft über seine stahlharten Bauchmuskeln strich.

Er musterte mich, als ich seine verbotene Zone liebkoste. »Gar nicht schlecht, dein Komm-rüber-Blick.«

Ich strich mit den Nippeln über seine blanke Brust. Sie richteten sich sofort auf und wurden hart; ich biss mir auf die Unterlippe, während ich mir vorstellte, wie sich seine Zähne in die zarten Spitzen gruben. »Eigentlich war es ein Komm-nimm-mich-Blick.« Ich hob das Becken, sodass ich seinen Unterleib berührte. Er war schon wieder hart.

»Jetzt sehe ich den Unterschied.« Er stöhnte leise auf, als ich in seine Hose griff und seinen Schwanz befreite. Wäre da nicht die warme, pulsierende Ader gewesen, hätte er genauso gut aus Marmor sein können. Alexanders Körper war wie ein Kunstwerk aus einer anderen Epoche, und er gehörte mir. Ich ließ meine Hand noch ein bisschen tiefer wandern, schloss die Finger um seine Hoden und drückte sie spielerisch.

»Oh Gott, ich liebe es, wenn du das tust.« Seine Lippen wanderten zu meinen Brüsten, schlossen sich um meinen Nippel. Er saugte daran – erst sanft, dann fester –, bis ich ein Ziehen zwischen meinen Beinen spürte, die sich wie von selbst einladend öffneten. Aber noch war ich nicht mit ihm fertig.

»Ich will ihn in den Mund nehmen«, flüsterte ich.

Er hielt inne. »Damit machst du mich nur noch härter.« Er bewegte seinen Unterleib auf und ab, sodass sein Schwanz in meiner Hand hin und her glitt – eine süße Aussicht auf das, was noch kommen würde.

Aber allmählich ging die Sonne unter. »Wie viel Zeit haben wir noch?«, fragte ich.

»Nicht genug. Ich will dich ficken, wenn die Sonne untergeht, unter den Sternen und dann bei Sonnenaufgang immer noch.«

»Oh ja.« Erwartungsvoll leckte ich mir über die Lippen.

»Du bist so scharf auf mich, Süße. Hast du eine Ahnung, was das mit mir macht?« Alexander richtete sich auf. Zwischen meinen Schenkeln kniend, schloss er die Hand um seinen Schwanz. »Du hast so eine gierige Muschi. Ich will nichts anders tun, als sie ficken. Sie hart ficken. Sie langsam ficken. Mein Schwanz in deiner hübschen kleinen Muschi sollte der Normalzustand sein. Immer. Sie gehört mir, und ich werde mich um sie kümmern, so oft es geht.«

Mein Innerstes zog sich wollüstig zusammen. Ich wollte es ihm besorgen. Nein, ich *musste* es ihm besorgen. Seine Erfüllung war für mich wichtiger als meine eigene. Aber ich wusste nicht, wie ich ihm das erklären sollte. Stattdessen rappelte ich mich hoch auf die Knie, beugte mich zu ihm und fuhr mit der Zunge über seinen Schaft. Alexander zog mich mit sanftem Nachdruck zu sich heran. Zärtlich strich er mir über die Haare, während ich seinen Schwanz leckte. Behutsam nahm ich einen seiner Hoden in den Mund, umspielte ihn mit der Zunge und saugte daran, bis sich seine Hand fester in mein Haar krallte und ich mich dem anderen Hoden widmete.

Dann zog er sacht meinen Kopf zurück.

»Ich will in deinem Mund sein. Jetzt.«

Ehe er sich zwischen meine Lippen drängen konnte, übernahm ich die Initiative. Ich nahm ihn tief in den Mund, saugte und bearbeitete ihn mit der Zunge, und Alexander hielt still, erlaubte es mir, ihn nach allen Regeln der Kunst zu liebkosen.

Rhythmisch glitt ich an seinem Schwanz auf und ab, bis ich seinen Samen heiß in meiner Kehle spürte. Ich löste mich von ihm, doch Alexander sah mich nicht an. Er hielt die Augen geschlossen. Zu meiner Überraschung hatte sich seine Erektion kein bisschen verringert. Als er schließlich die Augen öffnete, war es, als würde er auf den Grund meiner Seele blicken.

»Ich bin dran«, stieß er rau hervor.

Und dann war er auch schon auf mir, zwängte meine Beine auseinander. Doch trotz meines Flehens drang er nicht in mich ein. Stattdessen übersäte er meinen Bauch mit zarten Küssen, ehe er mir weitere auf die Schenkel hauchte und flüsterte: »Weißt du, warum ich die Briefe an dich mit einem Wachssiegel verschließe?«

Ich nickte, auch wenn mir nicht ganz klar war, was daran gerade jetzt so wichtig sein sollte. »Damit sie privat bleiben.«

»Das ist der praktische Grund.« Er hielt kurz inne, ließ seine Zunge an meiner Spalte entlanggleiten, und ich wand mich keuchend unter ihm. »Übrigens ist es ein altes Familienwappen.«

»Ganz schön offiziell«, stieß ich hervor, während er so nah an meiner Klitoris verharrte, dass ich seinen Atem spüren konnte.

»Rote Siegel«, fuhr er fort, während er meine Schamlippen mit den Fingern öffnete, »wurden traditionell für die Korrespondenz mit der Kirche verwendet.«

Vor meinem inneren Auge sah ich das rote Siegel, und mir wurde heiß vor Verlegenheit und Erregung.

Alexander schwieg einen Moment, hob den Kopf und sah mir in die Augen. »Du bist meine Religion, Clara Bishop. Mein Heiligtum, mein Ein und Alles. Ich bete dich an.«

Er senkte den Kopf, und im selben Augenblick stockte mir der Atem, als seine flinke Zunge über meine Klitoris schnellte. Er verwöhnte meine Knospe mit leidenschaftlich süßen Küssen, die mich elektrisierten, einen wohligen Schauder nach dem anderen durch meinen Körper sandten. Als ich glaubte, es nicht länger aushalten zu können, nahm er meine Klitoris ganz in den Mund und begann hungrig an ihr zu saugen. Er drang mit einem Finger in mich ein, und ich kam ihm begierig entgegen. Er ließ einen weiteren Finger in mich gleiten, vögelte mich mit langen, tiefen Stößen, während seine Zunge mit meiner Klitoris spielte. Und dann konnte ich mich nicht mehr zurückhalten – während ich kam, glaubte ich einen Moment lang, vor Lust den Verstand zu verlieren.

»Du schmeckst so unglaublich gut«, presste er hervor und fuhr abermals mit der Zunge über meine sensible Knospe. Das war zu viel – ich zitterte, krampfte die Beine um seinen Kopf. Er richtete sich auf, schloss die Hand um seinen Schaft und sah mich an.

Und dann war er wieder in mir.

»Ich kann nicht mehr«, ächzte ich, noch halb benommen von dem Orgasmus, der eben über mich hinweggespült war.

»Und ob du kannst«, knurrte er. Ein kleiner Schmerz durchzuckte mich, als er seinen Schwanz in mich drängte und begann, sich zu bewegen – ich war noch nicht wieder bereit. Sein Daumen fand meine Klitoris. Virtuos verwandelte er meine Empfindsamkeit in pure Lust. Ich öffnete meine Beine weit für ihn, und er drang tief in mich ein. »Leg deine Beine über meine Schultern.«

Ich gehorchte, und Alexander stöhnte – seine Hände schlossen sich um meinen Hintern, während er mich aufreizend langsam vögelte. Schon wieder stand ich dicht davor, biss mir aber auf die Unterlippe, diesmal wollte ich es möglichst lange auskosten.

»Warte«, befahl Alexander. »Ich bestimme, wann du kommst.«

Ich stieß einen Protestschrei aus, als er sich aus mir zurückzog, doch er legte einen Finger an die Lippen, während er mit seiner prallen Eichel über meine Spalte strich. »Ich liebe es zu sehen, wie deine eifrige kleine Muschi sich für mich öffnet.«

Ich wimmerte, als er abermals mit seinem Penis über meine Scham strich.

»Sag mir, was du willst, Clara.«

Ich fühlte mich wie unter Drogen, als ich zu ihm aufsah. »Dich.«

»Du hast mich.«

Ich kam ihm entgegen, um ihn wieder in mir aufzunehmen, doch er ließ weiter seine Eichel um meine Perle kreisen, ohne mich kommen zu lassen.

»Ich will deinen Schwanz«, hauchte ich.

»Ich wollte nur sichergehen, dass du auch ganz bereit bist«, erwiderte er, und ich rang nach Luft, während er abermals über meine geschwollene Spalte strich. »Ich will dich feucht und entspannt, damit ich dich hart nehmen kann.«

»Bitte, tu's!«, keuchte ich.

Mit ungezügelter Kraft stieß Alexander zu, bewegte sich in wildem Tempo, und jeder Stoß brachte mich der Ekstase näher. Halt suchend tastete ich umher und vergrub meine Hände schließlich in seinem Haar, als ich spürte, wie der nächste Orgasmus kam – ganz langsam, mit lauter kleinen Hitzewellen, die durch meinen Körper züngelten, bis es sich anfühlte, als würde ein Steppenbrand in mir lodern. Ich schrie seinen Namen, im selben Moment hörte ich meinen aus seinem Mund und spürte, wie er in mir zum Höhepunkt kam.

Alexander sank auf mich, und ich schlang die Arme um ihn, wiegte ihn an meiner Brust. Ich wollte nicht, dass dieser Nachmittag zu Ende ging.

»Das könnte ich den Rest des Tages tun.« Der Klang seiner Stimme ließ keinen Zweifel daran, dass er es auch so meinte.

»Dann tu's«, sagte ich.

Ich sah, wie sich seine Lippen zu einem Grinsen verzogen, als er einen Kuss über meine Brüste hauchte und sich von mir rollte. »Ich liebe es, dass du es ständig willst. Es ist eine Herausforderung, deine gierige kleine Muschi zu befriedigen.«

»Ich will es nur mit dir«, hauchte ich.

»Ja, Süße. Das weiß ich.« Aus Alexanders Blick sprach pure Unersättlichkeit, während er abermals sanft über meinen Venushügel strich. »Warte bis heute Abend. Nach dem Essen.«

Ich schloss die Augen und stellte mir vor, wie er mich auf dem großen Himmelbett in meinem Zimmer nahm. »Versprochen?«

»Jedes Wort von mir ist ein Versprechen.« Seine Stimme klang kehlig, und ich öffnete die Augen. »Wenn ich sage, dass ich dich ficken werde, ist das ein Versprechen. Wenn ich sage, dass du mich anbetteln wirst, ist es ein Versprechen. Wenn ich sage, dass diese wunderschöne Muschi mir gehört, ist es ein Versprechen.«

Seine Lippen fanden meinen Mund, und Alexander bewies mir, wie ernst es ihm mit seinen Versprechen war. Er vögelte mich ein weiteres Mal, bis mir schwindelig war.

***

Alexander legte mir seine Jacke um die Schultern, während ich versuchte, die Knöpfe meiner Bluse wenigstens halbwegs zu schließen. Vergeblich. Ich sah aus, als hätte ich den halben Tag Sex gehabt, aber das war mir herzlich egal. Alexanders bloße Gegenwart machte mich trunken. Jeder, der uns zusammen sah, würde das bemerken, doch das, was mit uns geschah, ging über das Körperliche hinaus. Dieses Wochenende hatte bewiesen, dass zwischen uns eine Verbindung bestand.

Ich liebte ihn.

An dieser Tatsache gab es für mich keinen Zweifel mehr. Aber ich konnte nicht sicher sein, ob meine Gefühle genauso erwidert wurden. Ich hörte es nur daran, wie er meinen Namen aussprach, spürte es, wenn er mich berührte, unendlich sanft streichelte, bevor er mich nahm. Während wir zurückritten, durchlebte ich in Gedanken noch einmal unseren Nachmittag. Wie wir uns geliebt hatten – aber war es wirklich Liebe gewesen? Ich suchte nach Anhaltspunkten, dass ich nicht allein war in meiner Trunkenheit. Aber sprach es nicht für sich, dass er mich nicht einfach benutzt und abserviert hatte wie all die anderen Mädchen, mit denen er fotografiert worden war? Und er hatte mich mit hierher genommen, das musste doch etwas zu bedeuten haben. Obwohl, jeder hier hasste mich, was wiederum nicht sehr beruhigend war.

Als wir die Stallungen erreichten, lagen meine Nerven blank. Wie um alles in der Welt sollte ich einen Mann verstehen lernen, der sich mir – außer beim Sex – nicht öffnen konnte oder womöglich sogar nicht öffnen wollte. Wie auch immer, im Augenblick blieb mir nichts anderes übrig, als ihm zu vertrauen. Mit meinem Herzen.

Ich war so abgelenkt, dass ich kaum mitbekam, wie Alexander mir vom Pferd half. Doch dann tauchte ein Stalljunge auf, und ich zog Alexanders Jacke fester um mich. Seine Hand ruhte beruhigend auf meinem Rücken, was nicht viel half; ich errötete trotzdem, als der Stallbursche mich mit offenem Mund anstarrte, ehe er eilig den Blick senkte und uns einen guten Abend wünschte.

Alexander hielt meine Hand, als er mich auf die Veranda führte, die meinem Zimmer am nächsten lag. Ich versuchte, der kleinen Geste nicht allzu viel Bedeutung beizumessen, auch wenn mir klar war, dass sie mir später nicht aus dem Kopf gehen würde. Dennoch genoss ich den festen Druck seiner Finger. Dann ließ er mich los, hielt einen Finger an die Lippen, spähte ins Haus und bedeutete mir, dass die Luft rein war. Als ich über die Schwelle treten wollte, drängte er mich an den Türrahmen und küsste mich heftig, seine Zunge drängte sich fordernd in meinen Mund. Lust stieg in mir auf, und ich drängte mich an ihn; ließ meine Rechte unter sein Hemd gleiten, fuhr über seine steinharten Bauchmuskeln, verharrte einen Moment lang auf den gezackten Narben, die er so vehement vor mir zu verbergen versucht hatte. Er hielt den Atem an, ergriff meine Hand und schüttelte den Kopf.

»Nein, Clara«, warnte er mich.

Ich kämpfte gegen die Tränen an, die plötzlich in mir aufstiegen. Zwei Schritte vor. Drei Schritte zurück. Da hatte ich meine Antwort: Wir traten auf der Stelle. Wie sollte es auch anders sein, wenn er aus allem ein Geheimnis machte? Aber ich schluckte den Schmerz hinunter und lächelte entschuldigend. »Wir sehen uns dann beim Dinner.«

»Clara.« Seine Finger schlossen sich fester um meine. »Nicht hier. Nicht an diesem Ort. Ich kann es dir nicht erklären.«

»Versuch es doch wenigstens«, fuhr ich ihn frustriert an.

»Ich kann nicht.« Sein Blick war plötzlich leer und hart, doch dann, als er mich ansah, erwachten seine Augen wieder zum Leben. »Es hat nichts mit dir zu tun, Clara.«

»Das hat es nie.« Ich hatte genug von dem permanenten Hin und Her; ich wollte doch nur wissen, woran ich mit ihm war. »Ich dachte, nach diesem Nachmittag ...«

»Du musst dich zum Essen umziehen, Süße«, unterbrach er mich. Der abrupte Themenwechsel traf mich ebenso tief wie seine Zurückweisung. Hier ging es ja wohl kaum darum, ob ich gegenüber seiner Familie vorzeigbar war. Wie sollte ich Alexander je das geben können, was er wirklich brauchte? Kein Wunder, dass mich hier alle so misstrauisch beäugten. Wir alle wussten, was mir fehlte – nicht nur der Stammbaum, sondern auch die kalkulierte Gleichgültigkeit, die hier alle zur Schau trugen.

»Vielleicht sollte ich lieber nach Hause fahren.«

»Nein.« Wieder ein Befehl.

Ich zog eine Augenbraue hoch. Musste er seine Dominanz auch außerhalb des Schlafzimmers permanent ausleben?

Er hielt einen Moment inne, als würde er überlegen, wie er am besten mit meinem Widerstand umging. »Ich wünsche mir, dass du hierbleibst, aber ich würde es auch verstehen, wenn du gehst. Ich würde gehen, wenn ich könnte.«

»Dann geh mit mir«, flehte ich ihn an. Welches Geheimnis auch immer diesen Ort umgab – es zerstörte ihn.

»So einfach ist das leider nicht, Clara.« Die Bürde von

sechs Jahren im Exil spiegelte sich in seinem Blick. »Ich kann all dem hier nicht einfach den Rücken kehren. Nicht mehr. Aber eins solltest du wissen.«

Ich wartete darauf, dass er fortfuhr. Alles hing davon ab, was er jetzt sagen würde.

»Wenn du gehst, Clara, werde ich dir folgen.«

***

Meine Entscheidung war getroffen, noch ehe ich den Korridor erreichte. Ich zog Alexanders Jacke fester um mich und atmete tief seinen Duft ein, während ich mir einredete, dass ich mich mit all den Geheimnissen und diesem seltsamen Doppelleben arrangieren konnte. Ich konnte ihn nicht verlassen. Ich war ihm ganz und gar verfallen, und nun blieb mir nur eins – mich der Abneigung zu stellen, von der ich hier überall umgeben war.

Ich spürte ihren Blick, ehe ich sie sah, und als ich mich umwandte, stand sie tatsächlich da und starrte mich an, die Lippen zu einem hämischen Grinsen verzogen, was ihrer Schönheit jedoch keinen Abbruch tat. Ich zupfte verlegen an Alexanders Jacke und steuerte auf meine Zimmertür zu.

»Oh, hattet ihr einen Unfall?«, flötete sie hinter mir.

Ich blieb abrupt stehen. Ihr boshafter Tonfall weckte sofort meinen Widerstand. Ich konnte nicht vor Pepper Lockwood fliehen. Pausenlos drängte sie sich in Alexanders Leben, und auch wenn ich keine Ahnung hatte, warum irgendjemand sie hätte hier haben wollen, eins war klar: Sie war gekommen, um zu bleiben.

»Ich muss mich umziehen«, gab ich zurück.

»Ein Sprung unter die Dusche würde bestimmt auch nicht schaden«, sagte sie. »Du riechst nach billigem Sex.«

Ich lächelte. »Damit kennst du dich ja sicher bestens aus.«

»Clara, Schatz, glaubst du ernstlich, du wärst diesem Spiel gewachsen?« Sie trat auf mich zu, die dünnen Arme vor der Brust verschränkt, und musterte mich von oben bis unten. »Du hast Angst vor uns. Ich sehe es in deinen Augen. Du siehst aus wie dieser arme Fuchs, den sie heute Morgen rausgelassen haben – voller Hoffnung und gleichzeitig zu Tode verängstigt. Wenn du glaubst, dass wir dich bei lebendigem Leib fressen wollen, kann ich dir eins versichern: Wir sind noch nicht mal mit der Vorspeise fertig.«

Meine Kehle fühlte sich rau und trocken an. Ich durfte mich von ihr nicht aus der Reserve locken lassen. »Tolles Spielchen«, gab ich zurück. »Eine schwächere Kreatur jagen und es dann Sport nennen. Aber ich bin nicht der Fuchs.«

»Aber auch kein Jäger.« Peppers Nasenflügel bebten. Ich hatte ins Schwarze getroffen. Sie wollte, dass ich mich ergab, doch ich war nicht länger willens, mir ihre Angriffe gefallen zu lassen.

»Ebenso wenig wie du. Keine von uns beiden gehört hierher, Pepper. Aber nur diejenige wird bleiben, die er *erwählt*.« Ich betonte jedes Wort sorgfältig, in der Hoffnung, dass sie den Wink verstand, aber sie verzog keine Miene.

»Ach, und du glaubst, das wirst du sein.« Kichernd warf sie ihre blonden Locken über die Schulter, wie immer der Inbegriff weiblicher Haltung, auch wenn ich ihr noch so zusetzte.

»Ich bin diejenige, mit der er das Bett teilt«, sagte ich, ohne mit der Wimper zu zucken.

»Du bist diejenige, die er *vögelt*. Habt ihr es irgendwo auf einem Feld getrieben?« Verachtung lag in ihrem Blick, als sie mich abermals taxierte. »Glaubst du wirklich, er würde sich nicht langweilen, wenn du dich von ihm wie ein Tier rammeln lässt?«

»Glaub mir«, stolz reckte ich das Kinn, »von Langeweile kann keine Rede sein.«

»*Noch* nicht«, unterbrach sie.

»Und du glaubst, du kannst sein Interesse wachhalten?«, entgegnete ich.

»Auf Alexander ruhen große Erwartungen. Die Hoffnungen einer ganzen Nation. Und das ist weiß Gott wichtiger als irgendeine dahergelaufene Schlampe, mit der er sich amüsiert. Alex weiß, dass ihm die Zeit davonläuft. Deshalb stößt er sich jetzt unter seinem Niveau die Hörner ab.«

»Unter seinem Niveau?« Wider Willen musste ich lachen. »Mag ja sein, dass du den Namen und die Beziehungen hast, Pepper, aber bitte vergiss nicht, dass ich einen Treuhandfonds besitze, von dem deine Familie nicht mal träumen kann.«

Pepper verdrehte die Augen. »Wie primitiv, über Geld zu reden.«

»Menschen, die keins haben, sehen das oft so«, erwiderte ich. »Das ist es, worum es dir geht, oder? Dass euer alter Name wieder etwas gilt. Dass eure Titel von anno dazumal wieder etwas zu bedeuten haben.«

Sie wich einen Schritt zurück, als hätte ich ihr eine Ohrfeige verpasst, und diesmal bestand nicht der geringste Zweifel, dass ich sie getroffen hatte. »Und was hast du anzubieten? Du bist doch nichts weiter als ein kleines Mädchen, dessen Eltern mit Internetdating reich geworden sind.«

Ich blinzelte ungläubig. Waren diese Leute tatsächlich derart kaputt, dass sie nicht begriffen, wonach ein Mensch sich wirklich sehnte? Das Einzige, worum es wirklich ging? Es konnte eigentlich nur daran liegen, dass sie selber nie geliebt hatten.

Mein Schweigen schien ihr Oberwasser zu geben, sie lachte auf. »Moment mal ... du glaubst, du kannst ihm *Liebe* geben? Ich wusste ja, dass du spinnst, aber das ist wirklich zu erbärmlich.«

Nie zuvor hatte ich erwogen, jemanden niederzuschlagen, jedenfalls nicht ernsthaft, doch diesmal wären mir um ein Haar die Sicherungen durchgebrannt. »Meine Beziehung zu Alexander ist Privatsache, und auf deine Meinung kann ich verzichten. Also sei doch bitte so nett und halt den Mund.«

»Mach dir vor, was immer du willst.« Sie winkte lässig ab. »Ich habe dich nur freundlich gewarnt. Alex ist zu Liebe oder wahren Gefühlen nicht fähig, und am Ende wirst du dabei draufzahlen. Du ertrinkst doch jetzt schon in seiner Dunkelheit, Clara. Und eines Tages, wenn er sich selbst und seiner Zukunft ins Auge blicken muss, wird er jemanden an seiner Seite brauchen, der nicht so einfach untergeht.«

Offenbar glaubte sie, dass sie für diese Rolle bestimmt war. Und vielleicht hatte sie sogar recht. Ich hatte die Dunkelheit, von der sie sprach, in seinen Augen aufblitzen sehen, wenn er mich nach seinen Regeln beherrschte. Konnte er je glücklich werden, ohne mich noch weiter zu brechen? In einer Hinsicht aber lag Pepper falsch. Alexander war sehr wohl zu Gefühlen fähig, auch wenn seine Wahrnehmung oft von der Dunkelheit in ihm getrübt war. Dass er seine Herkunft so leidenschaftlich verabscheute, bewies, dass er starke Gefühle hatte, womöglich stärkere als die meisten anderen Menschen.

Eine Frau wie Pepper konnte das nicht verstehen. Sie begriff nicht, dass er das Licht brauchte, um seinem Gefängnis zu entfliehen. Bei dieser Erkenntnis fiel mir eine Riesenlast von den Schultern – und hängte sich zugleich wie ein Gewicht an meine Füße. Obwohl ich keinen Zweifel hatte, dass er zur Liebe fähig war, wusste ich nicht, ob ich die Richtige war, ihm das zu beweisen. Ich war selbst durch das Tal der Finsternis gegangen, und das hatte seine Spuren hinterlassen.

»Vielleicht«, ertönte eine gedämpfte Stimme, »solltest du auf die Lady hören und lieber den Mund halten, Pepper.«

Edward trat, in Weste und mit Krawatte, aus dem Schatten. Seine Mähne war zerzaust, als hätte er sich die Haare gerauft, und unter seinen Augen zeichneten sich bläulich dunkle Ringe ab. Ein Gefühl der Verlegenheit überkam mich – hoffentlich hatte er nicht alles mit angehört. Aber immerhin schien er mit mir einer Meinung zu sein, dass Pepper endlich die Klappe halten sollte.

»Lady?«, wiederholte sie hämisch. »Von wem redest du?«

Edward gab ein genervtes Schnauben von sich. »Wie witzig, Pepper. Jedenfalls nicht von Lady Macbeth.«

»Hör auf, den Intellektuellen zu spielen, Eddie. Bei Männern kommt das nicht gut an.«

»Clara.« Edward trat zu mir und bot mir seinen Arm. »Gestatte, dass ich dich zu deinem Zimmer bringe.«

»Gern.« Sobald wir außer Hörweite waren, sagte ich: »Das hätte schlechter laufen können.«

»Kommt drauf an.«

»Worauf?«, fragte ich. »Wie viel hast du mitbekommen?«

»Alles«, gab Edward zu. »Ich habe Alex und dich gesehen, wollte euch aber nicht stören.«

»Und dann hast du mich mit Pepper Spray allein gelassen?« Ich verpasste ihm einen Knuff gegen die Schulter.

»Pepper Spray? Hast du uns allen Spitznamen gegeben?« Er grinste. »Bin ich dann Queen Edward?«

Verlegen schüttelte ich den Kopf. »Quatsch. Du bist ›der nette Edward, dem ich nicht die Gurgel umdrehen will‹.«

»Das hört sich an, als würden eine Menge anderer Leute auf deiner Abschussliste stehen.«

»Nur die royalen Rotznasen«, rutschte es mir heraus, und im selben Moment bereute ich es schon. Ich zweifelte keine Sekunde daran, dass er genau wusste, wen ich meinte, und nach dem, was ich am Abend zuvor mitbekommen hatte, konnte ich nur hoffen, dass er es nicht persönlich nahm. Ich kaute auf meiner Unterlippe und erwartete, dass er entweder meinen Arm loslassen oder lachen würde, doch es geschah weder das eine noch das andere.

»Ausgezeichneter Spitzname. Etwas so Passendes ist mir nie eingefallen.«

Anscheinend war er also nicht beleidigt. »Hast du auch einen Spitznamen für sie?«, fragte ich.

»Mehrere«, erwiderte er schulterzuckend. »Arschlöcher, Wichser, das Übliche.«

»David zähle ich übrigens nicht dazu«, sagte ich.

Edwards Haltung veränderte sich von einer Sekunde auf die andere, was mich nicht nur entfernt an Alexander erinnerte. Mir war sofort klar, dass das Thema tabu war.

»Ach ja, was David angeht ...«, begann er.

Aber ich hob die Hand. »Schon gut, schon gut. Meine Lippen sind versiegelt.«

»Ich muss dich also nicht bestechen?«

Einen Moment lang blieb mir der Mund offen stehen, aber dann begriff ich, dass es nur ein Scherz war. »Nein«, gab ich trocken zurück. »Wie du weißt, bin ich eine vermögende Frau.«

»Habe ich gehört.« Ein nachdenklicher Ausdruck schlich sich auf sein Gesicht. »Es ist ein wohlgehütetes Geheimnis. Nicht wegen mir. Wegen ihm. Ich will nicht, dass er verletzt wird.«

In den letzten vierundzwanzig Stunden hatte ich selbst genug Herablassung und Verachtung über mich ergehen lassen müssen, um genau zu wissen, wovon Edward sprach. Trotzdem fragte ich mich, wie David zu all dem stand. Es war schon problematisch genug, wenn ich mich hier offen mit Alexander zeigte. Wie schwierig musste es erst für David sein?

Ich holte tief Luft und öffnete die Tür zu meinem Zimmer. »Willst du mit reinkommen?«

»Hmm ... ob Alex das so gern sehen würde?«

»Kein Problem«, sagte ich.

»Na ja, bei meinem Ruf?« Aber er folgte mir hinein.

»Deshalb mache ich mir ja keine Sorgen.«

»Schon klar«, erwiderte er. »Ein schwuler Mann kommt nur mit ehrenwerten Absichten ins Schlafzimmer einer Frau.«

»Du hast hoffentlich nicht vor, meine Unterwäsche zu klauen«, sagte ich lachend, während ich Alexanders Jacke von den Schultern streifte.

Edward hob eine Augenbraue, als er meine zerrissene Bluse sah.

»Tja, so kann's gehen.« Ich öffnete den Wandschrank und hielt Ausschau nach irgendetwas, das zu einem weiteren steifen Dinner passen würde.

»Was immer er mit dir gemacht hat, ich hoffe, es war es wert, eine Donna-Karan-Bluse zu ruinieren.«

»Das war es«, erwiderte ich und nahm weiter meine mitgebrachten Klamotten in Augenschein. Ich hatte gedacht, dass ich viel zu viel eingepackt hätte, doch in Gegenwart von Pepper und ihren Freundinnen kamen mir meine Sachen allesamt vor, als hätte ich sie vor Urzeiten auf dem Wühltisch gekauft.

»Geh erst mal unter die Dusche«, sagte Edward.

»Verdammt, ich finde nichts zum Anziehen. Wie wär's, wenn ich so gehe, wie ich jetzt bin? Vielleicht kriegen ja alle einen Herzinfarkt.«

»Keine schlechte Idee, die Reihen der Feinde erst mal zu lichten.« Amüsiert schüttelte er den Kopf. »Wie auch immer, mach dir keine Sorgen um dein Outfit.«

Entgeistert sah ich zu, wie er ungeniert den Inhalt meines Kleiderschranks inspizierte. »Wie? Willst du mir etwas zum Anziehen raussuchen?«

Edward hatte mir den Rücken zugewandt, aber ich sah, dass er sich vor Lachen schüttelte. »Oh, *Süße*, es mag ja einige unzutreffende Klischees über Schwule geben, aber unser Stilgefühl ist keins davon.«

25

Eine Stunde später war ich fertig angezogen, perfekt geschminkt und frisiert. Nachdenklich zupfte ich an dem Kleid, das Edward für mich ausgesucht hatte. Belle hatte darauf bestanden, dass ich es kaufte, obwohl es gar nicht meinem Stil entsprach. Der Saum endete gut zwanzig Zentimeter oberhalb meiner Knie, und das Kleid bestand aus zartem Spitzenstoff über einem nudefarbenen Unterkleid. Eigentlich sah es aus, als würde ich gar nichts darunter tragen. Alle würden auf meine Brüste starren, da unter dem dünnen Stoff kein Platz für einen BH war.

»Bist du sicher, dass du keine Nippelpads dabeihast?«, fragte Edward, während ich meine kastanienbraunen Locken über die Schulter strich und mich von allen Seiten im Spiegel begutachtete.

»Nicht jeder ist für modische Notfälle gerüstet«, erwiderte ich trocken, während ich überlegte, ob ich mich so sehen lassen konnte.

»Da wird Alex garantiert Augen machen.« Edward zwinkerte mir zu, ergriff meine Hand und stieß einen Pfiff aus. »Du hast Geschmack, Schatz. Dein Schrank ist der Traum jedes Schwulen.«

»Kleine Anprobe gefällig?« Jede Wette, dass Edward mit seinem schlanken Körper problemlos in meine Klamotten passte.

»Nein, nein. Frauenkleider sind nicht mein Ding«, versicherte er mir. »Du lieber Himmel, hast du eine Ahnung, was meine Familie von mir denken würde? Letztlich haben sie ja Glück gehabt – ein leichter Fall von Metrosexualität holt ja heute keinen Hund mehr hinter dem Ofen hervor.«

Ich lachte, während ich den Blick über ihn schweifen ließ. Er trug eine Tweedweste, eine schwere Hornbrille und auf Hochglanz polierte Budapester; ganz und gar nicht der lässige, sexy Look seines Bruders, doch unzweifelhaft sein eigener, sehr kultivierter Stil. »Ich wünschte, ich könnte sagen, ich hätte mir die Sachen selbst gekauft, aber mir hat jemand geholfen.«

»Eine persönliche Shoppingberaterin?«

»Meine Mutter hat jahrelang versucht, mich im britischen Upperclass-Style auszustaffieren, aber eigentlich bin ich mehr der Typ für Jeans und Turnschuhe.« Ich stieß einen kleinen Seufzer aus, während ich mich an meine Zeit an der Uni erinnerte. »Meine Mitbewohnerin ist mit mir shoppen gegangen.«

»Offenbar hat sie einen exzellenten Geschmack.« Edwards Tonfall klang interessiert.

»Du kennst sie vielleicht sogar. Annabelle Stuart.«

Falls Edward etwas vom Stuart-Familienskandal mitbekommen hatte, ließ er es sich jedenfalls nicht anmerken. Er schüttelte den Kopf. »Leider nein, aber ich würde gern ihre Bekanntschaft machen. Wenn wir hier lebend rauskommen sollten, können wir ja mal zusammen ein Tässchen Tee trinken.«

»Sehr gern.« Ich freute mich, dass ich mich mit jemandem aus Alexanders engstem Kreis angefreundet hatte. Es war schön, endlich jemanden aus der royalen Bande zu kennen, der einen nicht von oben herab behandelte – selbst Alexander neigte gelegentlich dazu –, und Edwards Offenheit empfand ich als sehr erfrischend. Er hatte ebenso gute Gründe wie Alexander, zurückhaltend zu sein, und trotzdem war er mir gegenüber locker und aufgeschlossen gewesen.

»Oh-oh. Da sehe ich aber, wie deine grauen Zellen arbeiten«, unterbrach mich Edward, ehe mir die nächsten düsteren Gedanken kamen. »Hör mir gut zu. Du siehst fantastisch aus. Das Kleid ist auch nicht zu kurz. Wir kriegen heute Abend garantiert noch genug Arsch von Pepper und Sandra zu sehen. Und im Vergleich dazu ist dein Outfit sexy, elegant und kultiviert.«

»So wie Pepper«, sagte ich seufzend.

»Na schön, sie mag wie eine Sexgöttin aussehen ...«

Überrascht hob ich eine Augenbraue.

»Na, ich habe schließlich auch Augen im Kopf«, sagte er schulterzuckend. »Aber für *kultiviert* habe ich sie noch nie gehalten.«

»Ich schon.« Ich biss mir auf die Unterlippe, während ich an meinen ersten Eindruck von der klassisch schönen Blondine dachte. Wenn ich ehrlich war, hätte ich alles dafür gegeben, so wie Pepper auszusehen. Andererseits hätte ich sie am liebsten mit bloßen Händen erwürgt.

Edward ergriff meine Hand. »Pepper ist einschüchternd, nicht kultiviert, ein kleiner, aber feiner Unterschied. Und Hunde, die bellen, beißen bekanntlich nicht.«

»Ich hoffe, du behältst recht.« Nach wie vor konnte ich nicht glauben, dass Pepper so harmlos war, wie Edward und Alexander dachten. Zwar hatte sie bislang nicht viel mehr getan, als ihre Zähne zu zeigen, doch das hieß nicht, dass sie nicht auch zuschnappen würde.

»Nach dem heutigen Abend wird ihr klar sein, mit wem sie es zu tun hat. Mit einer gewissen Clara Bishop, mit der nicht zu spaßen ist.«

»Ich, ja?« Ich lachte. Es war nett von ihm, mich auf diese Weise aufzumuntern, aber er kannte mich eben nicht richtig. Das Mädchen, das sich immer wieder daran erinnern musste, anständig zu essen. Das Mädchen, das unter der Knute seines Exfreunds gestanden hatte. Das Mädchen, das immer die Fehler anderer entschuldigte.

»Na klar. Alex würde sich nicht für dich interessieren, wenn du keine starke Frau wärst.«

»Ich hatte eher den Eindruck, dass Alexander sich für alles mit zwei Brüsten und zwei Beinen interessiert.« Diese Befürchtung hatte ich noch nie jemandem gegenüber laut ausgesprochen. Ich hatte sie Alexander nur durch die Blume zu verstehen gegeben, wenn ich über sein Playboy-Image in der Presse lachte. Am nächsten waren wir seiner sexuellen Vergangenheit gekommen, als ich ihn damit konfrontiert hatte, was zwischen ihm und Pepper gelaufen war, doch letztlich vermied ich es genauso wie Alexander selbst, seine Affären näher zu thematisieren.

»Wenn du dich da mal nicht täuschst.« Edward schüttelte den Kopf und fuhr sich mit der Hand durch die Haare. »Nicht nur ich weiß aus leidvoller Erfahrung, dass man manchmal dazu gezwungen ist, der Öffentlichkeit etwas vorzuspielen.«

»Wirklich?« Eigentlich hatte ich ganz beiläufig klingen wollen, aber wieder einmal versagte ich auf ganzer Linie. Im Grunde wusste ich so gut wie nichts über Alexanders Vergangenheit, und ich konnte meine Neugier kaum bezähmen.

Alexander war für mich zu einer Obsession geworden – und das, obwohl ich über so vieles im Dunkeln tappte, was ihn betraf.

»Ich sage nicht, dass die Geschichten allesamt nicht stimmen«, fuhr Edward fort. »Aber einige sind von der Presse aufgebauscht worden.«

»Und warum hat er mich mit hierher gebracht?«, fragte ich, während ich in den dunklen Augen seines Bruders nach den Antworten forschte, die ich so dringend hören wollte.

»Weil er auf dich steht«, erwiderte Edward. »Ich habe gehört, wie Pepper dir erklärt hat, Alex könne keinen anderen Menschen lieben.«

»Und?«, flüsterte ich und hatte plötzlich einen Kloß im Hals. »Stimmt das etwa?«

»Ich hoffe nicht. Ich weiß noch, wie mein Bruder mit mir gespielt hat, als wir Kinder waren. Wie er nach mir gesehen hat, wenn ich krank war. Unsere Mutter war ja nicht mehr da, und unser Vater – hmm, du weißt ja, wie er ist. Alexander hat sich immer um mich gekümmert ...« Er klang, als gäbe es noch viel mehr zu erzählen, doch Edward schwieg plötzlich.

»Aber?«, hakte ich nach.

»Das war, bevor Sarah ums Leben kam.«

»So ist das also«, sagte ich, und die Worte hatten etwas Endgültiges. Ich hatte es gewusst. Er hatte es mir gesagt, aber irgendwie hatte ich geglaubt, mit uns könnte es anders sein. Warnte nicht jede Frauenzeitschrift, jeder Beziehungsratgeber davor, dass man seinen Partner nicht ändern, die Vergangenheit nicht rückgängig machen konnte? Und hier stand ich und versuchte es trotzdem. Ich bemerkte Edwards betroffenen Gesichtsausdruck und versuchte zu lächeln. »Mach dir keine Sorgen.«

»Du siehst mich an, als hätte ich gerade einen Welpen getreten.« Abermals fuhr Edward sich durch die Haare. In jenem Moment ähnelte er seinem Bruder so sehr, dass mir der Atem stockte. »Ich sollte das nicht sagen, weil ich dir keine Hoffnungen machen will, die sich am Ende vielleicht als vergeblich herausstellen, aber ich persönlich glaube, dass Alex sehr wohl lieben kann. Die Fähigkeit zu lieben verlernt man nicht. Wenn du mich fragst, zeigt er so selten Gefühle, weil er es nicht *will*.«

Das war so ziemlich das Letzte, was ich hören wollte, und ich wandte mich ab, damit er meinen Schmerz nicht sah. Alexander *wollte* nicht lieben. Das war das Problem, nicht dass er es nicht konnte. Wie dumm war ich zu glauben, dass ich diesen Mann retten konnte? Mich der Illusion hinzugeben, dass ihn meine Liebe heilen würde? Ich unterdrückte ein Schluchzen und holte tief Luft.

»Hier.« Edward reichte mir das Paar schwarze High Heels von Yves St. Laurent, das ich mir von Belle »für heiße Partynächte« hatte aufschwatzen lassen. Die Schuhe waren mindestens drei Zentimeter höher als alles, was ich je getragen hatte, selbst höher als die, die mir Belle für den Ball geliehen hatte. Ich verzog die Mundwinkel; der Gedanke, meine Beine noch mehr zu betonen, gefiel mir überhaupt nicht. Allmählich kam mir der Verdacht, dass Edward und Belle Teil einer großen Verschwörung waren – mit dem Ziel, mich zur Fashionista abzurichten.

»Vertrau mir«, sagte er. »Ich habe doch gesehen, wie du Pepper die Stirn geboten hast. Du bist eine tolle Frau, und es wird langsam Zeit, dass du den Arschlöchern hier zeigst, wozu du fähig bist.«

»Und dazu brauche ich Zwölf-Zentimeter-Absätze?«

»Du brauchst einen Look, der deine Haltung widerspiegelt.«

»Ich habe eine Haltung?« Das war mir neu. Einen Moment lang erinnerte ich mich daran, wie Daniel gebrüllt hatte, ich hätte kein Rückgrat, drängte den Gedanken aber gleich wieder in die dunkelsten Katakomben meines Bewusstseins zurück.

»Hast du. Ich hab's vorhin gesehen.« Edward legte einen Arm um meine Schultern und drehte mich wieder zum Spiegel. »Und so ungern ich es sage: Pepper hat recht. Sie haben noch nicht mal angefangen, dir das Leben zur Hölle zu machen – die Speichellecker und falschen Schlangen, die unten im Speisesaal auf dich warten. Sie haben es auf dich abgesehen, und sie kennen kein Pardon. Du musst ihnen zeigen, dass du dich wehren kannst – und, bitte, fang gleich bei Pepper Spray an.«

Die Frau, die mir aus dem Spiegel entgegenblickte, war keine Sexbombe, obwohl sie es durchaus hätte sein können. Der kurze Rock, die Fick-mich-Stilettos und die rubinroten Lippen ließen auf den ersten Blick darauf schließen, doch als ich genauer hinsah, erkannte ich, was Edward meinte. Ich wirkte größer, selbstbewusster, und das nicht nur wegen der High Heels. Meine Schultern waren gestrafft, mein Blick direkt und entschlossen.

»Sie sieht nicht aus wie jemand, mit dem man sich anlegen sollte«, sagte ich.

»Ganz und gar nicht!« Edward stieß einen leisen Jubelschrei aus. »Wenn du in dieser Welt überleben willst – und lass mich klar sagen, dass sich nur echte Geisteskranke wünschen können, Teil unserer verkorksten Familie zu sein –, musst du das Spiel und seine Regeln beherrschen. Stell es dir einfach wie eine Partie Schach vor.«

»Schach mit Verrat und Sex.« Ich spürte, wie ein sarkastisches Lächeln meine Lippen umspielte. Das Mädchen im Spiegel lächelte genauso wie ich, und ich trat einen Schritt zurück. Wenn man so gekleidet war wie ich, sah Sarkasmus plötzlich ganz anders aus. Es war kein bloßer Verteidigungsmechanismus mehr; vielmehr sprachen aus meinem Gesichtsausdruck Herablassung und pure Kaltschnäuzigkeit. Plötzlich ging mir auf, warum Pepper stets so aussah, als sei sie soeben der *Vogue* entstiegen. Das gehörte zu der Rolle, die sie spielte. Aber womöglich war ihr diese Rolle im Lauf der Jahre derart in Fleisch und Blut übergegangen, dass sie tatsächlich zu dem herzlosen Miststück geworden war, das ich auf den Tod nicht leiden konnte.

»Du hast's erfasst.« Edward küsste mich auf die Stirn. »Ein letzter Ratschlag vielleicht?«

»Wenn du sie ansiehst, wenn du an ihnen vorbeigehst, wenn sie hinter deinem Rücken lachen – egal, was auch passiert, denk immer nur ein Wort: *Blutbad*.«

Ich riss die Augen auf und wäre beinahe laut herausgeplatzt vor Lachen. »Blutbad?«

»Vertrau mir. Nur dieses Wort – und mit ein bisschen Fantasie kannst du dir locker vorstellen, was du mit ihnen machen wirst.«

Ich zog die Augenbrauen hoch und lächelte teuflisch. »Ich werde sehr kultiviert sein.«

Edwards Augen funkelten, während er zusah, wie ich ein paar Schritte auf den High Heels machte – erst ein bisschen unsicher, aber dann hatte ich die perfekte Balance gefunden.

»Sag mal, joggst du?«, fragte er mich, als wir auf den Flur hinaustraten.

»In Oxford bin ich jeden Tag gelaufen, aber in letzter Zeit habe ich es ziemlich schleifen lassen.« Ich errötete. »Wie hast du das erraten?«

»Glaub mir, das sieht jeder auf den ersten Blick. Wenn Pepper dir blöd kommt, verpass ihr einfach einen Tritt. Mit deinen Beinen kann sie es nie im Leben aufnehmen.«

Ich errötete abermals, während ich an mir hinuntersah. Meine Beine wirkten nicht nur superlang, sondern auch äußerst wohlgeformt, und mit den Stilettos fühlte ich mich, als wäre ich drei Meter groß. »Ich könnte dich küssen, weißt du das!«

»Mehr ist an diesem Wochenende wohl nicht für mich drin«, sagte Edward. Arm in Arm gingen wir Richtung Speisezimmer. Wir waren bestimmt zu spät, doch zumindest würde ich mit einem Prinzen erscheinen – und Gott sei Dank sah ich auch nicht mehr aus, als hätte ich mich im Heu gewälzt.

Ich zögerte, Edward weiter mit Fragen zu behelligen. Wie lange konnte ich ihn noch löchern, bevor er dichtmachte? Dann aber rief ich mir ins Bewusstsein, dass ich von Alexander auf ihn schloss. Tatsache war doch, dass unser Gespräch von Edward ausgegangen war. Hatte ich mittlerweile so viel Zeit mit Alexander verbracht, dass ich keine normale Unterhaltung mehr führen konnte? Dass ich vergessen hatte, was es bedeutete, sich einem Freund anzuvertrauen? Wenn ja, musste ich dringend mal wieder ein bisschen Wirklichkeit schnuppern. »Wo steckt David eigentlich?«

»Er ist nach Hause gefahren. Er hat es hier nicht mehr ausgehalten.«

»Ich hätte eure Unterredung gestern Abend nicht stören dürfen«, sagte ich, während mir siedend heiß aufging, dass David womöglich deswegen seine Sachen gepackt hatte.

»Nein!« Ein gequälter Ausdruck erschien auf Edwards feinen aristokratischen Zügen. »Glaub mir, wir wissen beide, dass du nichts weitererzählen würdest. Aber da ist leider auch noch mein Vater. Wir haben uns ihm nie offenbart, aber er hat einen Verdacht und uns das ganze Wochenende bei jeder Gelegenheit seine Meinung unter die Nase gerieben.«

»Wie unfair! Hält er alle deine männlichen Freunde für deine Lover?«

»Dein Vater nicht?«, gab er zurück.

»Touché«, seufzte ich verständnisvoll; ich wusste, was es hieß, wenn Eltern sich in das Liebesleben einmischten. »Das gibt ihm aber nicht das Recht, darauf herumzureiten.«

»Heute Morgen hat er das Gespräch auf die gleichgeschlechtliche Ehe gebracht. Sein Standpunkt in dieser Frage ist deutlich geworden.«

»Das ist ja furchtbar.« Ohne weiter darüber nachzudenken, ergriff ich seine Hand und drückte sie.

»Ihr seid zu spät«, unterbrach uns eine barsche Stimme.

»Alex.« Edward warf mir einen warnenden Blick zu, ehe er abrupt meine Hand losließ. »Ich begleite nur deine Freundin zum Dinner.«

Plötzlich war ich heilfroh, dass es auf dem Korridor so schummerig war; so konnten sie nicht sehen, dass ich knallrot geworden war. Sosehr ich darauf gehofft hatte, dass mich hier jemand Alexanders Freundin nennen würde, war ich mir alles andere als sicher, wie Alexander selbst darauf reagieren würde.

»Das übernehme ich.« Mit einem fragenden Nicken bot Alexander mir seinen Arm, während sein Blick misstrauisch zwischen Edward und mir hin und her huschte. Ich verdrehte die Augen. Sein Bruder war nun wirklich der allerletzte Mensch auf diesem Planeten, bei dem er Grund zur Eifersucht hatte. Als ich Alexanders Arm nahm, hielt er inne und musterte mich von oben bis unten. »In diesem Licht siehst du aus, als hättest du nichts an.«

Trotz der gespannten Atmosphäre musste ich unwillkürlich kichern. Mehr Licht würde es wohl erst recht nicht besser machen. »Wir kommen zu spät, X.«

Alexander öffnete die Tür zum Speisezimmer. Licht fiel in den Korridor, und Alexander sog scharf Luft zwischen die Zähne, als er mein Outfit besser erkennen konnte.

»Was hast du denn da an?« In seinem Tonfall mischte sich Unmut mit Erregung.

Seine Reaktion bestärkte mich nur noch mehr in meinem Vorhaben. Ich wollte ihm zeigen, dass er mich vielleicht im Bett, aber nicht in der Öffentlichkeit dominieren konnte. Als ich mit dem Zeigefinger an seinem Kinn entlangstrich, fiel mir auf, dass ich in den Stilettos auf Augenhöhe mit ihm war. »Etwas extra Heißes, nur für dich.«

Er zögerte, als versuchte er, sich zusammenzureimen, was ich im Schilde führte. »Für mich siehst du immer heiß aus.«

Mein neu gewonnenes Selbstbewusstsein gefiel mir, doch ich merkte, wie es mit jedem kritischen Kommentar von Alexander schrumpfte. Bevor er noch etwas sagen konnte, drückte ich ihm darum einen Kuss auf die Lippen. Seine Hände auf meinem Hintern verrieten mir, dass mein Ablenkungsmanöver funktioniert hatte.

»Das nenne ich kurz.« Alexanders Hand glitt unter meinen Rock. »Ich habe plötzlich gar keinen Hunger mehr.«

Ich holte tief Luft und konzentrierte mich darauf, nicht schon wieder seiner Magie zu verfallen. Nach meinem Zusammenstoß mit Pepper wollte ich der versammelten royalen Bande kalt lächelnd zeigen, dass sie mir völlig egal waren. »Aber ich – *und wie*!«

Als ich mich von ihm löste, geriet ich ins Straucheln, und Alexander fing mich auf. Erneut zog er mich eng an sich, und ich spürte seine gewaltige Erektion. Auf den Stilettos war ich so groß, dass er mich an die Wand drücken und im Stehen nehmen könnte. Ein Dutzend Möglichkeiten schoss mir durch den Kopf, während sich süße Hitze zwischen meinen Schenkeln ausbreitete, doch ich riss mich zusammen und lächelte ihn an. »Oh, X, alles kommt von selbst zu dem, der warten kann – schon mal gehört?«

»Scheiß aufs Warten«, knurrte er. Ich entzog mich ihm abermals, als er erneut unter meinen Rock zu greifen versuchte.

»Später, X.« Ich stakste ein bisschen wacklig zur Tür des Speisezimmers, doch mit jedem Schritt ging es besser. Inzwischen waren wir endgültig zu spät dran, ich nahm mir trotzdem alle Zeit der Welt und ließ sanft meine Hüften schwingen. Ich hörte, wie Alexander hinter mir heiser meinen Namen ausstieß, schenkte ihm aber keine Beachtung. Stattdessen öffnete ich die Tür zum Speisezimmer und trat ins Licht, ohne dass mein Lächeln auch nur für eine Millisekunde verrutschte.

26

Vor mir erstreckte sich die endlose Tafel, an der die Geladenen in Abendkleidung an den ihnen zugewiesenen Plätzen saßen – überall schimmerndes Kristall und blank poliertes Silber, und alle Blicke waren auf mich gerichtet. Ich hielt den Blick über ihren Köpfen, was nicht sonderlich schwierig war, da ja ohnehin alle saßen, und schlenderte zu den zwei freien Plätzen am Tafelende. Dabei fiel mein Blick auf Pepper, und ich stellte fest, dass sie mich zornig fixierte; eisige Blitze schienen in ihren blauen Augen zu zucken. Ich zog eine Braue hoch, während ich an ihr vorbeischlenderte.

Das Spiel hat begonnen, Pepper Spray.

Als ich meinen Platz erreichte, schwoll das Gemurmel an. Ich ließ den Blick über den ganzen Tisch schweifen, wobei es mich kaum verwunderte, dass einige der Gäste den Blick abwandten, als ich ihnen in die Augen sah. Eigentlich alle, bis auf zwei. Jonathan Thompsons freches Grinsen verlieh ihm einen Gesichtsausdruck, als hätte er gerade einen Witz gehört, den nur er allein verstand. Ich zwang mich, nicht die Augen zu verdrehen. Vom Kopf des Tischs musterte mich König Albert mit steinerner Miene.

Ich nickte ihm höflich zu. Ein schlechtes Gewissen plagte mich nicht; schließlich wäre ich ja pünktlich gewesen, wenn mich seine beiden Söhne nicht über Gebühr aufgehalten hätten. Nun ja, nicht dass ich es bereuen würde, wie ich den Nachmittag verbracht hatte.

Ein Diener eilte herbei, um meinen Stuhl zurechtzurücken,

und im selben Moment schwang die Tür auf. Alexander trat ein und kam mit Riesenschritten auf mich zu; seinem Vater nickte er beiläufig zu, ohne mich auch nur einen Sekundenbruchteil aus den Augen zu lassen. Der Diener hinter mir wartete darauf, dass ich mich setzte, doch einen Augenblick lang war ich wie gelähmt. Ich nahm niemanden mehr wahr außer Alexander. Seine Miene sprach Bände. Ich gehörte ihm, und er erhob Besitzanspruch auf mich. Er brauchte kein Wort zu sagen; ich wusste genau, was er erwartete. Darum rührte ich mich nicht. Dann stand er vor mir, bedeutete dem Diener knapp, dass er nicht weiter benötigt wurde, und stellte sich hinter den Stuhl. »Clara.«

Mein Name auf seinen Lippen war pure Sinnlichkeit, doch ich konnte auch eine leise Verwirrung heraushören – offenbar fragte er sich immer noch, was ich vorhatte. Ich ließ mich auf den Stuhl sinken und ergab mich seinem Willen. Hastig nahm Alexander neben mir Platz, doch als ich ihn vorsichtig am Knie berührte, schlug er meine Hand weg.

»Freut mich, dass du die Gnade besitzt, dich doch noch hier blicken zu lassen«, donnerte Alexanders Vater.

»Seit wann bin hier unentbehrlich?«, gab Alexander zurück, ohne den Blick von mir zu nehmen. »Mit Verlaub, ich bin keine Gabel.«

Ich schluckte, da mir im selben Moment aufging, dass Alexanders Bedürfnis, seine Männlichkeit zu beweisen, nicht länger allein auf mich beschränkt war. Anscheinend hatte meine kleine Showeinlage erst recht seinen Kontrollzwang geweckt. Jetzt musste er offenbar allen beweisen, dass er die Kontrolle hatte – das roch nach Ärger.

König Albert zog eine säuerliche Miene. »Solltest du dein

Machogehabe genügend ausgelebt haben, würde ich jetzt gern mit dem Essen beginnen.«

»Ich ebenso«, erwiderte Alexander, und ich hörte die Worte, die er nicht aussprach: *Bringen wir's hinter uns, ich habe noch was anderes vor.*

Ich sah genau, was er wollte – am liebsten hätte er mich hier an Ort und Stelle genommen. Doch wenn Edward richtiglag, tat es seinem Bruder durchaus gut, ab und an mal das Wörtchen *nein* zu hören. Ich war mir nicht sicher, ob Alexander eine richtige Beziehung wollte; andererseits stand fest, dass er mich hierher gebracht und sich vor seinem Vater und allen anderen zu mir bekannt hatte. Das musste etwas zu bedeuten haben – Tatsache aber war auch, dass er keine Ahnung von Beziehungen hatte. Zugegeben, auch meine Erfahrung auf diesem Feld war reichlich begrenzt, doch in einer Hinsicht war ich mir ganz sicher: Ich musste Alexander – und allen anderen hier Anwesenden – beweisen, dass ich keine Spielchen tolerierte.

Ich richtete den Blick auf meinen Teller; plötzlich war ich froh, dass bereits ein gefülltes Weinglas vor mir stand. Als ich danach griff, sah ich, dass Edward mich amüsiert beobachtete. Wegen Alexanders dramatischen Auftritts hatte ich nicht bemerkt, dass Edward seinem Bruder direkt gegenübersaß. So hatte ich zumindest einen Verbündeten in Reichweite, insbesondere da Pepper mir bedrohlich nahe saß. Sie fixierte Alexander mit erwartungsvollem Blick, als wollte sie ihn verhexen, doch er ließ sich nicht von ihr ablenken.

Edward legte die Fingerspitzen zusammen. »Clara sieht fabelhaft aus, nicht wahr, Alex?«

»Ein bisschen overdressed fürs Dinner, meinst du nicht?«,

mischte sich Pepper sofort ein. Die anderen royalen Rotznasen um sie herum begannen wie auf Stichwort zu feixen. »Oder auch underdressed, je nachdem, wie man es betrachtet.«

»Eifersucht steht dir nicht.« Edward ignorierte den bösen Blick, den sie ihm zuwarf, griff nach dem Buttermesser und drehte es nachdenklich zwischen den Fingern. »Du bist ganz grün im Gesicht. Das passt nicht zu deinem Kleid.«

»Auf diesem Gebiet kennst du dich ja bestens aus«, sagte Pepper und sah mich wütend an. »Das Kleid habe ich bei Tamara's gesehen. Ich hätte nicht gedacht, dass du den Laden kennst. Ich dachte, sie hätte eine etwas exklusivere Kundschaft.«

»Wenn du dort einkaufst, kann er so wahnsinnig exklusiv ja nicht sein«, gab ich zurück, ohne mit der Wimper zu zucken.

Alexander runzelte die Stirn, als würde er unseren Disput erst jetzt mitbekommen.

»Ich werde mal mit ihr sprechen müssen«, sagte Pepper.

»Grüß sie von mir, wenn du sie siehst.« Ich hatte noch nie von Tamara gehört, geschweige denn sie kennengelernt. Das Kleid hatte Belle für mich ausgesucht, aber natürlich hatte ich es selbst bezahlt. Wie auch immer, eins stand fest: Am Montag würde ich in dieser Boutique aufkreuzen und alle Kleider kaufen, die sie in meiner Größe hatten. Ich würde Pepper nicht gewinnen lassen, und wenn es bloß ums Shoppen ging.

»Aber selbstverständlich.« Pepper lächelte zuckersüß, und ich lächelte ebenso verlogen zurück, während uns die Suppe serviert wurde – eine köstlich duftende Hummercremesuppe mit Croûtons. Obwohl ich einen Bärenhunger hatte, versuchte ich, mich zu zügeln, um die Etikette zu wahren. Auf der anderen Seite des Tischs schob Pepper ihren Suppenteller mit angewiderter Miene von sich. Trotz meiner Abneigung verspürte ich urplötzlich einen Anflug von Mitgefühl. Zwar gab es keinerlei Grund anzunehmen, dass Pepper dasselbe Problem hatte wie ich, doch es war ein Warnzeichen. Sie griff nach ihrem Wasserglas und lachte über irgendeinen Scherz, den Jonathan gemacht hatte. Ich behielt sie im Auge, während ich dezent meine Suppe löffelte, das Stimmengewirr um mich herum in den Ohren. Die Einzigen, die sich nicht unterhielten, waren Alexander und ich. Aber womöglich unterstellte ich Pepper auch nur etwas, weil ich mich von Alexanders Eiseskälte ablenken wollte. Womöglich mochte sie einfach keine Hummercremesuppe.

Ich aß noch ein paar Löffel, ehe ich meine Serviette neben mich auf den Tisch legte, um zu zeigen, dass ich fertig war. Wenn ich mich nicht in Acht nahm, war ich beim dritten Gang pappsatt. Als ich aufblickte, sah ich, dass Pepper mich abschätzig musterte; in ihren Augen stand pure Berechnung. Ich wandte mich zu Alexander, doch er war nach wie vor mit seiner Suppe beschäftigt.

»Es tut mir leid«, flüsterte ich.

»Was?«, erwiderte er steif.

»Du wirkst irgendwie sauer.«

»Wir müssen noch viel übereinander lernen, Clara«, sagte er in gedämpftem Ton. »Ich bin nicht sauer, sondern scharf auf dich. Ich glaube, ich kann mich nicht beherrschen, wenn du mich noch einmal berührst. Dann muss ich dir vor versammelter Mannschaft die Klamotten vom Leib reißen.«

Ich blinzelte ihn an, während mir ein Licht aufging. Wie hatte mir das entgehen können? Er musste seine Dominanz beweisen, und für Alexander bedeutete das Sex. Ein Stein fiel mir vom Herzen. Er war gar nicht wütend, sondern scharf auf mich. Weil ich heiß aussah. Weil ich ihn an den Rand des Wahnsinns trieb.

»Dann mach doch.« Wieder einmal gelang es mir nicht, mich zurückzuhalten. Ich wollte das köstliche Zucken zwischen meinen Schenkeln spüren, wohl wissend, dass meine Begierde noch ein, zwei Stunden lang unerfüllt bleiben, dann aber, sobald wir allein waren, nach allen Regeln der Kunst entfesselt werden würde.

»Lass es nicht darauf ankommen, Clara. Ein Mann kann sich nicht ewig bezähmen.« Seine Lippen zuckten, und ich konnte sehen, was er sich gerade ausmalte: wie allen die Augen aus dem Kopf fallen würden, wenn er mich auf den Tisch warf – zerbrechende Gläser, klirrendes Besteck – und seinen harten, heißen Schwanz in mich schob. Allein der Gedanke daran ließ mich unruhig herumrutschen. Alexander bekam es natürlich mit und lächelte noch breiter. »Bald, Süße.«

Mein ganzer Körper zitterte erwartungsvoll bei dem Gedanken daran. Ich konnte mich kaum auf den nächsten Gang konzentrieren und stocherte nur in meinem Salat herum, während ich immer wieder Alexanders Blick auf mir spürte. Als der dritte Gang serviert wurde – eine rosa gebratene Lammkeule –, bedachte mich Alexander mit einem anzüglichen Grinsen.

»Lass es dir schmecken, Clara«, murmelte er. »Du hast eine lange, anstrengende Nacht vor dir.«

Ich schloss die Augen, schwelgte in seinen Worten. Das

Wasser lief mir im Mund zusammen, aber das lag nicht am himmlischen Duft der Lammkeule. Alexander war ein wahrer Meister darin, mir den Mund wässrig zu machen.

»Ich hoffe, das ist keine Attacke«, riss mich Pepper aus meinen Gedanken.

Sie taxierte mich mit einem schamlosen Lächeln, und ihre Augen glitzerten vor Bosheit. Ich nahm einen Bissen von meiner Keule, kaute gelassen und zog ein *Oh-Gott-ja*-Gesicht, als ich schluckte. Pepper quittierte meine orgastische Performance mit einem angeekelten Seufzer.

»Ich war so überrascht, als ich von deinem kleinen Problem erfuhr«, sagte sie laut genug, dass es jeder am Tisch hören konnte. Es war wie ein Schlag in die Magengrube, doch ich musterte sie ungerührt. »Frauen mit Essstörungen sind normalerweise doch ein wenig dünner.«

Mit offenem Mund starrte ich sie an – so etwas Abscheuliches von sich zu geben, war der Gipfel der Kaltschnäuzigkeit, noch dazu vor allen Anwesenden. Jetzt hatte sie ihre Aufmerksamkeit. Dass Amelia und Priscilla wie die Hühner gackerten, überraschte mich nicht sonderlich. Der König schwieg, doch seine Mutter tupfte sich den Mund mit ihrer Serviette ab, eine Geste, die nur allzu deutlich ihren Abscheu ausdrückte. Doch wem galt ihre Missbilligung? Derjenigen, die sie verdient hatte, oder mir?

Edward legte sein Besteck aus der Hand. »Vorsicht, Pepper. Das Scheusal in dir hebt sein Schlangenhaupt.«

»Edward«, wies ihn sein Vater zurecht.

»Ach, du bist ja gar nicht taub«, gab Edward zurück und warf dem König einen scharfen Blick zu. »Du tust bloß so, als würdest du nicht merken, was sich vor deiner Nase abspielt.«

»Davon profitierst du doch die ganze Zeit«, warf Pepper vernichtend ein, und Edward verstummte.

Mir lag alles Mögliche auf der Zunge, allerdings konnte ich mich nicht entscheiden. Ich hatte erwartet, sie würde sich weiter auf mich einschießen, und fasste es nicht, dass sie jetzt auch noch Edward zum Ziel ihrer herzlosen Angriffe auserkoren hatte. Sie kannte kein Pardon – wusste sie etwa nicht, dass sie ihn mit ihrem gehässigen Geschwätz vor allen geladenen Gästen bloßstellte? Meine Hände zitterten vor Zorn, während ich beobachtete, wie Edward ihrem Blick auswich. Wenn jemand nicht an diesen Tisch gehörte, dann Pepper.

Schweigen senkte sich über die Tafel, und schließlich wagte ich es, den Blick auf Alexander zu richten, der immer noch kein Wort von sich gegeben hatte. Und als ich sein Gesicht sah, wusste ich auch, warum er nicht eingeschritten war. Die Ader an seinem Hals pulsierte, seine Zähne waren zusammengebissen, die Lippen nur noch ein dünner Strich, und seine Knöchel waren weiß verfärbt, so fest umklammerte er sein Besteck. Er gab sich alle Mühe, nicht die Kontrolle über sich zu verlieren – und ich war alles andere als sicher, ob ich dabei sein wollte, wenn ihm das misslang.

Pepper hingegen schien er keinerlei Kopfzerbrechen zu bereiten.

»Vielleicht solltest du deine sogenannte *Freundin*«, sie spie das Wort regelrecht aus und ließ keinen Zweifel daran, was sie davon hielt, mich so zu titulieren, »gelegentlich zu einer Therapie schicken, bevor noch mehr Schmierblätter über ihre Essstörung berichten.«

Ich hatte den Schock inzwischen verdaut und hielt mich nun nicht mehr zurück. »Pepper, wie ich bemerkt habe, hast du weder die Suppe noch den Salat noch die Lammkeule angerührt. Nur dein Weinglas hat es bisher an deine Lippen geschafft. Wenn ich mit dem Essen fertig bin, suche ich dir gern die Adresse meines Arztes heraus.«

Edward unterdrückte ein Grinsen, doch der König warf ungehalten seine Serviette auf den Tisch. »So, jetzt ist aber Schluss ...«

»Ach, auf einmal?«, sagte Alexander mit so eisiger Stimme, dass sich mir die Nackenhaare aufstellten. »Als Clara verleumdet wurde, hast du nichts gesagt.«

»Wie melodramatisch«, sagte Pepper, doch ich sah genau, wie sie nervös schluckte.

»Du bist hier als Gast unserer Familie«, rief Alexander ihr in Erinnerung, »wegen Sarah. Ich ziehe deine Einladung hiermit zurück. Ich möchte, dass du gehst.«

Pepper starrte ihn mit untertassengroßen Augen an, während am ganzen Tisch aufgebrachtes Raunen aufkam.

»Das hier ist immer noch mein Haus!« König Albert schlug mit der Faust auf den Tisch.

»Und du wirst doch sicher damit einverstanden sein, eine Schönwetterbekannte auf Wunsch deines Sohns von dieser Tafel zu entfernen.« Alexanders Lautstärke stand der seines Vaters in nichts nach. »Es sei denn, du hättest Pepper *höchstpersönlich* eingeladen.«

Seine Andeutung war sonnenklar, und ich sah, wie die Nasenflügel seines Vaters bebten. Pepper und der König? Nein, das konnte nicht wahr sein – obwohl es zweifellos einiges erklärt hätte.

König Albert sah Alexander an und nickte knapp, ehe er sich abrupt erhob und den Speisesaal verließ. Das aufgesetzte

Lächeln war komplett aus Peppers Gesicht gewichen. Als sie sich auf die Beine kämpfte, blickte sie ihre Freundinnen an – ganz offensichtlich in der Erwartung, dass diese mit ihr zusammen den Raum verließen.

»Pris?«, fragte sie mit flehentlichem Blick.

Priscilla öffnete den Mund, lächelte dann aber nur entschuldigend. Pepper reckte das Kinn, schoss noch einen vernichtenden Blick in meine Richtung und marschierte wortlos zur Tür.

»Iss auf«, sagte Alexander leise.

Ich schluckte und starrte auf meinen Teller. Plötzlich war mir der Appetit vergangen, und den anderen am Tisch schien es wie mir zu gehen. Alle blickten betreten auf ihre Teller, und niemand sagte etwas. Anscheinend hatte es allen die Sprache verschlagen.

»*Mach schon*«, zischte er mich an, wenn auch so leise, dass nur ich es hören konnte.

Ich nahm einen Bissen und dann noch einen, doch ich schmeckte nichts mehr. Ja, Pepper war verschwunden, aber ich spürte, wie ich beobachtet wurde, auch wenn sich aller Blicke senkten, sobald ich den Kopf hob. Jeder Bissen wurde zu einem Akt des Widerstands. Ich würde ihnen zeigen, dass sie sich ein völlig falsches Urteil über mich gebildet hatten. Aber es bereitete mir kein Vergnügen, ich fühlte mich nur hohl und leer. Zum tausendsten Mal wünschte ich, niemals hierhergekommen zu sein.

Als ich mit dem Essen fertig war, stand ich auf und nickte der Königinmutter zu. »Das war ein köstliches und höchst aufschlussreiches Mahl. Wenn Sie mich jetzt bitte entschuldigen würden.«

Ich eilte aus dem Speisezimmer. In meiner Hast rannte ich einfach durch die nächstgelegene Tür, durch die die Bediensteten mit dem Essen gekommen waren. Ich lief so schnell, dass ich beinahe einen Diener umgerannt hätte, der mir mit einem großen Tablett voller Desserts entgegenkam. Ich murmelte eine Entschuldigung und hastete weiter.

Ich muss hier raus.

Das war mein einziger Gedanke, während ich mich durch die Küche kämpfte und dabei diverse Köche anrempelte, die mir verdutzt hinterhersahen, bis ich schließlich die Tür aufstieß, die aus der Küche nach draußen führte. Die Sonne war fast untergegangen, erhellte nur noch einen schmalen Streifen Himmel am Horizont. Ich sog die kühle Abendluft tief in meine Lunge und versuchte, mich zu beruhigen. Mein Blick schweifte über das majestätische Herrenhaus, und ich fragte mich, warum ich dort trotz der großen, luftigen Räume fast erstickte, als würden mich die Wände nicht nur umschließen, sondern mich langsam und völlig lautlos erdrücken.

Die Hintertür schwang auf, und Alexander kam auf mich zu. Wortlos ergriff er meine Hand und zog mich hinter sich her. Als wir außer Sichtweite der Küchenfenster waren, riss er mich heftig an sich.

»Alexa...«

Er legte einen Finger auf meine Lippen und erstickte meinen Protest. »Ich werde mich nicht für sie entschuldigen, Clara. Ich werde kein einziges Wort auf sie verschwenden.«

»Ich hätte durchaus ein paar passende Worte parat«, sagte ich, doch das Beben in meiner Stimme verriet nur allzu deutlich, wie sehr Pepper mich getroffen hatte.

»Süße.« Sanft nahm er mein Gesicht in seine Hände und

näherte sich mit dem Mund meinen Lippen, so langsam, dass die Luft um uns herum zu knistern schien. In der nächsten Sekunde explodierte alles um mich herum, als sich unsere Zungen in wilder Leidenschaft begegneten. Alexanders Botschaft war unmissverständlich – er eroberte mich mit dem Mund, seine Zunge unterwarf sich die meine. Ich gehörte ihm. Bei jedem anderen Mann hätte mich das geängstigt, doch bei ihm fühlte ich mich ganz und gar frei. Mein Leben lang hatte ich mich selbst wie in einem Zerrspiegel gesehen, doch Alexanders Besitzanspruch hatte mir die Augen geöffnet, erlaubte es mir, mich so zu sehen, wie er mich sah.

Ich war Wachs in seinen Händen, wusste, dass ich höchste Lust erfahren würde, wenn ich mich ihm nur bedingungslos hingab. Alexander löste sich aus unserem Kuss, trat zurück, und ich schwankte, hätte ohne seinen Halt das Gleichgewicht verloren. Lächelnd ergriff er meine Hand und führte sie an die feste Wölbung in seinem Schritt. »Das machst du mit mir.«

Ich wollte seinen Gürtel öffnen, doch er hielt mich zurück.

»Nein, Clara. Erst wenn ich es sage. Und jetzt dreh dich um.«

Ich errötete, und mir wurde heiß zwischen den Beinen, während ich mir vorstellte, wie er mich hier an Ort und Stelle nehmen würde. Ich gehorchte, und Alexander lenkte mich zu einer Steinbalustrade, die sich um die Veranda zog. Sanft stieß er mich dagegen und beugte mich nach vorn über die Balustrade. Ich blickte in Richtung des Hauses, alle Fenster dieses Gebäudeteils waren dunkel.

»Als ich dich auf dem Korridor gesehen habe«, flüsterte er mir von hinten ins Ohr, »dachte ich erst, du hättest keinen Rock an.«

Ich kicherte nervös. »Mir gefällt das Kleid.«

»Oh, mir auch«, sagte er. »Und wie.«

Im selben Moment spürte ich seine Hand zwischen meinen Schenkeln.

»Es hat mir überhaupt nicht gefallen, beim Dinner neben dir zu sitzen, so nah an dem«, seine Finger berührten meine Scham durch das Höschen, »was mir gehört. Ich lasse mich nicht gern auf die Folter spannen.«

»Manche nennen es auch Vorfreude«, brachte ich mühsam hervor.

»Ja, das ist es, was ich im Sinn hatte, Süße.« Seine Finger wanderten unter die feine Spitze und umspielten meine Schamlippen. »Möchtest du das Höschen für mich ausziehen?«

Ich seufzte, als seine langen, starken Finger in meine Spalte glitten. »Habe ich denn eine Wahl?«

»Irgendwo habe ich gehört, dass die Ressourcen auf unserer Erde zu Ende gehen«, sagte er grinsend. »Und dass ich ein paar Höschen aufsparen sollte.«

»Wie vorausschauend von dir.« Ich schob meine Daumen in den Bund des Slips, zog ihn herunter und wand mich heraus.

»Ich glaube, dir wird gefallen, was ich mit dir vorhabe.« Alexander bückte sich und streifte das Höschen von meinen Füßen, ehe er es zusammenknüllte und ohne Vorwarnung in meinen Mund stopfte. »Die Küche liegt gleich um die Ecke, und ich möchte dein Stöhnen ganz allein genießen.«

Ich gab ein ersticktes Wimmern von mir, während mir mein eigener Duft in die Nase stieg.

»Ich bin tatsächlich eifersüchtig, Süße«, sagte er, während

er mir zärtlich über die Kehle strich. »Ich wette, du kannst jetzt deine süße kleine Muschi schmecken, dabei wollte ich das schon den ganzen Abend. Ich befürchte, das kann ich mir nicht bieten lassen.«

Er drückte mich noch ein Stück weiter über die Brüstung, bis ich den Boden nur noch mit den Zehenspitzen berührte, streifte den Rock über meinen Hintern und spreizte mir die Beine. Er hielt mich an der Schulter fest, während er mit der anderen Hand meinen Hintern massierte; dann glitt ein Finger zwischen meine Pobacken und öffnete sie für seinen gierigen Blick. Ich gab schwache Protestlaute von mir, wimmerte in meinen Knebel, als er mit dem Daumen zielstrebig meinen Anus zu umkreisen begann.

»Entspann dich, Clara«, befahl Alexander. »Du gehörst mir, Süße, und ich will dich ganz.«

Ich schloss die Augen und spürte, wie er den Daumen in den verbotenen Eingang schob. So etwas hatte ich nie gewollt, doch ich war ganz und gar machtlos, musste ihn gewähren lassen. Ich musste mich ihm mit jeder Faser meines Körpers schenken, ihm völlig vertrauen, auch wenn ich ein bisschen Angst hatte – doch gleichzeitig durchlief mich ein Schauder nach dem anderen, während er den Daumen langsam und vorsichtig in mir bewegte.

»Ich will deinen Arsch ficken, Clara«, sagte er in einem Tonfall, der keinen Widerspruch duldete. »Er gehört mir, und ich werde ihn mir nehmen, wann ich es will.«

Er massierte mich weiter, nun mit noch mehr Nachdruck, und ich stöhnte laut in meinem Knebel.

»Aber nicht heute«, fuhr er fort, während ich ein verzweifeltes Keuchen von mir gab. »Dafür bist du noch nicht bereit, Süße.

Aber du kannst mir mein Verlangen nicht vorwerfen, nachdem du mich den ganzen Abend in diesem unglaublichen Kleid verrückt gemacht hast. Sie haben Angst vor dir, verstehst du? Du bist so anders, so selbstbewusst. Du hast sie genauso aus dem Konzept gebracht wie mich.«

Er hielt nicht eine Sekunde inne, sein Daumen penetrierte mich weiter, bis die ersten Wellen durch meinen Unterleib brandeten und ich mich Halt suchend an die Brüstung klammerte. Dann spürte ich, wie er zwei Finger in meine Spalte schob, den Druck erhöhte und mich ganz ausfüllte, mich dehnte, bis ich am liebsten laut aufgeheult hätte. Langsam und genüsslich fickte er mich mit seinen Fingern vorne und hinten, bis sich meiner Kehle ein heftiger Schrei entrang, der von dem feinen Stoff in meinem Mund sofort erstickt wurde.

»Mir gefällt dein kleiner Schrei. Er klingt so hilflos, als würdest du darum betteln, dass ich dich rette. Willst du kommen?« Der raue Ton seiner Stimme verursachte mir eine Gänsehaut.

Ich nickte. Die Welt um mich herum verschwamm in einem Strudel aus Licht und Dunkelheit. Ich war Gefangene meiner eigenen Lust, die auf mich zurollte wie ein gewaltiger, am Horizont tosender Sturm. Doch so bereit ich auch war, ich hielt mich mit aller Macht zurück, wollte den Moment auskosten, so lange es ging.

Ein enttäuschtes Keuchen drang aus meiner Kehle, als Alexander seine Finger aus mir zog; ich zitterte vor Begierde. Doch er ging in die Knie, und nur einen Augenblick später spürte ich seine Zunge, die quälend langsam an meinen Schamlippen entlangglitt und dann flink und fordernd zu meiner pochenden Klitoris vordrang. Ohne Vorwarnung steckte er wieder seinen Daumen in meinen Hintern, und ich konnte mich nicht länger halten. Der Orgasmus riss mich fort, schickte eine krampfartige Welle nach der anderen durch meinen Körper. Es war zu viel. Es war alles.

Doch Alexander machte weiter, selbst als ich die Schenkel um seinen Kopf krampfte und ihn durch den Knebel hindurch anflehte aufzuhören, um Gottes willen aufzuhören, obwohl ich gleichzeitig wünschte, seine himmlische Zunge bis in alle Ewigkeit zu spüren.

Schließlich ließ er von mir ab, stand auf und drängte sich sofort wieder an mich. »Ich will in dir sein.« Er nahm mir das Höschen aus dem Mund. »Bitte mich darum.«

Meine Beine zitterten, und mein zartes, geschwollenes Geschlecht zuckte. Ich war am Ende – zu wund, zu müde, um noch länger stehen zu können.

»Ich ... ich kann nicht mehr«, brachte ich mühsam hervor.

»Falsche Antwort«, keuchte er in mein Ohr, und im selben Moment hörte ich, wie er den Reißverschluss herunterzog.

»Es ist zu viel«, wimmerte ich.

»Süße«, raunte er mir beruhigend ins Ohr, während er seinen Schwanz zwischen meine Beine drängte. Er wartete, verharrte vor meiner Spalte. Ich biss mir auf die Unterlippe und versuchte, den Impuls zu unterdrücken, mich für ihn zu öffnen. Er strich mit der Eichel über meine Schamlippen. Ich versuchte, mir einzureden, dass ich immer noch Nein sagen konnte. Obwohl ich in mir spürte, wie unter seinen Berührungen aus Überforderung Erregung wurde.

Alexander presste seine Lippen auf meine Schulter, während er mit seinem Schwanz sanft meine Knospe umschmeichelte. Ich ließ den Kopf in den Nacken fallen, verlor mich ganz in seinen Liebkosungen, und als ich die Augen wieder öffnete, sah ich sie.

Pepper schien zur Salzsäule erstarrt zu sein. Sie stand in einer offenen Balkontür und beobachtete uns. Unsere Blicke trafen sich, und ich gestattete mir ein triumphierendes Lächeln. Ihre Miene blieb eisig, aber ich wusste, dass sie weiter wie das Kaninchen auf die Schlange starren würde. Ich schloss die Augen und verlor mich wieder an Alexander. Er war mein, und diesmal würde sie es mit eigenen Augen sehen können.

»Ich muss dich haben, X«, murmelte ich. »Ich will deine Haut spüren.«

Er hörte auf, mich mit dem Schwanz zu liebkosen, verharrte aber an meiner Spalte. Ich hörte, wie er die Knöpfe seines Hemds öffnete, und einen Augenblick später schlang er einen Arm um mich. Ich lehnte mich zurück an seine nackte Brust, und durch den dünnen Stoff meines Oberteils spürte ich die Wärme, die von seinem Körper ausging.

»Ich will deinen Schwanz. Ich will, dass du mich ausfüllst«, sagte ich laut, reckte mich ihm entgegen, und im selben Augenblick nahm er mich – mit solcher Macht, dass ich aufkeuchte.

Alexanders Hand glitt zu meinen Brüsten, reizte und liebkoste sie durch das Kleid hindurch, bis sich meine Nippel aufrichteten und mir wilde Seufzer entwichen. Ich spürte Peppers Blick, doch es war mir egal. Ich wollte nur noch eins sein mit Alexander, ganz mit ihm verschmelzen. In diesem Moment gehörte ich ihm, und ich wusste mit Gewissheit: Wenn es um seine Lust ging, würde es für mich nie eine andere Antwort geben als Ja.

»Ich werde in deiner wunderschönen Muschi kommen.« Ein kehliges Ächzen unterstrich seine Worte, und mein Inneres schloss sich fest um seinen harten Schwanz. »Oh Gott, du melkst mich ja. Du willst mich in dir haben, nicht wahr? Du willst, dass ich in deiner Muschi komme, weil du weißt, dass sie mir gehört.«

»Ich gehöre dir«, keuchte ich, jeder Muskel in mir zitterte vor Erregung.

»Ich gehöre dir«, wiederholte er. Seine Worte fluteten wie eine gewaltige Welle durch mich hindurch, und ein schwacher Schrei drang aus meinem Mund, als ich seinen heißen Samen in mir spürte. Ich explodierte in Millionen kleine Teile, die auf mich herabregneten und mich mit einem unglaublichen Gefühl der Lust und Erfüllung überfluteten.

Meine Beine zitterten, und um ein Haar hätten sie unter mir nachgegeben. Alexander hielt mich, hob mich auf seine Arme und wiegte mich an seiner nackten Brust, während er mich ins Haus zurücktrug. Ich versuchte, noch einen Blick auf unseren ungebetenen Gast zu erhaschen, doch Pepper war verschwunden.

Sie hatte die Botschaft verstanden.

Ich seufzte erleichtert, kuschelte mich an Alexander und atmete tief seinen männlichen Duft ein. Ich gehörte ihm – aber *er gehörte mir*.

27

Das Zimmer war spartanisch eingerichtet, an der Wand befanden sich nur ein paar Bücherregale, auf dem Schreibtisch standen ein paar gerahmte Bilder. Ich versuchte, nicht auf die Fotos zu starren, die Alexander mit seiner Mutter und seiner Schwester zeigten. Alexander bemerkte, wie ich eines der Porträts ansah.

»Sie war wunderschön«, murmelte ich, während ich das Foto betrachtete, das Sarah auf einem Pferd zeigte.

Er nickte steif. »Sie liebte das Reiten.«

»Was ist passiert?«, fragte ich leise. Die Mauer des Schweigens, die immer noch zwischen uns stand – wir mussten sie endlich niederreißen.

»Ich wünschte, ich wüsste es, Clara.« Das kam aus tiefster Seele, und die Verzweiflung in seiner Stimme tat mir weh. Die Schuldgefühle hatten ihn gebrochen, doch wenn er ihnen ins Auge sah, würden seine Wunden vielleicht endlich heilen. »Ich kann mich nur bruchstückhaft erinnern. Das ist auch der Grund, warum ich Pepper immer wieder eingeladen habe.«

Ich bemerkte das Zögern in seiner Stimme und lächelte ermutigend. Sosehr ich Pepper auch hasste – ich wäre mir nicht zu schade gewesen, mich an sie zu wenden, wenn sie irgendwie helfen konnte, das fatale Ereignis zu rekonstruieren.

»Ich war in einer Bar, ich hatte getrunken. Plötzlich tauchte meine Schwester auf. Sie war minderjährig, und ich schrie sie an, was sie in einer Bar zu suchen hätte.« Ich sah, wie sehr ihm die Erinnerungen zusetzten, und legte ihm vorsichtig die Hand auf die Schulter. »Dann sind wir gegangen. An alles andere kann ich mich kaum erinnern. Und ich will dich damit auch nicht belasten.«

»Vergiss es, X. Keine Geheimnisse, okay?«

»Ich erinnere mich an ihr Blut an meinen Fingern. Sie fühlte sich an wie eine schlaffe Puppe. Die Hitze versengte meine Haut, aber ich konnte sie doch nicht im Stich lassen.« Sein Blick schien weit in die Ferne zu schweifen, zurück in die Vergangenheit. »Ich war derart in Panik, dass ich nicht mal merkte, wie schwer verletzt ich war. Bei dem Aufprall war ich aufgespießt worden – in mir steckte ein Stück Metall, aber ich hätte sie niemals allein gelassen, und so saßen wir beide in den Flammen wie auf einem Scheiterhaufen.«

Ich schluckte ein Schluchzen hinunter und nickte, versuchte, stark für ihn zu bleiben, so furchtbar die Bilder vor meinem inneren Auge auch waren. »Und Pepper?«

»Sie war aus dem Wagen geschleudert worden und lag mit gebrochenen Knochen auf der Straße. Wenn sie sich an mehr erinnern kann, hat sie jedenfalls nie ein Wort darüber gesagt.«

»Es muss grauenhaft gewesen sein, X.« Ich strich ihm eine rabenschwarze Strähne aus der Stirn. »Aber trotzdem war es nicht deine Schuld.«

»Warum siehst du nicht das Ungeheuer in mir?«, fragte er. »So wie alle anderen?«

»Die anderen können dich nicht so sehen wie ich.« Ich sprach leise, musste meinen ganzen Mut zusammennehmen. »Sie lieben dich nicht so, wie ich dich ...«

»Entschuldige«, unterbrach Alexander mein Geständnis. »Ich brauche nur einen Moment.« Er betrat das Badezimmer und schloss die Tür hinter sich.

Du hast ihn verjagt, meldete sich meine innere Stimme, doch ich verdrängte den Gedanken sofort wieder. Wenn Alexander ein paar Sekunden für sich brauchte, kein Problem.

Ich lief ihm nicht hinterher, ich musste das Ganze selbst erst einmal verdauen. Die Fakten des Unfalls waren allgemein bekannt. Aber warum konnte er sich an nichts erinnern?

Ein Klopfen an der Tür riss mich aus meinen Gedanken. Ich runzelte die Stirn, öffnete dann aber. Vor mir stand Alexanders Vater. Er hob eine Augenbraue, als er mich sah.

Ich nickte ihm zu, während er ins Zimmer trat. Er verharrte vor dem Schreibtisch und nahm ein Foto in die Hand, auf dem seine Frau und seine junge Tochter zu sehen waren. Ich rückte etwas näher, um das Foto besser betrachten zu können. Elisabetas klassische griechische Schönheit war nicht zu übersehen; ihr dunkles, gelocktes Haar fiel über ihre Schultern, und in den Armen hielt sie die kleine Sarah – eine Miniaturausgabe ihrer Mutter mit Zöpfen und süßen Grübchen. Das Foto wirkte so lebensecht, dass es mir einen Moment lang vorkam, als hätte ich sie persönlich gekannt.

Und in gewisser Weise hatte ich sie ja auch kennengelernt. Durch Alexander – sie lebten in seiner Erinnerung, und ich hoffte, dass er eines Tages seinen Frieden mit der Vergangenheit machen würde. Und genau deshalb war es so wichtig, dass ich ihm half, die Antworten auf seine Fragen zu finden.

»Elisabeta war die perfekte Frau für einen König.« Alberts Daumen glitt über den blank polierten Rahmen des Fotos. »Sie war bescheiden, loyal und vor allem: *ehrerbietig*.«

Ich presste die Lippen fest aufeinander, um nichts Falsches zu sagen. Ich hatte gesehen, wie der König mit seinen Söhnen umsprang, und konnte nur mutmaßen, wie er mit seiner Frau umgegangen war. Hatte sie sich ihm gefügt, um den Frieden zu wahren? Oder war sie dazu erzogen worden, sich ihrem Mann bedingungslos unterzuordnen?

»Viele Leute glauben, unsere Ehe wäre arrangiert gewesen«, fuhr er fort. »Aber das stimmt nicht. Ihre Familie suchte hier Asyl, nachdem die Griechen ihre Königsfamilie aus dem Land gejagt hatten. Sie wurde mir auf einem Ball vorgestellt, und ich habe mich Hals über Kopf in sie verliebt.«

Ich hatte keine Ahnung, warum er mir das anvertraute, nickte aber.

»Meine Frau ist unter Aristokraten aufgewachsen. Sie wusste, was von ihr erwartet wurde. Sie kannte ihre Rolle.« Er stellte das Foto auf den Schreibtisch zurück und sah mir in die Augen. »Verstehen Sie, worauf ich hinauswill?«

»Ihre Frau war dazu bestimmt, eine Königin zu werden«, sagte ich leise, unfähig, den Rest seiner Botschaft über die Lippen zu bringen. *Und ich nicht.*

»Ich hoffe, Sie nehmen das nicht persönlich, Miss Bishop. Ich würde sogar einer Beziehung zwischen Ihnen und Edward meinen Segen geben, aber es ist meine Pflicht, die Interessen des Königshauses zu wahren.« Seine Worte waren nüchtern, sachlich und klar, doch sie trafen mich bis ins Mark. Ich musste schwer schlucken und mich zusammenreißen, um mir meinen Schmerz nicht anmerken zu lassen.

»Ich bin nicht Edwards Typ«, erwiderte ich, und die Kälte meiner Worte fuhr mir geradewegs in die Glieder. Ich schlang die Arme um mich, während ich sehnsüchtig wünschte, dass Alexander zurückkommen würde.

»Genau darum geht es.« Er nickte. »Die Königsfamilie muss den äußeren Schein wahren, wenn sie nicht untergehen will. Stellen Sie sich das Ganze so vor: Edward spannt Sie seinem älteren Bruder aus. Alexander heiratet standesgemäß, und was hinter verschlossenen Türen geschieht, ist Ihre Privatsache.«

»Sie schlagen mir vor, Ihren jüngeren Sohn zu heiraten, damit ich die Geliebte seines Bruders sein kann?« Ich sprach die Frage laut aus, weil ich dachte, das Ansinnen des Königs so vielleicht besser verstehen zu können, doch stattdessen war ich verwirrter als zuvor.

»Als Mitglied der Königsfamilie muss man Opfer bringen«, fuhr er fort.

Um ein Haar hätte ich gelacht. »Was hat Lügen und Betrügen und Vertuschen mit Opfer bringen zu tun?«

»Ich rede davon, sein Glück zu opfern, egoistische Wünsche hintanzustellen. Alexander glaubt heute, dass er Sie will, aber wenn er auf seinen Titel verzichtet – sein Geburtsrecht –, meinen Sie wirklich, dass er Ihnen in zehn Jahren dafür danken wird?« Der König nahm eine Strähne meines Haars zwischen zwei Finger und ließ sie wieder los. »Wohl kaum. Und was ist mit Ihnen? Wie werden Ihre Gefühle in zehn Jahren aussehen? Was aber, wenn Sie Ihre heutige Vorstellung vom Glück opfern und sich arrangieren würden? Dann hätten Sie in zehn Jahren, wenn er das Interesse an Ihnen verloren hat, einen Titel und ein Leben, von dem die meisten Menschen nur träumen können.«

»Sie glauben doch hoffentlich nicht im Ernst, ich würde so etwas auch nur eine Sekunde in Betracht ziehen.« Mir war so kalt, dass ich spürte, wie ich zu zittern begann. Wie konnte er mich für derart berechnend halten? Und wie kam er auf die Idee, es gäbe für mich irgendetwas anderes als Alexander?

Er schwieg lange, musterte mich mit müden Augen. »Ihnen ist sicher klar, dass Alexander gewisse Erwartungen zu erfüllen hat.«

»Das haben Sie bereits mehr als deutlich durchblicken lassen.« Ich gab mir keine Mühe, den Sarkasmus in meiner Stimme zu verhehlen.

»Im Hinblick auf *seine künftige Ehe*.«

Seine beiläufige Ergänzung traf mich wie ein Schlag ins Gesicht. Ich war so perplex, dass ich um Worte rang. »Sie meinen ...«

»Von Alexander wird erwartet, dass er jemanden aus unseren Kreisen heiratet. Wen er heiraten wird, wurde bereits festgelegt, als er noch ein Kind war. Er spricht nur selten darüber, aber er weiß es ganz genau.«

Genauso gut hätte er mir einen Dolch ins Herz stoßen können. Meine Knie wurden weich, doch ich riss mich mit aller Macht zusammen. Alexanders Vater glaubte, mich besiegen zu können, indem er das schwerste Geschütz auffuhr, das ihm zur Verfügung stand. Aber so leicht gab ich mich nicht geschlagen.

»Sie sind nichts weiter als sein Spielzeug.« Der König klopfte ein paar unsichtbare Stäubchen von seinem Jackett. »Und wenn er genug von Ihnen hat, sucht er sich ein neues. Sie werden niemals zu unserer Familie gehören.«

»Ist Ihnen jemals der Gedanke gekommen, dass ich nicht

an einer Heirat interessiert bin?« Ich hoffte, dass er das Beben in meiner Stimme nicht mitbekam. »Oder an einem Platz in Ihrer Familie?«

Er gab ein trockenes Lachen von sich. »Alle Frauen wollen geheiratet werden, sei es ihnen nun bewusst oder nicht.«

Kein Wunder, dass er derart schwachsinnige Vorstellungen von der Ehe hatte. Er betrachtete Frauen nicht mal als selbstständige Menschen. Ich wandte mich ab, seine Worte trieben mich mit jeder Sekunde nur noch mehr auf die Palme.

Alexander stand im Türrahmen des Badezimmers. Anscheinend lauschte er unserer Unterhaltung schon seit einiger Zeit; er wirkte ruhig, doch als ich zu ihm treten wollte, flackerte eine Warnung in seinen Augen auf.

»Ach, du hast deine Taktik geändert«, richtete er das Wort an seinen Vater. »Nachdem du mich mit deinen Drohungen nicht einschüchtern konntest.«

»Wir wissen doch beide, wie das Ganze ausgeht«, gab König Albert ungerührt zurück. »Zugegeben, die Kleine ist ganz hübsch, aber du meinst es doch sowieso nicht ernst mit ihr. Warum also ihren Ruf noch weiter schädigen?«

Jetzt hatte er seine Maske endgültig fallen lassen und strahlte dieselbe gnadenlose Unbarmherzigkeit aus wie sein Sohn, auch wenn sich in König Alberts Gesicht darüber hinaus Enttäuschung und Kaltherzigkeit spiegelten. Von dem Foto hinter ihm lächelte seine Frau zu ihm auf. Hatte sie in ihrer grenzenlosen Liebe über seine Rücksichtslosigkeit hinweggesehen? Sie einfach nicht bemerkt?

Oder hatte erst ihr Verlust ihn in diesen Unmenschen verwandelt?

»Du weißt, was von dir erwartet wird«, fuhr der König fort.

»Ich habe dir seit deiner Rückkehr zu viele Freiheiten gelassen. Jetzt wird es Zeit, dass du deinen Platz in dieser Familie einnimmst.«

»Ich weiß«, erwiderte Alexander steif.

Ich konnte es einfach nicht glauben, fassungslos starrte ich Alexander an. Sein Gesicht war eine Maske aus Resignation, und seine Augen hatten sich in eisig blaue Kristalle verwandelt. Ihr Feuer war erloschen; anstelle der Glut war etwas Kaltes getreten, eine undurchdringliche Härte. Mir stockte der Atem, während er nur starr aus dem Fenster blickte. Ich fühlte mich wie gelähmt.

Es war, als würde ein Fremder vor mir stehen. Offensichtlich hatte ich keine Ahnung von Alexander, kannte ihn kein bisschen – die Erkenntnis traf mich wie ein Schlag, und gleichzeitig fühlte ich mich, als würde mein Herz in tausend Stücke zerspringen. All die Gefühle, die uns seit jenem Abend im Brimstone miteinander verbunden hatten, nahm ich nur noch als schwaches Echo wahr, wie die Signale einer Black Box auf dem Meeresgrund; es war, als würde ich nach ihr tauchen, sie mir aber immer weiter entgleiten, in einen schwarzen Abgrund aus Zorn und Traurigkeit, der auch mich mit in die Tiefe zu ziehen drohte.

Ein unermesslicher Druck lag auf meiner Brust, und ich spürte, wie mir die Tränen kamen. Er hatte mich gewarnt, dass mit ihm keine Beziehung möglich war, weil er wusste, dass er andere Verpflichtungen hatte. Ja, er hatte mir Lust versprochen und dieses Versprechen auch gehalten, doch sein Angebot hatte von Anfang an ein Verfallsdatum gehabt. Und ich hatte das irgendwann vergessen und einen unverzeihlichen Fehler gemacht: Ich hatte mich in ihn verliebt.

Wie konnte ich nur so dumm sein? Und auch noch glauben, dass es ihm genauso ergangen war.

»Ich denke, ich lasse euch beide jetzt besser allein«, brach der König das Schweigen. »Gute Nacht.«

Als er die Tür hinter sich schloss, griff ich in das Regal neben mir und schleuderte ihm ein Buch hinterher. Es prallte gegen die Tür und fiel zu Boden. Tränen strömten mir über die Wangen, als ich den Haufen geknickter und halb herausgerissener Seiten auf dem Boden sah – der Buchrücken gebrochen von der Wucht meines Wurfs.

Missbraucht.

Zerstört.

Und weggeworfen.

Meine Beine gaben unter mir nach, und ich sank ebenfalls zu Boden. Ich sah, wie Alexanders Lider zuckten, doch er selbst blieb stockstef stehen. Im selben Moment spürte ich, wie ein Teil von mir – jener Teil, der sich so sehnsüchtig wünschte, von ihm in die Arme genommen und getröstet zu werden – starb. Ich hatte alle Warnungen in den Wind geschlagen. Ich hatte meinen Instinkt ignoriert und nicht auf die innere Stimme gehört, die mir sagte, dass er mich am Ende brechen würde.

Und genau das hatte er getan.

Nicht nur, dass mich andere davor gewarnt hatten. Er selbst hatte jedes seiner Worte wahr gemacht.

Jetzt gab es nur noch einen Menschen, auf den ich zählen konnte. Nämlich mich selbst. Nie hatte ich mich so zurückgewiesen gefühlt, der Schmerz schien mich aufzuschlitzen wie die Klauen eines Panthers; es kam mir vor, als würde ich langsam verbluten. Aber ich war nicht zum ersten Mal gebrochen worden. Und dieser Gedanke war es, der es mir ermöglichte, all meine Kraft zusammenzunehmen und aufzustehen. Ich schwankte, musste mich im ersten Moment am Regal festhalten, aber dann hatte ich mich trotz aller Verzweiflung wieder auf die Beine gekämpft, auch wenn ich am liebsten gestorben wäre.

Ich *stand*.

Und allein das gab mir die Kraft, Alexander ein letztes Mal die Stirn zu bieten.

Ich holte tief Luft und trat zu ihm. Er musterte mich kalt, reserviert, fast teilnahmslos, und wartete ab.

Ich sehnte mich danach, ihn zu spüren. Ich wollte mit meinen Fingern sein markantes Kinn nachzeichnen, meine Hände über seine breiten Schultern gleiten lassen. Nie im Leben hätte ich geglaubt, dass es irgendwann nicht möglich sein würde, ihn zu berühren.

Tränen stiegen in mir auf, als ich den Mund öffnete und ihn zwang, die Worte zu ertragen, vor denen er davonlief.

»Ich liebe dich, Alexander.«

Er schloss die Augen, und einen wunderbaren Augenblick lang waren wir einander wieder ganz nah. Ich spürte, wie meine Worte ihn wie eine warme Welle mit sich forttrugen, ihn mitten ins Herz trafen.

Ich sah, wie ich ihm das Herz brach.

Doch als er die Augen wieder öffnete, war sein Blick so stumpf und unbeteiligt wie zuvor. »Das gehörte nicht zu unserer Abmachung.«

Ich hatte mit dieser Reaktion gerechnet, dennoch schienen mich seine Worte regelrecht zu zerschmettern. Ein Schluchzen krampfte sich in mir zusammen, und ich machte auf dem

Absatz kehrt und stürmte aus dem Zimmer. Er würde mich nicht weinen sehen.

Nie, nie mehr.

Heiße Tränen strömten über meine Wangen, und ich zitterte am ganzen Körper. Dann hatte ich eine Nische in der Wand erreicht und ließ mich zu Boden sinken. Wie lange ich dort hockte, wusste ich später nicht mehr – es hätten Minuten, aber ebenso gut auch Stunden oder Tage sein können. Es kümmerte mich nicht mehr, ob die Sonne wieder aufging oder die Erde aus ihrer Umlaufbahn katapultiert wurde. Nichts hatte noch irgendeine Bedeutung für mich.

Ich überließ mich der Dunkelheit und dem Schmerz, die mich in die Tiefe zogen. Ich hatte ihm vertraut. Ich hatte mich ihm geschenkt, und er hatte mich zerstört. Genau wie er es angekündigt hatte.

***

Zwei Hände hoben mich aus der Dunkelheit empor, zwei Arme wiegten mich sanft. Ich öffnete die Augen, doch aus meinem Albtraum konnte ich nie mehr erwachen.

Edward hielt mich fest in den Armen, trug mich zu meinem Zimmer und wisperte mir beruhigende Worte ins Ohr, die mich nicht trösten, meine Hoffnungslosigkeit nicht lindern konnten.

Ich fasste ihn an der Schulter und zwang meine gesprungenen Lippen, Worte zu formen. »Ich will nach Hause.«

»Du solltest dich erst mal ausruhen«, sagte er sanft. »Ich bringe dich in mein Zimmer, wenn du willst.«

Ich schüttelte den Kopf. »Bitte. Ich will nach Hause.«

»Okay, ich kümmere mich drum«, lenkte Edward ein. »Du musst es mir nicht sagen, Clara, aber ... was ist passiert?«

»Ich habe mich in ihn verliebt«, antwortete ich, brüchige Worte, die mir nur widerstrebend über die Lippen kamen.

Edward schwieg und schloss die Arme fester um mich. Wir wussten es beide – Liebe war manchmal nicht genug.

28

Ich drehte den Schlüssel zwischen den Fingern hin und her, während ich nach wie vor rätselte, was es damit auf sich hatte. Aber ich konnte mir einfach keinen Reim darauf machen. Zwei Wochen waren vergangen, und immer noch versuchte ich, mir einzureden, dass ich richtig gehandelt hatte. Ich hatte nichts mehr von ihm gehört. Und zu Gesicht bekommen hatte ich ihn lediglich auf den Titelseiten der Klatschmagazine, auf denen er nahezu täglich zu sehen war. Nein, er saß sicher nicht zu Hause, kämpfte garantiert nicht mit Appetitlosigkeit, musste sich bestimmt nicht zwingen, morgens aus dem Bett zu kommen. Der ominöse Messingschlüssel war das einzige Indiz dafür, dass er bedauerte, was an jenem Abend in Norfolk geschehen war.

Ich lag noch im Bett, als Belle den Kopf zur Tür hereinsteckte. »Du kannst nicht gehen.«

»Ich würde einfach nur gern wissen, was das zu bedeuten hat.« Meine Finger schlossen sich um den gezackten Schlüssel, während ich mich abermals fragte, wohin er mich führen würde.

Trotzdem hatte Belle recht. Ich wusste nur eins über den Schlüssel, nämlich von wem er kam. Er hatte in einem cremefarbenen, mit rotem Wachs versiegelten Umschlag gesteckt – ohne Erklärung, ohne Entschuldigung, ohne sonst etwas. Der Umschlag hatte weiter nichts enthalten außer dem Schlüssel und einer Karte mit einer Adresse und dem Datum des folgenden Tages.

Ich musste nicht im Stadtplan nachsehen, weil ich die kleine, stille Straße in Notting Hill kannte. Aber was erwartete mich dort?

Belle wollte mich davon abhalten, dorthin zu gehen, weil sie stocksauer auf Alexander war. Der Grund, warum ich mich nicht entschließen konnte, war ein anderer. Solange ich keine Klarheit hatte, konnte der Schlüssel alles bedeuten. Das war armselig, und ich wusste es. Trotzdem klammerte ich mich an das letzte Fünkchen Hoffnung, das mir geblieben war.

Belle setzte sich zu mir. »Was würdest du denn tun, wenn er dort auf dich warten würde?«

Ich zuckte mit den Schultern und atmete tief aus; sobald die Rede von ihm war, bestand immer noch die Gefahr, dass ich unvermittelt in Tränen ausbrach. »Vielleicht würde ich ihn fragen, warum«, antwortete ich leise. »Warum er mich überhaupt mit auf den Landsitz genommen hat. Warum er mich nicht liebt.«

Belle legte mir einen Arm um die Schulter und drückte mich tröstend an sich. »Glaubst du wirklich, dass er dir das beantwortet?«

»Wahrscheinlich nicht«, räumte ich ein. »Wie konnte ich nur so blöd sein, mir einzubilden, ihm hätte es auch etwas bedeutet?«

Belle lachte. »Sich zu verlieben heißt nicht automatisch, dass man blöd ist.«

»Doch«, gab ich zurück. »Wenn man sich in den Falschen verliebt.«

»Du bist ein Mensch, Clara, und du hast auch in der Vergangenheit schon Fehler gemacht. Aber ich habe gesehen, wie vorsichtig du nach deinen Erfahrungen mit Daniel warst. Du hast dir Alexander ausgesucht, und dafür wird es einen Grund geben«, sagte Belle leise. »Und eines Tages wirst du auch wissen, warum. Selbst wenn er zu beschränkt ist, um zu erkennen, was er an dir hatte, darfst du nie vergessen, dass er dir gezeigt hat, wie stark du bist. Viel stärker, als du dachtest.«

»Ich wünschte, es hätte nicht so wehgetan«, krächzte ich, während mir die Tränen kamen.

Belle gab mir einen Kuss auf die Wange. »Du wirst es überstehen. Glaub mir, du bist stark genug.«

Ich hoffte, dass sie recht hatte. Ich fühlte mich, als sei ich nackt durchs Feuer gegangen.

Verbrannt.

Verletzlich.

Jeder Schritt, jede Handbewegung kostete mich unendliche Mühen. Ich fühlte mich wie gelähmt, starrte den ganzen Tag über in einen gähnenden Abgrund der Verzweiflung. Jeden Morgen erinnerte ich mich daran, dass es vorbei war, und jedes Mal kam es mir vor, als würde mein Herz in tausend Stücke zerbersten. Vielleicht hatte Belle recht, und ich würde es überleben. Vielleicht würde ich statt dieser unendlichen Qualen irgendwann nur noch eine dumpfe Trauer verspüren. Eins aber wusste ich genau – dass ich niemals über Alexander hinwegkommen würde.

»Ich habe das überhaupt nicht kommen sehen, bis es zu spät war«, stammelte ich. »Ich meine ... man weiß wohl nie, wann man zum letzten Mal mit jemandem schläft.« Der Gedanke, dass wir uns kurz zuvor noch geliebt hatten, machte mich immer noch fertig.

»Das ist wirklich grausam«, stimmte Belle mir zu.

Ich hielt ihr den Schlüssel hin. »Was soll ich jetzt machen?«

»Du weißt, wie ich darüber denke«, sagte sie. »Aber was denkst du?«

»Solange ich nicht dort war, werde ich doch nur weiter rätseln, was hinter diesem Schlüssel steckt.«

»Das ist nicht gut, Liebes.«

»Ich weiß«, erwiderte ich. »Und deshalb muss ich es genau wissen.«

Wie sollte ich Belle erklären, dass Alexander mich immer noch in seinen Bann zog, dass ich jedes Mal wieder seiner Magie erlag, wenn ich an ihn denken musste? Doch jetzt wollte ich mich nur noch von ihm befreien. Er hatte mir klar und deutlich zu verstehen gegeben, dass er meine Gefühle nicht erwiderte, und es brachte nichts, dass ich mich weiter an meine letzten Hoffnungen klammerte, die mich doch nur innerlich vergifteten. Meine Sehnsucht brachte mich langsam um.

»Soll ich mitkommen?«, fragte Belle.

Das war ein nettes Angebot, aber ich wollte nicht noch mehr Komplikationen. »Danke, aber das muss ich allein durchziehen.«

Ich würde den Rest meines Lebens ohnehin allein durchstehen müssen. Also konnte ich genauso gut jetzt gleich damit anfangen.

***

Am nächsten Morgen bestellte ich mir ein Taxi, noch bevor Belle aufgestanden war. Sie hatte nicht versucht, mich von meinem Vorhaben abzuhalten, doch sie machte sich Sorgen, und das machte mich nur noch nervöser.

Ich zog eine meiner Lieblingsjeans und ein weißes Tanktop an. Ich hatte keine Ahnung, was mich in Notting Hill erwartete, aber ich wollte ohnehin niemanden mit einer Modenschau beeindrucken. Mein Plan war denkbar einfach.

Rein. Raus. Abhaken.

Unwillkürlich hielt ich den Atem an, als der Taxifahrer vor einem Reihenhaus mit Gitterzaun hielt.

»Da wären wir, Miss«, sagte er.

Ich hatte einen Kloß im Hals und bekam kein Wort heraus, darum nickte ich nur und drückte ihm wortlos das Geld in die Hand.

Während ich auf das Tor zutrat, hielt ich den Schlüssel so fest umklammert, dass er sich in meine Handfläche grub. Hinter dem Tor befand sich ein blühender Garten; ein Steinpfad führte zur Haustür. Neben dem Pfad schlängelte sich ein Rinnsal entlang, die Blumen mussten erst kürzlich gegossen worden sein. Wer immer das getan hatte, hielt sich höchstwahrscheinlich immer noch hier auf. Das Herz schlug mir bis zum Hals, und ich atmete tief durch. Meine innere Stimme ermahnte mich, cool zu bleiben: *Erst mal sehen, ob der Schlüssel überhaupt passt.*

Zweimal fiel er mir aus der Hand, als ich versuchte, ihn mit zitternden Fingern ins Schloss zu schieben. Dann gelang es mir, und das Tor schwang auf. Der Garten war wunderschön, und einen Moment lang ließ ich den Blick über die Farbenpracht der Blumen schweifen, während ich mir wünschte, ich wäre unter anderen Vorzeichen hierhergekommen. Das Haus war traumhaft gelegen, wirkte ebenso einladend wie die gesamte Nachbarschaft. Doch ich war zu angespannt, um die friedliche Atmosphäre zu genießen. Ich war mit Alexander in Notting Hill gewesen, um ihm mein Londoner Lieblingsviertel zu zeigen, und nun drohten mich die Erinnerungen zu erdrücken.

Ich erklomm die Stufen zur Haustür, fest entschlossen, einen endgültigen Schlussstrich zu ziehen, doch als ich die Hand nach der Klingel ausstreckte, fiel mir die Rose ins Auge, die an der Tür hing. Ich griff danach, aber ich war nicht vorsichtig genug. Ein Dorn bohrte sich schmerzhaft in meinen Daumen. Ich blutete, und der Schmerz trieb mir die Tränen in die Augen. Ich wusste, dass die Rose für mich bestimmt war, auch wenn es dafür keinen Anlass gab. Genauso wie ich gewusst hatte, dass der Schlüssel das Tor öffnen würde. Die Rose war scharlachrot, genauso wie die, die ich am Abend des Balls getragen hatte – jenem Abend, der alles zwischen Alexander und mir verändert hatte.

Plötzlich wurde ich aus meinen Erinnerungen gerissen. Die Tür öffnete sich, und er stand vor mir. Sein Anblick traf mich so unvorbereitet, dass mein Atem stockte; es war, als hätte ich vergessen, wie man Luft holte. Zwei Wochen lang hatte ich jeden Tag von ihm geträumt, doch als ich ihn nun wieder vor mir sah, erkannte ich, dass mein Vorstellungsvermögen auch nicht ansatzweise an das Original heranreichte – sein schwarzes Haar, die markanten Züge, die atemberaubende Kurve seines Kinns, die vollen Bögen seiner Lippen und die saphirblauen Augen, in denen ich zu ertrinken drohte.

Alexanders offenes Hemd gab den Blick auf seine Brust und sein Sixpack frei; die Jeans hing lässig auf seinen Hüften. Mein Körper reagierte instinktiv auf die magnetische Anziehungskraft, die von ihm ausging, egal wie sehr ich mich dagegen sträubte.

Verdammt.

Was auch immer seine Motive sein mochten – es war ein Fehler gewesen hierherzukommen. Plötzlich strömten mir die Tränen über die Wangen, und ich ließ ihnen freien Lauf. Auf meiner Brust lastete ein unermesslicher Druck, der erst nachließ, als ich einen sehnsuchtsvollen Seufzer ausstieß.

Alexander nahm meine Hand und betrachtete die kleine Wunde, ehe er meinen Daumen an seine Lippen führte, das Blut ableckte und einen kleinen Kuss auf die Stelle drückte. Es war eine kleine Geste, aber nicht unbedeutend für mich. Als er den Arm um meine Taille legte, leistete ich keinen Widerstand.

Ich konnte es einfach nicht.

Von wegen starke Frau, höhnte die kritische Stimme in meinem Kopf.

Alexanders Mund zerstreute all meine Ängste, als er die Lippen auf meine presste. Sein Kuss war zart und zurückhaltend, dann hatte ich plötzlich den Geschmack von Salz auf der Zunge, und als ich mich von ihm löste, sah ich, dass es nicht meine Tränen waren. Alexander sank auf die Knie und vergrub sein Gesicht an meinem Bauch.

Ich hielt die Augen geschlossen, gab mich ganz dem Gefühl hin, das mich wie eine warme Decke einhüllte. Ich verzehrte mich nach seiner Berührung, auch wenn ich wusste, dass ich dem Unausweichlichen ins Auge sehen musste.

»Du bist dünner geworden.« Es klang wie eine Feststellung, doch der leicht vorwurfsvolle Unterton entging mir ebenso wenig wie der Anflug von Besorgnis.

Ich hatte mich schon gefragt, ob er bemerken würde, dass meine Wangenknochen deutlicher hervortraten und mein

Bauch flacher geworden war. Seit jenem Abend vor zwei Wochen hatte ich jeglichen Appetit an der Welt verloren, einer Welt, die ich nur noch als stumpf und farblos wahrnahm. Mehr denn je war ich darauf angewiesen, mir einen Wecker zu stellen, um mich an meine Mahlzeiten zu erinnern. Aber ich kam zurecht.

»Alles okay«, sagte ich leise. »Ich habe nicht viel Appetit, aber sonst ist alles in Ordnung.«

»Du darfst nicht ...« Seine Stimme brach. »Nicht meinetwegen. Versprich es mir, Clara.«

Sein besorgter Tonfall traf mich mitten ins Herz, und ich tat mein Bestes, keine falschen Schlüsse daraus zu ziehen. »Versprochen.«

Ein paar Sekunden sprach keiner von uns ein Wort, doch dann konnte ich nicht länger warten. Ich wollte wissen, warum er mir den Schlüssel geschickt hatte.

»Wo sind wir hier eigentlich?«, fragte ich.

Alexander erhob sich wieder, nahm meine Hand und führte mich durch den Flur in das angrenzende Wohnzimmer. Der Schock unserer unverhofften Begegnung begann allmählich abzuflauen, und ich sah mich um. Die Wohnung war voll möbliert. Antiquitäten und moderne Möbelstücke ergänzten sich hervorragend; dominiert wurde der Raum von einem offenen Kamin mit einem kunstvoll gemeißelten Marmorsims. Gegenüber davon lud ein mit Leinen bezogenes Sofa zum Sitzen ein. Wäre die Situation nicht so vertrackt gewesen, hätte ich mich auf Anhieb in diesen Raum verliebt.

»Du stellst die falschen Fragen«, erwiderte er. Seine sonore Stimme hatte die übliche Wirkung, und alles in mir zog sich zusammen. Ein dunkler Schimmer trat in seinen Blick, als könnte er meine plötzliche Erregung spüren.

»Ach, sind wir wieder mal bei den zwanzig Fragen, X?«

Er schüttelte den Kopf, befeuchtete seine Lippen. »Keine Spielchen, Süße.«

Wieder sah ich mich um, versuchte zu verstehen, weshalb wir hier waren, während ein leichter Schwindel Besitz von mir ergriff. Ich war zu lange ohne ihn gewesen, und seine Nähe überwältigte mich.

»Warum sind wir hier?«

»Schon besser.« Er trat auf mich zu, so nah, dass ich seinen heißen Atem spüren konnte.

»Wem gehört das Haus?«, hauchte ich fast unhörbar.

Er beugte sich zu mir und flüsterte: »Uns.«

Ich stieß ihn von mir und starrte ihn an. Hatte er den Verstand verloren? »Ich verstehe kein Wort.«

»Das ist unsere Normalität.« Er breitete die Arme aus. »Unsere Zuflucht.«

Mir gingen so viele Fragen im Kopf herum, dass ich mich kaum entscheiden konnte, welche ich stellen sollte. »Wie hast du das angestellt?«

»Es läuft auf Norris' Namen«, erklärte mir Alexander. »Natürlich zahle ich es, aber so sind wir ungestört, verstehst du?«

Langsam setzte ich einen Fuß vor den anderen, während ich zu verdauen versuchte, was er mir gerade eröffnet hatte. Ich spürte, wie Alexanders Blick auf mir lastete.

Ich drehte mich wieder zu ihm um. »Du willst also unsere Beziehung geheim halten.«

»Hier können wir Alexander und Clara sein«, erwiderte er. »Nichts steht zwischen uns.«

»Außer der Geheimnistuerei.«

Alexander trat zu mir, so blitzartig, dass ich es erst bemerkte, als er seine Arme schon um mich geschlungen hatte. »Nein, nichts steht zwischen uns.«

»Oh, X«, seufzte ich. »Alles steht zwischen uns. Fühlst du das nicht?«

»Ich will nicht, dass es so ist.« Ein flehender Ausdruck trat in seinen Blick, und ich erkannte, welche Qualen er durchlitt.

»Dein Vater erwartet, dass du standesgemäß heiratest. Er hat alles für dich geplant.« *Und ich bin nicht Teil dieses Plans.*

»Ich habe keinen Einfluss auf ihn. Aber das heißt noch lange nicht, dass er mich zu irgendetwas zwingen kann.«

»Wusstest du von seinen Plänen?«, fragte ich.

Alexander zögerte einen Moment, doch ich kannte die Antwort bereits. »Ja.«

Ich löste mich aus seinen Armen und hob warnend eine Hand, dass er mir nicht näher kommen sollte. »Die letzten zwei Wochen habe ich mir von morgens bis abends den Kopf zermartert, was ich falsch gemacht habe. Aber es kann ja wohl nicht falsch sein, jemanden zu lieben.«

Sein dunkler Blick schien in die Ferne zu schweifen. »Für dich vielleicht nicht. Ich habe mich von dir ferngehalten, weil ich das Gefühl hatte, dass ... ich nicht ehrlich mit dir bin.«

»Ach, und das hier hältst du für ehrlich?«, schrie ich. Mein Herz brach erneut in tausend Stücke. Ich hatte ihm die Chance gegeben, um mich zu kämpfen, und er hatte sie ungenutzt gelassen. »Warum sind wir überhaupt hier?«

»Weil ich dich brauche.« Seine Stimme klang rau und anklagend, als hätte ich ihn in eine Falle gelockt.

»Aber du liebst mich nicht«, flüsterte ich.

Alexander fuhr sich mit der Hand durchs Haar. »Ich habe dir gesagt, dass Romantik nicht mein Ding ist. Ich stehe nicht auf Langzeitbeziehungen.«

»Könnt Ihr Euch vielleicht mal entscheiden, Eure Königliche Hoheit?« Ich spie ihm die Worte förmlich ins Gesicht. »Was ist das hier? Ein lauschiges Plätzchen, wo mich der königliche Herr in Ruhe vögeln kann? Ein kleines Versteck für dein Betthäschen, damit ich nicht mehr in der Presse auftauche und dein Vater endlich Ruhe gibt?«

»Das ist es nicht!«

»Dann erkläre es mir.« Ich spürte, wie meine Wut verrauchte. »Bitte. Ich will es verstehen. Wirklich.« Ich musste endlich eine Antwort haben, weil ich genau spürte, wie er mir mit jeder Sekunde mehr entglitt.

Unwillkürlich wich ich einen Schritt zurück, als er mich mit seinem glühenden Blick regelrecht durchbohrte. »Alle Frauen, die mich je geliebt haben, sind tot.«

Sanft schüttelte ich den Kopf. »Das tut mir leid, X. Aber ich bin nicht tot. Ich stehe hier vor dir – und du kannst mich nicht daran hindern, dich zu lieben.«

Er trat vor mich hin, und ich wehrte mich nicht, als er mich abrupt an sich zog. »Ich will dich nicht zerstören.«

»Das hast du bereits getan«, hauchte ich.

Er ließ die Hände sinken. »Ich habe das alles nicht gewollt.«

»Ich weiß, aber ich bin ein großes Mädchen, X«, sagte ich. »Du kannst mich nicht kontrollieren. Du kannst nicht bestimmen, wen ich liebe.«

»Hör auf«, stieß er rau hervor, wobei ich nicht sicher war,

was er meinte – sollte ich bloß still sein oder aufhören, ihn zu lieben?

Mir war beides unmöglich. »Und deshalb kann ich auch nicht bleiben. Ich kann nicht so tun, als wäre alles in Ordnung. Ich kann nicht so tun, als würde ich dich nicht lieben. Es tut mir leid, X. Ich kann nicht dein Geheimnis sein.«

»Nur eine Nacht.« Seine Stimme bebte vor Verlangen. »Bleib eine Nacht, und wenn du mich dann immer noch verlassen willst, lasse ich dich gehen.«

Ich schüttelte den Kopf, während ich daran denken musste, was ich zu Belle gesagt hatte: *Man weiß wohl nie, wann man zum letzten Mal mit jemandem schläft.*

»Ich will es dir zeigen«, sagte er.

Was willst du mir zeigen? Wie es künftig laufen soll? Dass du doch fähig bist, mir das zu geben, was du mir vermeintlich nicht geben kannst? Eine stärkere Frau als ich wäre einfach gegangen, doch ich konnte seinem Blick nicht widerstehen, schmolz geradezu dahin. Wenn ich ihm jetzt den Rücken kehrte, würde ich mich für den Rest meines Lebens fragen, was wohl passiert wäre, wenn ich geblieben wäre. Wenn ich mit ihm schlief, würde mir endgültig das Herz brechen, aber so war es wenigstens ein sauberer Schnitt. Ein Abschied ohne Reue.

Meine Finger zitterten, als ich mir das Top über den Kopf zog. Alexander erstarrte, ließ den Blick gierig über mich schweifen, während ich meine Jeans abstreifte. Ich ließ BH und Slip folgen, stand nackt vor ihm. »Eine Nacht«, sagte ich. Eines Tages würde er sich vielleicht erinnern und die Wahrheit hören, die sich in diesen einfachen Worten verbarg.

Alexander nahm mich auf die Arme und trug mich zur

Treppe, bedeckte meinen Hals mit sanften, fordernden Küssen. Als er seinen Mund auf meinen presste und meine Lippen mit seiner Zunge öffnete, spürte ich bereits das wohlige Pulsieren zwischen meinen Schenkeln. Meine Hände glitten unter sein Hemd und streiften es von seinen Schultern. Als ich die große Narbe auf seiner Brust berührte, konnte ich seinen Herzschlag unter meinen Fingern spüren.

Ein letztes Mal, dachte ich.

Eine letzte Nacht, an die wir uns ein ganzes Leben erinnern würden.

Behutsam legte Alexander mich aufs Bett und beugte sich über mich. Ich öffnete seine Jeans und zog sie herunter. Dann war er zwischen meinen Beinen. Sein Schwanz fand wie von selbst seinen Weg, und ich stöhnte laut auf, als er mit einem mächtigen Stoß in mich eindrang. Abermals fand er meinen Mund, küsste mich innig, ehe seine Lippen an meinem Hals entlang, über mein Schlüsselbein bis zwischen meine Brüste wanderten, wo sie einen Moment lang verharrten. Dann nahm er einen meiner Nippel in den Mund und fuhr aufreizend langsam mit der Zunge darüber. Meine Finger krallten sich in die Laken, während ich mich seinen Stößen entgegenbog.

Ich musste ihn spüren. Ein letztes, wunderbares Mal.

Alexanders Hüften kreisten, er weitete mich mit rhythmischen Bewegungen. Ich keuchte, als seine Stöße härter wurden, er immer tiefer in mich eindrang. Dann zog er sich aus mir zurück. Ich schrie auf, hungrig und leer, doch im selben Moment hob er mich in sitzender Position auf sich, die Hände um meinen Hintern gelegt. Er wiegte mich sanft, während ich ihn tief in mir aufnahm und den süßen Schmerz genoss. Er füllte mich ganz und gar aus, bewegte sich langsam und zärtlich, während ich die Hüften kreisen ließ und mich meiner Lust hingab.

Es war eine ausgesprochen intime Stellung, wir sahen einander an, unsere Blicke gaben unsere Gedanken preis. Alexander nahm mich nicht, er flehte mich an. Ich sah es in seinen Augen. Ich spürte die Gefühle, die in ihm widerstritten, so deutlich wie seine fieberheiße Haut unter meinen Händen. In diesem Moment war es, als könnte ich in ihn hineinsehen. Seine Hände hielten mich ganz fest, stoppten meine Bewegungen, und ich verstand, was er mir sagen wollte.

Er wollte unser Zusammensein bis zur Neige auskosten. Ein letztes Mal ganz eins mit mir sein.

Ich ließ meinen Zeigefinger über sein Gesicht wandern, wollte mir jede Linie einprägen, strich über seine vollen, männlichen Lippen. Ich blickte ihm in die Augen, prägte mir die Wahrheit, die ich in ihnen schimmern sah, tief ins Gedächtnis ein, ließ meine Hände über seinen Körper gleiten, um mich für immer an ihn erinnern zu können. Mir war bewusst, dass wir uns nicht wiedersehen würden, und während ich die Schönheit dieses glücklichen Moments in mein Herz einschloss, mischte sich ein Gefühl von Traurigkeit in meine wachsende Lust. Doch ich gab der Lust nach, bewegte meine Hüften immer schneller und drängender, und Alexander hielt mich, nahm meinen Rhythmus auf, ließ seinen Schwanz immer wieder unermüdlich in mich gleiten. Wir prallten aufeinander, waren wie Fels und Brandung. Jede Berührung ein verzweifelter Schrei. Jeder Kuss ein Flehen.

»Sag es, Clara«, keuchte er heiser.

Sein Wunsch war mein Befehl. Ein letztes Mal.

»Alexander«, stieß ich hervor. »Ich liebe dich.«

Er schloss die Augen, während sein Schwanz in mir zuckte, sich tief in mich ergoss, und ich wand mich hemmungslos in seinen starken Armen. Meine Lust regnete durch mich hindurch wie warme Gischt, und während ich kam, flüsterte ich die drei Worte noch einmal.

Unsere letzte Nacht. Und ein Bekenntnis für ein ganzes Leben.

Alexander ließ mich nicht los, als er sich auf das Laken sinken ließ, seine Arme und Beine mit meinen verschlungen, als könnte nichts auf dieser Welt uns trennen. Schweigend lagen wir da, bis ich spürte, wie er in mir wieder hart wurde, und wir begannen erneut, uns zu bewegen.

»Ich werde nie genug von dir bekommen. Ich bin verrückt nach dir, deinem Körper, deinem Duft. Ohne dich ...« Er verstummte, und ich sah den unendlichen Schmerz in seinem Blick. »Ich ... ich ...«

Und dann versenkte er sich wieder in mir, schenkte mir die einzige Form von Erfüllung, die er kannte.

Eine letzte Nacht der unausgesprochenen Worte.

***

Um sechs Uhr morgens löste ich mich vorsichtig von Alexander und schlüpfte leise aus dem Bett. Er war erst vor Kurzem eingeschlafen. Er hatte mich gevögelt – mit dem Mund, mit dem Schwanz –, immer wieder und wieder, bis ich beinahe ohnmächtig wurde. Als fürchtete er, ich würde in dem Moment verschwinden, in dem er von mir abließ.

Wir hatten den ganzen Tag im Bett verbracht, nur zwischendurch ein paar Happen gegessen, bevor wir wieder übereinander hergefallen waren. Wir hatten gelacht und uns geliebt – und tausendmal hatte ich mich stumm von ihm verabschiedet.

Von seinem sexy Mund, der so schmutzige Wörter sagte, von seinen Lippen, die so verschmitzt grinsen konnten. Seinem seidigen schwarzen Haar. Seinem Beschützerinstinkt und dem leichten Zögern, bevor er sich in mir verströmte.

Von dem Mann, den ich liebte.

Ich zog mich hastig an. In der Küche fand ich einen Notizblock, doch ich stellte fest, dass ich ihm nichts mehr mitzuteilen hatte. Zwischen uns war alles gesagt. Jedes weitere Wort wäre zu viel gewesen, und wir beide kannten die Wahrheit. Dass zwischen uns eine Mauer aufragte, die wir nicht allein niederreißen konnten.

Ich legte den Schlüssel auf den Notizblock und sah mich ein letztes Mal um. Unser Haus. Ja, für eine wunderschöne, bittersüße Nacht.

An der Tür schloss ich einen Moment lang die Augen. Es war nicht leicht, ohne ein weiteres Wort zu gehen.

»Das war es also?« Alexanders Stimme riss mich jäh aus meinen Gedanken. Ich wirbelte herum, und da stand er vor mir, nackt, sein Körper angespannt, gewappnet für meine Antwort. Ich sah die Qual in seinen Augen, musste mit aller Macht gegen den Drang ankämpfen, ihn tröstend in die Arme zu nehmen.

»Es tut mir leid.« Abwehrend hob ich die Hand. Ich wusste, wenn er mich berühren würde, würde ich es niemals schaffen.

»Clara.« Aus seinem Blick sprach eine Traurigkeit, die mich bis ins Mark traf, aber er kam nicht näher. »Bitte.«

Ich schloss die Augen, konnte einfach nicht länger in sein wunderschönes Gesicht sehen und schüttelte den Kopf, während sich meine Finger um den Türknauf schlossen. »Ich kann nicht dein Geheimnis sein.«

Ich stieß die Tür auf, und als ich in die frische Morgenluft hinausstolperte, hörte ich noch, wie er meinen Namen rief. Ich ging, doch dem Schmerz konnte ich nicht entfliehen. Ich setzte einen Fuß vor den anderen, während alles um mich herum zusammenbrach – und meine Welt aufhörte zu existieren.

Dank

Dieses Buch würde es nicht geben ohne Laurelin Paige, die eine weit bessere Cheerleaderin ist, als sie glaubt. Ich liebe dich über alles, Schatz.

Ein großes Dankeschön an meine Komplizinnen Melanie Harlow und Kayti McGee. Nächstes Mal lasse ich mir ein Tattoo stechen.

Es ist eine besondere Ehre für mich, Tamara Mataya als Freundin bezeichnen zu dürfen. Danke für deinen Realitätssinn und dein Faible für schmutzige Witze.

Bethany, ich wünschte, ich könnte dich entführen und nie wieder gehen lassen. Die meisten anderen Menschen würden das sicher bedenklich finden, aber du nicht, wie ich weiß. Ich danke dir vielmals für deine unschätzbare Hilfe und deinen unbestechlichen Scharfsinn.

Dank auch an K. A. Linde für all die Geduld und Unterstützung bei der Covergestaltung. Das ist wohl der Beginn einer wunderbaren Freundschaft.

Ohne die Hilfe von Amy McAvoy und den Truly Schmexy Girls hätte wohl niemand *Royal Passion* jemals in die Hände bekommen. Danke für eure grandiose Unterstützung. Ohne euch hätte ich es nie geschafft.

Der Wahnsinn hat gerade erst begonnen, Shanyn Day. Was für ein einzigartiges Gefühl, dich an meiner Seite zu wissen.

Mein besonderer Dank gilt meiner Schwester, die sich als Erste in Alexander verknallt hat. Mehr demnächst! Und dann wäre da noch mein Mann – danke fürs Lesen, den Wein, die langen Nächte und deine Recherchen.

Und vielen Dank an meine Leserinnen. Nur ihr seid der Grund, warum ich schreibe.